Edition
CONVERSO

Marino Moretti
Die vorlaute Fischhändlerin

Roman

Aus dem Italienischen
von Judith Krieg

Kapitel 1

Was für ein schlimmes Unglück war doch der Tod unseres größten Fischhändlers, oder besser gesagt unseres größten »Unternehmers im Frischfischhandel«, wie es der gute Mann, sich kurzerhand selbst befördernd, als Kopf seines Briefpapiers hatte drucken lassen, mitten hinein in ein Gewimmel aus Aalen und Meeräschen. Offen gestanden wird im Volk der Fischhändler gern einmal dick aufgetragen und mit Ringen und Goldketten, Medaillons und Münzanhängern geprahlt, und wollen sie dort zeigen, dass die Geschäfte gut, ja glänzend laufen, drucken sie eben einen Fisch mehr aufs Briefpapier, reihen Ring an Ring, Münze an Münze und tragen immer protzigere Ketten aus noch reinerem Gold.

Besagtes Unglück aber, auf das dann am fünfzehnten Oktober 1928 das spektakulärste Begräbnis aller Zeiten folgte – Fischer, Seeleute, Kalfaterer und Bootsherrn, und dazu die Arbeiter, die dabei waren, den Hafenkanal auszubaggern, also große wie kleine Fische, sie alle gingen damals hinter dem mit Federbüschen geschmückten Leichenwagen –, ebenjenes Unglück hielt auch eine ganz besondere Überraschung bereit: Und zwar ließ unser größter Fischhändler seine Familie in sehr misslicher Lage zurück, war er, *lo Zio*, »der Onkel«, allem Anschein zum Trotz doch nicht umsichtig, nicht gewieft genug gewesen. (Womit er sich den Spitznamen, *e' Zi* im heimischen Dialekt, im Einzelnen verdient hatte, weiß ich nicht; fest steht jedenfalls, dass er dank seiner Gutmütigkeit, die nicht so berechnend war wie die der meisten Menschen, schon seit einer Weile nicht nur der Mann seiner Frau und der Vater seiner Kinder, sondern auch der Onkel von uns allen war, als wäre das ganze Städtchen seine Familie.)

Einem hartnäckigen Gerücht zufolge herrscht in keiner anderen Zunft so viel Abneigung, ja Hass, wie unter den Fischhändlern ersten, zweiten und dritten Rangs, und auch die der untersten Stufe, die *bazariott*, Händler minderer Ware, verstehen da keinen Spaß. Stirbt jedoch einer von ihnen, halten sie zusammen wie Pech und Schwefel: Dann schlägt der Hass um in innige Gefühle, Neid verwandelt sich in Großherzigkeit, in Krokodilstränen, und von der Totenbahre angezogen strömen sie zum reglos daliegenden Kollegen hin. Ein Truppenaufmarsch ist das, sie möchten die geballte Kraft ihres Standes zeigen, der im Ort das Sagen hat – was bei solchen Anlässen offen zutage tritt. Dann kann man sogar nachzählen, sich sozusagen mit eigenen Augen vergewissern, dass die Fischhändler samt großen und kleinen Kalibern, Männern und Frauen, Alten und Kindern eine geschlossene Hundertschaft bilden.

Die maßgeblichsten unter den Freunden und Feinden des Toten begaben sich also nach und nach zum Trauerhaus: Männer, die nie einen Fuß über seine Schwelle gesetzt hatten, Männer mit und ohne Krawatte, mit und ohne Goldschmuck, Junge aus diesem und Alte aus dem vorangegangenen Jahrhundert, wiewohl sich die Waage zugunsten des unglückseligen 19. Jahrhunderts neigte, das mit seinen Spitzbärten à la General Cialdini, Schnauzbärten à la Felice Cavallotti, Frisuren à la Umberto I. und Fliegen à la Andrea Costa[1] offenbar immer noch aufzutrumpfen vermag. Die Novizen, also Fischhändler von achtzehn oder zwanzig Jahren, stellten das Gleichgewicht wieder her: Sie erschienen allesamt ohne Hut und im sportlichen Trikot mit Reißverschluss. Außerdem trugen sie riesige Stiefel zur Schau, manche reichten bis zu den Oberschenkeln, auch blitzblanke Modelle in Gelb oder Schwarz, Stiefel mit Stulpen oder mit Falz, im französischen oder im russischen Stil, aus robustem Leder, feinem Glanzleder, edlem Vachette. Freudig führten die Jungspunde hier vor, wie männlich sie waren, ganz besonders knieabwärts bis zu den Stiefelspitzen.

Und da ist, nicht mehr ganz so jugendlich, aber durch und durch Vertreter des neuen Jahrhunderts, einer unserer seriösesten Fischhändler, der dennoch keine Scheu hat, bei einem Begräbnis mit kleinkarierter Schirmmütze zu erscheinen; unter einem Trench im hellen Ton eines Arbeitskittels trägt er lässig einen modernen grauen Anzug mit kurzen, recht pludrigen Hosen, sogenannten *Knickerbockers*, die bei den Sommergästen sehr beliebt sind – von ihnen lernt das alte Fischerstädtchen, nun ein betriebsamer »Luftkurort«, was Eleganz bedeutet. Unser Händler hat keinen Spitznamen, sondern wird beim Vor- und Nachnamen gerufen (der Nachname kommt immer zuerst): »Sieh mal, Drudi Primo ist auch da.« Man muss eben mit der Zeit gehen, und die stinkt kaum mehr nach Fisch. Wer würde schon darauf tippen, dass es sich bei diesem knapp vierunddreißigjährigen, sagen wir »rustikalen Dandy« um einen *parznèvul*, einen Fischhändler aus der Romagna handelt, der stets ein Parfümflakon gegen den tief in seiner Kleidung, seiner Unterwäsche sitzenden Fischdunst bei sich hat? Apropos Dunst, seine Pfeife hat er verbannt, genau wie die Toscano und die vornehme Virginia, die mit einer Kerze angezündet wird: Die neue Ära verlangt nach Zigaretten, und manchmal eben nach denen der Marke »Roma«.

Und keineswegs wollen wir den Feinschmecker Bombi Adamo, auch »Fischmaul« genannt, außer Acht lassen, der zwar nicht viel Goldbehang tragen mag, aber – so erzählt man sich – morgens stets mit einer riesigen Tasche einkaufen geht, um allen Zweiflern zu zeigen, dass die Geschäfte fabelhaft laufen, dass er reich, glücklich und satt ist und so gut trinkt und schlemmt wie sonst keiner. Denn wir dürfen nicht vergessen – für einen Fischhändler, der die anderen von seinem Glücksstern überzeugen will, gehört es zwingend dazu, auf dem Markt eine überdimensionale Tasche vorzuweisen und mit dem Geld nur so um sich zu werfen. Ein auftrumpfendes »Seht nur her« ist das, an seine Kollegen, aber auch an alle Respektspersonen gerichtet, an die Obrigkeiten, die Beamten, ebenjene Herrschaften, die heutzutage den Gürtel in mancherlei Hinsicht enger schnallen müssen. Bombi Adamo, früher ein Hungerleider, darf den anderen in nichts nachstehen und so müssen es an einem einzigen Vormittag zwei Kilo Suppenfleisch sein, und dazu ein Kilo Kalbsfleisch, eine Lammkeule, ein Perlhuhn, ein Kaninchen, und auch einen Spieß Lerchen verlangt er und aus einer Laune heraus ein Bündel Frösche, schließlich muss er seinem Publikum vorführen, dass im Hause des Fischhändlers Fleisch aufgetischt wird … und nicht etwa Fisch!

Auf den geselligen, redseligen Bombi folgte das undurchsichtige Mitglied der Truppe, schlicht »Bruto« genannt, worin ein Hang zu Gewalt, ja beinah Grausamkeit anklingt, erinnert es doch an Caesars Mörder und an eine Bezeichnung für verrohte Subjekte. Verroht erschien Bruto, weil er eine eiskalte, berechnende Abneigung gegenüber seiner Mutter hegte: Dieser allseits bekannte Vorbehalt, gepaart mit Wortkargheit und seinem hartherzigen, unbeirrbaren Geiz, machte ihn zur womöglich unangenehmsten Erscheinung des gesamten Marktes, und davon konnten die Fischer, Kapitäne, Kalfaterer, Lastenträger ein Liedchen singen … genauso wie Brutos Mutter, die Barabina, die ihm einen üblen Ruf verschafft hatte. Eine einsame Witwe von fünfundsechzig Jahren, vom Sohn, dem gefräßigen Geizhals, verlassen, betrieb sie ein wenig Handel auf eigene Faust, und zuweilen wirkte sie, die an kleinen Fischen nicht interessiert war, auf dem Großmarkt fast wie eine Rivalin und Feindin des eigenen Sprösslings. Doch der sah sich in der Hierarchie viel zu weit oben, als dass er auf die »Niederträchtigkeiten« der Barabina (seiner Mutter) reagiert hätte.

Neben Bruto ging, in Gedanken versunken, der »Schweizer«: Von ihm war vor allem bekannt, dass er aus ärmlichen Verhältnissen stammte, und tatsächlich hatte er als Maurer in der Schweiz gearbeitet, daher sein Name. Die wahre Schweiz, wie auch das wahre Amerika, wartet jedoch in der Heimat auf uns, und so hatte sich der brave Mann nach seiner Rückkehr zum Gehilfen eines Fischhändlers aufgeschwungen. Der Aufstieg zum Chef ist dann schnell vollbracht, besonders wenn man sich in der Kunst übt, dem Potentaten die Untertanen, also die Kunden abzuluchsen. Und nun betrachtet der Schweizer, ein ehrbarer Bürger, die undisziplinierten, regellosen Burschen um sich herum; in den sonderbarsten Aufzügen sind sie erschienen, und das zu einem Leichenbegängnis: Der hier zum Beispiel trägt Drillichjacke und Lederhosen, dazu Wadenstiefel, die unten Falten werfen, und jener Luftikus dort einen Kalpak aus Pelz, der ihm bis zu den Augen reicht wie einem alten Kavalleristen. Der Schweizer kann es kaum glauben: In den Händen solcher Kerle soll die Zukunft einer ganzen Fischereigemeinde liegen?

Und der »Pechvogel«? Warum nennen sie ihn so? Und »Nummer Sechsunddreißig«? Weshalb dieser Name? Beide sind sie Händler zweiten oder dritten Rangs und würden nie beim Appell fehlen, beide tragen sie Flicken am Allerwertesten, da sie meist auf der Erde sitzen und ihr Hosenboden häufig auszubessern ist. Den »Unglücksraben« wiederum trifft das gleiche Los wie den Pechvogel, lediglich die Tierart ist hier näher bestimmt. Das Glück ist ihnen nicht hold, ihre Spitznamen sprechen Bände, doch davon abgesehen gibt es keine nennenswerte Gemeinsamkeit, nichts, woraus ersichtlich würde, aus welchem Grund sie unzertrennlich sind, zumal sie äußerlich nicht zusammenpassen: Der eine ist ein langer Lulatsch und der andere ein kleiner Mops; aber Gegensätze ziehen sich eben an – dafür steht das berühmte Beispiel von Don Quijote und seinem plumpen Schildknappen. Erwähnt sei auch, dass der Unglücksrabe, kaum trifft er auf den Pechvogel, mit finsterer Miene das Losungswort »Klotz!« hervorstößt, worauf der Pechvogel »Henkerbeil!« kontert, und das aus langjähriger, sinnentleerter Gewohnheit ohne Hintergedanken: »Klotz und Henkerbeil«, so lautete nämlich nach 1870 die Parole der hiesigen Internationalisten.[2]

In jener mittleren Gruppe, die gewissenhaft ihren Platz zwischen den großen Fischen und der *rumgaia*[3], der Ausschussware, einhielt, durfte der »Reisende« nicht fehlen, ein Schöngeist, von dem zumindest bekannt war, warum er so hieß: Früher war er häufig, vielleicht auch regelmäßig, mit der Eisenbahn ins neunundzwanzig Kilometer entfernte Ravenna gefahren. Nun rühmte er sich einer gewissen Eleganz, als wäre er gar sein ganzes Leben im Schlafwagen gereist; und Gipfel dieser Eleganz war fast immer ein speckiges gemustertes Gilet mit schmucken Knöpfen aus Perlmutt. Seine kunstfertigste Allüre wiederum bestand darin, den Knauf seines Gehstocks so in die Gilettasche zu stecken, dass die Spitze parallel zu seinem Ohr aufragte. Zur Goldmünze an seiner Kette hatte sich – gegen den bösen Blick, das versteht sich – eine ganze Sammlung von Anhängern aus Horn, Bein, Silber oder Koralle gesellt.

Der Reisende also spazierte, auf die genannte Weise seine Waffen präsentierend, neben dem Musikkenner unter den Fischhändlern, der in grauer Vorzeit Mitglied der Opernkommission gewesen war. Kraft seines Amtes hatte dieser anspruchsvolle Herr namens Palon, ein Bewunderer von Tenören, die sich zu Spitzentönen aufschwingen, dem Verstorbenen in der Proszeniumsloge einen kräftigen Biss verpasst. Während er, ein Hüne von Gestalt, geradezu eine Respektsperson, den Freund zur letzten Ruhestätte geleitete, beschwor er jene berühmte Episode herauf und schob die Schuld auf die Musik oder besser gesagt auf den Überschwang der Spitzentöne: Dabei tippte er auf seine Krawattennadel, eine Köderfliege, als fürchtete er, sie könnte in der Zwischenzeit davongeflogen sein. Womit er keineswegs andeuten wollte, dass er der einzige Unternehmer, die einzige Persönlichkeit aus dem Eiskellerviertel sei, die das vorschriftsmäßige Gold, die Halsketten, Ringe, Medaillons und Münzen plus den Zahn noch um eine Krawattennadel erweitert hatte: das Schmuckstück der Tenöre aus früheren Zeiten.

Dann folgte mit dem sonderbaren Gang eines Mannes, der für gewöhnlich in Pantoffeln durchs Dorf schlurft, der einzige Fischhändler ohne Spleen, ohne Ambitionen oder Allüren, was vielleicht der Grund dafür war, dass er nur zu festlichen Anlässen in seine Schuhe schlüpfte oder aber, wenn er ältere, ihn an Bedeutung überragende Kollegen zu Grabe trug. »Tropfen«, du Phönix unter den Fischhändlern, dich treibt keine Frau der Welt in den Ruin, du schleppst keine Rieseneinkaufstasche zum Markt und behängst dich nicht mit Gold, du verzichtest auf das Symbol des Münzanhängers und auf das Briefpapier mit dem Bildchen vom dahinschnellenden Stör, mit der Telefonnummer, der Drahtanschrift, den Fischnamen in der linken Marginalspalte – ein Aufmarsch in alphabetischer Reihenfolge, von A bis Z, von Aal bis Zimmy [4] (der Zimmy ist ein japanischer Fisch, wen kümmerts, dass niemand ihn im Sortiment führt); du brüllst nicht und fluchst nicht, luchst anderen keine Kunden ab und machst Geschäfte nur in deiner Reichweite, weil alles außerhalb dir so fern vorkommt wie der Mond: Tropfen, du einfacher, besonnener Mann, der du bedächtig und bescheiden, vielleicht auch ein klein wenig schüchtern bist; dir im Eiskeller von einem Neffen helfen lässt, dich in der Osteria vom Spiel und am Kanal von den Streithähnen fernhältst, um halb zehn zu Bett gehst, im Winter keinen Mantel, nicht einmal einen Umhang, sondern einen Schal anziehst, und durchaus einmal zu tief ins Glas schaust, aber auch deine Räusche sind diskret und erträglich: Mit dir haben wir also einen Fischhändler, der dem Anschein nach mehr Glück mit den Geschäften haben könnte, jedoch der Gewiefteste und bei genauem Hinsehen vielleicht auch der Reichste ist. Der arme *Zio* hätte sich in seinen letzten Wochen gern mit ihm zusammengetan, doch Tropfen, jener liebenswerte, sanftmütige Phlegmatiker, hatte schon frühzeitig gelernt, den Großkopfeten zu misstrauen, ja womöglich empfand er den Titel »unser größter Fischhändler« sogar als ärgerlich und fragwürdig, als schlechtes Omen.

Auf Tropfen folgte, allein und nachdenklich, ein Delfinjäger. Und wie tötet der »Draufgänger« die Tiere, wenn sie die Netze zwischen den in Paarformation fischenden Booten, *Coccie*[5] genannt, zerstören und sich am Fang gütlich tun, eine Arbeit, für die ihm die Regierung bei einem Männchen fünfzig und bei einem schwangeren Weibchen hundert Lire zahlt? Freudig steuert er mit seinem kleinen Boot auf den Delfin zu, um im rechten Augenblick das in Widerhaken auslaufende Seil von sich zu schleudern. Er holt das Seil wieder ein, der tote Delfin treibt an der Oberfläche, und wenn er noch lebt, was durchaus vorkommt, erledigt der Draufgänger ihn mit einem Schuss aus seinem Revolver: fertig. Zufrieden geht er dann zum Zollamt, um seine Prämie zu kassieren.

Von den Begräbnisgängern wagten sich nicht alle ins Trauerhaus, im Gegenteil, nur wenigen – nicht mehr als dreien oder vieren – stand der Sinn danach, den *Zio* ein letztes Mal zu sehen und der Witwe und den Kindern zu begegnen.

In der Nachbarschaft hingegen machte sich Neugier breit. Wer wollte, kam herein und ging nach oben: Nichtstuer, Frauen, Schulkinder auf dem Nachhauseweg, alle stiegen sie treppauf und später treppab, ergriffen gewissermaßen Besitz von einem Haus, das der Neugier der kleinen Leute für gewöhnlich verschlossen war. Ein Blick auf den Toten stand jedem frei. Doch jene, die ihn am besten gekannt hatten, machten von ihrem Recht keinen Gebrauch, sei es aus Trägheit oder aus Desinteresse, weil es lästig war oder »früher oder später jeden trifft«; sie vertrauten auf das, was rings ums Haus die Runde machte: Es sei »wirklich ein schöner Leichnam«, »noch nie hat er so schön ausgesehen«.

Im zeitweilig entstehenden Menschenauflauf gingen Frauen umher und versicherten, so gut angezogen und langgestreckt wirke der *Zio* wie eine Standesperson, einer von den Herren mit Orden und Rittertiteln, und zugleich sei er zwischen Kerzen und Blumen – echten und solchen aus Pappe (die Familie hatte sich nicht getraut, die Pappblumen abzulehnen) – dermaßen *er selbst*, dass man jeden Moment damit rechne, er könnte die Augen aufschlagen und »*Schönes, frisches Bauernmädchen*« anstimmen, wie die berühmten Sänger aus Forlì.[6]

Wird ein Begräbnis für vier Uhr angekündigt, ist darunter eigentlich halb fünf, fünf oder auch sechs zu verstehen: Es ist zwecklos, sich an die Uhrzeit auf dem schwarz umrandeten Aushang, dem Pendant des rot umrandeten Theaterplakats, zu halten und schon zehn Minuten früher da zu sein. In jenem Grüppchen aus Herzlosen war indes zu hören, dass der Sohn des Verstorbenen, der seinen Dienst als Soldat oder besser gesagt Matrose in Venedig ableistete, einige Minuten zu spät gekommen sei, wie es so ist, wenn man dient und die Vorgesetzten geradezu ungläubig, ja begriffsstutzig reagieren angesichts der Nachricht, dass ausgerechnet die Mutter oder der Vater ihres Untergebenen im Sterben liegt. Fortunato hatte insofern Glück gehabt, als der Leichnam bei seiner Ankunft noch warm war. Armer Junge! Vom Bahnhof abgeholt hatte ihn Mondo.

»Mondo? Sind die beiden verwandt?«

»Wie du und ich. Wir sind verwandt, eben weil wir Fischhändler sind.«

»Oder Freunde. Sie waren doch Freunde, oder?«

Der Pechvogel und der Unglücksrabe, zwielichtiges und zerlumptes Kleinvolk, von Höherrangigen zu Rate gezogen, konnten kaum an sich halten. Der Pechvogel drehte sich um und spuckte aus. Der andere spie auf seine Weise: »Trau bloß keinem Fischhändler, der auf gut Freund macht.«

»Warum, hassen wir uns denn? Fressen wir einander etwa auf?«

Nun war der Name des Fischhändlers Zavatti Raimondo – auch wie ein Mann von Welt »Mondo« genannt – gefallen, und in besagtem Grüppchen, wie auch in anderen vor dem Haus, wurde weiter gegen ihn gestichelt. Er halte sich nun für »unseren größten Fischhändler« und sei daher hineingegangen, die Nachfolge anzutreten: Und dieser Aufgabe widmete er sich mit Eifer, empfing in Ermangelung von Freunden und Verwandten die Gäste, als treibe ihn etwas an, das über Anteilnahme und Mitgefühl hinausging, oder weniger ehrenwert war. Die Pfaffen waren gewiss nicht die treibende Kraft. Die Pfaffen mochte er nicht, und den Herrn Pfarrer noch weniger, wenn auch mittlerweile feststand, dass ohne ihn nicht mehr gestorben wurde. Doch unter den Wartenden war zu hören, dass Mondo, von der verzweifelten

Witwe gedrängt, höchstpersönlich zum Pfarrhaus geeilt war und gleich zwei Priester auf einen Streich erhalten hatte: Selbst der Herr Pfarrer musste zugeben, dass in solchen Fällen einer allein nicht genügt, weshalb er einen streichholzdünnen kleinen Kaplan, jung und unschuldig, ein richtiges Kind, mitgeschleppt hatte. Auf diese Weise also stirbt ein ungläubiger Fischhändler: ein Pfaffe zur Rechten, ein Pfaffe zur Linken.

All das Volk vom Fischmarkt und aus den Eiskellern, das auf den Leichenwagen aus Cesena wartete, und auf den metallbeschlagenen Sarg, der in den Wagen zu hieven war, dieses Volk wusste um die Schwierigkeit, einen Fischhändler, solch einen Gauner und Gotteslästerer, im Angesicht des Todes zu läutern. Während die Menschen nämlich für gewöhnlich zahm und fügsam werden, wenn es an die große Reise geht, bäumt sich der Fischhändler angesichts des Todes auf. Es fällt also nicht schwer, sich vorzustellen, wie der arme *Zio* nichts von einer Läuterung wissen will, weil er, so scheint ihm, ohnehin ein lauterer Mensch ist, weil er kaum geflucht und gewiss weniger ergaunert hat als andere; und als er die Augen aufschlägt und den Pfarrer erblickt, der zu ihm sagt: »Jetzt geht's ans Sterben« und: »Von hier entkommt keiner«, da dreht er den Kopf zur anderen Seite, weil er ausreißen, weil er nicht sterben will; aber auf der anderen Seite sitzt der gute Junge von Kaplan und beschwört ihn, doch geduldig zu sein und reinen Tisch zu machen, aus dieser misslichen Lage könne er sich aus eigener Kraft nicht mehr befreien: »Seien Sie folgsam, hören Sie auf Jesus Christus.« Der Tod des Gerechten ist das nicht, und mag ein Sünder mit zwei Priestern an seiner Seite auch ins Fegefeuer gelangen, ins Himmelreich gelangt er nie und nimmer.

Die Gasse wimmelte inzwischen von Menschen: Da waren Bootsherrn, eine Gruppe von Fischern samt dem Banner ihrer Korporation und einem abgetakelten Schriftführer, Eiskellergehilfen, Leute von außerhalb.

Der große Drudi, Importeur fremdländischen Fischs, hatte vor dem Haus einen Klub um sich versammelt. Er berichtete von einem Forscher, der entdeckt hatte, dass sich die Fischströme mittels Elektrizität regulieren ließen; und er glaubte felsenfest an seine kleine Lektion, wiederholte er sie doch gleich noch einmal: »Wie sie es in der Großstadt mit dem Verkehr machen.« Die Fischhändler lauschten widerwillig, als fürchteten sie, der »gebildete« Kollege wolle sie einwickeln und auf den Arm nehmen; zumal sie zwar mehr als jede andere Zunft im Städtchen an die Wunderwirkung der Elektrizität glaubten, aber zu Recht daran zweifelten, dass sich jemals die Wanderung der Fische damit regeln und lenken ließe, vom engen Bett der Bergbäche und Flüsse hinaus aufs offene Meer.

Es war nicht leicht, das Gespräch wieder auf die Krankheit des Verstorbenen, auf die Witwe, die Kinder zu bringen, und auf jene Sache, die besonders drängte, ob nämlich Geld da war oder nicht. Eine Frau aus dem Viertel schloss sich dem Klub an und berichtete, dass vor einer halben Stunde, vor Lieferung des Blumenkissens aus Veilchen, die Witwe gesichtet worden sei. Beim Eintreffen der Veilchen habe sie sich zurückgezogen, murrend, weil jemand ihr zum Trocknen der Tränen statt eines Taschentuchs in der Eile einen Lappen gereicht hatte. Nun wandte sich das Gespräch den Kindern zu: dem Matrosen, der wohl großartig Haltung bewahrte (ein Matrose ist ja ein Soldat) und der Tochter, die – wenigstens sie – verweinte Augen hatte. Über diesen Sohn sprach man wie über einen der »arbeitsscheuen Strolche«, es hieß, wenn er auf den Erfinder der Plackerei träfe, würde er ihm gewiss den Hals umdrehen. Seiner Vorstellung nach musste ein tüchtiger Fischhändler Papier bekritzeln wie ein

Minister, hier das Soll, hier das Haben, hier die Rechnungen, hier die Transportscheine der Eisenbahn, und in der Kammer eines Eiskellers befindet sich tatsächlich nichts anderes, es sei denn, jemand schleppt Kriminalromane dorthin, Rätselheftchen, Karten mit schönen Frauen darauf, und außerdem Fotos von Radfahrern und Boxern wie Girardengo, Guerra, Spalla, Carnera oder unserem Mitbürger Ivo Biondi.[7] Der tüchtige Fischhändler persönlich, Gott hab ihn selig, hatte jedoch nichts als sein abgegriffenes Notizbuch und einen Bleistiftstummel besessen: Das war seine ganze Verwaltung. Und die überließ er niemandem, schon gar nicht seinem Erstgeborenen. Aber wie sollte dem Erstgeborenen ein nur aus Eiskellern bestehendes Viertel gefallen, voller tief in die Erde gegrabener Grotten, die oberirdisch von niedrigen, kreisförmigen Mauern umschlossen und mit Ziegeln bedeckt waren, ein wenig wie das Mausoleum der Galla Placidia in Ravenna, ein beliebtes Ausflugsziel; Eiskeller also, die an schmuddelige alte Grabstätten oder prähistorische Behausungen erinnerten? Sich in dieser Art von »abessinischem Dorf«, wie manch einer es nannte, zurechtzufinden, nicht in Schlamm oder Unrat zu treten, die trüben Rinnsale zu umgehen, die aus allen Eingängen quollen, das war nicht leicht für jemanden, der nicht nur seine zarten Hände, sondern auch seine Schuhe, in diesem Fall waren es sogar Mokassins, makellos erhalten wollte: ganz zu schweigen davon, dass die Beschaffenheit des Geländes die Vorstellungskraft der einfachen Leute verwässert haben musste, wurde dieses bizarre Viertel doch wegen ein paar Metern Höhenunterschied »Berge« genannt. Unnötig zu erwähnen, dass der Junge immer mit einem Ekel vor solchen Erhebungen von den »Bergen« abgestiegen war.

Der bemitleidenswerte Fischhändler, der seinen Sohn an den Beruf heranführen muss, lässt entgeistert die Arme hängen und fragt sich, was er mit diesem Gecken anfangen soll, den es – wie auch immer – in den Moder und Gestank der »Berge« verschlagen hat. Hier heraufzukommen und sich an den Schreibtisch zu setzen, ist eine schöne Sache. Und Italienisch ist und bleibt eine schöne Sprache, die wohlklingendste der Welt, doch wenn man am Kanal für einen Fremden gehalten wird, werter Junior, dann kommt weder Freude auf noch Bares in die Kasse. Hätte der Junge doch wenigstens den Dialekt der Chiozoten gelernt, da sie es hier für einen Großteil des Jahres mit Kapitänen aus Chioggia [8] zu tun haben und zwischen den langen Fangreisen immer irgendein *Paron* [9] namens Felice oder Fortunato am Kanal anzutreffen ist, über den Schultern den Gabàn [10], mit roter Mütze, dicken, am Knie umgekrempelten Wollstrümpfen und Holzpantinen. Und heißt der Fischhändler nicht »Pagan«, wie so viele in Chioggia? Stammen seine Vorfahren nicht von dort oben, aus jener Stadt, deren Fischer als die besten – sagen wir ruhig der ganzen Welt – gelten, zumindest was die Sardinen, aber auch die Grasgrundeln und Goldmeeräschen anbelangt?

Der gute Mann erklärt dem Sohn, soweit er es eben kann, warum die Einwanderer aus Chioggia auch in seiner Stadt Bürgerrechte besitzen. Zunächst einmal ist Chioggia nach wie vor Herrin der Adria und bis jenseits der Felsenküste der Abruzzen [11] zu Hause, doch hier bei ihnen sind die schlauen Kapitäne seinerzeit auch an Land gegangen, hier haben sie Quartier aufgeschlagen, und so kommt es, dass sogar der größte Bäcker Chiozoter Wurzeln hat und, wenn er das Brot in den Ofen schiebt, hochnäsig zu seinem Gehilfen sagt: »Geb mir mals Brot fürn Potin, den Windbeutel, geb mir mals Brot fürn Ménego, den Szlawiner, geb mir mals Brot für die Szlampe von Terénsia.«

Und der Fischhändler, zur Hälfte die Romagna, zur Hälfte Chioggia im Blut, hätte gerne hinzugefügt, dass ja nichts

Schlechtes daran sei, wenn viele echte Einheimische die typisch venetischen Nachnamen Zennaro oder Duse oder Magnamare trügen, schließlich verdanke die Stadt ihren Rest von Fischereitradition just den Einwanderern aus Chioggia.

Über die Tochter des Toten erzählte man sich mehr oder weniger das Gleiche, wobei erschwerend hinzukam, dass sie eine Frau war und hatte studieren wollen.

Ihre Erfahrungen in der Klosterschule waren im Eiskellerviertel wohlbekannt – hier lachte man noch immer darüber, was dem Töchterchen eines einfachen, frisch arrivierten Fischhändlers in jenen Lehranstalten blühen kann. Es war also bekannt, dass die Mädchen dort nachfragen: »Bist du reich? Wie schmeckt denn bei euch das Essen? Was für Kleider trägt deine Mutter? Und was macht dein Vater?« Diese Frage dürfte die kleine Pagan auf der Stelle aus der Fassung gebracht haben: »Mein Vater ist … Fischhändler.« Und zum ersten Mal hatte sich das Mädchen für den Beruf ihres Vaters geschämt, als sie nun aus der Distanz, in einer anderen Umgebung an ihn dachte, während ringsherum Gelächter und spöttische Nachfragen laut wurden, sie die Verachtung spürte. Ja, es ist wirklich schrecklich, wenn dein Vater Fischhändler ist. Und deine Mutter nichts weiter als die Frau eines Fischhändlers. Welch ein Graus, dass der Vater immer seine Arbeitsutensilien, also ein scharfes Messer, eine kleine Säge und eine Schere bei sich trägt, mit denen er die kompliziertesten Fische von Kiemen, Flossen, Schuppen, Knöchelchen, Knorpeln, Gräten befreit und Stücke zarten, blassen Fleisches zum Vorschein bringt. Auweh, was eine Schande!

Anita wusste, dass der *Zio* in den ihm besser bekannten Häusern schnurstracks in die Küche marschierte; vor allem, wenn Gäste von auswärts da waren und ein großer *Brodetto*[12] vorbereitet wurde. Alle empfingen ihn herzlich, die Herrschaften versicherten, dass sie ihn früher oder später dazu nötigen würden, ebenfalls an der Tafel Platz zu nehmen, und sei es nur, um den Gästen zu zeigen, wie ein echter Fischhändler aussieht, einer dieser goldbehängten Mordskerle, und wie er seinen Fisch isst, aber die Einladung folgte nie, nur einen Schluck zu trinken reichten sie ihm. Er trank auf ihre Gesundheit, und wenn er das Glas mit einem Anstandsrest absetzte, verkündete er: »Und dann sagen Sie mir bitte, ob's nicht wie Kalbfleisch schmeckt.« Der armen Anita war bewusst, dass der *Zio*, also ihr Vater, sich nach Kräften um die schlemmenden Herrschaften bemüht hatte, bis schließlich sie und nicht die Schreier seines Berufsstands, die ihm das Schicksal unglücklicherweise zugesellt hatte, seine wahren Freunde zu sein schienen. Die Mutter schwieg zu diesen Dingen – ihr wiederum war bewusst, dass ihr Manuvlin nach solch einem Brodetto ohne weiteres an eine Unterschrift herankam. (Was ist schon eine Unterschrift? Nichts als ein Tintenkrakel. Aber ohne sie keine Wechsel, und ohne Wechsel oder Scheinchen geht auch kein Fisch ins Netz.)

Nun verzogen die Mitschülerinnen derart die Gesichter, dass die kleine Anita Pagan schon befürchtete, sie selbst stinke nach Fisch, und sie die grausame Freundin, die sich die Nase zuhielt, gern mit einer Haarnadel, einer von den langen, erstochen hätte, genauso wie jene andere, die eine gewisse Operette kannte und offenbar allen die Arie *Die schöne Fischhändlerin*[13] beigebracht hatte, was die Nonnen nicht weiter schockierte. Bei anderen wiederum hieß die kleine Pagan sogar »Fräulein Freitag« (freitags gab es in der Klosterschule immer Fisch). Irgendein Mädchen hatte auch bemerkt, dass Anita jede Woche Familienbesuch bekam, immer freitags und immer vom Vater, und so hieß es schließlich: »Verkauft dein Vater hier etwa seinen Fisch?«

Trotz alledem war das liebenswürdige Mädchen beharrlich und tüchtig gewesen, sie hatte eine Klassenstufe nach der nächsten erklommen und schließlich mit jenem Stück Papier die Schule verlassen, das ihr mit einem Feenstimmchen zuraunte: »Jetzt bist du Lehrerin, jetzt kann du die lieben Kinder unterrichten.« Folglich sagte die junge Lehrerin: »Mama, wir sollten alle italienisch sprechen. Papa, ab heute sprechen wir italienisch.« Anscheinend hatte eine der Nonnen ihr bei der Verabschiedung nahegelegt, den Vater an die Hochsprache heranzuführen, denn, wie sie sagte: »Wer italienisch spricht, der flucht nicht«, was an einen Aphorismus der Fischhändler erinnert: »Im Fluch steckt die Kraft.« »Zo nu«, antwortete ihr Vater, »wenns Romagnol nis gefällt, denn verbeug ich mich vor der lieben Parona un zprech wien Chiozot.« Und manchmal sprach er davon, vor seiner *Parona*, also Andreana, keine Verbeugung, sondern einen »szönen Bückling« zu machen.

Unterdessen hatte sich ein großspuriger Fischhändler, ganz in Schwarz, dem Trauerhaus genähert – er war dafür bekannt, »Kunden wegzuschnappen« (einer von denen, die, wenn die Kisten mit Fisch auf die Reise gehen, Gehilfen zum Bahnhof schicken und sie die Adressen kopieren lassen) – und dieser eher unangenehme Zeitgenosse wedelte wichtigtuerisch mit einem gelben Zettel, während er die Wartenden mit der anderen Hand aufforderte, vor der Autorität des Telegramms zu weichen. Offenkundig sah er es als die Gelegenheit, seinen Ruf außerhalb des Fischmarkts ein wenig aufzupolieren, da er dort so gut wie nichts mehr zählte. Um seine gewichtige Mission zu erfüllen, betrat dieser Großtuer, die Nachricht fest in der Hand, das Haus und wollte die Witwe sprechen, obwohl diese ihre Tür zweifach verriegelt hatte und auf keinerlei Ansprache reagierte.

Und schließlich tauchten, wie immer als Letzte, die Priester am Ende der Straße auf, der hagere Pfarrer, der streichholzdünne kleine Kaplan (ebenjene, die an der Seite der Sterbenden sitzen, der eine links, der andere rechts), vor ihnen ein Kreuz so lang wie ein Schilfrohr, in ihrem Gefolge ein alter Mönch.

Die Fenster waren nun geschlossen und der Trauerzug setzte sich in Bewegung; dem Spalier der Menge entsprechend, ging es im Zickzack voran. Vier Fischhändler hielten die Trauerbänder des Leichenwagens: Vorne links lief tatsächlich derjenige, der sich zuvor mit dem Telegramm seinen Weg gebahnt hatte, dann folgte der allseits bekannte Vertreter der neuen Ära, immer noch ohne Spitznamen und heute wieder einmal in seinen prächtigen *Knickerbockers*, da er wie der Fischhändlernachwuchs eine Abneigung gegen den schwarzen Anzug aus Köper hegte, wie er für Sonn- und vielleicht noch Hochzeitstage obligatorisch war. Auf der anderen Seite ging der große Musikkenner, der dem illustren Verstorbenen seinerzeit aus Begeisterung über die durchdringenden Spitzentöne einen denkwürdigen Biss verpasst hatte, und wer weiß, ob ihm die Ehre des Bänderhaltens nicht eben deswegen zuteilwurde, weil er dem seligen *Zio* in jenen glücklichen Tagen das halbe Ohr abgetrennt hatte, eine Liebkosung unter Musikbesessenen. Als Letzter zur Linken ein Fischhändler zweiten oder dritten oder auch gar keinen Rangs; es war verwunderlich, ihn hier zu sehen, da der gute Mann zwar winters mit Fisch handelte, aber sommers, wenn die Feriengäste kamen, als Kellner arbeitete. Dann trug er wie selbstverständlich einen schwarzen Anzug, der »Smok« oder so ähnlich genannt wurde: Aus Respekt vor dem Verstorbenen war er nun in diesem Smok erschienen, und aus Respekt vor dem Smok durfte er wiederum das Trauerband halten.

Direkt hinter dem Leichenwagen folgte der Sohn des Toten im Matrosenanzug und wirkte offen gestanden, als wäre er lieber ganz woanders, wiewohl der Fischhändler Zavatti Raimondo als Beschützer und Freund der Familie an seiner Seite ging, ebenjener Mondo, der sich zu diesem Anlass so bemüht gezeigt hatte, wenn auch der Grund hierfür nicht wirklich einleuchtete; doch wie in allen Dingen des Lebens lag gewiss irgendwo ein Grund verborgen. Anscheinend wollte Mondo den Erben im Auge behalten, falls er sich schlecht fühlen, falls er zu schluchzen anfangen sollte, da es schließlich grausames Brauchtum ist, dass direkt auf den Sarg der nächste Verwandte folgt. Der Sohn des Toten ging jedoch nicht stramm wie ein Matrose, ein Marinesoldat, sondern mit hängenden Gliedern, als wollte er sein gebrochenes Herz zur Schau tragen; und die Aufmerksamkeit, die er als nächster Verwandter, als Sohn zumal in Uniform auf sich zog, ließ ihn einen seltsamen Ausdruck von Betrübnis und Überdruss annehmen, weshalb er umso verschlossener, ja in manchen Momenten sogar unsympathisch wirkte.

Sie erreichten den Kai, von wo aus das nahezu verwaiste Städtchen einen beklemmenden Anblick bot: Im gewundenen Lauf des Kanals lagen die Boote dicht an dicht, eine Stimmung wie nach einem Schiffbruch, wenn der Ertrunkene noch draußen im offenen Meer treibt und die Fischer den Hafen aus mehrerlei Gründen nicht verlassen möchten – nämlich aus Aberglauben, Angst und Respekt gegenüber dem Gefährten. Oder, falls vorhanden, aus echtem Mitgefühl. Einziges Anzeichen von Betriebsamkeit, und das mitten im Ort vor dem Rathaus, war ein auf der Seite liegender, abgetakelter Lastkahn, dessen Mastspitzen an Pollern vertäut in Richtung Ufer wiesen. Der Bootsrumpf ragte aus dem Wasser und wurde von einem Kalfaterer auf einer Barke von Verkrustungen befreit, während ein anderer, der lackierte oder teerte, ihn mit seinem kleinen Boot wie auf einer Spazierfahrt umkreiste.

Schritt um Schritt rückte der Trauerzug voran, und so bedeckten nun die Obsthändlerinnen ihre Ware und die Geschäfte, Osterien, Cafés schlossen ihre Türen, in Erwartung des geheimnisvollen leeren Wagens, der stets das Ende der Prozession anzeigt[14]. Der Anstreicher und der Kalfaterer unterbrachen die Arbeit und brachten die Barken zum Stehen, das Geplärr der Radios ringsum verstummte allmählich und eins nach dem anderen wurden die Fenster des Klubs geschlossen, aus denen fürchterlichen Kosakenchöre schallten – die halbe Stadt war schon taub davon.

In der Kirche verweilten sie lange: Der Pfarrer rächte sich. Er wusste um die brennende Ungeduld vieler Anwesender, die eine angenehme Erinnerung an freigeistige, weltliche Trauerfeiern bewahrten; an damals, als man selbst den Frauen in ihrer Sanftmut diese Schande angedeihen ließ, sie im Tode unfreiwillig zu Anarchistinnen machte. Und der Pfarrer hielt sie um den Sarg herum unter Kontrolle, diese Brut vom Kanal, vom Fischmarkt, von den »Bergen«, immerzu Flüche und Lästerliches auf den Lippen; und das *De profundis* sang er ebenfalls für sie, um den Kerlen ein wenig Angst einzujagen, auf dass der ein oder andere darin versänke, sie alle im Abgrund der Gehenna verschwänden, all diese Fischhändler ersten, zweiten oder dritten Rangs mitsamt ihren Mätressen, Körben, Waagen und fauligen Fischen, hinab, hinab mit ihnen. Auch für den Reisenden, den Schweizer, für Bombi Adamo, Bleifuß, Tropfen und Bruto, den Pechvogel und den Unglücksraben würde die Stunde schlagen: O ja, Unglück wird über dich kommen!

Wie die begossenen Pudel, ziemlich bedröppelt, gingen die alten Rädelsführer des Atheismus später die Friedhofsstraße entlang und beschwerten sich: Das sei ein übler Streich gewesen, so etwas hätten der *Zio* und seine Familie nicht tun dürfen. Nach der gewaltigen Schmach in der Pfarrkirche befand so mancher, ein Fischhändler könne wahrhaftig nicht im Beisein eines Pfaffen sterben: ein Wursthändler ja, ein Kapitän vielleicht, ein Fischhändler *niemals*. Zu heilig sei die Fischhändlertradition, und er – man deutete auf den Leichenwagen – habe das gewusst.

An die Friedhofspforte stellt sich nun ein Mann mit Notizbuch und Stift, offenbar soll er nach feierlicher Einfahrt des Wagens den Trauerzug kontrollieren. Sind alle da? Fehlt jemand? Wer fehlt, der zahlt: ein Bußgeld. Denn so sehr sie einander auch hassen mögen, wer an der Schwelle des Todes keinen Korpsgeist verspürt, der ist »des Fischgeschäfts« nicht würdig. Der Kerl, der das heikle Amt des Kontrolleurs übernommen hatte, war unbeirrbar. Grimmig musterte er jeden einzelnen seiner Kollegen, ja sein verächtliches, herrisches Gehabe wollte wohl den Pfarrer imitieren, der mit seinem *De profundis* schon den gesamten Trauerzug in jener Schlucht bei Jerusalem hatte versinken lassen.

Dann hielt der Leichenwagen auf dem kleinen Platz. Der Matrose stand regungslos, verdrossen, den Blick starr auf das Veilchenkissen gerichtet, das sanft, so schien es, auf der Brust des Toten ruhte. Große wie kleine Fischhändler umringten den Wagen in tiefem, beinah feindseligem Schweigen, um im Herzen Abschied von ihrem stummen Gefährten zu nehmen: Das ist der Korpsgeist derer, die Gott lästern und im Fischgeschäft arbeiten. Lebewohl *Zio*, Freund, Kollege … Schließlich verlässt einer der Fischhändler seinen großtuerisch eingenommenen Ehrenplatz, um sich dem Veilchenkissen zu nähern, den Veilchen jenen gelben Zettel zu präsentieren, dem er selbst all die Ehre verdankt, jenes beizeiten eingetroffene Telegramm, das ihn in diesem so entscheidenden Moment im Rang erhöht, ihn zu einem gebildeten Mann, geradezu einem Meister der Redekunst macht. Er hebt die Hand, schwenkt das Papier, ruft in Richtung der

Kollegen: »Ich überbringe dem Dahingeschiedenen den Gruß der Fischhändler von Comacchio.«[15] Die Bedeutung und Autorität Comacchios wird ohne Zögern anerkannt.

Dann folgt eine Überraschung: Es sind der gelben Zettel zwei, was der Rhetor nun in aller Öffentlichkeit demjenigen zeigen möchte, der schweigend dort unten liegt und womöglich friedlich an den hübschen Veilchen, ein Geschenk seiner kleinen Familie, seiner verstörten Frauen, schnuppert. Denn Comacchio, meine Herrschaften, ist zwar Comacchio, aber das hier ... das, meine Herrschaften, möchten Sie wissen, was das ist? Unbeirrt fährt der Redner fort: »Ich überbringe dem Dahingeschiedenen den Gruß der Fischhändler von Chioggia.« Chioggia, die besten Fischer der Welt, Cesenatico, die besten Händler der Welt, Comacchio, die besten Aale der Welt; der kraftvolle, einträchtige Ruf: »Kamerad Pagan Emanuele! Hier!«; der Korpsgeist, bestärkt im Angesicht des Todes; der römische Gruß[16] für den Anführer und Gefährten – wahrlich ein Begräbnis, an das man noch lange zurückdenken wird.

Kapitel II

Das arbeitsame Persönchen, die Schneiderin, hatte auch etwas Unsympathisches an sich mit ihrer dunklen, spröden Gesichtshaut, den hervorstehenden Wangenknochen der einfachen Leute, dem übermäßig krausen Haar, das sie wie eine Gabe der Natur zur Schau trug: eine herbe Weiblichkeit, nicht weniger stachelig als ein Igel. Wie versprochen brachte sie nun Stoffmuster und eine Rolle mit Skizzen vorbei: Für die Muster, alle in Rot gehalten, habe sie die Geschäfte abgeklappert, sich aber nicht lang in Gespräche über die verschiedenen Rottöne verwickeln lassen.

Auf die Stoffe deutend, fiel ihr die Witwe ins Wort:

»Das nennt Ihr Rot? Das ist doch Braun und das Violett, und das hier Ochsenblut …«

»Ist das nicht die passendste Farbe?«

»Warum? Seit wann tragen Witwen Ochsenblut?«

»Naja, Witwen, eigentlich …«

»Wenn ich Rot sage, dann meine ich auch Rot.«

Allerdings zeichnete sich bereits eine Einigung ab, und als das Violett – was für ein halbherziger Kummer, lauer Schmerz – schließlich aussortiert war, entschied sich die Witwe für den Mittelweg, da Wahrheit und Machbarkeit wie immer im Leben auch in dieser besonders eigenartigen Situation in der Mitte lagen.

Die kleine Schneiderin sollte also umgehend Stoff, Futter und Faden besorgen, alles in Ochsenblut, und am nächsten Morgen um neun vorbeikommen, um den Tag über bei ihnen zu arbeiten.

Die extravaganten Anwandlungen der Witwe, mochten sie auch echtem, aufrichtigem Schmerz geschuldet sein, hatten die Stimmung zwischen ihr und der Tochter für den Rest des Tages abgekühlt. Ihre Tochter hieß solches Benehmen nicht gut. Sie war eben keine Witwe und wollte nicht darüber diskutieren, ob Rot nun Schmerz symbolisiere und die Farbe der Witwenschaft sei, sie hielt sich an die vorgeschriebene Farbe der Trauer, ans glanzlose, strenge Schwarz, und fühlte sich wohl darin.

»Da ist ja Fortunato.«

Fortunato kam von einem Spaziergang zurück: der erste zaghafte, einsame Spaziergang nach dem großen Unglück. Die Mutter, Andreana, wollte das unangenehme Schweigen brechen und setzte schon an, vom Geschäft zu sprechen, aber auch das war ein schwieriges Thema und besser auf morgen zu verschieben, wenn nicht der Sonderurlaub schon ausliefe, der Matrose nicht am nächsten Tag abreisen müsste. Anita begann, die Tischdecke auszubreiten: Die Mutter wollte das nicht, ja sie verhinderte einen so schlichten kleinen Handgriff gebieterisch und mit übertriebener Hast, als nutze sie die Gelegenheit, all den niederdrückenden Kummer abzustreifen und sich alltäglichen Dingen zuzuwenden.

»Lass das. Wir haben das Dienstmädchen. Du wirst noch genug Zeit haben, dich um den Haushalt zu kümmern, Anita.«

Diejenige, die als »Dienstmädchen« tituliert wurde, verzog das Gesicht. Sie war nun schon siebzig Jahre alt und kam vorbei, wann es ihr beliebte, und obwohl bettelarm, wollte sie nicht Dienstmädchen genannt werden, da sie zu Recht davon ausging, dass ein echtes Dienstmädchen sich eine einzige Familie sucht, für die sie sich abmüht, bei der sie auch schläft, während sie selbst abwartete, bis sie nichts mehr zu essen hatte, nicht einmal eine der ungenießbaren Meeräschen aus dem Kanal, die nach Schlamm schmecken und aus dem Netz springen, so viel Kraft haben sie in der Schwanzflosse. Dann ging sie mal in diesen und mal in jenen Haushalt, um etwas zwischen die Zähne zu bekommen, wobei sie die alteingesessenen Familien vorzog, in denen sie ihren Dialekt sprechen konnte, ohne jemanden zu verärgern.

Und nun hörte sie, die Màlgari, angesichts des Matrosen aus Venedig gar nicht mehr auf, im passenden Dialekt mit ihrer Chiozoter Herkunft zu prahlen, obwohl sie nur ein einziges Mal, und das vor vierzig Jahren, an Bord einer Tartane[17] nach Chioggia zurückgekehrt war, um ihre alten Verwandten wiederzusehen, und dort nichts Denkwürdiges vorgefunden hatte, außer schauerlichen Pisspötten. Ein Gestank! Die Signorina möge verzeihen, sie sei ja »sartbesaitet«, aber in Chioggia habe es vor vierzig Jahren eben noch keine stillen Örtchen gegeben: Mit gesenkter Stimme verkündete die Màlgari außerdem, dass »zon Ding« Glück und Gesundheit bringe, selbst die Ärzte sagten das.

»Lästert hier nis über meine Heimat«, fuhr der schöne Matrose sie an und sprang auf, »denkt dran, Màlgari, ich komm auch aus Chioza.«

Was Andreana bestätigte: »Mein Fortunato ist in Chioggia geboren. Die ersten zwei Jahre nach der Hochzeit haben wir dort gelebt, und die Sauberkeit, draußen auf der Straße, und drinnen ...«

»Mein Chioza, szön und königlich,
acht Wunder, derer rühm ich dich«,

stimmte die Alte freudig an, doch sie kannte die acht Glanzstücke von Chioggia nicht: Lediglich an die »szöne Uhr, die Ztunden su szlagen« erinnerte sie sich, ganz und gar nicht verunsichert durch die Überheblichkeit des schönen Matrosen, für den alle öffentlichen Uhren den Takt der langen Weile und des Müßiggangs schlugen.

Dann bewunderte die Màlgari den Gegenpol, die Ordnung und Sauberkeit im Haus unseres größten Fischhändlers, wo die Möbel fast alle furniert und noch dazu spiegelblank waren und dort in der Ecke der außergewöhnlichste und bemerkenswerteste Gegenstand von allen, ein Spucknapf aus Majolika stand. Ein Spucknapf in jedem Zimmer, so etwas gab es in Chioggia nicht, selbst für hundert Lagunenschleppnetze hätte man keinen einzigen bekommen.

»Die hier«, sagte die Hausherrin mit einer gewissen Genugtuung und wies auf den Spucknapf, »hat unsere Anita eingeführt, weil auch mein Ehemann, Gott hab ihn selig, die schlechte Angewohnheit der Fischhändler hatte, Ihr wisst ja, sie spucken auf den Boden. Wir haben uns gleich fünf von den Näpfen aus Forlì kommen lassen.«

»Sag doch wenigstens ›Bonbonniere‹, Mama«, wurde sie von Anita korrigiert, die von einem Schwindsüchtigen erfahren hatte, was für eine schöne Verbrämung in den Sanatorien gebräuchlich war.

Nach dem Essen erschien auch die Màlgari wieder in der Stube, sie wollte sich ebenbürtig fühlen, und die Runde kam erneut auf Chioggia, die ideale Heimat, zu sprechen: Die Alte zeigte auf ein schmuckes kleines Gemälde ihr gegenüber, einen halben Meter unter der Pendeluhr, dem sich nun alle interessiert, aber verständnislos zuwandten. *Refugium Peccatorum*[18], so hieß das bekannte Gemälde: eine Straße an einem Kanal, ein Stück Balustrade mit Statuen darauf, zwei Füllhörner, zwischen denen eine Lücke in der Balustrade ein unsichtbares Treppchen anzeigte, eine Statue (vielleicht die Madonna der Seefahrer?), von der nur Fuß und Sockel samt herabgeregneten Blumen zu sehen waren, und ein Mädchen mit gesenktem Kopf, das am Boden kauerte. Eine kleine Sünderin also: Und der Kanal dort (der Peròtolo-Kanal, wie die Alte sie wehmütig belehrte), dieses Stückchen Balustrade, das an eine venezianische Villa erinnerte, das war Chioggia.

»Jetzt weiß ich es wieder«, pflichtete Fortunato ihr bei. »Gleich hinter dem Dom ist das, genau.«

Andreana fuhr dazwischen, als habe er sie unbedachterweise provoziert.

»Du warst da? Du warst also in Chioggia? Und du … du hast nicht meine Felice besucht?«

»Meine Felice? Wer ist das?«

»Du hast nicht einmal die Gasse gesehen, wo deine Mama, … wo … als …«

Und da Fortunato nicht begriff, dass seine Mutter in einem Anflug von Traurigkeit und Enttäuschung ihren Gedanken nachhing (als hätte sie soeben das Gesicht seiner Generation an ihm erkannt: die Unverfrorenheit, den Überwältigungstrieb, die Vogelperspektive auf eine neue Welt), erhob er sich und ging, ein wenig hin- und herschaukelnd, wie es die Matrosen tun, auf die makellose »Bonbonniere« zu, in die unser größter Fischhändler nicht mehr spucken konnte: In recht unfreundliches Schweigen gehüllt, spuckte nun sein Sohn hinein.

Tags darauf reiste Fortunato ab und Andreana sprach über Gott und die Welt, nur nicht über ihren Sohn. Auch der Schneiderin, die in ihm den liebenswertesten Menschen in diesem Haushalt vermutete und sich interessiert nach ihm erkundigte, wollte Andreana keine Genugtuung geben; die Handflächen parallel haltend, deutete sie lediglich einen Zug an, der auf Gleisen dahineilt. Weiter, immer weiter …

Die Nähmaschine schien sich sofort zur Herrin der Stube aufzuschwingen, wozu noch die rustikale Art der Fremden kam, die zornig ihr Pedal traktierte: Wenn sie hin und wieder haltmachte, um wegen etwas nachzufragen, sah es aus, als stiege sie von einem Fahrrad ab.

Den restlichen Tag verbrachte Andreana in Gedanken an ihren Sohn, wobei sie nicht durch Banalitäten und Geschwätz gestört werden wollte, und ebenso wenig durch jene Atmosphäre lästiger Alltäglichkeit, die mit der Fremden ins Haus kam. So eilt der Zug auf den Gleisen dahin, weiter, immer weiter, um diese Zeit hat er sein Ziel fast erreicht. Das Festland bricht ab, zersplittert, wird schlammig, verflüssigt sich, und ab da beginnt ein gänzlich neues Leben: das Wasser. Eine endlos lange Brücke, ein Damm so schmal wie die Linie eines Scheitels und darauf ein Zug, womöglich kleiner als andere, der wie wildgeworden vorwärts eilt: am Horizont die Stadt, die »keiner andern gleicht«, Altane und goldene Kuppeln, Hafenkommandantur und Vizekommandant … und wer weiß was noch alles.

Nun hörte Andreana wieder die Stimme ihres Sohnes, sah ihn erneut vor sich, wie er lächelte und ungerührt sagte: »Ja, Mama, ja Màlgari, ich weiß, wie es in Chioggia stinkt.« Er hatte sich der Heimat eben ohne Herzklopfen genähert, war nur aus Zufall dort hingeraten und hatte nichts mitgenommen als eine vage Erinnerung an jenen Gestank, eine Mischung aus fauligem Fisch und Bitumen zum Kalfatern der Boote, aus Gemüseresten und überreifem Obst, den Ausdünstungen des Schlamms, sicher aus einer Bootswerft, und dann war da der gekochte Kürbis, genannt *Zucca barucca*, Kostproben, die im Kanal landeten. Kaum zu glauben, dass sie sich seit über zwanzig Jahren nach diesen und anderen Grässlichkeiten sehnte, aber in Wahrheit fühlte sie sich dann wieder jung, wie damals, am Ende einer Gasse, am strahlendsten Morgen ihres Lebens, zwischen vorwärtsdrängenden Handkarren voll von Obst und Gemüse, alles farbenfroh und duftend, ein Duft nach Äpfeln, Pfirsichen und Zwetschgen, Paprika, roten Trauben und vor allem großen Tomaten, mit Reis zu befüllen: und sie war schwanger (ja, mit ihm …).

Warum nur (so fragte sie sich) hatte ihr nicht mehr jugendlicher Bräutigam sich seinerzeit in den Kopf gesetzt, ausgerechnet dort oben »im Fischgeschäft« zu arbeiten? Trieb ihn Abenteuerlust (fragte sich Andreana) oder der Ruhm der besten Fischer der Welt, war es die Freundschaft eines *Paron*, der den Markt dort angepriesen hatte, oder die in Chioggia verbliebene Verwandtschaft, die ihn später kaum grüßen, ihn hintergehen, ihm sein Geld abluchsen sollte?

Oh, Andreana erinnerte sich noch an ganz andere Dinge, ohne dass es sie geekelt hätte: an eine schwierige Schwangerschaft, so abscheulich wie die Abscheulichkeiten um sie herum, wie die Risse, die Exkremente, die Abfälle, wie der Küchenboden, der aussah wie der Lagunengrund, der Stubenboden, der aussah wie Schiffsplanken: Oh nein, eine frischverheiratete Frau sollte nicht so leiden müssen, nicht so erniedrigt werden! Sie erinnerte sich daran, um Hilfe gebeten zu haben, vielleicht Tante Felice Pagan, die sich mit solchen Dingen auskannte und für eine Verwandte ihres Mannes nicht so übel war, dann die Hebamme, schließlich den Arzt, und der Arzt hatte bei ihr eine Blutung festgestellt, die keine Schmerzen verursachte und, so sagte er, von der Plazenta herrührte. Inzwischen stand fest, dass sie ihr Kind nicht in diesem Loch auf die Welt bringen konnte, wo alles morsch und verseucht war, sondern dass sie in ihr schönes Krankenhaus kommen sollte, in ein kostenpflichtiges Zimmer, als handele es sich um eine Operation, öffnen und wieder zunähen, und nicht um eine einfache Geburt in einer Stadt, deren Spezialität – so heißt es – Zwillings- und Drillingsgeburten sind. Gott weiß, wie lang es gedauert hatte, sie begriffsstutziges Geschöpf von der großartigen Idee einer Entbindung an sicherem Ort zu überzeugen.

Dann Staunen, Verblüffung über einen anderen Fall, der sich körperliche Fehlbildung oder Anomalie nannte und eine Frischvermählte im selben Alter und in derselben Lage gleichfalls in Angst und Schrecken versetzt hatte, und auch ihr den Weg zum »sicheren Ort« gewiesen, das Bötchen ihres Kindes zum selben schützenden Hafen geleitet hatte, wenn auch der Grund, der Kummer ein anderer war. Der Vorname dieser Zimmergenossin lautete: Romi, die Romi. Ihr Familienname: Ballarin. »Ich Pagan, und sie Ballarin …«

Und was war über den Gatten der Ballarin anderes zu sagen, als dass er Mittelsmann war, die Vertrauensperson von vier, fünf, zehn Kapitänen? Die Ballarin prahlte im Wochenbett mit all dieser Bedeutsamkeit und sprach von den Booten, von der *Sieh und schweig*, der *Folg mir doch*, der *Wüterich* und der *Schrecken der Meere*. Die Ballarina wollte den Ballarino, ihren Trumpf, reich beschenken. Und wenn es nun ein Mädchen wäre? O mein Gott, Mädchen, was nur mit ihnen anfangen?

Und die Ballarin riet ihr: »Wenns'n Junge is, denn hör auf mich: Nenn ihn Fortunato«, da Chioggia unter dem Schutz der heiligen Patrone Felice und Fortunato steht, und wer in jener gesegneten Stadt nicht wie ein Glückskind »Felice« heißt, der heißt zumindest wie ein Liebling des Schicksals »Fortunato«.

Andreana war aufgeschreckt.

»Felice«, sagte sie laut beim Gedanken an den Sohn ihrer Zimmergenossin. »Und wen das Schicksal nicht liebt, wen es nicht liebt, ist der wirklich … ein glücklicher Felice?«

Anita rief nach ihr, es ging um die lästige Sache mit dem ochsenblutfarbenen Kleid, und Andreana fühlte sich dabei ertappt, wie sie ihrer Schwäche frönte (eine neue Schwäche, dem Witwenstand geschuldet), also »an etwas anderes« dachte, sich in ihr früheres Leben zurückträumte, woanders war.

Woanders war Chioggia, denn sonst kannte sie ja nichts von der Welt.

Anitas Italienisch war sehr gewählt.

»Bitte verzeih, wärst du wohl so freundlich und kämst einen Augenblick herüber?«

Andreana fügte sich und stützte zwei Finger auf das Tischchen der Singer-Maschine. Nach einer Weile kam Besuch. Anita war so freundlich, eine tuschelnde Unterhaltung im Flur zu führen und Sorge zu tragen, dass niemand das Innere des Hauses betrat: Dort wurde das Witwengewand angefertigt, was als Überraschung oder etwas ganz Extravagantes gedacht war und, einmal vollendet, wie eine Feuerwerksrakete zünden sollte.

Doch es war nur ein Hilfsbursche vom Markt oder aus den Eiskellern, mit dem jener Fischgestank zurückzukehren schien, der sich nach dem Unglück verflüchtigt hatte – stattdessen war ein angenehmer Geruch nach Riechsalz und Essig gegen Ohnmachtsanfälle eingezogen. Chilazz war es, der Eiskellerbursche des Fischhändlers Mondo, ebenjenes Mannes, der nach dem Tod seines Freundes und Kollegen solche Hilfsbereitschaft an den Tag gelegt, den Trauerzug dirigiert und sich unter all den Fischhändlern durch sein großes Herz hervorgetan hatte; in solchem Maße, dass Andreana ihn tatsächlich »Fischhändler mit Gefühl«, ein kurioser Widerspruch, getauft hatte. Als Chilazz nun nachfragte, ob sein Chef, inzwischen unser größter Fischhändler, am Abend vorbeikommen dürfe … oder am nächsten Abend oder wann immer es den »Damen« passte, dachte Anita an das gute Herz und die Fürsorglichkeit des rechtschaffenen Mannes und lächelte sogleich.

So wurde am nächsten Abend um sieben der letzte Stich gesetzt, und Andreana durchfuhr eine Art Schauer aus Aufregung über das neue Kleid, das sie nun tragen sollte: ihr Witwenkleid. Vor dem Spiegel im ehelichen Schlafzimmer halfen ihr Schneiderin und Tochter gemeinsam: Sie drehten und wendeten sie, packten und schnürten sie rundum ein, auf dass es ihr die ersehnte Erleichterung verschaffe, wie aus Protest ganz in Rot gewickelt zu sein.

Sie war dreiundvierzig. Ein wenig kräftig, mit breiten Hüften, als hätte sie weit mehr als zwei Kinder geboren, ihre Silhouette ein belebender Beweis von Fruchtbarkeit; und sie hatte braune, ziemlich große Augen und ein schönes, leicht von Sommersprossen gesprenkeltes Gesicht, das einer Ehefrau und Mutter: volles schwarzes Haar, eine markante, etwas gebogene Nase über einem recht feinen, freundlichen Mund ohne auch nur den Schatten eines Schnurrbarts. Sie betrachtete und betastete sich, fest entschlossen, sich zu gefallen, und war auch mit der Reihe scharlachroter Knöpfchen – sozusagen nach Seminaristenart – einverstanden, die ihre Brust garnierten. Unvermittelt verabschiedete sie die Schneiderin und hielt dann Einzug in die Stube, wo sie sich auf dem Sofa niederließ, viel voluminöser als gewöhnlich, ganz unglücklich und ungeschlacht im eilig geschneiderten Kleid; neben ihr saß, regungslos und wachsam, die zarte kleine Gestalt der Signorina in Schwarz.

Gleich darauf trat der beringte Riese ein. Als sie ihn aufforderten, auf einem gepolsterten Stuhl gegenüber der Witwe seines seligen Freundes Platz zu nehmen, schien er weder verlegen noch maß er den Farben der Kleider, ob nun rot oder schwarz, Bedeutung bei – schließlich war er hier, um Gutes zu tun. Er trug all sein Gold am Leib, aber auch ohne Gold hätte dieser Hüne von fünfundfünfzig, fünfundsechzig Jahren niemanden täuschen können, mit seinem dem 19. Jahrhundert verpflichteten Riesenschnauzbart à la Cavallotti, diesem Hals, der Wampe und der ordentlichen Schwarte, den nur flüchtig in einem Eimer oder im Becken des Fischmarkts gesäuberten Pranken: entweder Fischhändler oder Säufer, so stand es ihm auf der Stirn geschrieben – was heißen soll, da war nichts zu machen. Unterdessen betrachtete er die beiden Trauernden, die schwarzgekleidete Tochter, die rotgekleidete Mutter, und ihm schien, er müsse sich für eine der beiden, für die Alte oder die Junge, entscheiden, um sie in einen wilden Zaubertrick zu verwickeln, bei dem es Dukaten regnen würde.

»Ja, meine Andreana«, sagte er dann zur Witwe, »ich bin gekommen, um über Geschäftliches zu sprechen, jetzt wo Ihr Euch ein bisschen ausgeruht habt.« Lächelnd wandte er sich Anita zu: »Ich weiß, dass man hier Italienisch spricht, die schönste Sprache der Welt, aber ich bleibe beim Dialekt, ich bin halt ein Banause.«

»Ich genauso, wir sind alle Banausen«, antwortete die Witwe im Dialekt, wobei sie Anita mit einer Geste ausnahm. »Was sollen wir schon wissen, wo wir doch gerade mal zur Volksschule gegangen sind?«

Dies allzu rasche Einverständnis schien dem Fischhändler nicht zu behagen.

»Na, wir wollen es nicht übertreiben. Wenn Fremde in die Stadt kommen, wissen wir, wie man ordentlich spricht. Also, meine Andreana, es steht folgendermaßen. Es gibt Schulden und es gibt Kredite. Der Kapitän der *Kruzifix* muss soundso viel bekommen, der Kapitän der *Widerstand* soundso viel: Dann gibt es da einen Anteil (nicht mehr als ein Sechstel, vier Vierundzwanzigstel) an einem Boot, der *Clotilda*, an der ich auch einen kleinen Anteil halte. Ihr könnt mir eure Anteile überlassen, wenn Ihr wollt, dann treibt meine Wenigkeit Eure Forderungen aus den Kerbhölzern bei den verschiedenen Familien ein.« Er war kurz vom Dialekt ins Italienische gewechselt und hatte tatsächlich, ein wenig feierlich und an die gebildete Tochter gewandt, »meine Wenigkeit« gesagt. Es folgte kurzes Schweigen. »Und der Eiskeller?«

Bei diesem Stichwort zuckte Andreana zusammen.

»Was machen wir mit dem Eiskeller? Das ist Eure Entscheidung.«

»Und die *Ruhestörung?*«, warf sie wie ausweichend ein. »Machen wir mit der *Ruhestörung* denn keine Geschäfte?«

»Keine Sorge, alle Vorschüsse sind gedeckt, der auf die *Rote Zahl*, auf die *Mittagessen* und auch auf die *Ruhestörung*. Euer Eiskeller, was wollt Ihr damit machen? Verkaufen?«

»Wenn da nicht ein Sohn wäre, Ihr wisst schon, mein Fortunato …«

»Ach ja, ich hatte Euren Sohn vergessen. Was meint Ihr, wenn er zurückkommt, wird er dann …?«

»Ich weiß nicht. Siehst du, Anita, das hätten wir mit ihm besprechen müssen.«

»Was denn, Mama?«

»Ich meine, dein Bruder hätte nicht einfach so fahren dürfen, wir hätten ihn vorher zu Mondo schicken müssen. Und wir haben ihn nur frische Luft schnappen geschickt.«

»Frische Luft schnappen«, entfuhr es dem Fischhändler. »Den Schlüssel habe ja ich: Er hätte wenigstens vorbeikommen sollen, sich ansehen, was drin ist.«

»Wisst Ihr«, sagte Andreana entschuldigend, »als Mutter hat man Verantwortung. Ich will nicht, dass mein Fortunato irgendwann sagt, da hat ein Beruf auf ihn gewartet, der Beruf seiner Vorfahren, und ich habe einfach den Eiskeller verkauft, mit allem, was drin war. Allerdings ist er nicht dafür gemacht, das stimmt.«

»Verstehe«, dachte Mondo, wenig zimperlich, wie er war, »fressen und scheißen, das ist der beste Beruf.«

»Anita, schreib doch morgen einen schönen Brief an deinen Bruder. Überlassen wir das ihr: Sie kann es sogar besser als die Unterzeichnerin Annunziata.«

Ob ihr Freund die »Unterzeichnerin« Annunziata in Sachen Geschäftsbriefe wohl geringschätzte? Denn er gab mit einem Nicken zu verstehen, dass er der aufgeweckten Anita – die zwar nur Tochter und Enkelin von Fischhändlern war, es aber mit solcher Leichtigkeit bis zur Lehrerin gebracht hatte – großen Respekt zollte und er ihre zerbrechliche Erscheinung nicht kommentieren würde, ein Beweis dafür, wie hingebungsvoll sie gelernt hatte, bis zum Diplom und zur Blutarmut. Und er bedachte dies liebliche Wesen, diesen Engel mit einem bewundernden Blick, als handele es sich um eine Zierstatue.

»Dann entscheiden wir also, sobald der Junge sich geäußert hat. In Ordnung?«

Als Mondo zur Tür ging, ereignete sich ein etwas komischer Zwischenfall. Der nun größte Fischhändler des Städtchens entdeckte einen Zehnlireschein auf dem Boden und bückte sich, um das Geld in die reinen Hände der ihn hinausbegleitenden Anita zu legen – ohne zu bedenken, dass solche Scheine seit ein paar Jahren nicht mehr im Umlauf waren. Doch die zehn Lire klebten fest und die rotgekleidete Witwe, sie war sitzengeblieben, bedeutete dem Freund lächelnd, es nicht weiter zu versuchen.

Der Besuch des Beschützers war nicht zur vollen Zufriedenheit verlaufen, das lag auf der Hand. Anita, immer auf der Suche nach dem Haar in der Suppe, äußerte ihren Unmut über ein paar Dinge, die ihrer Ansicht nach die Unterhaltung gestört hatten: Ja, sie fand sogar den festgeklebten Zehner unpassend, obwohl es doch ein harmloser Scherz, ein augenzwinkernder Streich war, der auf höfliche oder schüchterne Gäste abzielte. Es handelte sich um eine Blüte, mit der man den gutgläubigen Verstorbenen getäuscht hatte und die später auf seinen Wunsch an dieser Stelle gelandet war: Sollte sie doch zumindest den ein oder anderen Gast nasführen und im Hause des Fischhändlers zu einem Bückling veranlassen.

Was die »Unterzeichnerin« Annunziata anlangte, so wussten alle, auch Anita, dass diese Dame Briefe für andere verfasste, vor allem, wenn es um Liebe und Liebeleien ging; ein wenig ansprechender Beruf also, aber durchaus mit Ernsthaftigkeit betrieben, wenn es denn zutraf, dass sie von sich aus das Postskriptum »und viele Grüße, gezeichnet Annunziata« hinzufügte, dem sie ihren schönen Beinamen verdankte.

»Was für eine Ignoranz!«, sagte die junge Lehrerin nun irritiert. »Wie viel Dummheit es in unserer Stadt gibt!«

Dann klopfte wieder der wohlbekannte Chilazz, beflissen machte er im Hausflur Halt: »Mein Chef lässt fragen, ob Siewissenschon geantwortet hat.« Zwei Tage später kehrte der Fischhändlerbursche, übelriechender denn je, mit derselben Botschaft zurück: »Mein Chef würde gern wissen, ob die Person geantwortet hat.« Nein, Fortunato antwortete nicht. Was kümmerte es ihn, den schönen Matrosen, ob sie den Eiskeller nun behielten, verkauften oder vermieteten? Als der Freund sie wieder besuchte, diesmal mit Papieren und Geld, erklärte Andreana etwas verlegen, dass es ihr nicht gelungen sei, dem trägen Sprössling ein Zeichen zu entlocken.

»Das macht nichts«, sagte Mondo und legte Papiere und Notizbücher bereit, um Rechenschaft darüber zu geben, was er in den vergangenen Tagen hatte erledigen können. »Was den Kapitän der *Clorinda* angeht, mit dem solltet Ihr persönlich sprechen. Das hier ist das Dokument, mit dem Ihr Euren Anteil am Boot abtretet. Hier fehlen noch die Unterschriften der Kinder. Das sind die Abrechnungen der Forderungen, die ich eingetrieben habe: Morgen schicke ich Euch Chilazz mit allen Kerbhölzern, dann könnt Ihr sie kontrollieren.«

Nun galt es, das Thema zu wechseln, sie konnten den guten Mann ja nicht ausschließlich mit Geschäften behelligen.

»Aber … habt Ihr eigentlich nichts bemerkt, Mondo, habt Ihr mein Kleid denn nicht gesehen?«

»Euer Kleid?«

»Na, da haben wir's, habt Ihr jemals eine Witwe in Rot gesehen? Die anderen treten ihre Männer nämlich mit Füßen und dann tragen sie schwarz und nach fünf oder sechs Monaten heiraten sie wieder. So geht's zu in der Welt, versteht Ihr? Ein Gläschen Anislikör, Mondo?«

Anita schenkte ihm ein. Offenbar wollten die beiden Frauen dem großen Beschützer schmeicheln, und ehrlich gesagt hatte der liebe Mondo überhaupt nichts dagegen, umsorgt und umgarnt zu werden; ja, er fand sogar, er habe es verdient.

»Kommen wir zum Eiskeller. Verkaufen, nein. Euer Fortunato könnte ihn brauchen, falls er sich doch für unseren Beruf entscheidet. Also ... vermieten. Der Reisende, der Halsabschneider, will sich vergrößern und braucht einen Eiskeller.«

»Wie geht's dem Reisenden?«

»Wenn ich das wüsste! Wer da durchblickt, der hat gute Augen.«

»Und der Schweizer, wie steht's um den?«

»Der Schweizer liest. Merkt Euch das: Wenn ein Fischhändler Zeitungen und Opernlibretti in der Jackentasche hat ... Nach dem Sohn von der Frau aus Bellaria fragt Ihr mich gar nicht, Andreana?«

»Was ist denn mit dem Sohn von der Frau aus Bellaria?«, fragte die Witwe, deren Interesse am Fischhändlervolk wieder erwachte.

»›Wer neidet, der leidet.‹ Das steht auf dem neuen Schild in seinem Eiskeller, direkt am Eingang hat er's aufgehängt.«

»Wer neidet, der leidet ...«, ließ sich die Witwe auf der Zunge zergehen, wobei sie wieder mit ganzer Seele in jene raue Welt eintauchte, die Welt der kleinen und großen Fischhändler, der Mittelsmänner, Kapitäne, Kalfaterer und Seelumpen, wie die einfachen Fischer genannt wurden. Dann trug sie halblaut, die Lider leicht gesenkt, das Motto ihres seligen Mannes vor: »›Wenn Neid eine Krankheit wär, so wär die ganze Welt ein Spital.‹ Wie wahr, wie wahr! Das ist die Wahrheit, Mondo, die Wahrheit!«

Mondo erhob sich.

»Das Unglück ist, dass unser Meer immer weniger Fisch abwirft. Wisst Ihr noch, Andreana, was für eine Ausbeute gleich nach dem Krieg von '15-'18, wie ein Wunder, weil vier Jahre lang niemand gefischt hatte?«

Nun wandte er sich an Anita, mit einem sonderbaren, nahezu verklärten Lächeln.

»Unser Herr Jesus Christus«, hob er in predigerhaftem Tonfall an.

»Unser Herr Jesus Christus?«, fragte die junge Lehrerin, interessiert, aber nach wie vor unnahbar.

Unser größter Fischhändler schwieg verunsichert, möglicherweise, weil er eine sehr kuriose Sache im Sinn hatte, die keinem anderen Fischhändler je im Gespräch einfallen würde. In leicht scherzhaftem Ton und weiterhin an Anita gewandt, kam er vor dem Abschied noch darauf, wie man gleich nach dem Krieg, wenn er recht informiert sei, hundertdreiundfünfzig verschiedene Arten von Fischen gefangen habe, alle Arten, die das Meer hergibt und die seinerzeit auch in den Netzen der Apostel gelandet waren, als (das musste er vom einzigen Priester in seinem Umkreis haben, dem allseits bekannten Mittelsmann im Talar, der im Auftrag der Fischer aus Chioggia unterwegs war, ihre Interessen zu vertreten) … als nämlich auf Befehl unseres Heilands in allen Meeren, an allen Ufern gefischt wurde.

In der Tür machte Mondo dann eine halb reumütige, halb gunstheischende Geste, als wolle er sagen: »Gelobt sei Jesus Christus«, und mit übervollem Herzen, wie ein Wohltäter nach dem Besuch bei armen Leuten, ging er hinaus.

Kapitel III

Nach dem Tod seines Vaters und seinem Kurzurlaub war Fortunato nun in übelster Laune zurück und verfluchte die achtundzwanzig Monate Militärdienst, die schier kein Ende nehmen wollten. Er hatte bereits die Schlafstube betreten, um sein Gepäck abzulegen, und beäugte dort sein Feldbett, das zusammengeklappt und wie eine Wurst in der Pelle ordentlich am Haken der nur für ihn reservierten Eisenstange hing. Als sein Blick dann auf das schwarz eingefasste kleine Viereck des *Seemannsgebets* fiel, das statt eines Heiligenbildchens die Wand schmückte, verzog er den Mund zu einer Grimasse: beten, das fehlte noch. Und ein paar Stunden später, in der kleinen Kantine, war seine Laune nicht besser, weshalb er so tat, als sei ihm über den Tod seines reichen Vaters der Appetit vergangen. Die Lippen weiter zur Grimasse verzogen, achtete er kaum auf den dampfenden Teller, sondern zeigte sich eher an den goldenen Orden der Königlichen Marine in ihrem Rahmen interessiert, als sähe er sie soeben zum ersten Mal. Was die »Italien« betitelten Zeilen anging, so erinnerte er sich, sie als Junge in De Amicis Roman *Herz* gelesen zu haben: »Italien, mein Heimatland, edles und liebes Land, wo mein Vater und meine Mutter geboren wurden und begraben sein werden …«[19] Puh! Herz und herzlich viel Gesülz! Gewisse Tiraden kannten sie alle, bis auf den Bootsmann Pignatta vielleicht, und den tumben Koch, der noch ganz andere Makel hatte, als den, diese bescheidene gerahmte Seite mit ihren fibelartigen Lettern nicht auswendig zu wissen.

Der Kommandant rief immer zwischen fünf und halb sechs zum Appell, weswegen sie frühstens um sechs ausgangsbereit waren, ganz davon abgesehen, dass es ihnen sogar an den kleinen Freuden der Buchhalter-Matrosen mangelte, die in den Büros buckelten, kritzelten und tippten, aber wenigstens für irgendetwas wertgeschätzt wurden und auf Sonderurlaub oder andere Brosamen hoffen konnten, da von oben meist etwas für sie abfiel. Um sein Los zu beneiden war womöglich noch der Mechaniker-Matrose, der unten auf dem völlig nutzlosen Motorboot die Zeit totschlug und in der schönen Jahreszeit, wenn die Sonne herunterbrannte, mit dem Völkchen plauderte, das auf der schmalen Uferstraße vor der Hafenkommandantur faulenzte und die Luft mit Stimmengesumm erfüllte.

Ein selten schwieriger Matrose war dieser Fortunato, verwöhnt wie ein Kind. Die Manschetten trug er aufgeknöpft, das Hemd über dem Gürtel, die Schlaghosen so ausladend wie niemand sonst, und auch seine leichten Schuhe waren nicht ordnungsgemäß, zu niedrig und sogar etwas ausgeschnitten, sodass violette Strümpfe hervorblitzten: In diesem Aufzug durfte er nicht der Wache unter die Augen kommen, die nicht nur die Freiganglizenz verdächtiger Matrosen kontrollierte, sondern sich auch um die auffällige Eleganz zwielichtiger Elemente kümmerte.

Diesbezüglich soll erwähnt sein, dass die Kaserne der Königlichen Marine am Campo San Daniele, wo Unteroffiziere und Matrosen stationiert waren, in der vorangegangenen Woche sogar dringliche Beschwerde in der Hafenkommandantur eingereicht hatte – wegen der überlangen Haare der dortigen Matrosen, woran er Schuld trug.

Der schöne Fortunato reagierte mit einem Achselzucken,

in der Gewissheit, dass sein Kopf unantastbar war und geschorene Schädel besser in die Kaserne von San Daniele passten. In der Hafenkommandantur wussten sie genau, dass Frauen keine kahlrasierten Schädel mögen. Und sie sprachen hier oft über Fräuleins, begleitet vom Grinsen des ausgebuffteren Kameraden, Fortunato, der nur andeutungsweise eine gewisse Momi oder Romi an der Corte Barbarigo all'Angelo Raffaele erwähnte, während die anderen blonde Köpfchen im Rechteck des Fensters herbeiträumten und unablässig von Mädchen und abgelegenen, ja so gut wie unauffindbaren kleinen Plätzen im Labyrinth besonders »verzteckter« Gassen phantasierten, von der Nana am Campiello Scoazzera unweit von Sant'Aponal, der Catina an der Corte delle Mùneghe ai Miracoli: Phantasie und Topographie verbündeten sich und hoben gemeinsam ab.

In Wahrheit wollte Fortunato den Kameraden ein Mädchen aus der Tabakfabrik verheimlichen, weil sie, ein unschöner Grund, eben nur Fabrikarbeiterin war, wo es doch hieß, dass die Mädchen aus den Werkstätten, die ohne Schultertuch, amüsanter seien – Schultertücher waren nur in den allerärmsten Vierteln Legion. Verstohlen pflegte er zu den Tre Ponti aufzubrechen, um auf der Brücke nahe der Tabakfabrik auf das Mädchen zu warten, eine Liebelei im venezianischen Dialekt, der er nichts Besseres gönnte als ärmliche, überfüllte Cafés oder heimliche Spaziergänge an den Zattere del Ponte Lungo oder den Zattere dei Gesuati, eher heruntergekommene und verwaiste Abschnitte der Promenade. Dabei hatte er doch den erlesenen Geschmack eines Unteroffiziers, ja er hätte sein Mädchen am liebsten im Café Orientale, direkt am Kai der Riva degli Schiavoni vor den Landungsbrücken der Lagune gezeigt, wo es stets von Flaneuren und Touristen wimmelte. Und wozu polierte er seinen blauen Matrosenkragen, brachte ihn ungeduldig mit Stearinkerzen auf Hochglanz, wenn er sonntags doch allein im Orientale saß und nur mit seinem Kellnerfreund ein paar Worte wechselte, der ihm wie einem kleinen Jungen zu dessen Freude ein halbes Eis servierte?

Von den Tre Ponti, wo Kais und kleine Kanäle sich kreuzten und verschiedene Übergänge zu einem Knotenpunkt, einer einzigen Brücke verschmolzen, blickte Fortunato auf die schmale Uferstraße gegenüber, die bis zur Hälfte, bis zum großen Fabriktor offen zugänglich war; dahinter gehörte das Ufer den Arbeiterinnen aus der Tabakfabrik. Fast wäre er in Lachen ausgebrochen, da sich seinen Augen, die doch an Gold, Marmorschnitzereien, die zierlichen Statuen eines Jacopo Sansovino gewöhnt waren, ein rundum widerwärtiger Anblick bot: Da waren schwarze Lastkähne, nur dazu gut, an zerfressenen Mauern zu verrotten, kauernde Weibsbilder mit Körben voll von Glasperlen auf den Knien und außerdem Schornsteine, genauso widerwärtig, die frech auf den ärmlichen Häusern saßen. Ja, es war, als duckten sich die niedrigen Häuser unter den Kegelstümpfen, Würfeln, Zylindern, Dreizacken und Spitzbögen, die Schornsteine nahmen in diesem Viertel alle erdenklichen Formen an, ähnlich wie die Lumpen von Bettlern. Als Cate ihn dort jenseits des Tors stehen sah, richtete sie sich den Kamm oben im Haar, zog ihr Tuch fest um die Schultern, eilte das verbleibende Uferstück entlang, erklomm die wenigen Treppenstufen und bemerkte erst dann, dass ihr Liebster den Trauerflor am Arm trug, also gerade von der Beerdigung seines Vaters, Gott hab ihn selig, zurückgekommen war.

»Isser geztorbn?«

»Fünfsehn Tage isses her.«

Die kleine Arbeiterin sagte drei oder vier Mal nachdrücklich »Oh der Ärmste«, sie wusste genau, dass Fortunato auf die Brücke gekommen war, um ihr das und nichts anderes mitzuteilen, und erwartete eigentlich, gleich stehengelassen zu werden, da ja erst einmal alles gesagt war und er sich benahm, als kennten sie einander kaum.

»Komm!«, sagte er, was klang wie »Komm hinter mir her«: Er trat herrischer auf als sonst, mit einer kühleren Gemessenheit, an der sich die Größe seines Unglücks zeigte, denn wenigstens die kleinen Leute sollten dieses Unglück zu spüren bekommen.

Im Dunkel des kargen Cafés, wo zwei eiserne Tischlein und drei hölzerne Hocker standen, bestellte er einen Kaffee mit Schuss für sich und ohne sie zu fragen einen einfachen Kaffee für Cate, eine Unterscheidung, die er eigenmächtig traf, da er als Mann weitaus mehr Gewicht hatte. Die Tabakarbeiterin bemerkte, dass ihr Freund geflissentlich die kleine Gebäckvitrine auf dem Tresen ignorierte, genauso wie die geöffneten Büchsen mit Sardinen, in deren Rücken jeweils ein Zahnstocher steckte.

»Dein Papa isn Herr gewesn, hassu mal gesagt, 'n groszer Händler, aber mit was, hassu gesagt, hatter gehandelt?«

Mit was also hatte der bedeutende Mann gehandelt? Nicht mit Adriafisch, pfui Deibel! Der Matrose entschied aus dem Stegreif, dass sein Vater ein Schwergewicht im Handel mit Kohle aus den großen istrischen Minen gewesen war und fünf oder sechs majestätische Boote samt fünf oder sechs stolzen Kapitänen befehligt hatte.

»Bragozzi oder Tartanen?«

»Trabakel!«[20], rief der Matrose verärgert – ihm war noch rechtzeitig eingefallen, dass Bragozzi und Tartanen keine Lasten transportieren, sondern Fischerboote sind. »Wenn du es genau wissen willst, sag ich dir auch, wie sie heißen: *Kind der Wogen, Wie du willst, Trinkerin, Gott schütze dich* und *Tapferer Krieger*.«

Jedenfalls hatte er schlichtweg nicht gewusst, was anfangen mit dieser Cate; das einzig Vergnügliche war, sie mit seiner ganzen Großartigkeit zu überwältigen. Auch die Namen der Trabakel hatte er frei erfunden, aus dem Stegreif zusammenphantasiert, und dann hatte er das Mädchen ohne ein Lebewohl sitzenlassen, zufrieden darüber, sie mit den Namen erdichteter Trabakel zum Schweigen gebracht zu haben. Und nun wollte er sich also für eine Signorina aus der guten Gesellschaft herausputzen: Das rückwärtige Lederstück seines Matrosenkragens wienerte er häufig, und noch unwiderstehlicher erschien ihm das schwarze Halstuch, auf der Brust mit einer weißen Kordel zugebunden, das wegen jener unverdienten Schande für das Vaterland »Trauer um Lissa« genannt wurde. Oder auch »Trauer um Cavour«, der großen Fürsorge wegen, so hieß es, die der bedeutende Staatsmann der Marine habe angedeihen lassen. Wie auch immer, er trauerte lieber um Cavour als um seinen Vater.[21]

Er brauchte die Kommandantur gar nicht zu verlassen, um sich fesch zu fühlen, frivol, wie geboren für Luxus und täuschendes Spiel. An eins der Fenster gelehnt, lauschte er dem Rhythmus der Wellen, die gegen die Planken der Landungsbrücke schlugen, erfreute sich an der Mündung des Canal Grande mit der goldenen Kugel des Zollhauses, auf der auch ein einfacher Matrose Fortuna balancieren sieht, als ginge es um sein eigenes Glück, das eines hübschen jungen Mannes.

Cate hieß die kleine Arbeiterin, Kate würde eine der Amerikanerinnen aus dem nahgelegenen Hotel heißen, von der er die Millionen bekommen könnte; und er wandte sich instinktiv in Richtung der goldenen Fortuna, die auf ihrer Kugel schwankte, als nickte sie ihm zu, als wollte sie über ein unsichtbares Seil zu ihm gelangen, in einem Licht, das in seinen Augen, in seiner besonderen Seelenverfassung, ganz von Goldstaub getränkt war.

Wieder bei klarem Verstand verwarf Fortunato die unerreichbaren Ausländerinnen und war schon bald zur Überzeugung gelangt, dass sein Wirkungsbereich das große Café an der Riva degli Schiavoni sein sollte, wo das Schicksal ihm einen jener vielbeschäftigten Kellner zur Seite stellen würde, die alles wissen und allen helfen, auch den hohen Herrschaften, denen sie nicht selten ein paar Kreuzer leihen. Und so kam es, dass er eines Tages, im Café Orientale unweit der Bühne, am Nebentisch zwei Damen bemerkte, die ihm passend erschienen, Mutter und Tochter, wie es sich gehört, und in der Tochter erkannte er die Verwandte oder Bekannte eines bereits entlassenen Kameraden aus der Kommandantur. Und er kannte das Mädchen auch deswegen, weil er ihr zweimal aus der Gondel geholfen hatte, einmal war es die Fähre nach San Moisè, dann die bescheidenere zum Rio Ca' Garzoni gewesen: Und beide Male hatte zunächst er den Fuß auf die kleine Stufe des Anlegers gestellt, um ihr den Ausstieg zu erleichtern, und sie hatte sich mit einem knappen »Dankeszön« revanchiert, wie man es bei diesen Fährbootmanövern zu tun pflegt, fast ohne ihm ins Gesicht zu blicken, ohne wirklich wahrzunehmen, wie er aussieht.

»Bitte zu entschuldigen, war die Signorina nicht im Matrosenhaus? Ich fürchte, dass die Signorina meinen Auftritt dort gesehen hat, und die Karten hatte sie wohl von Bepi Andretta, der an dem Abend auch aufgetreten ist. Ihr erinnert Euch doch an Bepi Andretta, den U-Boot-Kommandanten? Ich hingegen …«

»Hassu gehört, Mama? Der Bepi hat von mir ersählt, als er Matrose gewesen is.«

»Jawohl, Signorina Toti, Bepi hat mir erzählt, dass Ihr Gesang studiert. Es stimmt doch, dass Ihr Gesang studiert? Und eine wunderbare Stimme habt? Und Eure Gesangslehrerin wohnt in Malcontenta … oder war es Mira?«

Der Mutter gefiel die ungezwungene Art des schönen Matrosen. Sie deutete ein Nicken an und sagte, dass sich in der Hafenkommandantur, in diesen prächtigen Räumlichkeiten, alle Jungen aus guter Familie versammelten. Sie war eine jener auffälligen venezianischen Matronen eher gewöhnlicher Herkunft, die starke Ähnlichkeit mit ihren mediterranen Schwestern aus Neapel haben, wie sie so im Café sitzen und ihre leider nicht sehr ansehnlichen Töchter unter die Leute bringen, wobei diese Tochter hier schon seit einer Weile an Gondelmanöver gewöhnt war und sich bei ihrer Selbstinszenierung nicht ungeschickt anstellte. Dank den sanften Klängen der Musik hatte sich das Café gefüllt, allerdings mit einem lustlosen Publikum, das um diese Zeit kaum in Schwung kam, sondern das Programmblättchen zwischen den Fingern drehte oder Schiffchen und Fächer daraus bastelte. Ein Paar auf Hochzeitsreise schrieb Adressen auf billige Postkarten, die es am Ponte della Paglia in großer Zahl erstanden hatte; ein Unteroffizier der Marine lehnte bei der Kassiererin am Tresen und schwatzte auf sie ein, möglicherweise ging es ums Wetter, wie es die meteorologischen Instrumente am Fuße des Glockenturms von San Marco voraussagten.

»*Sohn der Wogen*«, zählte Fortunato auf, »*Wie du willst, Trinkerin, Gott schütze dich, Tapferer Krieger …*«

Er sprach über seine Familie, den Tod seines Vaters, dessen fünf stattliche Boote. Die Bootsnamen kamen so gut an, dass die Signorina Gesangskünstlerin in spe alle schön ordentlich auf einem Pappuntersetzer der Eisbecher aufgelistet sehen wollte, während die Mutter den Musikern zulächelte, alles hübsche Zwanzigjährige wie die Matrosen aus der Kommandantur, alle in der städtischen Gesellschaft wohlbekannt …

Zwei Tage später wusste Fortunato beinah alles über Signorina Toti, und es drängte ihn, ihre Wohnung mit den beiden

Fenstern zu sehen, die bei San Geremia auf den Canal Grande blickten, dort, wo der Canal Grande, welch ein Jammer, etwas an Gold und Marmorschnitzereien einbüßt und weniger für das prächtige Festtagsboot, die *bissona*, als für Lastkähne gemacht scheint, ähnlich wie der nahegelegene Stadtteil Cannaregio. Toti und ihre Mutter waren nicht reich, im Gegenteil, sie lebten von alten Ersparnissen und einer bescheidenen Rente, aber egal: besaßen sie doch immerhin zwei blumengeschmückte Balkone am Canal Grande.

Fortunato hielt sich inzwischen hervorragend dafür geeignet, die Geschäfte einer ihm angetrauten Sängerin zu führen, ja das war eine Beschäftigung, die ihm gefiel: seine Frau nach Rom, nach Kairo, nach Amerika begleiten, Impresarios und Opernhäuser von ihr überzeugen, Bewunderer abwimmeln, bei jedem Auftritt die unverzichtbaren Claqueure herbeischaffen.

Noch nie war er seiner selbst und der drolligen Namen der fünf erdichteten Boote so sicher gewesen – in seiner Euphorie hatte er schließlich noch ein sechstes mit dem rätselhaften Namen *Wer weiß* hinzugefügt –, weshalb es ihn nicht verwunderte, als er sich eines schönen Tages in besagtem Café neben besagter Toti wiederfand, und diese, ein tyrannisches »Du« auf den Lippen, »bis über beide Ohren verliebt« war.

Das Mädchen schien sich ihrer Verliebtheit allerdings zu schämen, hatte sie der Gesangslehrerin doch hoch und heilig versprochen, niemals an Derartiges zu denken und allein für die Kunst zu leben. Womöglich schüchterte sein Matrosenanzug sie ein, womöglich konnte sie das nur verwinden und die Fassung wiederfinden, indem sie an ihren Bepi dachte: Er hatte sie seinerzeit, ebenfalls in Uniform, in einen Kasten aus Glas geführt, an dessen Wänden leicht verschwommen allegorische Figuren hervortraten, etwa die Poesie mit einer

Lyra oder die Geographie mit einer Kugel in der Hand, und diese Allegorien zwinkerten wiederum anderen Figuren zu, die sich, ebenfalls hinter Glas, über die Decke erstreckten. Kurz und gut, Bepi hatte sie ins Café Florian ausgeführt. Toti wiederum lud ihn nach San Geremia ein, als sie beschloss, vor vertrauten Gesichtern zu debütieren und für ihre Freunde einige Romanzen, etwa das alte Lied *Blondschopf in der Gondel,* zu singen. Und zu Fortunato sagte sie:

»Sehr szön, Samstag am Abend ztell ich dir meine Freunde vor, alle kommen. Weissu, was sich gehört? Szick mir ein paar Blumen.«

Fortunato fand es passend, dass eine Sängerin Blumen bekam. Doch Toti überlegte einen Moment und fügte hinzu:

»Oder halt, szick mir einen szönen Ztrauz, rosa Nelken. Nein, lieber halb rosa, halb weiz. Warte. Lieber eine szöne Corbeille. Weissu, was eine Corbeille is? Wie für ein Benefiskonsert …«

Er begriff augenblicklich, dass seine Zukunft von einem üppigen Blumenbukett abhing, wie man es auf die Bühne des Opernhauses, des Teatro La Fenice, schicken würde. Wie viel das wohl kostete? Spontan geschätzt: hundert Lire. Er fühlte etwas wie Verwunderung darüber, dass da keine hundert Lire zur Hand waren, als hätte man sie ihm gestohlen. Nun ging es darum, sie aufzutreiben, nur wo? In der Kommandantur!

»Wer leiht mir hundert Lire?«

Es war, als hätte noch nie jemand hundert Lire gesehen: Ob Buchhalter-Matrosen, Koch, Gondoliere, Mechaniker oder Telefonist, alle trauten sie ihren Ohren nicht und befürchteten fast, der Matrose Pagan halte sie zum Besten, einfach nur, weil sie im Unterschied zu ihm weder reich noch größenwahnsinnig waren.

»Sach ma, machste Witze?«

»Bist narrisch?«

»Du bisch gud!«

»Plemplem, oder wat?

So lief, im Dialektgemisch der Kommandantur, ein Echo der Verwunderung von der Stube zum Speisesaal und vom Speisesaal weiter zum Hof; und der Matrose Pagan war schon der Verzweiflung nah, als ihm mit einem Mal jene betuchte Tante Pagan einfiel, mit der seine Mutter immer geprahlt hatte und die, wie sie stets hinzufügte, ein schönes Haus in einer bescheidenen kleinen Gasse bewohnte.

Wie hieß diese Gasse?

Da sagte er laut, den Blick fest auf die ganz in Goldstaub gehüllte Statue der Fortuna gerichtet:

»Die *Caletta* Cipriotto, hinter San Giacomo, nicht in Venedig, in Chioggia natürlich.«

Eine langsame und eintönige Reise war das, vorbei an schlafenden Inseln, durch das Niedrigwasser der Lagune, wo hier und da Landzungen hervorschauten und auch die Rinne, in der das Vaporetto fuhr, deutlich zu erkennen war: Als sie einen berühmten Heiligenstock auf bemoosten Pfählen erreichten, bekreuzigte sich eine ärmliche Frau, und Fortunato folgte ihrem Beispiel, schließlich brauchte er den Hunderter.

Diesmal kam er nicht, um die Stadt zu besichtigen, sie von der Piazzetta Vigo bis zum Dom, also von der Säule bis zur Madonnenfigur zu erkunden, der gekochte Kürbis interessierte ihn nicht und noch weniger wollte er herausfinden, ob die Frauen hier tatsächlich in einem anderen Singsang sprechen als die Männer, da sie eben »szlapp« sind, ihnen der Schirokko in den Gliedern steckt. Vielmehr interessierte ihn Folgendes: Warum wohnte die reiche *Siora àmia*, also seine

Frau Tante, in einer dieser schmutzigen und ungepflasterten kleinen Gassen, in deren Mitte jeweils unvermeidlich ein Kanaldeckel zum Wasserabfluss prangt?

»*Siora àmia*! *Siora* Felice! *Siora* Felice Pagan!«

In einer Gasse wie dieser, die sich im Gelärm des Viertels am Canal Vena verlor, sorgte der Besuch eines schönen Matrosen unweigerlich für Aufsehen, weshalb irgendwo weiter oben oder weiter unten zwischen umgestülpt daliegenden Booten ein paar fahle Gesichter auftauchten, und drei oder vier abgerissene Frauen sich bemüßigt sahen, den jungen Herrn zu jener großen Dame zu führen, die nur selten Gäste empfing. Beim Betreten des Flurs, wo überall der Putz bröckelte, stieg ihm ein Geruch, ein Gemisch aus Baldrian und Leinmehl in die Nase, und er begriff, dass dies das Haus einer Kranken war, was seine Bitte um hundert Lire erschwerte.

Siora Felice Pagan saß im ersten Stock, in einem Sessel im Esszimmer, dessen Wände von alten Portraits bevölkert und dazwischen überall mit Sächelchen aus Stoff und Seidenpapier bedeckt waren.

Verständnislos blickte sie auf den Matrosen. Sie verstand nicht, warum man sie mit einem von der Marine alleingelassen hatte – vielleicht aus Respekt.

Felice Pagan war recht füllig, hatte einen grünlichbraunen Teint, violette und zusätzlich sklerotisch vergilbte Lider, hie und da dunkle Flecken auf dem Hühnerhals, spärliches Haar von gelblichem Grau; auf ihrem schlaff und wulstig wirkenden Bauch lagen, in erstauntem Innehalten herabgesunken, die grässlichen, buchstäblich schwarzen Hände. Gesund war inmitten all dieser kränklichen Farben, all dieser Schlaffheit einzig ihr starkes, nahezu perfektes Gebiss.

Fortunato verbeugte sich:

»*Siora àmia*.«

Die Tante hob erstaunt, beinah empört den Kopf.

»Ich komm aus Venésia und wollt Euch besuchen, weil, ich tu ja auch Pagan heizen, wie Ihr.«

Als sie hörte, dass ein Pagan aus Venedig gekommen war, um sie zu besuchen, begriff sie und lächelte leicht verächtlich, worauf sie sich verfinsterte und das Gesicht des schönen jungen Mannes musterte, als suchte sie nach einer Ähnlichkeit, einer Erinnerung; irgendetwas eben, das aber zu fehlen schien, weshalb sie den Mund verzog.

»Liebe Tante, Ihr wisst szon, wer ich bin, nis wahr?«

»Fortunato Pagan«, sagte sie schließlich in feinem Italienisch, denn ihr missfiel, wenn jemand sie in einem ihm fremden Dialekt ansprach, »du bist Fortunato Pagan und hier in Chioggia geboren, vor etwa zweiundzwanzig Jahren, und zwar im Spital, auf Rat der Hebamme. Bist du gekommen, um mir zu sagen, dass mein Neffe, Gott hab ihn selig, also dein Vater, gestorben ist? Ich«, die Alte hob eine ihrer grässlichen schwarzen Hände, »ich habe eine Messe für ihn lesen lassen, am Altar der Sardinenfischer.«

»Was Ihr nicht sagt«, der Matrose heuchelte Interesse, »die Sardinenfischer haben sogar einen eigenen Altar?«

»Der erste rechts in San Domenico«, sagte die Alte, zufrieden darüber, dass der Junge unter ihrer Führung wieder Italienisch sprach, als befürchtete sie, durch den Dialekt geködert zu werden. »Am Altar gibt es ein Bild vom heiligen Pius, das ist der Schutzpatron der Sardinenfischer, und die zahlen für die Messen dort.«

Der schöne Matrose witterte, dass er sich an die Heiligen halten sollte.

»Der heilige Felice und der heilige Fortunato, liebe Tante, waren das Brüder oder Vettern?«

»Zwei Freunde waren das, die sich auf der Reise verbrüdert haben. Am elften Juni feiern wir ihr Fest. Der elfte Juni, merk dir das, ist der einzige Tag im Jahr, an dem ein Fischer sein Mädchen ausführt.«[22]

Sie verstummte, entschlossen, keine weiteren Details auszuplaudern, und so sah er sich gezwungen, über Anita und Andreana zu sprechen, und über den Fischhändler Mondo, der die beiden Frauen nach bestem Vermögen unterstützte. Er, Fortunato, hingegen werde nicht als Fischhändler arbeiten, weil er mit ... (er ahnte, dass die Tante keine Sympathie für Operndiven hegte, und erdichtete im Stegreif etwas anderes) ... mit einer reichen Amerikanerin verlobt sei und plane, mit seiner Frau und ihren Eltern in Chicago zu leben.

Die Alte lebte in Chioggia und hatte kein Interesse an Chicago; sie steckte noch tief im vorigen Jahrhundert und wollte keine News aus dem Nachkriegsamerika hören. In den Gesprächspausen fuhr sie fort, den schönen Matrosen zu mustern, wie überrascht und verärgert darüber, dass sie in dessen Augen nichts, aber rein gar nichts von dem wiederfand, was doch vorhanden sein musste, wenn er ein Pagan war, woran ja kein Zweifel bestand.

»Mein Lieber«, sagte Tante Felice – »meine Felice« für Andreana – diesmal tatsächlich im Dialekt, »du tust ja niemand ähnlich sehn, gar niemand.«

»Wie bitte, liebe Tante? Sehe ich denn nicht meinen Eltern ähnlich, meinem Vater oder meiner Mutter?«

Die Alte wies auf die Wand.

»Szau mal die Bilder da. Papa un Mama, frisz verlobt. Du tust keinem ähnlich sehn.«

Um von diesem lästigen Thema abzulenken, kam Fortunato auf die Gesundheit zu sprechen. Die Tante sagte erst »die Leber«, und fügte dann hinzu: »das Juckn«. Ihre Leber sei entzündet, und nun mache sie eine Phase leichter Gelbsucht durch und ihre Haut jucke, was aber nicht allzu sehr ins Gewicht falle verglichen mit den schlimmsten Momenten, als anderes nötig war, Spritzen mit (beinah musste sie lachen). Pàntopon oder Pantopòn? Sie wechselte das Thema und forderte Fortunato auf, ihr Flaschenschiff zu bewundern, das Werk eines alten, inzwischen verstorbenen Fischers aus Chioggia – er sei sehr geschickt in solch nutzlosen Betätigungen gewesen, für die man eigentlich nur Geduld benötige.

Fortunato folgte der Alten, die nun umherspazierte, als sei sie soeben auferstanden, und bewunderte erst Schlafzimmer, Möbel und Bilder und dann die Literflasche mit jenem detailgetreuen Spielzeug darin, dem Schiff, bei dessen Bau der Flaschenhals zu überwinden war, »die ganze Zeit muss man fädeln«, wie die Tante sagte. Die Flasche schwenkend, wurde sie plötzlich vertraulich und versprach, sie ihm als Erinnerung zu hinterlassen: Es war, als spielte *Àmia* Felice auf das Erbe an, als hätte sie, sogar noch besser, in ihm einen legitimen Erben erkannt, weshalb der schöne Matrose nun den Moment gekommen sah, ein Wagnis einzugehen und das ihm Zustehende zu erbitten (der Anblick der Kommodenschublade, in der sich bestimmt die »Taler« befanden, hatte ihn ein wenig erregt):

»Nur Sie können mich retten. Meine Zukunft. Wissen Sie, von was meine Zukunft abhängt? Von einem Hundertlireschein, liebe Tante …«

Die Tante stellte die Flasche mit dem vollständig ausgestatteten Schiff wieder ab.

»Hundert Lire«, wiederholte Fortunato etwas weinerlich, »was sind schon hundert Lire?«

Die Alte wandte sich um und blickte ihn an, den Mund hässlich verzogen. »Was kümmert mich deine Zukunft?«, schien sie zu fragen. »Was kümmert mich einer, der nicht einmal aussieht wie ein Pagan?«

Nun sprach sie mit kaum hörbarer Stimme. Hundert Lire? Was sind schon hundert Lire? Und doch wurde in Chioggia bei dieser Flaute schon lange keinen Hundertlireschein mehr gesehen, und wer einen hat, der zeigt ihn keiner Menschenseele, sondern verwahrt ihn in Sicherheit wie ein Schmuckstück. Scharf sagte die Tante, plötzlich zum »Ihr« übergehend: »Raus, tut drüben auf mich warten!« Mit erhobenem Zeigefinger wies sie auf die Tür, wie einen Dieb schickte sie den Fremden ins Nebenzimmer, denn sie würde ihm nicht den Gefallen tun, die Schublade in seinem Beisein zu öffnen, machte er doch Stielaugen wie ein Straßenräuber.

Siora Felice Pagan ließ fünf lange Minuten auf sich warten: Als sie in der Tür erschien, hielt sie keinen Hunderter, sondern zwei Fünfziger in der Hand, und zusammen wirkten die beiden Scheine wie eine noch größere Summe.

»Scht! Kein Wort«, sagte sie, »kein Danke, kein Handkuss – szaut, daz Ihrs Vaporetto erwiszen tut … sonst bring ich Euch hinner Szloz un Riegel.«

Kapitel IV

Andreana befürchtete nun, dass Mondo – inzwischen »unser größter Fischhändler« – nach jenem ersten Feuerwerk der Großzügigkeit, so schön war es losgegangen, das Interesse an ihr verlieren und alles eine schlechte Wendung nehmen könnte. Tatsächlich war keinerlei Nachricht mehr von ihm gekommen nach jenem Tag, als er seinen Gehilfen Chilazz mit dem Kerbholzbündel vorbeigeschickt hatte: Die Witwe sollte auf allen Hölzern die Kerben prüfen, ein vollumfänglicher Beweis dafür, dass Mondo auch den letzten Centesimo eingetrieben hatte. Andreana wusste, dass jedes Dienstmädchen ein Kerbholz zum Eiskeller mitnimmt und dort jeweils für eine gewisse Menge Fisch eine Kerbe hineingeschnitzt wird; und eine entsprechende Kerbe schnitzt der Händler mit seinem scharfen Messer in ein anderes Holzstück, das im Eiskeller verbleibt. Alle zwei oder drei Monate werden die Kerben zusammengezählt, worauf die Kunden zahlen und eine Runde ausgeben.

Nach einer solchen, sehr gründlich durchgeführten Kontrolle sagte Andreana zu Anita, der sie gern ihr Buch aus der Hand gerissen, es gegen die Wand geschleudert hätte: »Mondo wird uns fallen lassen, er wird es satt bekommen ...«. Mit einem Schulterzucken vertiefte sich die Tochter wieder in die *Ilias* in der Übertragung von Vincenzo Monti. So kam es, dass die beiden bemitleidenswerten Frauen, deren Trauer langsam an Würde verlor, die Dienstbotin mit Chiozoter Wurzeln zu Hilfe riefen.

Schlussendlich sollte also die Màlgari unseren größten Fischhändler aufstöbern, wo auch immer, und nicht zu viele Worte machen, nur zu ihm sagen: Er solle vorbeikommen, sofort. Und die Alte pilgerte los, als gehe es nach Cesena zur Abtei der Madonna del Monte oder zu jener anderen »Pilgerstätte«, dem Pfandleihhaus, in Erwartung von tausend Abenteuern, die die Arglist der Menschen oder die Unwegsamkeit des Geländes ihr bereiten würden. Da sie ein gewisses Bild von Mondo hatte, wirklich ein stattlicher Mann, stellte sie sich ihn gern mitsamt dem Haus vor, das er erstanden hatte, an einer neu angelegten Allee, wo es von Silberpappeln, Kletterpflanzen, Ziergärtchen, Hecken und modernen Einfamilienhäusern nur so wimmelte. In der Badesaison wohnte dort die feine Gesellschaft, und Mondo erschien ihr wie für diese Gesellschaft gemacht. Aus besagtem schmuckem Einfamilienhaus drang der unangenehme Ton eines Instruments, ein Schrib-Schrab, als schmirgelte jemand. An einem Fenster des oberen Stocks tauchte ein junger Mann auf, kaum zu erkennen hinter seiner Mähne, und schwenkte zornig einen Bogen.

»Niemand zu Hause«, schrie er. »Mach dich von dannen, o Weib.«

Also machte die Màlgari kehrt und beschleunigte ihre Schritte, da ein Botendienst in ihren Augen berechtigterweise an Bedeutung gewann, wenn er zum großen und respekteinflößenden Eiskeller, dem Königreich des Fischhändlers, führte.

Im Viertel der Eiskeller, auch »abessinisches Dorf« genannt, entlockten ihr Dreck und Gestank ein nahezu zärtliches Lächeln, als atme sie die Luft ihrer Heimat, ihrer Futterkrippe, und selbst dass sie strauchelte, gefiel ihr, denn auch in Chioggia »ztolpert« man gelegentlich.

Vor einer Osteria, die ein Fischhändler für die Kollegen eröffnet und damit bewiesen hatte, dass man sehr wohl Fischhändler und Gastgeber zugleich sein kann, fragte sie sich ratlos, wie sie das taktvoll zu betretende Heiligtum nun finden sollte. Sie hätte ja »Mondo! Mondo!« gerufen, fürchtete aber, dass die groben Burschen, die Eiskellergehilfen an den Eingängen, den großen Schlünden der Grotten, sie für übergeschnappt halten würden, schließlich standen die Frauen von Chioggia schon immer im Ruf, verrückt zu sein.

Dort ist Mondo ja, am Eingang seines Eiskellers, und sie hatte ihn nicht gesehen! Er überwacht das Zunageln der Kisten und scheint bei jedem Hammerschlag zu nicken, genauso schmutzig und schlampig gekleidet wie die geschäftigen Handlanger um ihn herum, aber mit prächtigem Gepränge, wie es seinem Rang gebührt. Bei so viel Betriebsamkeit kommt die Alte zögerlich näher, streckt ihren faltigen schwarzen Hals nach vorn, zieht das Schildkrötenköpfchen wieder ein, macht einen kleinen Satz und stellt sich vor: Von unserem größten Fischhändler wird sie geradezu freudig empfangen und sofort wie eine Abgesandte, eine Vertraute der berühmten Witwe Pagan behandelt.

»Ich verhandle gerade über ein wichtiges Geschäft, aber Ihr könnt Euch hinsetzen und warten, bis der Kollege aus Comacchio und ich fertig sind.«

»Einer, der Jungfisz kaufen tut vielleicht?«, fragt die Alte, um dem großen Mann zu zeigen, dass auch sie etwas vom Geschäft versteht.

»Ja, einer von denen. Sonst kaufen sie Jungfische bei den Kahlschlag-Fischern, aber mein besonders guter Freund hier wechselt jetzt das Fach und zieht mit mir ein großes Unternehmen auf. Sagt mal, meine Gute, kennt Ihr die berühmten hölzernen Konserven aus Comacchio?«

»Marinierter Aal, der inne ganse Welt geht?«

»Ein Produkt, das in die ganze Welt geht … ist es auch hier, auch bei uns! Kein Aal, kein Lachs, weder Heringe noch Sardinen noch Stockfisch … Was ist es wohl? Was? Ihr kommt nicht drauf? Brodetto ist es!«

»Inner Dose?«

»Oder im hölzernen Bottich … wie der marinierte Aal. Kommt nur mit. Hier entlang.«

Ein riesiger Eiskeller. Der eigentlichen Grotte vorgelagert war eine Art Speditionsbüro, mit Körben, Kisten und Waagen, und weiter hinten, durch Glas abgetrennt, lag die kleine Schreibstube mit einem Tisch, Stuhl, Regal, Ofen, Diplom und einer Landkarte. Eine Pforte führte in den Innenhof, wo zwischen Abfall, verrotteten Körben und kaputten Kisten ein bezaubernder Reigen gurrender Turteltauben umherkreiselte. Die Alte ging auf Zehenspitzen, wie in der Kirche. Beim Blick nach oben sah sie ein Schild mit riesigen Lettern: »Neid ist dem Menschen, was Rost dem Eisen«, und ihr fiel ein, dass einige Fischer es den Fischhändlern nachgetan und am Heckinneren den Wahlspruch »Stirb, Neid«, in diesem Wortlaut, aufgemalt hatten. Mondo stellte einen Stuhl neben die Pforte, von wo die Botin den Tauben zusehen konnte.

»Bitte höflichst darum, Platz zu nehmen. Ich kläre noch die Angelegenheit mit meinem Kollegen aus Comacchio, dann stehe ich ganz zu Eurer Verfügung.«

Jetzt trat der schlaue und geduldige Kollege aus Comacchio hinzu, der unterdessen im Gewusel der Lastenträger und Eiskellerburschen verfolgt hatte, wie die Kisten vernagelt wurden: ein Kerl ganz anderer, hochaufgeschossener Art, »die vom Delta« werden sie genannt, ein langes Elend, wie die Màlgari noch nie eins gesehen hatte. Im Übrigen ist bekannt, dass die Bewohner von Comacchio alle ungeheuer groß sind und mit herausgedrückter Brust einherschreiten, das Haupt hoch erhoben wie Könige aus alter Zeit; manche von ihnen lehnen sich beim Schreiten auch schräg nach hinten, halten aber das Haupt ebenso königlich erhoben.

»Eine einfache Kommanditgesellschaft«, Mondo nahm Platz und hieß den anderen ebenfalls Platz nehmen, wer weiß warum, und er sprach so laut, dass die Besucherin auf ihrem Beobachterposten kein Wort verpasste. »Ihr Komplementär, ich Kommanditist, die Gründung wird im Handelsregister eingetragen und auch ganz regulär in den amtlichen Bekanntmachungen veröffentlicht.«

»Ihr Komplementär und ich Kommanditist«, entgegnete der Kollege aus Comacchio, auf sich und dann auf Mondo weisend, um noch einmal zu unterstreichen, dass seine Verantwortung bis zu einer genau festgelegten Summe reichte und der Mann aus der Romagna die Rolle desjenigen übernahm, der »voll« und auch »mit seinem Privatvermögen« haftet, was so viel heißt wie: »bis aufs letzte Hemd«.

Wer, ja wer sei besser geeignet als er, ein Mann aus Comacchio, der diese Kunst, die Kunst des Konservenmachens der Tradition halber wie instinktiv beherrschte, man könnte auch sagen, sie im Blut hatte? Er lasse Mondo »Anteil daran haben«, so sagte er, dass ihm und seiner Familie das vom Vater auf den Sohn übergehende Recht zustehe, Aal zu marinieren und als »Aal aus Comacchio« zu verkaufen, was juristisch hieb- und stichfest sei, sein Notar und jeder beliebige andere Notar würden das bestätigen, schließlich sei schon seit Langem bekannt, dass dies Siegel infolge verschiedener Verfügungen und Reskripte des Papstes einzig und allein der Stadt Comacchio zuerkannt werde, es nur für sie gelte. Der Fischhändler aus der Romagna wand sich auf seinem Stuhl, der Kollege aus Comacchio hatte ihn augenscheinlich aus dem Konzept gebracht. Was tat denn der Aal zur Sache … und jetzt noch der Papst?

»Ich mache einen *Brodetto alla romagnola*, mit Stückchen von allen möglichen essbaren Fischen, Rotbarbe und Zitterrochen, Makrele und Nagelrochen, Knurrhahn, Sandgrundel und Seeteufel, und außerdem Heuschreckenkrebse, die geben einen süßen Geschmack. Eine geniale Idee«, rief Mondo dann, wobei er sich nicht mehr an den Kollegen aus Comacchio, sondern an die Màlgari wandte, »der Brodetto aus der Dose ist eine geniale Idee, meine Gute, und Ihr versteht das, darauf baue ich!«

»Ja, ganz wie Ihr meint!«, sagte der Mann aus Comacchio in schmeichelndem Ton und deutete mit den Augen eine Verbeugung an, als wollte er sagen: »Jedem das Seine«, »Ehre, wem Ehre gebührt« oder vielleicht »Ihr den Brodetto und ich den Aal«.

Dann fragte er, wieder um Mondo zu schmeicheln oder vielleicht auch, um Zeit zu schinden, wie er denn auf diese Idee gekommen sei.

»Die Idee? Von wem stammt sie, was meint Ihr?«

»Ein Fischhändler?«

»Eine Ballerina.«

»Wie denn das, Mondo?«

»Eine Tänzerin, wirklich, eine, die tanzt. Ich muss dazusagen, dass sie aus einer Fischerfamilie kommt, mit sechzehn ist sie von zu Hause weggelaufen und hat mit ihren Beinen ihr Glück gemacht. Stimmt's, Malgari? Ihr wisst, wen ich meine. Die Tochter von ... Wenn sie jetzt den Sommer über hier ist, will sie immer Brodetto essen. Und eines Tages nimmt sie mich zur Seite, die anderen sollen schließlich nicht mithören, und sagt mit einem Engelsstimmchen: ›Es gibt doch alles Mögliche aus der Dose, warum nicht auch ... undsoweiterundsofort?‹«

»Einen Augenblick«, unterbrach ihn der Kollege aus Comacchio, der genug gehört hatte. »Ich sehe mich in der Firma als technischer Direktor der Fabrik. Und das Gehalt? Und die Einzelheiten der Anforderungen und Aufgaben? Und im Fall der Auflösung?«

»Was denn alles für Einzelheiten?«, fragte der Fischhändler verblüfft. Worauf er zu seinen üblichen Flüchen griff: »Verfluchter Schinderknecht, verdammter Hundsfott noch mal!«

»Wir sollten uns über alles verständigen, auch über die Firmenbeteiligungen hinaus.«

»Firmenbeteiligungen? Da haben wir's, meine Herrn!«

Und Mondo war nicht mehr zu bremsen, wiederholte immer wieder: »Da haben wir's, meine Herrn!« und »Machen Sie sich's nur bequem«, denn er wusste sein bodenständiges Romagnol stets um einige Ausdrücke des bürgerlichen Jargons anzureichern, wie er ihn den Leuten im Zug, in den Cafés oder Büros ablauschte, etwa »Das Sagen habe ich«, »So läuft das nicht«, »Heute König, morgen wenig« und Ähnliches. Da hatte ihm die Tänzerin ja eine schöne Suppe eingebrockt! Dann wurde er wieder heiter, sagte »Das Leben ist eine Tramway« und machte auch eine versöhnliche, besänftigende Geste in Richtung seines Kompagnons: Warum sollten sie sich denn nicht über alles verständigen ... vor dem Notartermin?

»Nun kommt, ich muss mich um die junge Dame hier kümmern«, sagte er, als sich auf der Türschwelle gerade eine neugierige Taube niederließ.

Die Màlgari begriff nicht, dass sie dem Hausherrn in diesem Augenblick gelegen kam, weil er den Kollegen aus Comacchio gern hinhalten wollte: Angesichts zweier Männer, die gerade ein Geschäft beschlossen hatten, fühlte sie sich ganz klein und unbedeutend; und sie lächelte die ganze Zeit, auch als Mondo ihr den Taubenschlag zeigte, lackiert im schönen Grün der italienischen Flagge, und sie darauf aufmerksam machte, dass die hübschen Tiere korallenrosa Schühchen trugen.

»Schaut her«, sagte Mondo an seinen Kompagnon gewandt, »hier kommt die große Küche hin, hier wird der Brodetto auf sechs oder sieben Öfen köcheln, vielleicht auch auf zehn, und da kommt das Konservenlager hin, und da das Speditionsbüro. Wie findet Ihr sie, Màlgari, wie gefallen Euch meine Tierchen?«

Dass ein Fischhändler so offenherzig seine Freundlichkeit unter Beweis stellte, ließ die Alte völlig verdattert zurück. Erst als sie gehen wollte, fiel ihr wieder ein, dass man vertrauensvoll auf sie wartete, die Witwe in einer Notlage war, und sie stammelte etwas in ihrem Dialektgemisch, wurde aber von Mondo unterbrochen:

»Verstanden. Heute Abend. Passt das?«

Am Abend, Viertel vor neun, erschien Mondo im Haus der beiden Frauen, was sie in angenehme, ihm liebenswürdig zugewandte Aufregung versetzte. Ganz offenkundig hatte die alte Chiozotin, eher der Tauben als des Kollegen aus Comacchio wegen, nur die besten Eindrücke aus dem Eiskeller mitgebracht und damit nicht hinterm Berg gehalten, sodass sich die Damen an diesem Abend, so schien es, gänzlich seiner Obhut, dem Schutz unseres »größten Fischhändlers« anvertrauten, was er auf arglose und ein wenig selbstzufriedene Weise genoss – er war eben ein Kavalier.

Nun saß Mondo also auf der Ottomane, auf dem Platz, der bei seinem letzten Besuch durch die Witwe in ihrem *so gut wie* roten Kleid besetzt gewesen war, und wandte sich schüchtern (Bildung schüchterte ihn ein) an Anita persönlich. Aus Respekt wechselte er ins Italienische, wohlwissend, dass es nur weniger Worte bedurfte:

»Liest du immer noch viel?«

Da schaltete sich die Mutter ein.

»Gut so, Mondo, Ihr könnt meine Tochter ruhig duzen. Anita hat viel gelesen, aber damit ist jetzt Schluss. Letztes Mal habt Ihr erzählt, dass die Geschäfte beim Schweizer schlecht laufen, seit er liest. Wir sollten mit dem Lesen aufhören.« Und sie fügte hinzu: »Dürfen wir Euch ein Gläschen anbieten, wie immer? Anita, bring die Cloe.«

Die »Cloe« war eine längliche, für gewöhnlich mit Anisette oder Mistrà-Likör gefüllte Flasche, die im Familienjargon so hieß, weil in der Stadt eine außergewöhnlich große und dünne Frau dieses Namens lebte, dürr wie ein Gerippe war sie, und die Flasche, obwohl länger als eine Literflasche, kaum ein Glas Anisette enthielt, gerade wie die echte Cloe kaum Blut.

»Auch der *Zio*, Gott hab' ihn selig«, platzte da der gute Mann heraus, »hat das ein oder andere vermasselt. So ist es: Nach all der Plackerei hätte er seiner Familie doch ... Jetzt muss eine Entscheidung her, jawohl, ich meine, Ihr dürft nicht darauf warten, dass Euer Sohn Euch hilft ...«

»Es gibt ja noch Anita: Anita ist Lehrerin.«

»Besser, die Tochter hilft«, pflichtete Mondo ihr nachdrücklich bei. »Anita kann den Kindern etwas beibringen.«

»Ja«, bestätigte wiederum Andreana. »Anita kann den lieben Kleinen etwas beibringen.«

»Anita kann sich bei der Gemeinde bewerben und eine Stelle auf dem Land bekommen.«

»Bei den Bauern?«, fragte die Mutter.

»Stadt, nicht Bauernland«, echote die Lehrerin.

»Ich war im Gemeinderat, als noch die alten Republikaner[23] das Sagen hatten, und erinnere mich gut daran, dass Lehrerinnen auf dem Land anfangen. Aber Ihr habt recht. Ohne Meer, das ist kein Leben.«

Nun kehrte wieder gute Laune ein. Erleichtert lächelte die Witwe ihrer gebildeten Tochter zu und erklärte ein ums andere Mal, wie die Dinge ihrer Ansicht nach lagen: Während die Söhne, Mamas Lieblinge, sich neuerdings so lange amüsierten, wie es nur ging, und dabei ihre eleganten weiten Hosen, diese *Knickerbockers*, und sportlichen Trikots mit Reißverschluss zur Schau trugen, war es an den Töchtern, zu arbeiten und Geld nach Hause zu bringen. Und zwar, weil die Welt sich verändert hatte.

»Ja«, bestätigte Mondo mit einer Spur von Bitterkeit, »die Söhne haben heute andere Vorstellungen als die Väter. Der Sohn lebt einfach in den Tag hinein, der Vater denkt immer ans Arbeiten: ›Weiter geht's, Maestro.‹ Was würdet Ihr von einem Sohn halten, der nicht mit Fisch handeln will, sondern lieber irgendein Instrument spielt, was weiß ich? Cello, oder Kontrabass …«

Mutter und Tochter wechselten einen kurzen Blick. Die Màlgari hatte nämlich nicht nur vom Eiskeller, vom Kollegen aus Comacchio, dem Brodetto aus der Dose und den Tauben berichtet, sondern auch von gewissen nicht eben himmlischen Tönen, die aus Mondos schönem Haus dort oben in der Villengegend gedrungen waren.

»Spielt Euer Evardo Kontrabass?«, fragte Andreana nach kurzem Schweigen.

Und da öffnete sich der brave Mann, der immer nur über die Geschäfte der anderen und nie über sich, über seine Trauer, sein Witwerleben, seine Sorgen als Bürger dieser Stadt und als Vater gesprochen hatte, da schüttete Mondo ihnen sein Herz aus: Vor allem sprach er über jenen sonderbaren Sohn, der weder an die Fische noch ans Geld dachte, sondern seine Zeit mit solch einem Teufelstrumm vertat.

»Aber«, schloss Mondo wie zum Trost, »besagter Junge ist sehr gebildet.«

Das Gespräch rund um den Kontrabass, von Mondo auch »Lirone« genannt, mit dem sich der Abend dem Ende zuneigte, ließ die beiden Frauen erstaunt und im Grunde auch belustigt zurück. Andreana erkannte, dass der große Beschützer dank diesem überraschend auftauchenden Lirone nun in den engeren Kreis der Familie eintrat und einen Weg fand, sich auszusprechen, sich auch mit Anita zu unterhalten, ihre Zuneigung und ihr Verständnis zu wecken. Die Musik (dachte die Tochter). Der Lirone (hallte es bei der Mutter nach). Sollten sie künftig nach Gesprächsthemen suchen, Gott sei's gedankt, hier war eines.

Am nächsten Tag kam der gute Mondo erneut vorbei, um seinen Freundinnen das Abendessen zu bringen, ein Päckchen in gelbem Papier, das er hinter dem Rücken versteckt hielt, als wolle er es hineinschmuggeln. Lächelnd trat er ein, ohne den breitkrempigen Hut abzunehmen (er war der Einzige im Städtchen, der solch einen Hut trug, wie die Gauchos in den Filmen), und verkündete, diesmal sei es ein anderer, ein größerer Fisch. Die Ehre und Verantwortung des Ausweidens lasse er sich nicht nehmen: Er bat darum, die Küche betreten zu dürfen, wo er, weiterhin den großen Hut auf dem Kopf, triumphierend das seltene Tier präsentierte und seine verlässlichen Instrumente, Schere, scharfes Messer, kleine Säge, aus der Jackentasche holte … Oh, heute Abend bekämen die Damen etwas Gutes zu essen, mit diesem Fisch werde die Suppe köstlich.

Andreana lächelte:

»Wenn erst einmal der Brodetto aus der Dose da ist …«

Was? Hatte die Màlgari etwa geplaudert? Inzwischen sprach der ganze Ort davon. Ja, das Geschäft mit dem Frischfisch sei marode, es müsse jetzt etwas her, das mehr … mehr … nun, etwas Raffinierteres. Morgen schon werde er mit dem Kollegen aus Comacchio in dessen Heimatstadt fahren und Gespräche mit der Böttcher-Genossenschaft führen, denn die Behälter sollten aus Comacchio kommen und die Konfektionierung nach dortiger Art erfolgen und die Methoden würden von dort übernommen und auch das Wagnis eins à la Comacchio sein.

»Comacchio … mag ich nicht besonders«, gab die Witwe unseres ehemaligen »größten Fischhändlers« ehrlich zu.

»Seid Ihr verrückt? Es gehört doch zum berühmten Trio, zu den drei ›C‹: Cesenatico, Chioggia, Comacchio? Das Ein und Alles in unserem Beruf, wisst Ihr das nicht?«

»Weil, Mondo, nun ja, die Kahlschlag-Fischer …«

Als kluge Frau, aufgewachsen unter Meeresvolk, misstraute Andreana den Kahlschlag-Fischern, vor allem denen aus Comacchio, die sich auf den Fang von frisch geschlüpften Fischen spezialisiert hatten, mit Netzen so fein wie Schleier; und noch mehr misstraute sie denen, die Jungfische kauften, um sie bei sich in den *Valli,* den abgegrenzten Fischgründen in der Lagune, anzusiedeln und dort für Fischreichtum zu sorgen, während »unser Wasser hier« verarmte. Die Witwe war daher für Chioggia, die »loyalere« Stadt.

»Wisst Ihr, Andreana, mein Evardo, mein Sohn, denkt genau wie Ihr. Er mag Comacchio nicht. Gestern habe ich mit meinem Evardo über Euch und Anita gesprochen …«

»Na sieh einer an! Und was habt Ihr Eurem Evardo über uns arme Frauen erzählt?«

»Er kommt vorbei. An einem der nächsten Abende kommt er bei Euch vorbei. Mein Evardo sollte nämlich abreisen, aber jetzt reist er doch nicht ab: Er hat abgelehnt, er verzichtet darauf, in Bagnacavallo die *Ernani* von Verdi zu spielen.«

Sogleich zerbrachen sich Mutter und Tochter, auf solche Komplikationen nicht vorbereitet, den Kopf darüber, was es mit Verdis *Ernani,* dem Kontrabass und Bagnacavallo auf sich hatte. Warum hatte Evardo den Auftritt in Bagnacavallo im letzten Moment abgesagt? Und stand nicht zu befürchten, dass der *Professore,* der Kontrabassist, wenn er in dieses Haus ganz ohne Musikinstrumente kam, das Gesicht verziehen und schließlich seinem Vater davon abraten würde, sie zu besuchen und ihnen Fisch zu schicken? Und stattdessen war da Chilazz mit dem riesigen Instrument auf dem Rücken! Das Trumm von Kontrabass, dessen Hülle aussah wie ein überdimensionaler, von Zugreisen lädierter Schrankkoffer, schien fast zu groß für die Eingangstür: Und auch der Flur war zu eng, die Stube schrumpfte, die Möbel zogen sich wie gekränkt zurück, ja das ganz Haus wirkte zerbrechlicher durch den unerwarteten Auftritt eines solch respektablen, gewichtigen und voluminösen Gastes.

»Heute Abend gibt es ein Konzert«, sagte Chilazz und befreite das mächtige Instrument aus seinem Gefängnis, wie man ihn geheißen hatte; mit einer Miene, als erwarte er von den beiden Frauen höchste Bewunderung für den einzigen Lirone der Stadt, der so viel wert war wie ein Eiskeller, ja sogar wie ein ganzes Haus.

Doch als der *Professore* in Begleitung seines Vaters eintrat, schenkte er dem Kontrabass im Wert eines Eiskellers oder eines Hauses keinerlei Beachtung, als gehörte er ihm gar nicht, als hätte er ihn nicht als Stafette vorausgeschickt. Er trug Schwarz. An den Füßen Lackschuhe, keinen Hut auf dem Kopf, und er war mager, blass und zerzaust: »eher hässlich, aber interessant«, also längliches Gesicht, hohe Stirn, hervorspringende Nase, eine Art Paganini, mit gepflegten Musikerhänden, seltsamen, endlos langen Fingern, bei deren Anblick einem der Tod in den Sinn kam. Es war unvermeidlich, dass eine gebildete junge Frau wie Anita angesichts solch einer romantischen Erscheinung erschauerte. In Anitas Hände legte Mondo eine Puppe in montenegrinischer Tracht, eine Erinnerung an seine verstorbene Frau, und diese Puppe sollte auf die Ottomane gesetzt und möglichst nie wieder von dort entfernt werden.

»Siehst du, Evardo? Das ist die Signorina, mit der du gespielt hast, als ihr klein wart. Sie heißt Anita, zu Ehren von Anita Garibaldi, die eine ganze Nacht bei uns verbracht hat, als Garibaldi mit dem Schiff vor den Österreichern und den verdammten Papstfreunden flüchten musste: Eine ganze Nacht lang hat die Ärmste auf einem Stein gesessen. Anita ist eine gebildete Signorina, weißt du, Evardo? Sie liest viel …«

»Welche Art von Büchern liest die Signorina?«

»Die Klassiker«, sagte Anita mit kaum vernehmbarer Stimme. »Gerade lese ich noch einmal die *Ilias*, zum Vergnügen.«

»Keine Kriminalromane? Keine Romanbiografien? Napoleon, Bismarck?«

»Die Klassiker«, sagte sie mit derartiger Gefühlswallung, dass ihre Wadenmuskeln unter den schwarzen Strümpfen zuckten.

Aus Respekt vor dem Sohn hatte Mondo beschlossen, nur über gewichtige Themen zu sprechen, und so brachte er unser »matirimes« Erbe (er meinte »maritimes«) samt Fischerei ins Spiel, und die schwerwiegendsten Probleme des Ortes wie etwa den Meeresgrund am Hafeneingang, wo nur siebzig Zentimeter unter der Wasseroberfläche eine Sandbank lauerte und die beladenen Trabakel daher stundenlang vertäut warten mussten, bevor sie in den Kanal und somit in die Stadt einfahren konnten.

»Die Regierung«, sagte der Kontrabassist, jedoch nur an Andreana gewandt, »müsste sich dazu durchringen, uns häufiger den Bagger zu schicken.«

Andreana nickte. Auch Mondo pflichtete ihm bei, auf unterwürfigere Weise, offensichtlich hatte er vor dem Sohn große Scheu.

»Den Bagger. Hast du gehört, Anita. Den Bagger.«

Der Kontrabassist beugte sich im Sitzen zur Schulter der Signorina hinüber, und Mutter und Tochter begriffen sogleich, was ihr Beschützer sich dabei gedacht hatte, den Sohn in ihre Stube zu bringen, ihn hier Platz nehmen zu lassen, nachdem zunächst der Lirone als Vorbote gekommen war. Herr der Situation war nun dieser schwarzgekleidete Unbekannte, über den sie rein gar nichts wussten, außer dass er ein wenig exzentrisch war. Als Evardo dann weitersprach, schwiegen alle anderen zufrieden: Ein zartes, ergebenes Lächeln erhellte ihre Gesichter, bei diesem komplizierten Thema wäre ihnen auch kaum ein anderer Ausdruck möglich gewesen.

»Lasst gut sein, Papa, was kümmert denn die Damen der versandete Kanal? Oder mich? Was geht mich die Hafeneinfahrt an, und der Bagger? Und Anita Garibaldi? Die eine ganze Nacht lang auf einem Stein gesessen hat? Selber schuld. Wäre sie nicht so eifersüchtig gewesen …«

»Oh, die Arme! Wisst Ihr, dass sie schwanger war?«

»Sie war schwanger? Da haben wir's, die Frauen. Immer dieselbe Leier. ›Ich bin schwanger …‹«

Er begriff, dass er zu weit gegangen war, und sah sich gezwungen zuzugeben, dass die Fischer, die mutigen Fischer, die dem General im Jahr 1849 mit ihren Bragozzi zur Flucht verholfen hatten, nicht von hier, sondern aus Chioggia stammten und die Ehre (er zeigte auf die Hausherrin, eine Pagan) daher Chioggia gebührte: Was eine recht lebhafte Auseinandersetzung darüber entfachte, ob die Ehre nun Chioggia oder unserem Städtchen gebührte, das diesbezüglich bereits in die Geschichtsbücher eingegangen war. Und schließlich, nach einer solch niveauvollen und elegant geführten Diskussion, wies Mondo auf den Kontrabass.

»Stimmt es also?«, fragte die Witwe. »Euer Evardo spielt uns etwas vor?«

Mondo nickte und sagte, der Kontrabass sei »eine wesentliche Komponente des Orchesters« (ganz offensichtlich gab er die Formulierungen und Ansichten des Sohns wieder), vielleicht »das einzige Instrument, das nicht im Sitzen gespielt werden kann«, und mit dem Spruch »Ein Orchester ohne Kontrabass ist wie ein Haus ohne Fundament« überließ er dem Künstler das Feld. Evardo erhob sich also, suchte den Bogen und ging auf das Instrument zu, mit einem Blick, als spräche er zum ihm. Dann rückte er es von der Wand ab, umfasste es wie in einer Umarmung und trug es geradezu mit Leichtigkeit in Richtung Anita hinüber. Es ging, so schien es Anita, eine Art Zauber von ihm aus, in ihren Augen hatte er sein Instrument bezähmt wie ein Dompteur ein wildes Tier.

»Bottesini, Elegie in E-Moll«, verkündete Evardo verdrossen, ja ein wenig gereizt.

Und die zarte, sensible Anita verspürte einen Ruck in ihrem Innern, als habe ein unbarmherziger Bogen begonnen, über die gnadenlos gespannten Saiten ihres Herzens zu streichen.

Später sagte Mondo zu Andreana, dass Anita in ihrer Lage mit einem Ehemann geholfen wäre, und dieser Ehemann, nun, das könnte sein Sohn sein. Außerdem stand die Lehrerin einer dritten Klasse kurz vor der Niederkunft und Mondo hatte sich ins Zeug gelegt, mit wichtigen Leuten gesprochen, diesem und jenem einen Steinbutt zukommen lassen und die sanftmütige Halbwaise schließlich erfolgreich untergebracht, für einen Zeitraum von vierzig Tagen.

»Vierzig Tage und zehn Lire pro Tag machen vierhundert Lire, und wenn es bis zum Ende des Jahres drei oder vier Geburten gibt, sind das tausendzweihundert bis tausendsechshundert Lire. Die wirst du für schöne Schuhe brauchen, für Kleider, Kämme, ab und zu ein Parfüm, eine Puderdose … Was die Kinder angeht, die gehören versohlt. Versohl sie, versohl sie ohne Erbarmen. Das sind sowieso alles Kinder von Fischern.«

Die junge Lehrerin war zu schwach und zu zartfühlend, um die Kinder hart zu bestrafen: Kinder, so unwissend, dass ihnen nicht einmal ihr Familienname einfiel und sie sich nur anhand irgendeiner Besonderheit des väterlichen Bootes, vor allem durch wunderliche Details auf den Segeln auseinanderhalten ließen: Ich bin der Sohn des Soundso, der einen Hahn oder das Münzen-Ass aus dem Tarot im Segel führt, oder den Papstthron, die Sonne, den Mond, einen Drachen, ein Pferd. Die Ärmste kam kreidebleich und erschöpft nach Hause, ohne irgendetwas erreicht zu haben – nicht einmal mit dem Lineal auf die Finger geschlagen hatte sie dem Sohn des Soundso, der einen Drachen oder ein Pferd oder vielleicht Reklame für Kakao im Segel führte.

Der Kontrabassist hingegen war nicht so kompliziert wie befürchtet und ließ auf seine Weise durchblicken, dass ihm die junge Lehrerin nicht gänzlich missfiel. Eines Abends kam er allein. Ohne Hut, mit wilder, vom Wind zerzauster Mähne. Er war wieder in Schwarz gekleidet und in eine weite, glockenförmige Pelerine gehüllt, in der er aussah wie eine mit Tinte übergossene Statue. Nachdem er den Umhang abgelegt hatte, setzte er sich – ohne Rücksicht auf die Puppe in montenegrinischer Tracht, die Erinnerung an seine Mutter –, während Anita, recht hässlich war sie, weiter vor ihm stand.

»Heute Nacht …«

»O weh, haben Sie nicht geschlafen?«

»Weil mir ein Motiv durch den Kopf gegangen ist. Gegen drei bin ich aufgestanden und habe wie im Rausch eine Romanze notiert: zu den Versen eines Freundes von mir, ein Freund aus Perma.« Er sagte »Perma«, nicht »Parma«. »Was machen Sie in der Nacht?«

»Ich schlafe auch nicht viel«, sagte Anita, entzückt über eine solche Frage, die sie auf eine Stufe mit Musikern und Dichtern hob.

»Sie haben doch sicher von einem Fischer gehört, der einen Affen auf sein Segel gemalt hat, was ihm schlecht bekommen ist, weil man ihn sofort ›Äffchen‹ getauft hat? Der Sohn von Äffchen ist einer Ihrer Schüler: der erbärmlichste von allen. Mein Vater hat mir gesagt, dass Sie vor ein paar Tagen halbtot aus der Schule gekommen sind. Hören Sie auf mich, lassen Sie es sein. Halten Sie sich fern von diesen Kanaillen, diese ›Hu‹-Söhnen.«

»*Professore,* was sagen Sie denn da?«

»Ich sage, dass die Frauen in dieser Stadt, ich meine die verheirateten, die eine mehr, die andere weniger, alle ›Hu‹ sind. O mein Gott, warum machen Sie so ein Gesicht? Ich habe ein schlimmes Wort gesagt, aber doch nur zur Hälfte.«

In diesem Augenblick hob Anita den Kopf und sah, dass Mondo hereinkam und gleich stehenblieb, um die beiden jungen Leute zu bewundern, wie sie so nebeneinandersaßen, schön wie die Königskinder. Hinter ihm stand Andreana, ein mildes Lächeln im Gesicht.

»Einen schunderwöhnen Abend«, tönte Mondo sofort, bereit, alle ihm bekannten »bürgerlichen« Sprüche herunterzubeten, um eine gute Figur zu machen.

Andreana schenkte Kaffee ein. Anita blieb nun sitzen, als wäre es ihr *gutes Recht,* mit einem Gedichtband auf den Knien bedient zu werden.

Unterdessen zwinkerte Evardo seiner jungen Freundin zu, als wollte er sagen: »Hören Sie nicht auf meinen Vater, er ist ein Idiot.« Und er sprach weiter über Musik und Gedichte und die Verse seines Freundes aus Parma, die gar nicht so übel seien, im Gegenteil, er werde sie der Signorina zeigen. Freund aus »Perma«, versteht sich, nicht »Parma«.

»Wann?«, seufzte sie bewegt, als dürfte sie zu ihm zurückkehren, nachdem er sie verstoßen hatte.

Evardo antwortete nicht, sondern erhob sich ganz ungeniert, womit er allerdings zu verstehen gab, dass ihm an der Gesellschaft seines Vaters nicht viel lag. Dann verabschiedete er sich und ging. Er war allein gekommen und ging allein:

Das hatte seine Richtigkeit. Mondo baute sich vor der regungslos dasitzenden Anita auf und lächelte.

»Möchtest du etwas sagen?«

Anita aber brach in Tränen aus und weinte bitterlich, wie ein unglückliches, von den Großen gepeinigtes Kind. Da wandte sich Mondo, der schlaue Fuchs, mit einem Ruck von ihr ab und frohlockte: »Sie ist verliebt.« Lachend und augenzwinkernd knuffte er Andreana und sagte rundum zufrieden:

»Seht Ihr, seht Ihr, was wir da angerichtet haben?«

Kapitel V

Die erste Konservenlieferung fiel mit der Verlobung der Kinder zusammen und Mondo, glücklich wie er war, wollte gern beide Ereignisse auf einmal feiern; ja seiner Vorstellung nach sollten die Verlobten bei einer fröhlichen Zusammenkunft eine der Konserven öffnen, sie hatten so feine weiße Hände, und das neue Produkt, auf dass ihm Erfolg bescheret sei, vor aller Augen kosten.

Doch der Kontrabassist kostet zu Hause davon und verzieht das Gesicht.

»Was ist?«, fragt Mondo alarmiert. »Schmeckt man die Salicylsäure zu stark?«

»Man schmeckt die Salicylsäure zu stark. Vielleicht wäre Benzoesäure besser gewesen.«

Dem Sarkasmus seines Sohnes und der gedämpften Begeisterung der Witwe zum Trotz – ihr waren das alte Geschäftsmodell, die alten Methoden lieber –, zeigte sich Mondo zufrieden und voll des Vertrauens in den Kollegen aus Comacchio und mehr noch in sich selbst. Außerdem war er überzeugt, der Stadt damit Gutes zu tun. Er hatte darauf bestanden, dass in jeder Konserve unter dem prophetischen Schriftzug BRODETTO ALLA ROMAGNOLA sein Name stehen sollte, Zavatti Raimondo, und noch weiter unten stand in Klammern und kleineren Buchstaben: *Die Leibspeise der alten Spartaner*. Das hatte sein schlauer Sozius aus dem weiten Meer des Wissens einer Enzyklopädie gefischt, und der Chef hatte es aus Bildungsbeflissenheit übernommen, wenngleich niemand wusste, ob den alten Spartanern nun unser Brodetto oder aber der Cacciucco aus Livorno lieber gewesen war: In jedem Fall mochten sie Fischsuppe.

Auch die Behälter lobte Mondo ohne Einschränkung. In Comacchio hatte er mit dem Präsidenten der Böttcher-Genossenschaft, ebenfalls ein Böttcher, lange über die Möglichkeit diskutiert, die Konserven am traditionellen Ort und in typischer Gestalt herzustellen. Und darüber, ob die Dauben nun eher hoch oder niedrig sein sollten, die Ringe aus Holz oder aus Metall, und letztlich hatte er sich für den Typ kleiner kegelförmiger Bottich entschieden, der für den Verkauf und Versand von Kisten an Großhändler besser geeignet war. Zugegeben, es hatte endloser technischer Diskussionen bedurft, schließlich ging es hier um eine Sonderanfertigung, und es war auch nicht einfach, sich auf einen Preis zu einigen, der dann recht hoch ausfiel, eben wegen der Sonderanfertigung. Andreana war indessen an Mondos Prestige und Erfolg gelegen, weshalb sie ihn nur daran erinnerte, den Frischfischhandel nicht zu vernachlässigen und vor allem nach wie vor als Mittelsmann der besten Boote zu arbeiten, die einflussreichsten Kapitäne also weiterhin an sich zu binden.

»Alles, alles, ich werde alles machen«, antwortete der brave Mann wie berauscht von den ersten Erfolgen. »Es wird noch eine einfache Aalsuppe geben und eine mit Wirsing, und außerdem Muscheltöpfchen mit verschiedenen Aromen: Basilikum, Sellerie, Thymian. Und mein Eiskeller ist und bleibt der beste, die besten Kapitäne, die *Kaiserin*, die *Trostreiche*, die *Maria II.*, die *Clorinda*, die *Kruzifix*, die *Ruhestörung*, alle bleiben sie bei mir.«

Was seinen Sohn und Anita anbelangte, wusste er sehr wohl, dass es sich um eine Verbindung *sui generis*, um ein Verlöbnis handelte, das anders war als andere. Was sonst zu solchen Anlässen gern veranstaltet wird, war hier nicht wirklich erwünscht, die Eltern mussten die Dinge einfach nehmen, wie sie kamen. Obwohl Andreana das nicht so recht verstand, ebenso wenig wie seine Verzückung über den Brodetto aus der Dose, musste sie doch zugeben, dass man bei Künstlern und Orchestermusikern immer in gewissem Maße von der Gunst des Schicksals abhing; keine schlafenden Hunde wecken, lautete also die Devise, beziehungsweise nicht den künftigen Schwiegersohn verärgern, der wie vom Himmel gefallen und mit großer Zuvorkommenheit zu behandeln war. Im Übrigen war wohl kaum zu erwarten, dass ein Künstler seine Angebetete auf herkömmliche, altmodische Weise umwarb, mit affektierten »bürgerlichen« Schmeicheleien, oder sie mit Grobheiten bedrängte, wie die armen Teufel, wenn sie die Liebe packt.

Nachmittags wartete Evardo nun am Schultor auf seine Verlobte: schwarz, barhäuptig und in die Pelerine gehüllt, als wollte er den Kindern Angst einjagen. Anita kam zu ihm, bang, warm, auf entzückende Weise erschauernd, wie eine Taube, die sich freiwillig in die Fänge des Falken begibt. Viele Dinge ängstigten und plagten die junge Lehrerin, unter anderem die Vorstellung, er könnte in seinem Aufzug auch nur eine Minute länger hier verweilen.

»Komm, Evardo, komm, gehen wir.«

Er nahm Witterung auf wie ein Jagdhund.

»Welches ist der Sohn von Filodema? Welcher gehört zum Äffchen? Wer ist der Sohn vom Hinkebein, dem Mann von Ida?

»Was kümmert dich der Sohn vom Hinkebein, dem Mann von Ida? Frech sind sie alle.«

»Ich zeig es den kleinen Biestern.«

Die junge Lehrerin nahm ihren schwarzen Freund bei der Hand und wollte ihn, obgleich ihr die nötige Kraft fehlte, mit aller Gewalt fortziehen. Da zeigte er rührende Fügsamkeit und folgte ihr wie ein junger Hund, egal wohin, solange sie nur den Umkreis des Schulgebäudes mit seinen geheimnisvollen Verboten hinter sich ließen: Doch sie kehrten weder nach Hause zurück noch spazierten sie durch den Ort, wo sie nicht gern gesehen waren – denn gern gesehen sind hier weniger »spezielle« Paare.

Um an die Freiheit, den Strand zu gelangen, nahmen sie häufiger den Weg durch Abfall und Dreck der Elendsgassen, und auf Höhe der Eiskeller wusste die Arme nicht, wo hintreten, ohne sich die Schuhe zu besudeln, ohne in stinkenden Pfützen zu versinken, im trüben Wasser, das unablässig aus allen Löchern des verrufenen Viertels quoll.

Anita rümpfte in dieser übelriechenden Gegend die Nase, während Evardo dreinblickte, als führte er seine Verlobte absichtlich in den Gestank von trockenen Algen und fauligem Fisch, der sie bis ins Kloster verfolgt hatte.

»Erst war dein Vater unser größter Fischhändler und jetzt ist der Ärmste tot und mein Vater ist dran: Immer schön eins nach dem anderen. Sag mal, Anita, wie ist es, die Tochter eines Fischhändlers zu sein, nachdem du dir so viele Helden zu Gemüte geführt hast, Achaios, Kapaneus, Hektor, Ajax, Penelos, Menelaos? Und lass hören, was hältst du eigentlich vom Brodetto aus der Dose?«

»Ich denke«, sagte die Junglehrerin, »dass wir Vertrauen haben sollten in deinen Vater.«

»Ja, wir sollten Vertrauen haben. Aber ich meine, dieser Schuss Salicylsäure?«

»Glaubst du, dass er besser ...«

»Benzoesäure genommen hätte? Ach, weiß der Geier!«

Am weiten Bogen des Strandes waren sie allein, zwei schwarze Punkte, ja in dieser teils rotgoldenen, teils silbriggrauen Welt wirkten sie noch schwärzer als sonst. Manchmal waren sie nicht allein, sondern es stand noch jemand bis zu den

Knien im Meer, ein einsamer Fischer mit hochgekrempelten Hosen, der mit irgendetwas hantierte wie ein Bauer auf dem Feld. Oder sie trafen einen zerlumpten Alten auf der Suche nach Herzmuscheln, die *poverazze*, arme Teufel, genannt werden, weil sie den Armen als Nahrung dienen, herabgefallene, noch lebendige Muscheln: Und Anita und Evardo machten sich gleichfalls auf die Suche, beugten sich über verkrustete Salzschnörkel oder kuriose Zickzackmuster, die von den kleinen Wellen in den Sand gezeichnet werden, wenn sie Algenbündel, Korkstückchen, Schaumflocken, Arabesken aus Tintenfischeiern heranspülen.

Hatte nicht ein Sturm ohnehin Unmengen davon auf den Strand geworfen, entdeckte Anita stets als Erste die kaum merkliche Spur einer Muschel im nassen Sand: eine Art Blase, über die sie mit dem gekrümmten Zeigefinger strich. Wenn sie statt einer schnöden Herzmuschel eine längliche Schwertmuschel erwischte, und diese womöglich qualvoll versuchte, aus ihrer Schale zu entkommen, vergnügte Evardo die Vorstellung, sie könnte das nackte, noch zuckende Weichtier mit ihren engstehenden, grausamen Zähnchen packen.

»Iss sie sofort.«

»Lebendig?«

»Natürlich, lebendig. So sollten wir's auch halten, verschlingen wir einander bei lebendigem Leib.«

Der Strand veränderte sich. Manchmal wirkte er blass und matt, geradezu niedergeschlagen, so dicht war er mit einer Schicht aus glasig schimmernden Schalenresten vor allem von Schwert- und Herzmuscheln bedeckt, und das über längere Strecken; und manchmal war er auch schwarz: schwarz von Hinterlassenschaften des Meeres, ein merkwürdiger, morastiger Unrat, wie nach einem Sturm, wo man, so schien es zumindest, bis zu den Knien einsinken oder sich wie auf ein Bett fallenlassen konnte. Oft aber war der Strand glatt und rein, eine goldene Fläche bis hin zur ewigen Linie der auslaufenden Wellen, die wirkten, als müssten sie schon vorher stocken, letzte, kurzatmige Wellen eines Meeres, das fast gänzlich ermattet war. Und Evardos Laune passte sich dem Strand an, als sei dies sein einziger Vertrauter.

Hatten sie viele Herz- und Schwertmuscheln gefunden, holte Evardo ein riesiges, kardinalsrotes Tuch hervor, und sie spazierten mit diesem Bündel weiter, das zwischen ihnen hing wie ein großer Blutfleck. Wenn er das Tuch ausbreitete, brüstete er sich jedes Mal damit, in der Nacht kaum zwei Stunden geschlafen zu haben.

»Warum?«

»Weil mir ein Motiv durch den Kopf gegangen ist.«

»Und da bist du aufgestanden, um …«

»Noch einmal wie im Rausch eine Romanze zu notieren.«

Immer wieder musterte Evardo sie, kühl wie ein Kenner, und kam insgeheim zum Schluss, dass ihre kleine Nase im Profil zu spitz war. Auch der Schnitt ihrer Augen, mit der wulstigen, an ein kleines Kissen erinnernden Brauenpartie, missfiel ihm zusehends, genauso wie der plump hervorstehende Kiefer, der breite Mund mit den schmalen Lippen: Und er machte sich einen Spaß daraus, seine Verlobte zu schikanieren, als wollte er sich für seine lächerliche Lage rächen und über die Verlobungsatmosphäre spotten. Immer wieder kniff er sie fürchterlich oder bohrte ihr sogar die Finger ins Fleisch und ließ sie, arme Träumerin, im Glauben, dies alles sei Ausdruck von Sinnlichkeit und unbändiger Liebe. Dann grinste er und sagte bei sich »Von Kniffen und Küssen kommt keine zuschanden«, wie es in Neapel heißt.

Anita kannte diese grausame Sprache mittlerweile und ertrug sie still, häufig mit halb geschlossenen Augen oder sich auf die Unterlippe beißend. Vermutlich dachte sie, dass der »Künstler« sie weniger durch Küsse als durch Kniffe auf die

Probe stellte, um zu sehen, ob sie – anders als ihre Erscheinung vermuten ließ – standhaft war, um ihr eine Lektion in Tapferkeit zu erteilen, falls sie, die junge Lehrerin, immer noch den albernen Wunsch nach Zärtlichkeit hegte.

»Jetzt reicht es mit den Muscheln. Hol ein Buch, dann gehen wir raus auf die Mole.«

»Ein Buch für dich und eins für mich?«

»Nur eins. Vorlesen sollst natürlich du: Ich höre zu, versprochen.«

Anita wirkte unschlüssig, als käme ihr aus Jahrhunderten der Literaturgeschichte nichts in den Sinn, das ihm gefallen könnte.

»Aber ja, irgendwas, solange es ein Buch ist! Was ein Buch ist? Die *Ilias*, die *Brautleute* von Manzoni, die Bauerngeschichten von Bertoldo, das neue Gesetzbuch, *Pinocchio*, *Also sprach Zarathustra*, der Fahrplan der Eisenbahn, *Meine Gefängnisse* von Silvio Pellico, *Die Wissenschaft in der Küche* von Pellegrino Artusi, die *Argia Sbolenfi* oder die *Sgnera Cattareina*[24]: Warte, nimm doch das Neue Testament.«

Auf dem schmalen Damm aus Beton, der von Wellenbrechern geschützt wurde, ging die schwarze Gestalt des Mädchens, die Bibel unterm Arm: Es sah aus, als schwanke sie. Am künstlichen Kap angelangt, bestand Evardo darauf, dass sie ohne viel Hilfe hinauf- und wieder hinunterkletterte und sich neben ihn auf einen der Felsbrocken setzte, verfroren und voller Widerwillen angesichts des rauen, abweisenden Kalkgesteins. Auch das Donnern des Meeres verstörte sie, wie es unter ihnen in die ausgedehnte Leere des Walls eindrang und an eine Grotte, einen geheimnisvollen Gang denken ließ. Die See vor ihnen war meist stürmisch und feindselig, woran Evardo selbstverständlich Gefallen fand, wie es ihm auch gefiel, dass der Wind ihre Haare zerwühlte und zerzauste und Schaumspritzer der sich aufbäumenden Wellen darauf landeten. Hier öffnete Anita vertrauensvoll ihr Buch und las von Jesus, wie er auf einem Berg sitzt und seine Jünger um sich schart, auf dass er sie lehren könne: Selig sind diese, selig sind jene … während Evardo den Blick starr auf den Horizont gerichtet hielt, als ginge diese Litanei ihn nichts an, da er ja weder sanftmütig noch barmherzig, weder reinen Herzens noch ein Friedensstifter war.

»Schluss mit dem sentimentalen Kram«, rief er verärgert. »Natürlich, sie sucht sich die Seligpreisungen aus. Blätter weiter: zur Apokalypse«, und mit einer schroffen, schneidenden Geste zeigte er an, dass des Heilands Stimme, wie sie von der Bergspitze herunterhallt, vom schauerlichen Klang der sieben Posaunen übertönt werden müsse.

Der erste Engel blies seine Posaune, und Anita sah zu ihrem Verlobten, wie um zu fragen, ob der nun einsetzende Feuerregen ihm behage, ihm besser gefalle als Jesu Stimme, die das Himmelreich verspricht. Als der zweite Engel seine Posaune blies, wies sie sogar mit ausladender Geste aufs unruhige Meer: ebenjenes Meer, so schien ihr, von dem es hieß, dass sein dritter Teil zu Blut werde und der dritte Teil der lebendigen Geschöpfe darin sterbe und der dritte Teil der Schiffe vernichtet werde. Feuerregen, Öffnung der Siegel, Posaunenstöße, Wehen des Himmels und der Erde, das gefiel Evardo und er lauschte, als wartete er nur darauf, dass aus dem Abgrund das große Tier aufstiege, Symbol für das Reich der Cäsaren (zehn Hörner und sieben Häupter, zehn Kronen für jedes Horn und auf den Häuptern die lästerlichen Namen), und einer nach dem andern die sieben Engel am Himmel erschienen, welche die sieben Schalen des göttlichen Zorns auf die Erde, ins Meer, in die Wasserbrunnen, in die Sonne, auf den Stuhl des Tiers, auf den Euphrat, in die Luft gießen – denn solche Spektakel allein waren Evardos hitzigem, kämpferischem Geist angemessen.

Nur ein einziges Mal ließ er zu, dass ihre Wahl auf einen Dichter der neuen Zeit, nämlich auf Niccolò Ugo Foscolo fiel. Nach langem Grübeln und Blättern hatte die findige Anita beschlossen, dass Foscolos Kunst männlich und funkensprühend genug für ihn war. Sie las, wie es ihr eine gewisse maskuline und scharfzüngige Lehrerin namens De Flaviis beigebracht hatte; sehr sorgfältig, ja geradezu überschwänglich hob sie die Lautmalerei in der Vision des Schlachtfelds von Marathon hervor, behandelte auch dies Ruhmesblatt wie eine Prophezeiung, wie die Apokalypse: Und als die Scheiterhaufen loderten und die Toten aufleuchteten, meinte sie, ihren Freund auf dem kantigen Felsblock schaudern zu sehen wie einst die Lehrerin De Flaviis:

Der Schiffer, der vor Euböa dies Meer befahren,
sah in der tiefen Dunkelheit wie Feuer
von Helmen blitzen, sah gekreuzte Degen,
sah Scheiterhaufen dampfen, kriegerische
Gespenster in gepanzerter Verkleidung
den Kampf begehren; und zum düstern Schrecken
der Nacht sich auf dem Feld ein wilder
Tumult von Phalanx wider Phalanx heben,
Trompetenschau, Getrampel irrer Pferde …[25]

Evardo erhob sich, von der schwarzen Pelerine umflossen: Unversehens entriss er der Lesenden das Buch und schleuderte es nahezu wutentbrannt ins Meer, wo es auf den Wellen tanzte wie ein vom Himmel gefallener Teil der Apokalypse. Aufrecht und starr wartete das schmale, schwarzgekleidete Mädchen am Ende des künstlichen Kaps darauf, dass der Freund ihr einen Stoß versetzen, sie zusammen mit den Scheiterhaufen, Pferden, Trompeten und Geisterkriegern in den Abgrund stürzen würde.

Anita war stolz, ein Buch eingebüßt zu haben, zumal auf solch eine Weise, und stellte sich vor, wie sie eines Tages all ihre Bücher eins nach dem andern ins Meer werfen würde, die großen Epen, die zäh dahinfließenden Meisterwerke, nun da Evardo ihr beigebracht hatte, wie man sich seiner Bibliothek, der Literatur und der Vorurteile entledigt. Und nachdem Evardo ihr beigebracht hatte, wie man sich der Bücher und der Vorurteile entledigt, zeigte er ihr einen Schlüssel. Sie aber begriff nicht, was denn so Kostbares und Geheimnisvolles an einem einfachen Schlüssel war.

»Was kann man damit aufschließen, Evardo?«

»Ein Tresor ist es nicht, und auch kein Schrein.«

»Was dann, Liebster?«

»Ein verlassenes Haus, sagen wir eine kleine Villa, ja, die kleine Villa eines Bekannten, wo es eine Terrasse gibt, einen Sessel, ein Bett, ein Sofa … Ach Gott, kann man so nicht besser Liebe machen als am Strand oder auf der Mole?«

An einem Regentag, eine von vielen Vorsichtsmaßnahmen, kam Anita in die kleine Villa, die »zu verkaufen oder zu vermieten«, ja vielleicht schon seit Jahren verschlossen war, und wo zwischen all den verlassenen, schlummernden Möbeln nur noch eines der Betten Decken und Laken hatte, ein Beweis dafür, dass das einzig Lebendige in diesem Sommerhaus die heimliche Liebe war. Die elektrische Beleuchtung funktionierte nicht. Die Fenster durften nicht geöffnet werden. Nur durch die Ritzen der morschen, halb zerfallenen Fensterläden sickerte ein wenig Licht. Und als sie schließlich wieder hinausschlichen, es regnete noch immer, humpelte Anita, als käme sie aus dem Krankenhaus. Der Übergriff lag schon hinter ihr.

»Wem gehört das Haus?«

»Keine Ahnung.«

»Und der Schlüssel? Hast du ihn nicht von einem Freund?«

»Doch, von einem Freund, der sich um diese schreckliche Bruchbude kümmern muss. Nehmen wir mal an, der Besitzer ist tot, die Erben streiten um das Haus, es kann im Sommer nicht vermietet werden – und deswegen bietet mein Freund es niemandem an. Na? Klingt das nicht plausibel?«

Anita hatte nie darauf geachtet, was für eine außergewöhnliche Rolle der Leuchtturm in einem Küstenstädtchen spielt. Als sie dort vorbeikamen, dachte keiner der beiden auch nur einen Augenblick daran, Halt zu machen, obgleich sie wussten, dass der Sockel von groben, einander in Schichten überlagernden Schriftzügen, Zeichnungen und Spottgedichten verunstaltet war: als hüteten sie sich davor zu erfahren, was die Stadt von ihnen dachte; als hätten sie gar vergessen, dass der Turm eine Art Gazette, städtisches Tagebuch, ein mit Grafitstift dahingekrakeltes humoristisches Blättchen war und die Liebeleien der Mädchen mit der Zeit alle dort auftauchten.

Was also erzählte man sich über Anita? Ihre Mutter war schon im Bilde.

»Was ist das nur für eine Stadt?« Die Ärmste ließ ihre Wut am friedlichen Mondo aus: »Die haben Anitas Namen auf den Leuchtturm geschrieben. Habt Ihr verstanden? Auf den Leuchtturm!«

»Früher haben wir die Nachrichten in der Zeitung gelesen, im *Leuchtturm der Romagna*, der ist mit allen anständig umgegangen. Und dieser Leuchtturm hier behauptet jetzt die wildesten Sachen. Habt Geduld, meine Andreana, morgen gehe ich da vorbei und entferne das.«

»Sehr gut, ja, entfernt es. Und schreibt darüber: Ignoranten und Banausen.«

Aber der gute Mondo tat nichts dergleichen, auch weil sich da nichts entfernen ließ und die Stimme des Leuchtturms heilig war. Alle hätten gelacht und sich über diesen

Widerruf gegenüber der Stadt, diese Kampfansage ans Orakel lustig gemacht, während die Spottgedichte, die verleumderischen Krakeleien gleich wieder ins Kraut geschossen wären.

Der *Professore* hingegen blieb ruhig. Man teilte ihm zwar mit, dass die üblichen Unbekannten seine Verlobte respektlos behandelt hatten, doch er antwortete mit einem bitteren Lächeln, Ausdruck seiner Verachtung für den Fischerort und vielleicht auch für sich selbst. Als sie wieder am Leuchtturm vorbeikamen und der an diesem Tag »fürs Anzünden« zuständige Leuchtturmwärter – es gab ihrer zwei – ihnen zulächelte, ja zuzuzwinkern schien, nahm Evardo Anitas Hand: Gemeinsam würden sie ungerührt nähertreten.

»Der Leuchtturm spricht über uns.«

»Ist das wirklich wahr?«

»Wollen wir nachschauen? Willst du es lesen?«

Anita hielt sich die Augen zu. Ihr Freund drängte nicht weiter, sondern sagte grinsend: »Der Leuchtturm meint es nicht gut mit uns.« Und er musste lachen, denn ihm schien, er habe ihr etwas sehr Wichtiges beigebracht: die Verachtung für einen Fischerort nämlich, dessen Leuchtfeuer nicht nur weit hinaus zu den Seeleuten scheint, sondern auch ach so kultivierten Mitbürgern engstirnige Skandale liefert.

Evardo reiste Hals über Kopf ab, wie ein Flüchtender, und sein Vater zeigte ein Telegramm: Absender sei ein Impresario, der den Kontrabassisten ans Teatro Grande nach Brescia berufe.

»Na gut«, sagte Andreana versöhnlich. »Aber warum hat er nichts gesagt? Sich nicht verabschiedet?«

Was Anita davon hielt, wussten sie nicht. Mondos Ansicht nach war es erfreulich, dass ihr Verlobter nun den ersten Kontrabass am Teatro Grande in Brescia spielte, denn Brescia war schließlich nicht Bagnacavallo, Brescia war – das wusste sogar ein Fischhändler – eine Art exotisches Tier, wenn nicht sogar eine Löwin (aus Marmor oder Bronze, versteht sich), und »im Anschluss geht er nach Mailand, schaut sich die Galerie an, und dann kommt er zurück«. Von Mailand aus bat Evardo um Geld und reiste weiter nach Barcelona, ans Teatre del Liceu: von wo er wohl drei Monate später erneut weiterreisen sollte, ans ehemals königliche Teatro Real in Madrid. Und es war nicht auszuschließen, dass er früher oder später das vielbeschworene Engagement in Südamerika annehmen würde, am Teatro Colón in Buenos Aires. Mit Sicherheit, davon war der gute Mondo überzeugt, würde der *Professore* seiner Verlobten eine Menge bunter Postkarten aus all diesen herrlichen Städten schicken, und außerdem einen Brief vom Überseedampfer, ja während der Überfahrt würde er ihr die allerschönsten Briefe, endlos lange Briefe schreiben, schließlich hatte er an Bord nichts anderes zu tun.

Eines Abends hob Anita zu einer Rede an, sagte: »Evardo? Evardo hat mich …«, aber ihre Arme sanken herab, als müsse sie etwas sehr Unschönes beichten und habe nicht die Kraft. Was hatte Evardo mit ihr gemacht? Schließlich sagte sie – es klang wie ein Themenwechsel: »Nie im Leben wird Evardo mir schreiben.« Und mit erschreckender Klarsicht fügte sie hinzu: »Zwischen uns ist es aus und vorbei. Wenn er Geld braucht, ob in Italien oder Südamerika, schreibt er an Euch, Mondo, Ihr seid ja sein Vater.« Und Mondo duckte sich schweigend: Es war zwecklos, der jungen Lehrerin zu widersprechen.

Das Herz eines Fischhändlers ist nicht so hart, wie man glauben mag. Und Andreanas Anblick ließ Mondo das Herz schwer werden, denn er wusste, dass er den beiden Ärmsten mehr geschadet als genutzt hatte. Unschlüssig sah er sich um, lauschte auch dem Ticken des Küchenweckers auf dem gesprungenen Teller, um seiner Freundin schließlich zu eröffnen, dass er als Ehrenmann *den Platz des Sohnes einnehmen* werde. Da ging sie auf ihn los, brüllend, röhrend, kreischend: ade, du fügsame, freundliche Sanftmut, denn … wehe dem, der vor einer Mutter ihr Kind anrührt.

»Du hässlicher alter Lustmolch! Du Schwein! Du Widerling!« Mondo trat einen Schritt zurück, als fürchtete er, diese neue Andreana könnte ihm die Augen auskratzen.

»Ein neunzehnjähriges Mädchen? Ein Kind, nicht mal zwanzig, soll einen hässlichen Alten heiraten? Du Lustmolch du!«

Mondo machte wieder einen Schritt auf sie zu, schüttelte versöhnlich den Kopf, lächelte.

»Seid vernünftig, meine Andreana, warum regt Ihr Euch so auf? Darf man erfahren, was ich Euch getan habe? Oje, Ihr habt mich falsch verstanden. Die Idee ist mir heute Nacht gekommen. Ich will doch nicht Anita, ich will doch diesen Engel nicht beschmutzen …«

»Ja was wollt Ihr dann?«

»Euch! Euch nehme ich, Euch heirate ich … Dann ist das Brot sicher und auch der Brotbelag und der Fisch jeden Abend … Ich werde Anitas Vater, wenn ich schon nicht ihr Schwiegervater sein kann … Habt Ihr jetzt verstanden, sind wir uns einig, Andreana?«

Kapitel VI

Eines Tages hat die uns bekannte Màlgari die Frau eines Kapitäns im Schlepptau, der sogar zwei Boote befehligt, die *Trient* und die *Triest*; und diese Frau stammt ebenfalls aus Chioggia und liebt das kleine Gemälde, auf dem das *Refugium Peccatorum*, die Sünderin vor dem Hintergrund des Peròtolo-Kanals zu sehen ist: Aber sie ist nicht gekommen, um über das Bild zu sprechen, schließlich zeigt sie nicht auf die Wand, sondern auf ihren riesigen Bauch. Ihr Kind soll am zwanzigsten oder einundzwanzigsten zur Welt kommen; es muss einfach ein Junge werden, und ein Junge braucht einen Paten und ein Pate, solch eine wichtige Person, will sorgfältig ausgewählt sein, und zwar unter den Fischhändlern, die mit dem Bootsgespann zusammenarbeiten.

»Warum kommt Ihr damit zu mir? Kann denn Euer Mann, der Kapitän, nicht mit Mondo reden – er macht doch Geschäfte mit ihm?«

»Zowas is nix für mein Mann, zon Weiberkram. Oh, ich bitt Euch, Parona.«

Andreana war pikiert über die Unverfrorenheit dieses Chiozoter Vorstoßes, der sie schon jetzt als Gattin des Fischhändlers vereinnahmte. Die Taufe sollte eine Überleitung zur Hochzeit sein, da Mondo zustimmen würde, um sie dann als Patin in die Pflicht zu nehmen. Und damit, so dachte sie sich, wäre das Band zwischen ihnen bereits geknüpft. Mondo hingegen war verärgert, weil die gute Frau sich nicht entscheiden wollte, sondern immer noch die großen Tugenden ihres seligen Gatten anpries.

»Hundsfott verdammter, jetzt ist's aber wirklich genug!«, rief der Fischhändler, der in diesem Moment ein richtiges Fischhändler-Gesicht zog, aber selbst nicht genau wusste, mit was es denn genug war. »Genug ... (ja mit was?) mit dem *Zio*!«

»Ach ja? Er war nicht so ein grober Klotz wie Ihr, mein ...«

»Er war nicht so ...? Ja, das sieht man! Man sieht's daran, wie er Euch zurückgelassen hat: mit Wechseln, mit Hypotheken ... Tja, hätte er halt keine Freundin in Rimini, ich meine in Cesena gehabt ...«

»In Rimini oder in Cesena?«

»In Cesena, in Cesena.«

»Und Eure, wo ist Eure?«

»Meine? Was?«

»Wo ist Eure ... Euer Feinsliebchen? In Gatteo oder in Gambettola?«

Mondo schüttelte hartnäckig den Kopf, der Ärmste wollte sie glauben machen, es gäbe bei ihm kein Feinsliebchen.

»Nein? Und nicht mal ... nicht mal an der Brücke am Savio? Na, dann geht Ihr zur Filòdima. Jetzt bin ich mir sicher: Ihr geht zur Filòdima, jawohl, wie die anderen, Schweine und Widerlinge seid ihr.«

Erst später wurde Mondo bewusst, dass sein grausames Geplauder über die Freundin des seligen *Zio* die Witwe tief getroffen hatte: Sie war jetzt, so schien es, mit fast ekstatischer Hingabe in Grübeleien versunken. Doch Andreanas Gedanken galten weniger der Sirene der Fischhändler als vielmehr ihrem Fortunato; die Gewissheit, sich für ihren Fortunato zu opfern, stimmte sie gelassen. Vor allen Dingen war sie Mutter und für das Glück ihrer Kinder verantwortlich, und ein Sohn mit dem Namen Fortunato hatte nun einmal Anrecht darauf, Glück zu haben oder glücklich zu sein, war er doch in Chioggia geboren, wo es die Heiligen Felice und Fortunato, also der Schutzpatrone zwei gibt, und wer in Chioggia nicht wie ein Schicksalsliebling Fortunato heißt, der heißt eben Felice, wie ein Glückskind. Die ganze Welt schien ihr unter dem Einfluss dieser beiden seltsamen Wundertäter zu stehen – allenthalben, auf allen Meeren, in aller Herren Länder, mussten die Menschen nur zwischen Glück und Fortüne wählen. Sie hatte daher beschlossen, Mondo als zweiten Ehemann anzunehmen, und das sagte sie ihm auf ihre Weise, nachdem sie ihn gebeten hatte, sich doch zu setzen.

»Hört mal Mondo, was haltet Ihr davon, einer armen Mutter aus Chioggia etwas Gutes zu tun, ihr Kind ist heute Nacht auf die Welt gekommen? Ihr Mann ist Bootsbesitzer oder Kapitän, Ihr kennt ihn gut: Er heißt Zennaro.«

»Der mit dem Bootsgespann, *Trient* und *Triest*, der als einer der Ersten einen Motor hatte? Ein miserables Geschäft hat er da gemacht, denn egal wie viel du fängst, Sprit brauchst du immer.«

»Ja, das weiß ich doch. Aber jetzt geht es nicht um Boote oder Sprit, sondern um das Kind und die Taufe. Möchtet Ihr Pate von einem Kind sein, das Euren Namen bekommt? Ihr müsst einfach nur wiederholen, was der Pfarrer sagt: *Credo – volo – abrenuntio.*«

Aber alles Reden war hinfällig, da die Zennaro ein höchst bedauernswertes Mädchen auf die Welt gebracht hatte und es weder angemessen noch vernünftig war, dass ein bedeutender Mann sich deswegen Umstände machte. Andreana schüttelte den Kopf und seufzte (es hatte nicht sollen sein), der Fischhändler war sehr zufrieden, so glimpflich davonzukommen, der Kapitän raufte sich die Haare, da ihm der größte Fisch entwischt war.

Doch am nächsten Tag klarte der Himmel auf, die Hebamme trug wieder ihre Brille, das Kind wechselte sein Geschlecht und die Màlgari schrie wie besessen: »Sieg! Sieg!« Zur Genugtuung der Nachbarschaft musste eingeräumt werden, dass das Geschlecht des unschuldigen Geschöpfes direkt nach der Geburt nicht genau bestimmbar gewesen sei, es ist eben nicht immer so simpel und banal, wie all die Ahnungslosen glauben: Und das war der Màlgari zufolge auch der wahre Grund dafür, dass so viele schöne »Mädchen« zum Wehrdienst gerufen werden.

Mondo beugte sich. Als der Tag gekommen war, wurde triumphierend ein Bote ins Pfarrhaus geschickt, um ein Automobil anzukündigen, in einer Stunde; aber das Pfarrhaus war nur von einer alten Klatschbase besetzt, die sie abwimmeln wollte, weil der Pfarrer gerade an einem Sterbebett sitze, Don Benaglia am Friedhof sei und Don Corradino nicht dafür tauge. Don Benaglia kam gleich darauf vom Friedhof zurück und wechselte mit zugewandter, väterlicher Leichtigkeit vom Sarg aus Tannenholz zur Kindertrage aus Spitze: Tod und Leben ähnelten sich in seinem Amt, das er mit Barmherzigkeit und Leidenschaft ausübte – er nämlich war tüchtig, ja, er taugte dafür.

»Mit diesem Auto«, gab Mondo Andreana augenzwinkernd zu verstehen, »wird es wieder in die Kirche gehen, Ihr wisst schon für welche Zeremonie, seid Ihr nun zufrieden oder nicht?«

Während der Priester dem Kind den Teufel austrieb, sollte Mondo eine Taufkerze halten, und eine Taufkerze gereicht einem Fischhändler wahrlich nicht zur Ehre. Als das neugeborene Geschöpf Gottes am Taufbecken angekommen war, fragte Don Benaglia gestreng, ob es dem Satan und seinen Verlockungen widersage: eine Frage in drei Teilen, die unseren größten Fischhändler entgeistert zurückließ. Nun also die *abrenuntio*: ein erstes, ein zweites, ein drittes Mal ... Ein viertes Mal gibt es nicht? Dreimal antwortete die Patin, die darüber frohlockte, unseren größten Fischhändler mitsamt Taufkerze an ihrer Seite zu haben, ein großer Fischhändler widersagte dem Satan und den Versuchungen des Fleisches, also der Filòdema und allen anderen, die ihresgleichen auf schändliche Weise verraten: Dreimal antwortete sie und triumphierte dabei, da der Sünder, wie sie wohl wusste, nun vor dem Becken der Wiedergeburt stand, von wo er wieder beruhigt zu den Gotteslästerern am Fischmarkt und am Kanal zurückkehren konnte.

Nachdem Don Benaglia dem Neugeborenen Brust und Rücken gesalbt hatte (Andreana begriff, dass er ihm ein Kreuz auf die Brust zeichnete und die kleinen Schultern darin bestärkte, das Joch Christi zu tragen), fragte er, ob es getauft werden wolle. Diesmal antwortete der Kleine selbst, aus seinem runzlig verzogenen, sabbernden Mund kam verstörtes Gewimmer, das sich bis zu verzweifeltem Geschrei steigerte, wirklich besorgniserregend so mitten in der Zeremonie; auch wenn sich der eifrige Priester gar nicht darum kümmerte, da ihm, Don Benaglia, eine wirklich gründliche Waschung am Herzen lag. Und so wurde das flaumige Vogelköpfchen dreimal benetzt, unter dem Protest des kleinen Geschöpfs, das sich mit einem Nein zu weigern schien, nachdem die anderen an seiner Stelle Ja, also *Credo* und *Volo* gesagt hatten. Damit widersetzte es sich seinem Paten auf unerhörte Weise, und dieser Pate legte nun die Hand auf seinen Schützling, wie man ihn geheißen hatte; denn obwohl sich sein Patenkind beharrlich sträubte, musste er doch für dessen guten Willen einstehen. Mondo hielt diese Art von Bürgschaft für übertrieben, diesen kleinen Wechsel, den er hier für einen ihm unbekannten Raimondo zeichnete, der sich womöglich als zahlungsunfähig erweisen würde. Denn Hand aufs

Herz: Woher sollte er wissen, ob der werte junge Herr all die schönen Versprechungen würde halten können?

Doch auch er war weiterhin vom Nutzen dieser Taufe überzeugt, wären doch ohne sie nie die Heiratspapiere auf den Tisch gekommen. Mit ein wenig gutem Willen würde nun auch diese Angelegenheit geregelt. Zunächst einmal galt es, an den berühmten »arbeitsscheuen Strolch«, den Matrosen in Venedig zu schreiben, ihn gleichsam um seine Zustimmung zu bitten. Schließlich hatte auch Fortunato in einem Brief angekündigt, nach dem Militärdienst sofort heiraten zu wollen, eine steinreiche Signorina, die singe wie ein Engel, aber seine Hochzeitspläne waren dieser Tage geplatzt, während die anderen nun um jeden Preis unter Dach und Fach zu bringen waren.

Als sie im Automobil von der Kirche abfuhren (die Hochzeitszeremonie war viel bescheidener gewesen als die Chiozoter Taufe, mit der die Braut gewissermaßen wieder zum Altar geführt worden war), wollte der Bräutigam zum Zeitvertreib gern noch eine Spritztour machen. Im Auto saßen sie ein wenig beengt. Da waren die Brautleute, Anita und zwei Trauzeugen, ein weiterer Trauzeuge neben dem Fahrer; und ein vierter und ein fünfter Fischhändler, der Pechvogel und der Unglücksrabe, wollten zu Fuß nachkommen.

»Dann in einer Stunde bei Leonina«, hatte der Pechvogel zum Abschied gesagt.

»Wir bringen den Kollegen aus Comacchio mit«, hatte der Unglücksrabe versichert.

Anita trug ein schlichtes helles Spazierkleid, noch aus der Zeit vor der Trauer, und über ihrem Arm hing zur Schau gestellt ein sportliches Jackett, womöglich Männerkleidung. Andreana hatte nach der Trauer, ganz in Rot, nun strenges Schwarz und all ihr Gold angelegt, die Brosche, die kleine

Uhr, das Armband – güldene Akzente, die zum Gold der Fischhändler passen und bei einer Frau reifen Alters mit Schwarz kombiniert sein wollen.

Ja, eine Spritztour im Auto, bevor es später zum Festessen ging. Wohin sie fahren wollten? Zuerst nach Cervia, dann zu den Salinen abbiegen, und dann weiter zur Brücke über den Savio. Jemand zeigte auf die Landschaft, kommentierte Dörfer und Häuser, unterstrich, wie schwierig die Lage hier sei, und was Sozialisten und Republikaner angerichtet hatten, und was die Priester, was die Frauen; vernünftig und friedlich waren offenbar nur die Fischhändler. Aufmerksam lauschend blickte Anita hinaus: Hier war einer verletzt worden, dort hatten sie einem andern den Bauch aufgeschlitzt. Als Beweis dafür, dass sich doch etwas verändert hatte, wurden die Losungen herangezogen, riesige, nicht zu entfernende »Hoch« und »Nieder mit«, die an jedem noch so abgeblätterten Bauernhaus prangten, und Mussolinis Konterfei, das schwarzgedruckt an jedem Ortseingang hing. Mondo machte eine stolze Armbewegung, als habe auch er dazu beigetragen, diesem Landstrich wieder auf die Beine zu verhelfen.

Vorn neben dem Fahrer saß Bombi Adamo, der fischmäulige Händler. Auf den beiden hinteren Sitzen saßen noch Drudi Primo, der Importeur fremdländischen Fischs – in nahezu bräutigamtauglicher Kleidung (schwarze Jacke, gestreifte Hose), als sollte er gleich selbst zum Altar schreiten –, und der Kapitän eines neuen Bragozzo, der sein Boot, kaum war es aus der Werft gekommen, anlässlich der Hochzeitsfeier und zu Ehren der Braut *Andreana* getauft hatte. Es verstand sich von selbst, dass Beschützer und Mittelsmann dieser zweiten Andreana ebenfalls der große Mondo war.

Als das Auto einige Minuten zu früh vor der Trattoria hielt, war es, als hätten sie mit Siebenmeilenschritten eine sonderbare Welt durchmessen, die Welt der Bewohner des sogenannten »Landesinneren«.

Eine Tafel von sieben oder acht Personen hat nicht viel von einem Hochzeitsbankett, und schon bald fühlten sich die geringsten unter den Fischhändlern unwohl in dieser vornehmen und spießbürgerlichen Atmosphäre, die ihnen die Anwesenheit der Brauttochter praktisch aufzwang mit ihrem Ruf, eine gebildete und seit einiger Zeit auch grantige junge Dame zu sein. Manch einer beugte sich konzentriert spachtelnd über seinen Teller und verzichtete auf die üblichen Wortgefechte, das Gejammer und das Wetteifern: Denn vielleicht war etwas Wahres an dem Sprichwort, dass man nämlich beim Essen mit dem Tode kämpft, da jederzeit ein Bissen im falschen Hals landen kann. Der Pechvogel und der Unglücksrabe rührten ihr Besteck nicht an, weil eins mittlerweile bewiesen war: »Fisch, Huhn und Brot, da tun die Hände not«.

»Esst, Leute!«, rief der Bräutigam zufrieden und warf den schmausenden Gästen ein kleines Brot zu.

Der Kollege aus Comacchio bemerkte einen Sprung in seinem Glas, worauf ihn ein Freund eilig am Ärmel packte. Wollte er etwa wahnsinnig werden? Denn wer aus einem gesprungenen Glas trinkt, wird wahnsinnig, genau wie einer, dem es gelingt, einen in den Brunnen gefallenen Eimer heraufzuholen. Aus Protest gegen diese unsinnigen, wenig erbaulichen Gespräche griff Anita nach ihrer großen Stofftasche und zog mit augenfälliger Geste ein Buch, eine Lektüre hervor, was die Fischhändler faszinierte: mit einem Buch bei einem Hochzeitsbankett aufzutauchen, schien allen ein origineller Einfall zu sein.

»Schaut mal da, Eure Tochter«, sagte Bombi, das Fischmaul. »Kaut noch, und lernt schon wieder.«

»Das wird *Das befreite Jerusalem* sein«, erklärte Andreana

bedeutsam und strich ihrer schon ins Buch vertieften Tochter übers Haar.

»Nein«, sagte Anita, ohne aufzublicken. »Es ist *Verbotene Liebe*.«[26]

»Wie? Was sagt Ihr da? Was für ein Buch ist das?«

Anita hob den Kopf und erklärte es ihnen gleichmütig, wie abwesend. Das hier sei ein Roman, keine Schullektüre, und mit der verbotenen Liebe – wer wisse das nicht? – sei die Schwester gemeint.

»Die Schwester? Ein Roman? Zeigen Sie mal her, zeigen Sie doch mal.«

»Potztausend, die Schwester?«

»Was, wie? *Mit* der Schwester?«

»Jawohl, die Herrschaften, *mit* der Schwester«, sagte der Fischhändler Drudi und lächelte, wie es für einen Intellektuellen, als der er sich fühlte, angemessen war. »Wie in den alten Zeiten, nicht wahr, Fräulein Lehrerin?«

Das Buch macht die Runde, geht durch die Hände aller Fischhändler, die es wiegen, an ihm schnuppern (das Fischmaul allerdings macht Anstalten, darauf zu spucken), und alle spüren, dass gewiss etwas sehr Merkwürdiges, sehr Modernes darin enthalten ist, und sind doch erstaunt, dass selbst sie, von denen keiner je daran gedacht hat, ein Buch zu lesen, sich diesem Eindruck des Neuen, dieser seltsamen Faszination nicht entziehen können. Das Buch in der Hand haltend, spüren sie, dass die Welt sich verändert hat und alle möglichen Ausschweifungen am Horizont aufdämmern, dass im schaurigen, noch gänzlich unbekannten Dunkel der Zukunft bereits ein Schimmer glimmt, der die Nachgeborenen in metallisches Licht hüllen wird: Inzest, darum geht es hier doch.

»Also, ich kaufe das Buch. Da hat man ja auch was von.«

»Ich kauf's auch. Wie viel kostet das?«

»Wie viel kostet das? Wo gibt's das zu kaufen?

Einer schreibt sich den Titel in sein schmuddeliges, mit Zahlen vollgekritzeltes Notizbuch und hält der gebildeten jungen Dame das Gekrakel unter die Nase: Ist das so richtig? Der Kapitän der *Andreana* möchte das Buch mit an Bord nehmen, samt einem jungen Hund. Der Pechvogel und der Unglücksrabe sind entzückt und wollen eine ganze Bibliothek »solcher Bücher« einrichten; unterdessen gießen sie Wein nach und zerschlagen jeder ein Glas.

»Anita«, Andreana fuhr zusammen. »Was für ein miserables Vorbild! Du bringst die Fischhändler dazu, unanständige Bücher zu kaufen, ausgerechnet du!«

»Tatsächlich? Fischhändler, die Bücher kaufen?« Achselzuckend wechselte Anita das Thema: »Dein Mann, Mama, wird uns doch gut behandeln? Ja, Mondo, Ihr werdet für mich zahlen, und auch für meinen Bruder ...«

Andreana bemerkte, wie der Pechvogel dem Unglücksraben zublinzelte: Und sie hatte den Verdacht, dass sogar der Kollege aus Comacchio dem Kapitän der *Andreana* zublinzelte, alle vereint gegen ihren Sohn.

Die Fischhändler brachen in albernes Gelächter aus, in das auch der Kapitän der *Andreana* und der ortsfremde Kollege aus vollem Halse einstimmten angesichts dieser sonderbaren Ansprüche der Stieftochter, denen Mondo sich widersetzte und die der Hochzeitsfeier einen ganz anderen Ton verliehen, sie zu einem Spektakel machten, fast so schön wie ein Streit oder Schabernack.

Empört versuchte Andreana, ihre Tochter zum Schweigen zu bringen, augenscheinlich hatte sie nichts anderes im Sinn, als Gift zu verspritzen. Der Bräutigam hingegen wollte, so schien es, den Kollegen seine Verachtung für den arbeitsscheuen Strolch demonstrieren, dem er sich in keinster Weise verpflichtet fühlte. Der Pechvogel und der Unglücksrabe grinsten, während sich Drudi Primo wie ein Gentleman benahm: Er hätte gern weiter über Literatur und Inzest, über die Ausschweifungen früherer Zeiten gesprochen. Anita bedauerte nichts von dem, was sie gesagt und getan hatte, im Gegenteil – amüsiert verfolgte sie, wie der Kellner die Reste der zerbrochenen Gläser samt anderen Scherben abräumte und erst eine und dann noch eine Serviette über die rotbefleckte Tischdecke breitete.

»Darf man erfahren«, wandte sie sich unbeirrt an ihre Mutter, »darf man erfahren, vor was du Angst hast? Dieser Mann hat dich doch geheiratet? Er ist doch dein Ehemann?«

»Ja und?«, brummelte der Bräutigam mit gerunzelter Stirn. »Weil es kein Zurück mehr gibt, halse ich mir doch nicht …«

»Euch aufhalsen, ja, Euch aufhalsen! O armer Mondo, da habt Ihr nun einen Stiefsohn und eine Stieftochter. Würdet Ihr es etwa übers Herz bringen, Eure Stieftochter vor die Tür zu setzen?«

»Nein«, sagte der Stiefvater, der die Sache sehr ernst nahm, »meine Stieftochter setze ich nicht vor die Tür. Aber …«

»Aber?« An dieser Stelle hatte die Signorina den Eindruck (oder sie tat zumindest so), dass ihr Recht auf Überlegenheit nicht anerkannt wurde, obwohl es ihr doch kraft ihrer Jugend und Klugheit zustand; und sie musterte alle Fischhändler, vom wichtigsten, dem Bräutigam, bis hinunter zum unwichtigsten, also dem Pechvogel (oder war es der Unglücksrabe), wie erbitterte Feinde.

»Ihr antwortet nicht? Ich soll Euch also Rechenschaft ablegen … und wem sonst noch? Oh, da liegt Ihr falsch! Ich bin nicht mehr die, mein lieber Mondo, die Ihr in unserer Stube kennengelernt habt, als Ihr solches Mitleid mit mir hattet. Mitleid, damit ist jetzt Schluss. Stellt Euch vor, Mondo, die alte Anita ist tot, für immer: Jetzt wächst eine andere heran. Mein Stiefvater sollte wissen, dass ich eine moderne Frau bin, und dafür hat sein Sohn gesorgt, bevor er sich davongemacht hat. Klare Verhältnisse erhalten die Freundschaft, meine Herrn Fischhändler. Eine moderne Frau könnt Ihr nicht herumschubsen, wie es Euch gefällt, bloß weil sie kein Zuhause und keinen roten Heller hat!«

Kein Zuhause? Keinen roten Heller? Nun, konnte Andreana der Tochter eine solche Tatsachenverdrehung durchgehen lassen? Kein Zuhause, sie? Sammelte Mondo sie etwa von der Straße auf, zwei unglückliche Frauen? Ja, es stimmte, sie musste sich von ihrem alten Haus verabschieden und in das neue ziehen: Hungerleider waren vorbeigekommen, ein Bettelvolk, das sie um Almosen in Form eines Stuhls, eines Schemels gebeten hatte, wie es schon beim Tod ihres ersten Mannes geschehen war, als man seine alten, nun den Armen zustehenden Kleider von ihr wollte. Aber ihr Haus, das Haus der Familie Pagan, war doch noch da? Anita und sie hätten auch einfach dortbleiben können, wenn Mondo … oder nicht? Hätten sie nicht? An dieser Stelle musste Mondo der Braut reinen Wein einschenken und ihr gestehen, dass ihr Haus mit einem Kredit, besser gesagt mit einer Hypothek belastet war – oder noch besser gesagt gab es einen Wechsel, für den eine Hypothek bürgte (manche Dinge sind einer Frau schwer zu vermitteln) – und es, nachdem das letzte Möbelstück, auch der alte Nachtstuhl hinausgetragen, leider Gottes für sie verloren war.

»Was? Mein Haus? Was hat es mit diesen Wechseln, den Hypotheken auf sich? Mondo, das heißt, wenn Ihr nicht wärt …«

»Ja, liebe Mama, wenn er nicht wäre, hätten sie uns früher oder später fortgeschickt. Das steht fest.«

»Und … der Eiskeller?«

Mondo lächelte sanft, hob eine Hand, so groß und breit wie die Flosse eines riesigen Fischs, und blies sacht über die Innenfläche.

»Ist der auch verpfändet?«

»Genug damit, lasst uns feiern«, rief Bombi Adamo mit einer Miene, als unterbreche er eine reichlich lästige Diskussion. »Mondo, bestell noch eine Flasche.«

Anita lächelte. Sie wartete, bis Ruhe eingekehrt war, ließ die Fischhändler trinken, ließ auch den großzügigen Gastgeber trinken und seiner Braut nachschenken, sah, wie ihre Mutter den Schmerz hinter einem fast schon unangenehmen Lächeln verbarg. Dann fuhr sie fort:

»Urteilen Sie doch selbst. An diesem Tisch gibt es nur eine Person, die Schiedsrichter sein kann, und das sind Sie, ja Sie, Signor Drudi. Sie kennen die Welt besser als alle andern hier, schon allein, weil Sie mit ausländischem Fisch handeln. Sie wissen, dass sich die Welt verändert hat. Sie wissen es, nicht wahr, Sie wissen es? Und die Welt soll also für alle anders sein, nur nicht für mich? Ich soll weiter im Haus eines Fischhändlers leben, egal, ob es mein Vater oder Stiefvater, Freund oder Feind ist, ich soll die ewigen Bücher aus der Schulzeit lesen, die ewige Geschichte von Renzo und Lucia, arme Tröpfe, die nicht heiraten können, weil Don Rodrigo es nicht will, weil er mit dem Grafen Attilio, diesem anderen Schweinigel, gewettet hat? Wir Italiener«, fuhr die gebildete junge Dame fort und wies dabei auf einen der Öldrucke an der Wand gegenüber, Kitsch, wie er in alten Gasthäusern zu hängen pflegt – ihre Wahl fiel auf die Entführung von Lucia Mondella, die in den Fängen der *Bravi* zappelt, »wir Italiener haben über hundert Jahre unter dem Eindruck dieser Ehe gelebt, die von den Mächtigen verhindert wird, lüstern und niederträchtig, wie sie sind. Ein Albtraum. Damit ist jetzt Schluss. Heute kann sich auch eine Frau einen Beruf aussuchen, der auf der Höhe der Zeit ist!«

»Ein Beruf auf der Höhe der Zeit«, wiederholte Drudi Primo, der schweigend zugehört hatte und nun den Moment gekommen sah, die Rollen zu tauschen: »Fliegerin? Fliegerin mit Helm? Sie haben doch mitbekommen, Signorina, dass die englische Fliegerin Scott«, er wählte irgendeinen Namen, »schon wieder den Geschwindigkeitsrekord der Frauen gebrochen hat? Ja, das wäre sehr schön für Sie und für unser Land, aber Ihr Stiefvater, Signorina, wird Ihr Stiefvater Ihnen ein Flugzeug schenken?«

»Wird er nicht«, sagte Anita, die offenbar mitspielte, ja den Scherz sogar etwas zu ernst nahm. »Aber wissen Sie, warum? Weil meine Mutter, Andreana, dagegen ist.«

Sie stand auf, öffnete ihre große Stofftasche, steckte das verwegene Buch hinein, das der Pechvogel – oder der Unglücksrabe – ihr gereicht hatte, und verabschiedete sich mit einem Lächeln von jenem Tischgenossen, der am besten Bescheid wusste über die moderne Welt, über das schwer geschundene Europa, schon allein, weil er mit europäischem Fisch handelte. Der Pechvogel und der Unglücksrabe kicherten erneut leise in sich hinein. Der Kapitän der *Andreana* sah neugierig zu den Brautleuten hinüber, als erwarte er, dass Mondo sich endlich wie der Herr im Hause benähme, und Andreana, die Mutter, eben wie eine Mutter.

»Wohin gehst du?«, fragte Andreana ziemlich harsch und runzelte die Stirn.

»Nach Hause – oder darf ich nicht?«

»Welches … Zuhause?«, fragte der Bräutigam mit einem nahezu versöhnlichen Lächeln, das bei den Tischgenossen ein »Hm, hm« hervorrief.

»Welches Zuhause?«, wiederholte Anita. »Unser Haus … oder Eures? Das moderne Fischhändler-Haus? Nein, keine Angst, ich werde das neue Haus nicht vor Euch betreten. Ich mache jetzt einen Spaziergang zur Mole, gehe vielleicht an den Strand, vertreibe mir die Zeit. Ich komme nach, ich warte Euren ›Einzug‹ ab. Auf Wiedersehen, die Herrn Fischhändler.«

Drudi Primo war schon aufgestanden, er wollte die Signorina begleiten. Die Signorina sagte: »Nein danke.«

Und all das warum? Warum hatte Anita bis zu diesem Moment ihrer Mutter und Mondo gegenüber geschwiegen und sich dann mit einem Mal vor Fremden offenbart? Was für eine Art von Banner der modernen Zeit hatte sie da beim Hochzeitsessen geschwenkt, um gleichzeitig gegen Lucia Mondella und den armen Seidenspinner zu wettern? Was für eine riskante, hässliche, fast schon feindselige Anwandlung brachte sie dazu, auf den arbeitsscheuen Strolch anzuspielen, wegen dem die Mutter zuletzt auch das hier, also die Ehrenrettung, Mondos »gute Absichten« akzeptiert hatte? Stimmte es also, dass sich Mondo nach Evardos gemeinem Bluff für Anita opferte, während sich Andreana in den Augen der Leute – und seien es nur die Fischhändler – für ihren ausgewachsenen Faulenzer opferte?

Zum ersten Mal wurde Andreana bewusst, dass der Kuhhandel ihr und den Kindern zwar die Existenznot vom Leibe hielt, zugleich aber ihr Leben als Ehefrau und Mutter komplizierte; und sie sich von nun an, in der neuen Familie, mit dem neuen Herrn und Gebieter, nicht in drei gleichwertige Teile teilen konnte, weil das schöne alte Gleichgewicht ihres überschaubaren Gefühlskosmos für immer verloren war.

Mondo plauderte derweil mit dem Kapitän der *Andreana* – alte Geschäfte, neue Pläne –, als wäre ihm nie etwas Unangenehmes zu Ohren gekommen, als säße Anita noch bei Tisch und schwiege, höflich wie eh und je. Na also: Mondo war großzügig! Ihm kam nicht in den Sinn, dass Anita in zwei oder drei Stunden klingeln könnte wie eine Fremde, bevor sie das neue Haus betrat; vielleicht kam ihm nicht einmal in den Sinn, dass in ein paar Monaten der andere, der

Sohn, dort auftauchen und ihnen die Meinung sagen könnte. Da ermahnte Andreana sich streng, dass sie ihrem Mann höchste Achtung schuldig war; womöglich hatte sie ihm, als sie in die zweite Ehe einwilligte, doch zu wenig Wertschätzung und Respekt gezeigt. Sie wandte sich um und sah ihn an, berührte seinen Ellbogen sanft mit dem ihren, in der Hoffnung, dass er sich ebenfalls umdrehen und ein Lächeln annehmen würde. Dann fuhr sie zusammen, weil um Punkt vier (an der Tür hing eine runde Blechuhr) einer der Fischhändler seine Serviette hinwarf und aufstand. Ein Kollege sah ihn böse an.

»Wo gehst du hin? Was hast du da in der Tasche?«

Der Angesprochene zückte ein großes Fernrohr, als wäre es eine alte Pistole.

»Rauf auf die Palisaden, schauen, ob meine Boote kommen.«

»Du Schuft musst dich also um deine Geschäfte kümmern und ich nicht?«

»Wer hindert dich daran, dich um deine Geschäfte zu kümmern?«

»Soll euch doch alle der Schlag treffen, bestellt eine neue Flasche für die beiden, seht ihr nicht, dass sie schon ihre Kräfte messen?«

In der Tat hatten der Pechvogel und der Unglücksrabe darüber zu streiten begonnen, wer von ihnen wohl die festeren Armmuskeln besäße, was noch unklar war. Sie baten die wichtigeren Kollegen (die auf das Seemannsfernrohr, vererbt vom Vater an den Sohn, in ihren Taschen deuteten) um zwei Minuten Geduld und betasteten einander weiter den Bizeps, was aber gar nicht zur Klärung der Frage diente – darüber sollte an Ort und Stelle die Braut entscheiden. Eins, zwei, zweieinhalb und drei. Der Pechvogel hob den Arm und spannte die Muskeln wie ein Zirkuskünstler. Erbost drehte die Braut den Kopf weg: Keine Spur von Taktgefühl hatten diese beiden niederen Fischhändler, ein Rätsel, wie und warum sie auf die Feier gelangt waren.

»Nun ist es genug«, sagte der Kapitän der *Andreana* entschuldigend und empfahl sich der anderen Andreana. »Mein Kalfaterer wartet auf mich.«

»Ich muss in die Fabrik«, sagte der Kollege aus Comacchio, der aufgestanden war und schier endlos emporragte, in jener königlichen Haltung der Leute »vom Delta«, die seine grobschlächtigen Kollegen irritierte. »Wisst ihr, dass heute die ersten Konserven nach Bulgarien gehen?«

»Nach Bulgarien«, grienten die Neider. »Es wird doch nicht das Bulgarien nördlich von Cesena sein?«

Da hob Andreana den Kopf, als tauche sie erholt aus ihren Gedanken auf, und lächelte dem Bräutigam flüchtig zu, nicht ohne Schalk und Ironie, wusste sie doch bestens, dass in grauer Vorzeit Bulgaren in jenem Landstrich gesiedelt und ihm seinen Namen vermacht hatten.

Kapitel VII

Das Haus unseres größten Fischhändlers lag nicht direkt am Meer, sondern in einer bescheideneren Gegend unweit des alten Ortskerns, die bei Sommergästen mittleren Rangs beliebt war. Ihnen genügte ein schlichterer Komfort, und genauso war es bei unserem größten Fischhändler, wenn er auch glaubte, er residiere wie ein großer Herr.

Hier gab es Grün, frische Luft, vis-a-vis einen Kanal mit gleichfalls grünbewachsenen Ufern, einen bequemen kleinen Steg; und hatte man diesen überquert, führte eine Abkürzung direkt zum Strand. Dennoch bezweifelte Andreana, dass es einem Mann wie Mondo Freude bereitet hatte, die angestammten Behausungen der Händler und Fischer – dunkle und schiefe Kammern in alten Gassen, wo Netze ausgebreitet und Tintenfischschulpe aufgereiht werden – hinter sich zu lassen und stattdessen ein kahles, weißgetünchtes Haus zu kaufen, mit Fenstern, in denen Wind und Sonne spielen durften, und ein paar mickrigen Bäumchen, halb versengten Tamariskenbündeln ringsherum. Denn Andreana machte noch einen Unterschied zwischen Villengegend und Fischerwinkel, und auch als frischgebackene Herrin eines neuen Hauses schwor sie sich, dem alten Winkel treu zu bleiben, der noch nicht zur »Perle« oder zum »Juwel der Adria« aufgestiegen war; selbst wenn gewisse Leute ihr vorwarfen, nicht modern genug zu sein, also nur die alte Zeit zu lieben, jene Zeit, die besonders hart, aber – vielleicht – auch besonders schön gewesen war.

Am Morgen trug sie nun eine aschgraue Strickjacke, einen Rock in derselben Farbe und, wenn sie emsig im Haus beschäftigt war, eine Schürze aus dunkelblauem Tuch: Erst am Nachmittag machte sie sich ans »Ankleiden«, weil sie dann bewusst nichts tun und damenhaft sein musste, wie es bei den reichen Fischhändlergattinnen üblich war; irgendwann ab zwei Uhr brachten sie sich in Positur. Hin und wieder sah sie sich erstaunt in dem schlichten, hellen Schlafzimmer um, das sie nun mit ihrem zweiten Mann bewohnte – kaum etwas hier erinnerte an dessen Vorgänger und an ihr erstes, glückliches Leben, bis auf das ein oder andere Andenken, unschuldige, zahme Überbleibsel des großen Schiffbruchs, jenes Minimum an sentimentalen Erinnerungen, das ihr großmütiger Retter ihr zugestanden hatte. In ihrer unerschütterlichen Redlichkeit erkannte sie auch jetzt noch, wie bedenkenlos Witwen von einem Schlafzimmer ins nächste wechseln, und bedenkenlos war auch sie gewesen; in einem Maße, dass ihr tief im Innern ein heftiger Ekel geblieben war, dem sie sich entgegenstemmen musste, das spürte sie, beinah eine Art Abscheu vor der körperlichen Nähe ihres Mannes. Sie sah ihn vor sich, wie er sich auszog, das Nachthemd überstreifte – Konfektionsware, in der Stadt gekauft – und in diesem Aufzug ohne Scham im Zimmer umherging, Ehemänner schämen sich nun einmal nicht, auch ihr erster war so gewesen: und sie sah den schwarzen Punkt in der Nähe der Tür, ein Lichtschalter, der vom Bett aus nicht zu »betätigen« war, weswegen es zu Mondos ehelichen Pflichten gehörte, das Licht auszumachen, bevor er ins gemeinsame Lager schlüpfte. Sie empfand auch jetzt eine Art von Gereiztheit angesichts einer Gewohnheit, die ein Leben lang andauern sollte.

Dann dachte sie an jenen Abend, als Mondo, den Finger auf dem lachhaften Schalter, der vom Bett aus nicht zu betätigen war, eine seiner unsinnigen Ideen angebracht hatte:

»Wie fändest du's, Andreana, wenn wir beide noch ein Kind hätten?«

»Wie bitte? Ihr habt doch Euren Sohn? Und ich habe meine Kinder?«

»Ja, große Kinder, jetzt wäre ein *cinin* schön.«

»Was redet Ihr denn da? Hört auf, Mondo, und zwar sofort … In Eurem Alter? Und in meinem?«

Wenn sie am Morgen die Fenster öffnete und auf den kleinen Balkon hinaustrat, atmete sie in vollen Zügen: Reinigen wollte sie sich, ihren Anstand zurückgewinnen, und sie lüftete, ließ die Sonne hereinfluten, um das Zimmer gleichfalls zu reinigen, denn Luft und Sonne wussten, so kam ihr vor, dass es sich um das Schlafzimmer zweier Alter handelte, dass sie das Lager alter Leute vom Schmutz befreiten. Das Bett machte sie mit einem Anflug von Schuld und auch von Kummer und Ekel, einer Art von Übelkeit, die sie jedoch abschüttelte, indem sie sehr häufig die Laken wechselte und sich immer wieder sagte, dass ihr Leben unverändert und sie keine Dame, sondern eine einfache Hausfrau sei: Sie hatte zu vielem Ja und Amen gesagt, aber ein Dienstmädchen, das bei ihnen im Haus schlief, im Stock über oder unter ihr – niemals. Um sich von ihrer Ruhe, ihrem gesunden Menschenverstand zu überzeugen, blickte sie hinunter auf ihre Brust, wo links immer zwei Nadeln mit Faden steckten, einmal schwarz und einmal weiß.

Im Unterschied zu anderen Fischhändlerfrauen hätte Andreana gern bei den Geschäften mitgeredet. Das aber war die einzige Sache, der sich ihr Mann von Anfang an energisch widersetzt hatte: Frauen gehörten ins Haus, die »Fabrik« war verbotene Zone. Doch eines Tages nutzte sie Mondos Abwesenheit, um einen Blick in die vielgerühmte Riesenküche neben dem Eiskeller zu werfen, die sogar Fabrik genannt wurde, als befänden sich wer weiß welche Maschinen darin, obwohl doch klar war, dass es dort nichts weiter gab als Herdstellen, Pfannen und Töpfe. Sie wollte verstehen, wie man im großen, also im ganz großen Stil, nämlich in einer Fabrik, Brodetto zubereitete, Brodetto für Abertausende von Menschen auf der ganzen Welt. Die ganze Welt mit Fischsuppe beglücken, war das wirklich möglich?

Sie tauchte unangekündigt auf und fand den Zutritt zunächst durch den verärgerten Kollegen aus Comacchio versperrt, vermutlich wollte er keine Kontrollen. An seinem matten, trägen Blick erkannte sie, dass er die Frau seines Kompagnons nicht als Chefin akzeptierte, dies war nicht der bescheidene, katzbuckelnde Mann von der Hochzeitsfeier: Hier hatte nur er das Sagen, und er leistete sich auch die ein oder andere Pfuscherei, wovon der eigentliche Chef womöglich nichts wusste.

»Die Tauben?«, fragte sie, eine Tüte mit Kernen vorzeigend. »Wo sind die berühmten Tauben?«

»Was? Ach ja, Euer Mann hatte hier eine Art Taubenschlag … aber so konnte man nicht richtig arbeiten! Sind alle in der Suppe gelandet!«

Ein fürchterlicher Gestank: Stückchen von Fisch verschwanden in einem grauenhaften Sud, wo sie immer kompaktere Schichten formten; fünf, sechs, sieben, vielleicht zehn große Terracotta-Pfannen standen in engem, regelmäßigem Abstand und brodelten schwindelerregend vor sich hin, füllten den Raum mit geradezu klebrigem Rauch. Und darin spazierte der Küchenmeister mit ausladender Haube auf und ab, einem Narren ähnlich und im Grunde nicht autoritätsgebietender als ein Koch im Kloster. Sie erkannte den Mann, der winters im Auftrag der Wursthandlungen Schweinefleisch »fertigmachte«; es hieß, für die Salami und die Salsiccia jage er auch Ranziges durch den Trichter des Fleischwolfs, alles, was er in die Finger bekomme, solange es noch einigermaßen genießbar sei. Nun prüfte er die Haufen von zerstückeltem Fisch, ein Haufen pro Art, und nahm etwas vom Knurrhahn, um daraus eine letzte Schicht in der hintersten Pfanne zu formen; dann ging er wieder zum Tresen, zu einem rosigen Häuflein, glitschiges Zeug, das beim ungebetenen Gast nicht nur Neugier, sondern auch Übelkeit weckte – ungewöhnlich, war Andreana doch stets stolz drauf, tapfer jede Art von Gestank zu ertragen. Da begriff sie, dass es sich bei der weichen, rosigen Masse um einen Fisch handelte, der nicht verkauft und nicht gegessen, ja nicht einmal an streunende Katzen verfüttert wird.

»Für den Brodetto aus der Dose ist alles gut genug, Geschäft ist Geschäft … Los, gehen Sie jetzt«, sagte der Kollege aus Comacchio gereizt, »vergeuden Sie nicht unsere Zeit …«

Eben war sie aus der Brodetto-Küche in den kleinen Hof getreten, kein Taubenschlag mehr zu sehen, als ein modernes Klickgeräusch wie von einer Schreibmaschine sie auf halbem Wege innehalten ließ. Sie machte auf dem Absatz kehrt und stiefelte auf die leicht zu übersehende Pforte des Eiskellers zu, aus deren Richtung der elektrisierende Ruf kam. Würde der Kollege aus Comacchio, ganz tyrannischer Direktor, sie etwa auch daran hindern, durch die Dienstpforte in den königlichen Eiskeller zu treten, der so groß und erhaben wie ein Ballsaal war? Ja, sie hatte von einer gewissen Pierina Dani, einer »Stenotypistin« gehört, die Mondo und der Kollege aus Comacchio nicht etwa einem anderen Fischhändler, sondern dem Rathaus selbst streitig gemacht hatten, wo man nun ebenfalls mit der Zeit ging und sich rühmte, Dutzende der schmucken Klapperkästen zu besitzen. Andreana trat ein, begierig zu erfahren, was es mit diesem neuen, Stenotypistin genannten Wesen auf sich hatte, dieser blitzschnellen Pierina an ihrem glänzenden, flinken Apparat, ein Spiel ganz aus Tasten und Hebeln, verklärt durch die Aura von Buchstaben, die hervorsprangen wie aus dem Inneren einer automatisierten Fibel.

Pierina, ein Geschöpf von achtzehn Jahren, duftete wie eine Dame aus der Großstadt in der Sommerfrische; ihr Kurzhaarschnitt und der sauber rasierte Nacken aber erinnerten an einen dreizehnjährigen Erstgeborenen aus gutem Hause, einen Zwitter aus Kind und Mann, der noch mit seiner femininen Mähne kämpft. Der Klingelton kündigte an, dass sie gleich das Zeilenende erreichte und einen Fingerbreit weiter unten von vorn beginnen musste. Andreana grüßte beiläufig, stellte sich hin und schaute zu, fragte, für wen dieser Brief denn sei. Für wen er ist! Für die Firma L'Alimentare, ja, Reggio Emilia. Und der Brief dort drüben? Für wen er ist! Für Bocci und Sohn, ja, Prato, in der Toskana. Herrgott, diese Gans, diese rückständige Schrulle, platzte einfach herein, keine Ahnung von nichts … was war das nervtötend! Und wie aus Trotz vergnügte sich die gutgelaunte Pierina damit, die Tasten abzubürsten, unter den erstaunten Blicken der Intrigantin – jaja, sie war auch die rechtmäßig angetraute Frau des Chefs –, die einfach nicht von der Stelle wich: Und dann entschied eben sie, die gutgelaunte Pierina, und legte ein neues Band ein, um keinen Ärger zu bekommen, kein Berufsgeheimnis auszuplaudern, wenn es wieder hieß: »Für wen ist der Brief …«. Fischhändlergattinnen … pfui Deibel!

Andreana jedoch dachte beim Verlassen des Eiskellers daran, dass ein junger Mann wie ihr Fortunato sicher das Tippen gelernt hatte, schließlich lebte er in der Stadt, und er die unverschämte Pierina, die unserem größten Fischhändler auf der Nase herumtanzte, weder besser noch schlechter behandeln würde als alle anderen Untergebenen auch, die Seelumpen, die Eiskellerburschen: Vielleicht würde er sie eines Tages an die frische Luft setzen. Wenn erst ihr Fortunato hier wäre …

Wo immer sie war, was immer geschah, stets war Andreana in Gedanken bei ihrem Fortunato, der ihr unter anderem die Erlaubnis zur Hochzeit erteilt hatte. Geklungen hatte es wie »Du heiratest, du verkaufst dich also«, und Andreana gab zu, dass sie ebendas getan hatte, sie hatte sich – wenn auch auf sehr anständige Weise – »verkauft«. Aber was hatte sie im Grunde schon von sich hergegeben? Diesen armen Körper, plump und welk, den sie nicht genug einschnürte und mittlerweile nur noch bedecken wollte? Vielleicht, ja so war es, gab sie dem ansehnlichen Witwer, der sie wieder in ihre alte Position als Gefährtin »unseres größten Fischhändlers« zurückversetzt hatte, etwas Besseres: ihre Energie und außerdem etwas wie Intuition, Berufung zur Ehefrau, ein gesundes Gespür für jeden Augenblick, jeden Handgriff, jedes Wort und Gespräch. Die Redlichkeit ihrer dunkelblauen Schürze und ihres Mieders, wo den ganzen Tag über zwei Nadeln steckten, eine mit weißem und eine mit schwarzem Faden; ihre wunderbare Redlichkeit, die allerdings, so glaubte sie, Schaden genommen hatte durch ihre insgeheime Absicht, ihren Kindern in der neuen Ehe Gutes zu tun, sie zu unterstützen, vorzuziehen, in den Himmel zu heben. Kinder! Kinder! Für eine Frau gibt es nur ihre Kinder. Andreana war beglückt, wenn Mondo sich ihr wie hinter vorgehaltener Hand anvertraute und von Dingen sprach, die sie interessierten – etwa von Geld, künftigen Gewinnen: Beunruhigt spürte sie dann, dass sie sich nicht nur als Mondos Frau für seinen Erfolg interessierte, sondern auch als Mutter zweier erwachsener Sprösslinge, die eben nicht von Mondo waren; und sie meinte, das Leuchten in Fortunatos Augen zu sehen, wenn er, wie er erzählte, von seinem Fenster in Venedig aus die Goldstatue der Fortuna betrachtete. Eine schöne Statue, gewiss, aber was das Glück eines Jungen namens Fortunato anging (sein Name hätte auch Felice lauten können), war dafür nicht weiterhin seine Mama zuständig?

Manchmal warf Andreana sich vor, nicht ernsthaft genug über seine Rückkehr nachgedacht zu haben; wie es wäre, wenn er ganz zurückkäme. Wie würde die Schwester ihn empfangen? Wie der Stiefvater? Mit offenen Armen, das war gewiss, würde diejenige ihn empfangen, die ihn in die Welt gesetzt hatte, seine Mama. Er hatte sich in der Kommandantur für sie alle geopfert: Ihr kam es so vor, als habe er sich dem Drill länger als nötig ausgesetzt, um seiner Mutter Zeit für die Rettung der Familie zu geben; und nun, da die Familie gerettet war, wollte niemand sein Verdienst anerkennen. Alle Zimmer waren bereit, alle in guter Ordnung, nur seines nicht. Mondo hatte ihm ein kleines Zimmer zugeteilt. Dort zog sich die Mutter nun geheimniskrämerisch zurück, nachdem sie ein wenig Nippes herübergetragen hatte, zwei oder drei Bilder, eine kleine Statue, einen schönen Spiegel, ein Spitzentischdeckchen, ein Porzellantellerchen mit der Aufschrift:

»Ein Mann soll gut sein und gesund, sein Bauch sei immer kugelrund.«

Dann kaufte sie heimlich einen Waschtisch, einen Nachttopf mit Blumenmuster …

Anita hingegen zog sich oft ins Zimmer des Kontrabassisten zurück, um dort zu stöbern.

Große Entdeckungen hatte sie nicht gemacht. Unter den wenigen Büchern waren eine alte Musikgeschichte für Studenten am Konservatorium, ein Lexikon der Musik und eine Studie über Beethovens Taubheit. Außerdem gab es ein

Portrait von Bottesini, dem »Paganini am Kontrabass« (aus einer alten Zeitschrift ausgeschnitten). In den Schubladen: vollkommen belanglose Kinkerlitzchen, ausgefranste Kragen, löchrige Strümpfe, eine Rolle mit Kompositionen. Im Schrank: ein muffiger schwarzer Anzug, ein Bambusrohr, ein kleiner Bogen mit gelockerten Rosshaaren, eine alte Mütze, die berühmte Pelerine. Auf dem Schrank: staubige Blätter, Schmierhefte und zerfledderte Bücher, darunter einzelne Bände mehrteiliger Ausgaben, etwa der Autobiographie des Benvenuto Cellini und der *Kurtisanengespräche* des *Messer* Pietro Aretino.

Abgesehen von der Pelerine war das alles bedeutungslos. Dabei musste doch, wie konnte es anders sein, im verlassenen Zimmer eines Künstlers irgendeine Spur von ihm zurückbleiben – der Duft seines Tabaks, ein Hauch seiner Gewohnheiten, die Aura seiner Extravaganz, die Unruhe seiner Gedanken, irgendein Anhaltspunkt für eine Sinnlichkeit, die nicht der Norm entsprach. Zuweilen ertappte sich Anita dabei, dass sie im Zimmer auf und ab ging wie ein Panther im Käfig. Sie streifte den schwarzen Umhang über (bis zu den Knöcheln reichte er ihr): Es gefiel ihr, sich darin eingehüllt selbst Angst einzujagen, ja sie starrte schließlich unter Beflügelung ihrer Phantasie in den Spiegel und malte sich aus, sie wäre er. Oder sie saß am kleinen Tisch und las in der Musikgeschichte, verwundert darüber, dass sie bis zu diesem Augenblick nichts über die Ursprünge des geistlichen Gesangs, die mittelalterliche Polyphonie, die flämischen Meister des Kontrapunkts, die Florentiner Camerata gewusst hatte, und so weiter und so fort bis zur Gluck'schen Reform. Ab und an hob sie den Blick und sah die kleinen Bilder mit musikalischen Motiven an der Wand, ein Arrangement des großen Evardo: Engel-Jazz von Agostino di Duccio, ein musizierender Engel von Giovanni Bellini, D*ie Verzü-*

ckung der heiligen Cäcilie des Raffael, der herausfordernde Blick des Lautenspielers von Caravaggio. Und schließlich die *Hochzeit zu Kana* des Veronese mit Tizian als Kontrabassisten. Gelegentlich schwenkte sie den Bogen und betrachtete ihn anschließend lange, wobei ihr gewisse Dinge einfielen, die Evardo sie ein wenig von oben herab hatte wissen lassen: dass nämlich der Bogen eines Kontrabasses soundso viel Gramm wiege und soundso viel Zentimeter messe, und die Stange aus Pernambukholz sei, der Frosch aus Ebenholz, die weißen Rosshaare zweihundert an der Zahl – sie hätte sie zählen mögen.

Häufiger dachte sie daran, wie er ihr das erste Mal begegnet war: Wie er damals den »Lirone« gespielt, wie er den Bogen gestrichen hatte, widerwillig und gesenkten Hauptes, wie sie ihm gelauscht hatte, während er erst sprach und dann bitter und grausam lachte. Sie dachte an seinen ersten Kuss – gerade hatte er verkündet, die hiesigen Frauen seien alle …

Sie öffnete eines der zerfledderten Bücher, stützte die Schläfen auf die Fäuste und las wahllos hier und dort eine Stelle: »Dies ist der erste Tag der Gespräche des Pietro Aretino, an dem Nanna ihrem Töchterlein Pippa den Beruf der Hu…« Darum also hatte ihm dieses Wort so gefallen: Der grässliche Aretino, ein Klassiker gar, hatte es ihm in den Mund gelegt!

Manchmal war sie entspannt: Sie schrieb. Da er Musik notiert hatte, wollte sie gerne Verse schreiben, »sich der Literatur widmen«, aber sie rebellierte gegen die Qual des Silbenzählens, bei dem es galt, eine Art von tyrannischer Verbindung zwischen Gehirn und Fingerspitzen, vielleicht auch zwischen genialer Eingebung und minuziöser Tüftelei zuzulassen. Neben Aretino las sie auch moderne Literatur, die sie aus ihrem Zimmer herübergetragen hatte, zusammen mit ein paar Kleinigkeiten, einem Papiermesser, einer Vase, einem

Porzellantellerchen mit der leutseligen Aufschrift: »Die Frau bescheiden sei und still, so jeder Hausherr sie gern will«. Sie hatte das Tellerchen neulich von ihrer Mutter bekommen; da sie inzwischen rauchte, diente es ihr nun als Aschenbecher.

Eines Tages kam Andreana herein, ohne vorher anzuklopfen. Auf Zehenspitzen trat sie ins Zimmer.

»Wir müssen deinem Bruder schreiben. Ich muss ihm noch sagen, dass wir im neuen Haus wohnen. Du schreibst doch so gut ...«

»Setz dich«, lud die Tochter sie ein. »Möchtest du eine Zigarette?«

»Anita, bist du verrückt?«

»Pah! Eine ›Feierabendzigarette‹.«

»Kind, du solltest dich ablenken, nicht hier herumsitzen und dir den Kopf zerbrechen. Wir haben Saison, die Sommergäste sind da. Pack dein Buch ein, aber nicht das über diese Sache zwischen Bruder und Schwester, diesen Schund, amüsier dich, lern Leute kennen, schau den Kindern der Herrschaften beim Spielen zu.«

»Mama, gib es doch zu, du hast Mondo geheiratet, damit ich in Evardos Zimmer sitze und auf ihn warte: Hier sitze ich also.«

»Ja und?«, sagte Andreana mit einem gewissen Stolz. »Und wenn es so wäre? Wenn ich mich für dich und deinen Bruder geopfert habe?«

»Vor allem für meinen Bruder. Du hast Mondo geheiratet, damit Fortunato hier weitermachen kann wie immer, wie ein arbeitsscheuer Strolch, gib es zu.«

»Und du warst so frech, mir das beim Hochzeitsessen vorzuwerfen, Anita! Warum nur? Über was beklagst du dich? Du lebst doch wie eine Dame?«

»Mir fehlt es an nichts. Falls mir die Tränen kommen, reicht ein bisschen Wimperntusche, ich weiß, und ich sollte keinen Lippenstift benutzen, schließlich könnte ich ja später am Tag jemanden küssen, das weiß ich auch.«

»Bitte? Was sind denn das für Töne? Schämst du dich nicht, vor deiner Mama? Jesses Maria, warum ist meine Tochter so verändert, auf einmal das genaue Gegenteil?«

»Das genaue Gegenteil«, wiederholte die Tochter und drehte ihre Handfläche nach oben. »Aber wer hat sie dazu gemacht, zum genauen Gegenteil?«

»Mein Gott, Mondo? Evardo? Hat Evardo dich …?«

»Ja, ruiniert.«

»Wie ruiniert?«

»Na, wie man eben über ein Mädchen spricht, das von seinem Verführer sitzengelassen wird. Du lässt mich hier lächerliches Zeug reden. Also? Hattest du das nicht kapiert?«

»Was hatte ich nicht kapiert?«

»Dass ich nicht mehr Mamas unschuldiges Mädchen bin. Bist du nicht meine Mama? Ich bin nicht mehr so, wie du mich in die Welt gesetzt hast.«

»Wie? Was?«

»Komm schon, ich kann gleich nicht mehr. Alle wissen es. Sogar der Leuchtturm hat es verkündet.«

»Welcher Leuchtturm?«

»Oh, nicht der *Leuchtturm der Romagna*! Die Zeitung hätten wir verklagen können, nicht wahr? Der echte, der Leuchtturm der Seeleute, der die Wahrheit gepachtet hat.«

Andreana hob die Hand, schon juckte sie ihr – aber diese Hand konnte keine Ohrfeige mehr verteilen.

»Setz dich und mach nicht so ein Gesicht. Ich bin nicht schwanger, das nicht. Evardo hat mich ruiniert, nicht weil er sich genommen hat, was es eben zu nehmen gab, sondern weil ich war, wie ich war, ein armes Dummerchen, und jetzt … bin ich das genaue Gegenteil. Hörst du, wie ich rede?

Dabei wäre es besser, weiter eine Gans zu sein, eine Junglehrerin, eine Tochter ›wie aus dem Bilderbuch‹, mit ihrer armseligen, armseligen Jungfräulichkeit. Die Augen geöffnet bekommen, um im Haus von einem wie Mondo festzusitzen, was hat das für einen Sinn?«

Andreana schwieg. Das leicht unheilvolle Wort »Jungfräulichkeit« aus dem Mund einer Tochter, die keine Jungfrau mehr war … Ihre Augen fixierten die Schachtel mit »Feierabendzigaretten«, auf der ein nackter Athlet im Begriff war, den steinernen Diskus zu werfen. In den Händen drehte sie eine Schachtel Wachsstreichhölzer, deren Bildchen sie als Nächstes betrachtete: Monreale in Sizilien auf der einen, der neue Mailänder Bahnhof auf der anderen Seite. Ohne zu verstehen, was sie da sah.

»Ich sag es noch einmal, mach nicht so ein Gesicht. Glaubst du wirklich, dass ich irgendwas bereue? Sagen wir es ruhig offen, was würde ich damit anfangen? Was bedeutet es heute, ob ich noch Jungfrau bin?«

»Bedeutet es gar nichts mehr?«, fragte Andreana. Ihre Stimme klang auf einmal zaghaft und matt.

»Man sagt, vor dem Krieg gegen die Mittelmächte hatte es noch einen Wert …«

»Schluss jetzt!«, fiel Andreana ihr ins Wort, in einem Ton, als protestiere sie gegen eine Theorie, die weder in Bezug auf sie selbst noch auf andere akzeptabel war. Dann straffte sie ihre Gestalt, fühlte ihre Stärke, hob eine Hand – und ohrfeigte endlich die Tochter, als Strafe für ihr Gerede über die Jungfräulichkeit.

Im ersten Augenblick verharrte Anita, die Hand auf der geröteten Wange, als überlege sie erst gründlich, ob sie der Mutter etwas entgegnen, etwas tun oder sagen solle. Schließlich flüchtete sie sich in Zynismus, was ihr im Moment als bester Ausweg erschien: Ihr schrilles, künstliches Lachen entwaffnete die Mutter gründlicher, als es jeder Versuch einer Vergeltungsohrfeige getan hätte.

Anita lachte. Was von ihrer Umgebung Männerkleidung genannt wurde, war ein schlichter schwarzer Satinanzug mit einem Muster aus rosa Blumen und kubistischen grünen Dreiecken, bestehend aus einer Smokingjacke mit Kimonoärmeln plus Schlaghosen: Besonders verwegen und sonderbar aber erschienen ebenjene kubistischen grünen Dreiecke, die sie hier und da am Leibe trug, sogar auf einer ihrer Brüste und auf dem Bauch. Ob wohl jemand sie wiederkannte? Anita schüttelte ihre kurze Haarkappe, mit der sie aussah wie ein Page an einem prunkvollen Hof, der Sforza oder d'Este etwa. Die rasierten Stellen mussten ständig mit Bleichmittel eingerieben werden, damit kein dunkler Schatten blieb. Und nicht nur der Mund, auch die Nägel waren blutigrot, als hätte sie ein Martyrium à la Beatrice Cenci erduldet.[27]

Kurz und gut, Anitas ganze Art sich zu kleiden, zu lachen, zu sprechen, zu rauchen wirkte wie Angeberei. Und dann war da die Angeberei des neuen, schnurrbartlosen Mondo (er hatte ihn abrasiert, als die Haare der Stieftochter gefallen waren), das Pendant zur neuen Anita ohne Haarknoten; denn in der Hochsaison, mit Ankunft der »größten Fische« unter den Sommergästen, schien sich Mondo zu verjüngen, ganz großspurig und aufgedreht wurde er, weil er nun an bedeutende Freundschaften anknüpfte, sich zarte Komtessen, Professoren, sogar ein Mitglied der *Accademia d'Italia* als Kunden sicherte.[28] Im Moment hatte er es auf letztgenannten Herrn abgesehen: Er scharwenzelte um seine Villa herum und ließ ihm Seezungen und Scampi als kleine Aufmerksamkeit überreichen, weil er mit einer extravaganten Freundschaft prahlen wollte; vielleicht würde er dabei auch ein lateinisches Motto für seine Konserven und sein Briefpapier aufschnappen. Und zu guter Letzt also eine Tänzerin, allerdings keine von der Scala.

»Sie ist da!«, rief unser größter Fischhändler eines Morgens. Durch das Korbgeflecht seines Stuhls lief ein Knarzen.

»Wer?«

»Die Tänzerin mit dem Dosenbrodetto. Schau mich nicht so an. Ich erkläre es euch …«

Der Fischhändler sprach von der Tänzerin, als wäre sie am Badestrand eine bedeutende Figur. Sie war bei armen Teufeln in einer alten Fischerhütte untergekommen, in jenen Gassen, wo man Netze knüpft und zu ihrem Schutz einen Sud aus Fichtenrinde im Lohkessel zubereitet, und war tatsächlich besagte Fischerstochter, die in Europa ihr Glück gemacht hatte. Warum also logierte dies außergewöhnliche Geschöpf nicht im besten Hotel am Strand? Mondos Antwort darauf war: Weil sie nun einmal keine Adlige ist. Weil ihr die elende Hütte, wo sie als zerlumptes Kind gehaust hat, ans Herz gewachsen ist. Weil sie sich gegenüber der Ortschaft solidarisch mit ihren geliebten Verwandten zeigen will, die nach wie vor ein kärgliches Dasein fristen. Das Gespräch über den Paradiesvogel elektrisierte Mondo, er schien zu bedauern, dass die Tänzerin einer Fischersfamilie entsprungen war, wo derartiger Glanz doch eher der Fischhändlerzunft zustand, die schon so viel Neigung für die Künste und das exzentrische Leben bewiesen hatte. Und nun machten also arme Fischersleute, einfache Seelumpen, ihren mächtigen Herren den Vorrang in Sachen weibliche Schönheit und Eleganz streitig.

»Wenn du sie siehst, verliebst du dich«, sagte Mondo in Anitas Beisein zu seiner Frau.

»Also, die Idee mit dem Brodetto … Erzählt es ja niemandem weiter, Anita, Andreana … Letzten Sommer nimmt sie mich eines Tages beiseite (ein Samstag war's, der zwölfte August), damit die anderen nichts mitbekommen und … fragt mich mit einem Engelsstimmchen: ›Wollt Ihr berühmt werden, *in der ganzen Welt?*‹ Wenn ihr sie seht, verliebt ihr euch, ich sag's euch. Sie sieht nicht aus wie eine von hier, eine von uns … Es ist die Haut, versteht ihr? Man glaubt nicht, dass es Haut von hier ist. Dabei, wer hätte das gedacht, ist sie die Schwester von Ciancin, und Pirollas Schwägerin. Das Einzige ist – wenn sie läuft, öffnet sich zu sehr der Schlitz von …«

»Seid still, Schweinigel«, fiel Andreana eilig ein. »Mondo, Ihr übertreibt es mit Eurer Begeisterung für … Und Dinge, die von auswärts kommen …«

»Hast du sie gesehen, Anita, die Schwester von Ciancin, Pirollas Schwägerin?«

Anita antwortete gleichgültig:

»Gestern am Strand habe ich sie kennengelernt.«

Kapitel VIII

Mascha, die Tänzerin, mit der sich Anita schon einmal am Strand unterhalten hatte, trug nun ein Kleid aus silbernem Lamé mit Applikationen aus grünen Straußenfedern. Auf ihrer linken Schulter türmte sich ein Federbüschel, während rechterhand lange Fransen über ihren Rücken fielen und eine voluminöse Schleppe formten. Ein großer Fächer aus Federn in blasserem Grün ergänzte das eher auffällige Gewand der Künstlerin, unserer Mitbürgerin.

Gerade lächelte sie dem Tanzlehrer des Grand Hôtel anmutig zu, ohne ihn dabei als Kollegen anzuerkennen. Der abgewetzte Smoking, die mickrige Statur eines wegen Kleinwüchsigkeit Ausgemusterten, der unfassbare Haarschopf, schwarz und kraus, ja wollig, all das machte ihn weder schöner noch trug es zu seinem Ansehen bei, obwohl sein Name dort drüben groß gedruckt an der Rezeption stand, gefolgt von mindestens einem Dutzend Bezeichnungen für exotische Tänze. Er schien zu wissen, dass seine Rolle darin bestand, die schöne Ballerina zu betrachten und schweigend Essen in sich hineinzuschaufeln.

Wirklich schön war Mascha nicht, aber sie wusste wahrhaftig, was sie brauchte, um schön und modern zu erscheinen: violette Lider, roter Mund, rote Nägel, nachgezeichnete, verlängerte Brauen, anliegende Haare, rasierter Nacken, eine fast schon schrille Stimme.

Auf der recht niedrigen, sonst glatten Stirn unter dem Kupferhaar zeugten zwei senkrechte, ziemlich ausgeprägte Falten von Starrsinn und Stolz, und von der Entschlossenheit eines Mädchens aus dem Volk, das aus einer armseligen Fischerhütte aufgestiegen war und nun, wie in ein Netz gehüllt, ganz in Silber ging. Mit einem zufriedenen Lächeln legte sich die Tänzerin ihre weite Stola – die im spanischen Stil gehalten, aber in Venedig gewebt war, eine recht ordinäre Stola, rote Rosen auf schwarzem Grund – über den nackten Rücken, sodass die überlangen Fransen rechts und links beinah den Boden berührten.

Als die Seezungenfilets nach französischer Art vor ihnen standen, ließ Mascha wieder ihr geistreichstes Lächeln aufscheinen, neugierig, wie jener Mann sich schlagen würde, der zwar nicht »unser größter«, aber zweifellos der intelligenteste und modernste unter den Fischhändlern war, ein Importeur ausländischen Fischs, und was er als Einladender vor allem davon hielt, dass seine Seezungen derart mit Bechamelsauce malträtiert wurden. Schon zu häufig hatte Mascha die Fischhändler über das sprechen hören, was sie den »Tod der Seezunge« nannten.

»Beliefert Ihr das Hotel, Drudi?«

»Ja, und ich gebe ihnen nur nordischen Fisch. Diese Seezungen zum Beispiel kommen aus Vejle, aus Dänemark. Unser Adriafisch ist zu klein und für ein großes Hotel auch zu teuer, meine Liebe: mit dem Fisch aus Belgien, Holland, Schweden, Norwegen und wie gesagt aus Dänemark ist das etwas anderes.«

»Bravo, Drudi. Wem sonst wäre es hier bei uns eingefallen, mit Fisch zu handeln, der von so weit herkommt, und ihn als Adriafisch zu verkaufen? Was sagen unsere Mitbürger, wenn sie ihn am Fischmarkt sehen, Drudi?«

»Da sieht man kaum Fisch aus dem Norden. Die Leute haben eine Heidenangst vor den fünf oder sechs Tagen Transport, sie ließen sich ja sonst für dumm verkaufen, was meint Ihr?«

»Sie haben Angst vor dem Kühlwagen, Drudi? Und die Kollegen? Was halten die davon, dass unser treuloser größter Fischhändler ihnen Konkurrenz macht?«

»Unser größter Fischhändler, das bin nicht ich. Ich handle mit Frischfisch, das schon, aber auf unserem Fischmarkt und am Großmarkt habe ich überhaupt nichts zu sagen, ich arbeite ja mit keinem Boot zusammen und kaufe nur ganz wenig ein. Im Gegenteil, ich schicke meinen Lastwagen lieber nach Porto Corsini und nach Porto Garibaldi, und meine Telegramme (natürlich verschlüsselt) nach Vejle und nach Calais. Unser größter Fischhändler, das ist …«[29]

»Der mit dem Brodetto aus der Dose etwa? Ja, der mit dem Brodetto, wusste ich's doch.«

»Was ist mit ihm, unserem größten Fischhändler?«

»Ach, gar nichts.«

»Kommt schon, denkt nicht so schlecht über unsre Zunft. Kennt Ihr die Geschichte vom König von England?«

»Was hat der König von England mit euch Fischhändlern zu tun?«

»Teufel noch mal, er wurde in die Fischhändlerkompanie aufgenommen, eine der alten Innungen, früher war das der ›Dreh- und Angelpunkt‹ beim Handel in der Londoner City.«

Es näherte sich ein befrackter Kellner, in der Hand ein Silbertablett mit einem Telegramm, und siehe da, als Drudi behutsam das Telegramm an sich nahm, zwinkerte der Kerl ihm zu. Drudi las das Telegramm, faltete es wieder zusammen, steckte es in die Tasche und wandte sich erneut dem Essen zu, griff also mit eleganter Geste nach dem Fischmesser, was bei all seinen Zunftgenossen für Heiterkeit gesorgt hätte, hatten sie doch keine Ahnung von der Eleganz eines, man könnte sagen, eher neutralen Bestecks. Erst als der Kellner fort war, echauffierte sich die Tänzerin über diesen augenzwinkernden Idioten.

»Könnt Ihr mir erklären, warum der Kellner Euch so anschaut?«

»Wie schaut er mich denn an?«

»Herrje«, sagte Mascha an den Tanzlehrer gewandt, »zu vertraulich eben. Habt Ihr das nicht auch bemerkt?«

»Ja sicher«, bestätigte der kleine Lehrer, mit einer Miene, als koste es ihn viel Mut, »ein Augenzwinkern ... so ...«

Dem pflichtete ihr Gastgeber bereitwillig bei.

»So? Aber der Kellner ist doch gar kein Kellner, sondern eigentlich ein Kollege. Habt ihr das nicht bemerkt? Er heißt Gigin oder Giginaja, im Herbst und im Winter ist er Fischhändler und im Sommer Kellner, er sagt, das rentiert sich, und natürlich ist bei einem von uns nichts dabei. Warum lacht ihr?«

Im Salon wurde schon getanzt; der Tanzlehrer trank ein letztes Gläschen Likör, erhob sich und verschwand. Als sie kurz darauf dicht an der Glasfront entlanggingen, sah Mascha, dass die Orchestermusiker tadellose Smokings mit roten Satinrevers trugen: Sie sah auch, wie der abstoßende kleine Lehrer mit seiner Kollegin zu einer Rumbafigur ansetzte, während das Publikum ringsum immer dichter an die beiden herandrängte. Mascha tat so, als müsse sie sich die Augen zuhalten, und zog ihren Freund fort zur Brüstung, den Mond zu betrachten. Aus dem Meer stieg, in abgrundtiefer Finsternis, ein unförmiger, rötlicher Mond, ganz von Flecken und Pusteln übersät: Womöglich musste noch etwas Zeit vergehen, bis er, der sich gleichsam unter Schmerzen vom dunklen Horizont gelöst, eine kleinere, feinere Gestalt annehmen würde, ja wahrhaftig »der Mond« wäre.

»Nicht dort«, sagte Mascha und beugte sich wie von der

Finsternis angezogen über die Brüstung. »Hier ist es angenehm, keine Beobachter, keiner sieht uns. So viel habe ich zu erzählen, kommt mir vor! Aber nein, Ihr seid ein Feind, Ihr könnt nicht wissen, wie sehr man als Kind von Fischern leidet.«

»Ihr leidet?«

»Haben die Fischhändler mich etwa nicht gequält?«

»Mein Gott, Mascha, Ihr solltet nicht an solche Dinge denken, nach all dem Erfolg …«

»Genau deswegen«, die Tänzerin, in ihre venezianische Stola gehüllt, ließ nicht locker, »weil ich es geschafft habe, auf die andere Seite zu wechseln, gewaltig viel Kraft hat mich das gekostet, habe ich jetzt ganz klar die Pflicht, mich an alles zu erinnern. Die Fischer sind die untertänigen Diener der Fischhändler. Die Fischhändler sind unsere Feinde, sie zehren von unseren Mühen, trinken unser Blut. Ich kann ein Lied davon singen, schließlich hat man mich mit elf zu einem von ihnen in Dienst gegeben. Winzig war ich, und sie haben gesagt, ich soll mir doch ein Stück Pappe an die Schuhe heften, um ein bisschen größer zu sein. Ich weiß noch alles, seht Ihr?«

Primo nickte. Er zündete sich eine Zigarette an und warf das Streichholz wie einen Feuerkeim ins Dunkel. Die Musik des kleinen Orchesters, begleitet vom Rascheln der Tänzer, vom Füßescharren einer wachsenden Menge an Paaren, tönte immer frecher und vulgärer. Mascha zeigte auf die Glasfront.

»*I found you*«, sagte sie aufs Geratewohl, da sie einen Slowfox erkannt hatte. Mit halb gesenkten Lidern nahm sie den Faden wieder auf: »Kaum war ich sieben, hat Mama mich zur Erstkommunion geschickt, denn wenn man das Abendmahl Toten widmet, oder Lebenden, die daran glauben, lässt sich immer etwas verdienen: Ich glaube, 50 oder 60 Centesimi bekam man dafür. Und morgens musste ich früh aufstehen und heftig wachgerüttelt werden, so furchtbar müde war ich: ›Los, steh auf, du Schlafmütze! Du musst zur Kommunion, zur Kommunion!‹ Ich war noch winzig und sollte mir Pappe an die Schuhe heften, aber seither kann ich mich nicht mehr damit abfinden, dass die Armen nur Übles abbekommen, Gestank, Flöhe und Dreck. Ja, mein Lieber, auf die Armen wartet ein Haufen Scheiße. Wisst Ihr was? Damals habe ich von sauberen Händen geträumt! Aber, seht Ihr, Armut, Dreck … das ist in Ordnung, es ist etwas anderes, an das man sich nicht mehr gewöhnt. Ihr versteht: *Das* ist fürchterlich!«

»Möchtet Ihr eine Zigarette?«

»Danke, ich habe welche« – sie zeigte eine schöne russische Schachtel, deren Rand von Bildchen einer fahrenden Troika gesäumt war. »Eine Frau, die es aus eigener Kraft geschafft hat, aus einem Loch aufsteigt, zur Königin wird und um ein Haar auch bei den Klassikeraufführungen in Siracusa getanzt hätte. Letztes Jahr haben sie mich nach Florenz gerufen, ich sollte mich um die Ballettnummern in Monteverdis *Orfeo* kümmern, aber im letzten Moment … Einige meiner Tänze habe ich tatsächlich selbst erfunden, wisst Ihr, und auch die Kostüme.« Sie schwieg und zeigte unvermittelt auf die Glasfront. »*Paga Giovannino*«, sagte sie, diesmal war es ein Onestep.

Drudi wusste oder spürte offenbar, dass diese kluge junge Dame in ihrem silbernen Lamé-Kleid mit grünem Straußenfederschmuck auf der Suche nach einem Opfer unter den Fischhändlern war, zum Zeitvertreib, aus Grausamkeit oder aus Rache, und er war rechtzeitig auf der Hut: Schon gab sein kühler Blick eines Geschäftsmannes zu verstehen, dass er für galante Abenteuer offen war, die Fallstricke der Galanterie aber zu meiden wusste.

»Ihr seid ein Schwein«, sagte Mascha, den Ausdruck durch ein überaus freundliches Lächeln abmildernd.

»Ich? Ach was. Wenn es sich ergibt, wenn es jemand Außergewöhnliches ist … im Sommer …«

»Still: Ihr habt auch anderswo Techtelmechtel. Dieses Telegramm, das der Kellner-Kollege Euch auf dem Tablett gebracht hat, war das etwa nicht von einer Frau?«

»Ach so!« Mit eleganter Geste zog Primo den gelben Zettel hervor: »Wollt Ihr es lesen?«

Und Mascha las: »Seezungen 6 kleine Tintenfische 8 kleine Calamari 12 Sardinen 170/2 Sandgrundeln 120/150 Kraken 2 Ährenfische 2 – schickt frische Ware – Verkauf mau.« Stumm reichte ihm die Tänzerin das Telegramm, als hätte sie eine erste Niederlage erlitten. Sie wich dem eisengrauen Blick des Fischhändlers aus und ließ den ihren gleichgültig zu seiner Knopfreihe wandern, wo eine erschlaffende Gardenie an den Rändern vergilbte.

Kapitel IX

Anita trug den schwarzen Satinpyjama mit dem raffinierten Muster aus kubistischen grünen Dreiecken und die andere junge Frau, die Tänzerin, einen Pyjama im selben Schnitt, der aber noch bizarrer und verwegener war: nilgrüne Jacke plus Hosen in feurigem Ocker, also in der Farbe von Bragozzo-Segeln, unten schwarz gesäumt. Die alten Kämpfe zwischen Fischern und Fischhändlern, zwischen Mühsal und Anmaßung, kamen in der untrennbaren Grazie zweier Pyjamas, zweier Schirme zum Erliegen, die der Allee, dem Kanal, dann dem Meeressaum folgten.

»Was habt Ihr gesagt, Geige oder Cello?«

»Nein: Kontrabass.«

»Ein etwas undankbares Instrument. Guarneri hat, soviel ich weiß, nie Kontrabässe gebaut.[30] Dass Ihr nur nicht auf die Idee kommt, Tänzerin zu werden, bei all den Russinnen, die hier herumschwirren: die Michailowa, diese Blödikowa … Sie war von Anfang an Mitglied unserer russischen Kompanie, an der nichts russisch war als der Name: ›Die Troika‹. Und in Kinos hat sie gearbeitet. Aber ja, wir standen unter der Fuchtel einer falschen Jessipowa, die ›Olga Jessipowa präsentiert ihr blaues Spektakel‹ auf die Plakate drucken ließ. Und mir ist der Name ›Mascha‹ geblieben. Wie oft hab ich mir gesagt: ›Hätte mich als Kind mal besser die Sau gefressen!‹ Denn von der Kunst allein, meine liebe Freundin, selbst wenn du den sterbenden Schwan perfekt beherrschst …«

»Was ist der sterbende Schwan?«

»Musik von Saint-Saëns. Setzt Euch hierher. Jetzt erzähle ich Euch alles.«

Sie setzten sich in den Sand, in den Schatten eines weißen Tuchs, das wie ein Segel vibrierte. Gleichgültig blickten sie aufs Meer, wie man eben gleichgültig auf Dinge blickt, die gar zu schön und daher, wie allgemein bekannt, »zu glatt« sind, und auf die ringsum lagernde halbnackte oder grell gekleidete Menschheit, deren Kinder knapp vor der Strandlinie auf dem trockenen Sand abgesetzt wurden, als hätte man sie soeben aus den Fluten gerettet. Später schien es, als wolle die Tänzerin das sinnentleerte Geplänkel unterbinden, da sie mit einem kleinen Satz aufsprang, die Frauen in ihren roten Gummihauben, ihren wie Fischschuppen an Brust und Hüften klebenden Anzügen links liegenließ und auf eine Gruppe von Männern in Badehose zusteuerte. Das große rotblonde Büschel auf der Brust des einen hatte es ihr angetan.

Durch jenes Höllengewimmel, unter barbarisch sengender Sonne, schleppten sich ebenfalls von Kopf bis Fuß bekleidet die Chinesen, wie Schemen, deren Schatten greifbarer waren als sie selbst. Die Chinesen verkauften falsche Perlen, Sächelchen aus geflochtenem Bast, Spielzeug aus Seidenpapier. »Zwei *Lile*, sechs *Lile*, acht *Lile*«, verlangten sie. Ab und zu wurde einer von ihnen von einem Gendarmen erwischt und musste ein Bußgeld zahlen. Aber es war schwierig, den Namen des Delinquenten im Notizbuch festzuhalten – da fiel Mascha der Henker aus *Turandot* ein und sie rief dem Gendarmen zu: »Los, schreibt doch Pun-Tin-Pao!« Und zuletzt kaufte sie zwei Ketten, eine für sich und eine für ihre Freundin und Bewunderin.

Als Anita die Tänzerin einlud, sich ihr Zimmer und auch das des verschwundenen Künstlers im neuen Haus anzusehen, schien Mascha sich hinter Zurückhaltung zu verstecken:

Ein rätselhaftes Lächeln kräuselte das Korallenrot ihres gekonnt nachgezogenen Mundes.

»Aber doch nicht so. Man unternimmt keine Besuche im Pyjama. Was würde denn Eure Mutter, die Frau unseres größten Fischhändlers, sagen?«

Für ihren Antrittsbesuch im Hause des Fischhändlers wählte Mascha im Gegenteil einen Feiertag, den auch Plakate an den Mauern als »Tag des Seefischers« ankündigten. Der Fischmarkt versank in Blumenschmuck. In den Trattorien wurden nur Fischgerichte serviert – sie zu essen, war eine Respektsbekundung. Am Nachmittag sollte der Bischof der Diözese den Kapitänen ein Abbild des heiligen Andreas überreichen [31]; Monsignore würde höchstpersönlich an Bord eines Bootes gehen und den Heiligen verkörpern, einen der ersten Jünger Jesu, die hervorragende Kollegen, wenn auch keine See-, sondern Binnenfischer gewesen sind; das Publikum erwartete also seinen Auftritt. Auf der Allee traf Mascha niemand Geringeren als Luison Balla Balla, ihren Onkel mütterlicherseits, der vollkommen verlottert umherstreifte, tief getroffen, weil er keine offizielle Einladung erhalten hatte. Seine kleine Barke fuhr nämlich nur auf dem Kanal, weshalb er zwar ein Fischer, aber eben kein Seefischer war.

Mascha schämte sich nicht dafür, die Stadt mit solcherart Kavalier zu durchqueren. Sie lächelte, erwiderte die Blicke, stieß mit dem Fuß gegen die Hälse im Weg liegender Flaschen und gegen leere Sardinendosen, zeigte auf allerlei kleine Plakate an den Mauern. Für Luison Balla Balla las sie laut: »Es leben die Seebären – Esst Fisch, das gibt Kraft und Energie – Fisch, des Fischers Liebe und Untergang« – und als sie vor dem Haus des Fischhändlers haltmachte, trat sie noch einmal nach einer Konservendose, diesmal waren es Tomaten, und lächelte erneut.

Die Eingangstür schmückte im Hochsommer ein bunter Schatz, ein Vorhang aus vielen Fäden, wie er gewöhnlich Cafébesitzern und Barbieren gefällt; venezianische Glasperlen und Bambusstöckchen, kunstvoll aufgefädelt, wechselten einander ab. Als Mascha eintrat, teilte sich der Vorhang in zwei gleichgroße Bündel, mit einem trockenen Geräusch wie von Röhricht im Wind. Andreana kam ihr ohne Lächeln entgegen und deutete ohne Lächeln auf ein Korbsesselchen. Dann blickte sie auf Luison Balla Balla, der, so dachte sie, wie ein Bettler einfach mit hereingeschlüpft war, im Kielwasser einer so außergewöhnlichen Besucherin. Mascha begriff, dass die Hausherrin den Eindringling, dessen Gestank sich schon bemerkbar machte, im nächsten Augenblick hinauswerfen würde.

»Das ist Luison Balla Balla, mein Onkel. Ach, Signora, wenn Sie wüssten, wie sehr ich an meinem Onkel hänge!«

Dann kam Anita. Anita stellte den Gast nicht vor: War das etwa nötig? Wer wusste denn nicht, dass dies Mascha war, es niemand anders sein konnte? Vielmehr verwunderte es Anita, dass die Tänzerin so sittsam angezogen war und wie aus Schüchternheit und Respekt auf ihre Lieblingsansprache, das »Ihr« der Theaterleute mit seinem ganz speziellen Flair verzichtete. Stattdessen wurde Andreana von Mascha gesiezt und »Signora« genannt, wie keiner sie je genannt hatte, abgesehen von ein oder zwei Handelsreisenden vielleicht, die im Herbst ihr Glück versuchten.

»Ja«, sagte Mascha, »an die Heimat reicht doch nichts heran. Beruflich bin ich um die halbe Welt gereist, aber zu Hause ist es einfach am schönsten. Denkt immer daran, lieber Onkel, lieber Luison Balla Balla, einen Kanal wie unseren gibt es im Ausland nirgends, so etwas haben sie dort nicht.«

»Na, was sagt Ihr?«, fragte der Onkel und zeigte zufrieden auf die schöne Nichte. »Ist sie nicht ein hübsches Windfähnchen?«[32]

»Wann reist die Signorina wieder ab?«, fragte die Hausherrin, die noch keinen Ton gesagt hatte.

»Jetzt habe ich ja eine Freundin gefunden, also bleibe ich noch zehn oder vierzehn Tage. Die Luft hier in der Heimat … der Strand … der Pyjama …«

»Ach ja, diese hässliche Mode.«

»Abstoßend«, sagte die Ballerina mit Nachdruck, während ihre Fingerspitzen auf dem Tischchen eine chromatische Tonleiter trommelten. »Eine Schande, so herumzulaufen. Sie haben vollkommen recht, Signora. Manchmal möchte ich sogar rebellieren gegen diese Tyrannei …«

»Wie bitte?«, sagte Andreana. »Sie tragen nicht gern, was gerade Mode ist?«

»Na na, *nada nada*!« (Die Tänzerin sagte fast immer *Na*, also »Nein« im Dialekt, und manchmal sagte sie auch auf Spanisch *Nada*.)

Warum runzelte Andreana die Stirn? Warum schien es, als misstraute sie diesem gerüttelt Maß an lobenswerter Vernunft? Vielleicht missfiel ihr an einer Frau von Welt ebendies Entgegenkommen, vielleicht hätte sie eine Tänzerin mit offenem Visier vorgezogen: eine Tänzerin ohne Vorbehalte, ohne Selbstbeherrschung und ohne Köpfchen. Anscheinend spürte sie, welche Gefahr von einer kapriziösen jungen Frau ausgeht, die nicht durch ihre Launen, sondern durch Vorsicht und Zurückhaltung für sich einnimmt.

Nun mischte sich Luison Balla Balla wieder ein: Er klagte über sein Boot, das er im Sommer pflegen musste wie ein krankes Tier, und die Krankheit hieß Altersschwäche, arme kleine Fischerbarke, ständig muss sie befeuchtet werden, damit sie dir in der Sonne nicht aufplatzt.

»Wie, Onkelchen? Seid Ihr nicht einmal mit Eurem Boot zufrieden, Ihr lebt doch davon?«

»Wir fischen wenig, mein hübsches Windfähnchen, wenig

Meeräschen und viel Ährenfisch. Wenn's zwei Kilo Meeräschen am Tag wären! Aber so viel, mein hübsches Windfähnchen, sind es nicht mal in einer Woche. Wenn meine Frau raus aufs Land geht und die Fische gegen Eier und Mehl tauschen will ...«

»Luison Balla Balla, erzählt doch, wie Ihr nachts schlaft. Ein Bein hängt aus dem Bett, stimmt's?«

»Ein Bein hängt aus dem Bett, damit's nicht zu gemütlich wird.«

»Habt Ihr verstanden, Anita? Haben Sie gehört, Signora? Damit's nicht zu gemütlich wird. Und auf den Mond achten muss er«, fiel der Tänzerin ein, »denn: Fischer, hast du ein Segelboot, ankerst du nachts in der Kvarner Bucht. Steht der Mond, liegt der Seemann – liegt der Mond, steht der Seemann. Was bedeutet, wenn ich mich recht erinnere, dass kein Unwetter droht, wenn der Viertelmond aufrecht steht, aber wenn der verfluchte Viertelmond schwankt und Fratzen schneidet, oh, dann muss der Seelump auf der Hut sein wie ein Wachposten und um sein Boot ... und sein Leben fürchten.«

Nun aber kündigte sich der Hausherr an: In der Tür blieb er stehen und vollführte den römischen Gruß.

»Ja schau an, wer da ist. Unsere berühmte Mitbürgerin. Gut seht Ihr aus, so weiblich gekleidet. Hier wohne ich also, an diesem herrlichen Ort. Ja, jetzt lacht Ihr über die armen Fischhändler, jetzt, wo Ihr unseren Dialekt nicht mehr versteht und an Herrschaften mit Monokel gewöhnt seid. Wir würden Euch ja zum Fischschmaus einladen, aber Ihr habt inzwischen wohl einen empfindlichen Magen?«

»Einen empfindlichen Magen? Ich verstehe unseren Dialekt nicht mehr?«

Und um zu beweisen, dass sie ihn noch beherrschte, zählte sie die Wochentage im Dialekt auf: »*Lun, Mert, Mìrcul,*

Zòbia, Vénar …«. Dann fügte sie hinzu: »Sagt Ihr es, Onkel, Luison Balla Balla, bei Euch an der Feuerstelle habe ich doch einen Brodetto gegessen … einen ganz hervorragenden!«

»*Alla romagnola*? Den berühmten Brodetto, die Leibspeise der alten Spartaner? Den machen wir bekannt, wir füllen ihn in Konserven, in perfekte Bottiche aus Comacchio, und die schicken wir überallhin, in die ganze zivilisierte Welt …«

Die Tänzerin erinnerte sich nicht mehr daran, Mondo jenen wertvollen Ratschlag gegeben zu haben. Vielleicht hatte sie einen Scherz gemacht. Und er war ihm gefolgt? Hatte eine Gesellschaft gegründet? Das Produkt auf den Markt gebracht? Haha! Haha! Aber vor einem Luison Balla Balla ließ der große Fischhändler weder das Gelächter noch den scherzhaften Ton auf sich beruhen.

»Ich werde Euch einladen«, schloss er, selbstbewusst und feierlich. »Ihr sollt die Fabrik sehen. Und dann, kleine Maria, lade ich Euch zu einer Spritztour ein.«

»Ihr habt …«

»Bald ist es so weit«, versprach der große Mann, die Füße in die Erde gestemmt, während sich sein Bauch gen Himmel wölbte. »Erzählt erst einmal niemand davon, es ist eine Überraschung. Bis morgen.«

Kaum hatte die Tänzerin das Haus unseres größten Fischhändlers verlassen, schüttelte sie ihren zerlumpten Verwandten ab und schlug die Richtung des Eiskellerviertels ein, das am Tag des Seefischers gewiss verlassen, ohne Schlamm und faulige Rinnsale daliegen würde. Wenigstens einer der Eiskeller war geöffnet, das wusste sie, denn Drudi Primo, Händler von ausländischem Fisch, tauchte ungern dort auf, wo seine Kollegen sich besonders hervortaten.

Da stand Drudi im Eingang seines Eiskellers, die Hände in den Taschen, zwischen den Zähnen eine »Roma«, als erwarte er jemanden, vielleicht eine Frau. Auf seinem Kopf saß eine Reisemütze aus rötlichem Tweed, und er trug seine pludrigen *Knickerbockers*, in denen er wesentlich jünger wirkte, und gemusterte, vielleicht ein wenig zu auffällige Strümpfe zur Schau. Letztere ließen, anders als der Rest seiner Kleidung, eine übermäßig robuste Konstitution oder besser gesagt eine vollentwickelte Wade erkennen. Als er seine Freundin erblickte, in dieser Gegend und in schlichter, geradezu bescheidener Eleganz, zeigte er sich mit einer Geste angenehm überrascht. Dann verbeugte er sich scherzhaft und warf mit einem Schlenker die eher ordinäre »Roma« fort. Als er die Freundin aufforderte, doch keine Scheu zu haben und die Grotte zu betreten, zog er eine Schachtel »Xantia« hervor, die er ihr überstürzt und mit ungeschickter Beharrlichkeit anbot: Schließlich sollte sie sehen, welche Marke es war. Die Tänzerin lächelte und griff zu.

»Hier?«, fragte Mascha, auf den großen, kahlen Raum weisend, in dem es nach fauligem Zeug, nach Fisch, Holz, Sägespänen, Körben und Altpapier roch. Und sie bemerkte sogleich den Berg von Kisten, in die jeweils folgender verheißungsvolle Schriftzug eingebrannt war: *Maison Drudi Primo*, der Name ihres Heimatstädtchens und, in Klammern, *Italy*.

»Kommt«, sagte Drudi indessen. »Hier entlang, hier entlang, in das Kabuff des Chefs.«

Auf den ersten Blick wirkte es tatsächlich wie das kleine Büro eines Spediteurs, ein wenig geheimnisvoll, eher duster, abgestandene Luft. Auf dem Tisch, im Schein einer gewöhnlichen grünen Lampe, lagen verstreut viele Papierbögen, Briefe, Formulare, Telegramme, zwei oder drei Ausgaben des bekannten Handelsblatts *Sole*, ein offenes Register, und da war eine kleine Schreibmaschine mit einem angefangenen Brief, der auf den Stenotypisten, vielleicht also den Chef persönlich wartete. In der dicken Wand gegenüber aber befand sich ein kleines, ein wenig an einen Turm erinnerndes Fenster mit einer hellen Alabasterplatte wie in San Vitale oder im Mausoleum der Galla Placidia in Ravenna, die dem Raum ein edles Licht verleihen sollte – ob wie in einer Kirche oder womöglich einer Krypta, war nicht ganz klar. Mascha lächelte beim Anblick des breiten, niedrigen Sofas, eins der Art, die Ottomane genannt wird und sich in ein Bett umwandeln lässt, ein bequemes Bett sogar, denn unter dem Damast verbergen sich Decken und Laken, wenn auch nicht immer der frischsten Sorte.

»Lasst uns offen reden«, sagte sie schließlich und klimperte mit den Wimpern. »Bringt Ihr viele Frauen hierher?« Sie wartete die Antwort nicht ab: »Wisst Ihr, woher ich gerade komme? Ja, vom Herrn mit der Dosensuppe. Er sagt, der Rat mit der Dosensuppe stammt von mir. War es wenigstens ein schlechter Rat?«

»Seid ehrlich, Mascha, Ihr seid doch hier, um einen von uns zu ruinieren. Hattet Ihr es auf mich abgesehen?«

»Pah! Ihr oder ein anderer ... Meint Ihr wirklich, dass Mondo Zavatti ein Trottel, und trotzdem tüchtig ist?«

»Ja, ein Trottel kann durchaus ein guter Händler sein. Und Mondo war ein guter Händler, bis er die Nachfolge unseres größten Fischhändlers angetreten hat – der übrigens ohne einen Centesimo gestorben ist. Bis er selbst so genannt wurde. Da hat auf einmal der Trottel über den einfachen, umsichtigen Händler gesiegt. So ein Titel steigt zu Kopf, wisst Ihr? Kann es nicht sein, was meint Ihr, dass ein paar feine Gewohnheiten ihn benebelt, aus der Bahn geworfen haben? Gewohnheiten, die er erst spät kennengelernt hat, das WC zum Beispiel? Vielleicht jetzt noch nicht. Fischhändler, die aus Angeberei ein WC einbauen lassen, gehen nämlich noch für eine Weile weiter an den Strand und verrichten dort ihr Geschäft. Da lacht Ihr? Ist es nicht logisch, was meint Ihr, dass die große Entdeckung, das Wasserklosett, den Anfang vom Ende einer Familie einläutet? Und jetzt passiert dem Guten das größte Unglück.«

»Und das wäre, Drudi?«

»Jetzt lauft Ihr ihm über den Weg: Freundin der Fischer, Feindin der Fischhändler.«

»Ihr übertreiiiiiibt!«, trällerte die Tänzerin, beglückt über die ihr zuteilwerdende Ehre. »Und … seine Frau?«

»Andreana?« Drudi verbeugte sich unwillkürlich vor dem Inbild der Vernunft. »Wenn es drauf ankommt, wird sich zeigen, wer gewinnt, Euer schlechter Rat oder der gesunde Menschenverstand der treuen Gemahlin – denn wachsam, das ist sie. Ja, meine Liebe, Andreana ist das Problem. Sie müsste, was weiß ich, in einem günstigen Moment fortgelockt werden. Wollt Ihr jetzt die Kühlzellen sehen, den Fisch aus Dänemark?«

»Mein lieber Drudi, warum nicht die großen Fische aus Korallenwäldern? Also gut, weist mich ein. Was ist das? Ein Brief von Eurer dänischen Firma? Ist auch nichts faul im Staate Dänemark? Ihr erlaubt? ›Deux caisses de truites … dans l'espoir d'une bonne vente …‹ Ich spreche fließend Französisch. Die französischen Briefe kann ich für Euch korrigieren. Oho, das ist ja Holland! Hier, das Land, wo die Fischersfrauen an die neunzehn Röcke übereinander tragen, ich wette, das wusstet Ihr nicht. ›Notre maison est specialisée dans l'exportation des soles, turbots, barbues, carrelets … Nous sommes fournisseurs de plusieurs maisons de Paris: Prunier, Pêcheurs-Réunis, autres maisons …‹ Hija de Florentino Bueno, San Sebastiano, Drahtanschrift ›Bueno‹ …«

Der Importeur ausländischen Fischs zündete sich eine neue Zigarette an, dann warf er sein Feuerzeug wie aus Trotz auf das Bündel von Telegrammen, das die überhäufte Tischplatte mit schmutzigem Gelb befleckte. Er nahm eins der

Telegramme und zog eine unangenehme Grimasse. Da wurde Mascha erneut klar, dass sie wohl besser gegen unseren größten Fischhändler kämpfen und es gar nicht erst versuchen sollte, gegen diesen kräftigen, kompakten Fünfunddreißigjährigen mit dem grauen Blick und dem eisernen Willen anzutreten.

»Seht Ihr dieses Telegramm? Da steht etwas von Sardinen ›in üblem Zustand‹ und sogar von ›verdorbener Ware‹. Ganz ehrlich, wenn ich so was bekomme …«, er drohte der Decke mit den Fäusten.

»Bueno, Drudi. Vergesst jetzt die schlechten Nachrichten. Kommt her, erzählt mir noch mehr von Euren Verbindungen nach …«, sie zeigte auf die Wand, »Europa. Bergen? San Sebastián? Calais?«

»Calais? Interessiert Euch der Drahtschlüssel der Firma Byl Frères? Mein Gedächtnis ist gut«, entgegnete er schroff und tippte sich an die nüchterne Stirn. »Hier drinnen stecken mindestens ein Dutzend Drahtschlüssel von ausländischen Firmen, wisst Ihr das? Sicher doch, jede Firma hat ihren eigenen Code, dann sind die Telegramme kürzer und klarer, mit den vielen Sprachen wird es sonst kompliziert. Jeder Fisch ist einfach eine Nummer …«

»Hört Ihr wohl auf damit? Also gut, ich finde es nicht richtig, dass Ihr gewisserweise der Staatskasse schadet, weil Ihr Fisch importiert, der ›unter fremder Flagge‹ gefangen wurde, wie Ihr sagt. Wo wir doch zu drei Vierteln von Meer umgeben sind. Drudi, ich weiß *alles*. Dass die Krise den Importfisch verschont, zum Beispiel? Dass die Hersteller von Manufakturwaren alle Hebel in Bewegung setzen, dass sie Konkurrenz in einer Größenordnung von mehreren Millionen ausschalten wollen? Und man für die Fischerei keinen Finger rührt? Für den Klippfisch vielleicht, und auch für den Stockfisch, aber alle anderen Fischarten …?«

»Was sind denn das für Töne? Wollt Ihr mir etwa Ärger machen?«

»Aber nein. Lasst uns vernünftig sein. Ich werde keinem Eurer Kollegen diesen Floh ins Ohr setzen. Aber es kann sein, dass ich Euch früher oder später brauche, und … hier, Hand darauf, Frieden und abgemacht. Morgen bringt Ihr mich dann …«

»Morgen kann ich nicht. Da fahre ich mit meinem Laster nach Mailand, ich muss Heringshai abholen«, (wie in Klammern fügte er noch *»taupes de mer«* hinzu), »letzte Woche Mittwoch wurde er in Bergen losgeschickt. Die erste Ladung aus Norwegen …«

Zuletzt bedeutete er ihr, an die Landkarte heranzutreten (genauer gesagt war es eine alte »Karte des europäischen Kriegsschauplatzes«), wo er ihr mit reinlichem Finger zeigte, welche Route seine *taupes de mer* quer durch Europa nehmen mussten: von Bergen auf dem Seeweg nach Hamburg, von Hamburg im schönen Kühlwagen weiter, immer weiter nach Süden bis nach Basel, von Basel dann nach Mailand (davor wurden sie an der Grenze enthauptet, der Fischkopf ist immer nutzloses Gewicht), und in Mailand wartete Drudi höchstpersönlich samt Lastwagen, um den schönen Heringshai mit allen Ehren zu empfangen. Auf einmal, sie verfolgte gerade die lange Reise des skandinavischen Fischs auf der Landkarte, beugte er sich über ihren Rücken und biss ihr fest in den verführerischen, ausrasierten Nacken. Trotz des Schmerzes schrie sie nicht, sondern versetzte ihm einen Stoß, der ihn aufs Sofa plumpsen ließ: Dann drehte sie sich wieder um und entdeckte an der Wand nahe der Karte einen Krummdolch an einer kleinen Messingkette. Den packte sie, ließ sich vom Fischhändler aber genau in dem Moment entwaffnen, als sie drauf und dran war, ihm den geschwungenen Dolch ins Herz zu bohren.

»Bravo, Drudi, Ihr behandelt mich wie eine …«

»Kommt schon, ein Fischhändler ist ein Händler wie alle andern auch. Ihr hattet doch sicher schon etwas mit jemandem, der mit Porzellan handelt … oder mit Stoffen?«

»Ich hatte etwas mit jemandem, der mit … wollt Ihr es wissen? Parfüm handelt. Findet Ihr wirklich, das ist das Gleiche?«

Instinktiv zog er ein kleines Flakon mit Verbene-Duft aus der Tasche und bemühte sich eilig, seine nach Fisch stinkende Jacke zu parfümieren. Und während er wartete, dass Mascha wieder hergerichtet war, rückte er seine Mütze zurecht: setzte sie also schräg, sehr hoch und ein wenig nach hinten, wie er sie sechs Monate zuvor der Mode entsprechend tief in die Stirn gezogen hätte.

Kapitel X

In ebenjenen Tagen, zwischen dem zehnten und dem fünfzehnten Juli, dachte Andreana verstimmt darüber nach, dass weniger Telegramme eintrafen, und Telegramme verkörpern bekanntermaßen die Stärke des Fischhändlers: Der verdienteste ist selbstverständlich, wer am Ende des Jahres die meisten erhalten hat.

Da Mondo ihrem Wunsch nicht nachkam, wollte Andreana stattdessen von der Chiozoter Dienstbotin erfahren, was in der Welt der Bootseigner und Kapitäne vor sich ging, ja, um etwas herauszubekommen, bauchpinselte sie die Màlgari ein wenig. Sie ging sogar so weit, deren Chiozoter Scharfsinn als Gegenstück zur dumpfen Verbohrtheit und Grobheit der Einheimischen zu loben.

»Zo nu, wenn Ses wissn wolln … Ihr Mondo wolltm Kapitän vonner Andreana fünfhundert Scudi[33] nis leihn, Ztreit hat er angefangen mitn Bootsherrn, und denn hat ers Boot verlorn. Wollen Se wissn, wer se gesahlt hat, die Taler?«

(Andreana blickte auf, aus Achtung vor den »Talern«.)

»Bombi Adamo, der Hundesohn. Er hat Ihrm Mann die Andreana weggesznappt, szwuppdiwupp, verztehn Se?«

Mondo hatte die *Andreana* verloren, das neue Boot, das ihr zu Ehren diesen Namen trug. Was für eine Blamage! Als Tochter eines Fischhändlers, Verwandte von Fischhändlern, zweifache Fischhändlergattin, traf diese Schande sie tief. Und sie wollte zum Markt gehen, dort Präsenz zeigen. Andreana würde das Steuer in die Hand nehmen, sie, eine Frau, würde sich anstelle des Auktionators und seines Handlangers an die Waage setzen und den Fischhändlerhaufen bändigen, alle würden sie sich mucksmäuschenstill aufreihen, wie die Kinder. Los, aus dem Haus: nach dem Rechten sehen.

Am Kanal schlägt die Rathausuhr halb fünf. Halb fünf? Ist das nicht ein guter Zeitpunkt? Die ganze Stadt, so sieht es aus, strömt jetzt herbei, um den hereinkommenden Fisch, unseren einzigen Reichtum, zu begrüßen: die armen Leute, die kleinen Leute, das Mütterchen, das bei allen Bootspaaren eine Handvoll Fischlein als Almosen erbettelt, Narren und Neugierige, Handlanger und Lastenträger, Tänzerinnen und Badegäste im Pyjama, dienstbare Geister und Genesende, Radfahrer, streunende Hunde und sogar Katzen; der Bürgermeister, zwei schüchterne junge Nonnen aus dem Krankenhaus; und dann Kisten von Meeräschen und Umberfischen und Zitterrochen und Knurrhähnen und Steinbutten und Heuschreckenkrebsen und Rotbarben und Seeteufeln und jenen Fischen, die einen Handabdruck des Menschenfischers Simon Petrus auf dem Rücken tragen. Und die Kisten überqueren den Kai, vom Boot zum überdachten Markt – der Fischauktionshalle, wo der jeweilige Mittelsmann sitzt und befehligt. Diesen neuen Großmarkt, der nicht nur über ein Dach, sondern auch über Schranken verfügt, hat Andreana nun vor sich, und sie bahnt sich einen Weg, steckt den Kopf zwischen die Stangen, um zu sehen, was drinnen vor sich geht, hört ein Glöckchen läuten wie in einem Kindergarten, sieht die mal höheren, mal niedrigeren Tische der großen und kleinen Fischhändler, die mehrere Schlangen bilden, gebannt zuschauen und lauschen; sie entdeckt auch die schiefe Visage von Brutos Mutter, die ihre Stellung zwischen den Männern behauptet; aber ihren wuchtigen, gebieterischen Mondo, der die Zusammenkünfte doch gewöhnlich beherrscht, entdeckt sie nicht. Der Kommissionär (ein ihr unbekanntes Gesicht) sitzt auf einer Art Podest vor der üblichen Dezimalwaage. Während die Kisten eine nach der anderen die Fläche der Waage passieren, verkündet er jeweils das Gewicht und den Ausgangspreis, dann zählt er rückwärts, bis einer der Händler anbeißt und ein kleines Zeichen gibt. Über einen schrägen Steg rutscht die Kiste von der Waage hinunter zum Ausgangstor, wo sich die Hilfsburschen und Lastenträger drängen – und die Meeräschen Nagelrochen Zitterrochen Makrelen Goldbrassen Aale landen zu Andreanas Füßen. Da, der Fang der *Maria II.*, in der Tat ein königliches Boot. Da, die Rotbarben der *Andreana*, das neue, das größte Bragozzo. Der Kommissionär steht auf und übergibt das Zepter. Nun sieht die Fischhändlergattin, wie Bombi Adamo nach vorne tritt, ausgerechnet Mondos Kapitänen hat er mit seinen Talern ausgeholfen, sie sieht ihn an der Waage, Vorsteher des Marktes, er, Bombi Adamo! Wenn das keine Schande ist? All der Fisch, all die Rotbarben eines Bootes namens *Andreana* …

»Fünfzig Scudi«, verkündet Bombi.

Dann senkt er die Stimme und fährt gelangweilt fort: »Neunundvierzig, achtundvierzig, siebenundvierzig, sechsundvierzig, fünfundvierzig, vierundvierzig …«

Jemand tippt ihr auf die Schulter. Sie mochte ihren Mondo erwartet haben, doch es ist Anitas Freundin, die Tänzerin im Pyjama.

»Schaut Ihr Euch auch das Spektakel an? Oh, lustig. Achtundvierzig, siebenundvierzig, sechsundvierzig, fünfundvierzig. Ja, mein Reden, rückwärts sollte man zählen können …« Da hat Mascha mit ihren zarten Fingern eine rosige Rotbarbe aus einer der Kisten gefischt und schnuppert daran, als wäre es eine Nelke aus dem Garten, das Flakon eines ihrer tausend Parfüms. »Lustig … Haha! Haha!«

In dieser Seelenlage – Misstrauen gegenüber der Welt, großer Missmut über sich selbst – war Andreana, als sie tags darauf einen Brief von Tante Felice aus Chioggia erhielt, die alle zwei oder drei Jahre einmal schrieb, fast immer aus schwerwiegendem Anlass; ja, kein Brief der *Siora* Felice Pagan, der nicht nach Krankheit, Aberglaube, fast schon nach Tod gerochen hätte. Krank war sie, die Tante, womöglich sterbenskrank, und bevor sie ging, wollte sie die Frau ihres seligen Neffen sehen: Die Spesen ersetzte sie nach guter Sitte im Voraus. (Geschrieben hatte den Brief eine Unterzeichnerin Annunziata von dort oben, aus Chioggia.)

Plötzlich ist Mondo da: Er überlässt ihr ein Automobil, aber sie begreift nicht, hat vergessen, dass er unterdessen ein luxuriöses Auto gekauft und als Fahrer den jüngsten Eiskellerburschen eingesetzt hat, der schon Führerschein und Stiefel besitzt. Mondo schaut betroffen.

»Wie? Du magst nicht? Du willst wirklich nicht in mein Auto steigen, weil … weil ich mit dem Kapitän der *Andreana* gestritten habe? Was, wenn ich es heute geschafft habe, Bruto den Kapitän der *Ruhestörung* wegzuschnappen?«

»Ah«, sagt Andreana und ihre Miene hellt sich auf. »Endlich eine gute Nachricht.«

»Es ist also abgemacht? Du hast ein Automobil, einen Fahrer … Fahrer sagt man, nicht ›Schofför‹ …«

»Nehmt es mir nicht übel, aber ich bin mit einer kleinen Zugfahrt zufrieden. Wisst Ihr, Mondo, dass mich bei meiner ersten Reise nach Chioggia, kurz nach der Hochzeit, eins der Bragozzi mitgenommen hat, die Steinbutt und Rotbarben an Bord haben?«

»Gut, dann fährst du nach Ferrara und von Ferrara nach Rovigo und in Rovigo nimmst du den kleinen Zug, der über Adria nach Chioggia fährt. Passt es morgen früh um sieben?«

Andreana, die sich seit über zwanzig Jahren nicht fortbewegt hatte, überkam bei all diesen Namen von Städten und Stationen eine Art Widerwille. Mit einer Handbewegung wehrte sie die Eile ab. Erst musste sie Anita um Rat fragen.

»Soll ich fahren?«, fragt sie die Tochter und fächelt mit dem schmierigen Hundertlireschein – auch Tabakkrümel kleben daran –, den sie aus dem Briefumschlag gefischt hat. »Und kommst du mit? Du warst noch nie in Chioggia, du kennst Papas Tante ja noch gar nicht. Dann fahren wir nach Sottomarina, schauen uns an, wie die Leute dort ihr Gemüse anbauen, lernen die Fischer und die Gemüsegärtner an der Lagune kennen. Glaubst du etwa, dass Evardo vorbeikommt, während du ein paar Tage fort bist?«

Die Angesprochene zuckt trotzig die Achseln und lässt sich nichts weiter entlocken. Eine Stunde später kommt die Tänzerin vorbei. Andreana würde am liebsten lossprudeln, denn sie begreift nicht, warum ihr Töchterlein seiner Mutter keinerlei Freude mehr machen will; ihr scheint fast, sie könnte von Mascha Hilfe, eine wertvolle Einschätzung erhalten, manchmal haben diese angemalten jungen Dinger ja einen besseren Blick für so etwas als wir. Aber wie schwer es ist, ins Gespräch zu kommen, die Sympathie einer Tänzerin zu gewinnen! Ist das nicht die Künstlerin, die in Andreana sofort eine Abneigung, etwas wie Furcht und Verärgerung zugleich geweckt hatte? Andererseits hat Mascha ihr verächtliches Lachen in der Folge sein lassen, das stimmt, sie hat es weder übertrieben noch ein großes Durcheinander angerichtet. Andreana sieht sie jetzt in neuem Licht.

»Wie gesagt, eine Verwandte aus Chioggia ist krank, eine sehr vermögende Tante, die Hilfe …«

»Wie, Signora? Sie verreisen?«

»Ach naja, ich weiß noch nicht. Die Tante ist schon alt, sie könnte … von einem Tag auf den anderen …«

Wenn sie nun freudig zur überstürzten Abreise rät, wird Andreana Verdacht schöpfen, das spürt Mascha sofort. Dann wird sie den Koffer stehen und die geliebte Tante mutterseelenallein krepieren lassen. Es scheint zwar, als lächle die Tänzerin Andreana zu, in Wahrheit aber gelten ihr Lächeln und ihr stummer Applaus allein ihrem Drudi. Wie sollte sie in diesem Augenblick nicht an ihren Drudi denken? An den Importeur von ausländischem Fisch, der Maschas feindliche Absichten sofort abgewehrt, stattdessen aber ihre Ratschläge angenommen und eine Art von Prophezeiung geäußert hat? Ein Fischhändler, den sie in den Ruin treiben könne? Oh nein, nicht mit ihm! Wenn es indes in einem günstigen Moment gelänge, die tüchtige Andreana fortzulocken ... Mascha schweigt zurückhaltend. Jetzt sind zweifellos Besonnenheit und ein kühler Kopf gefragt.

Nach der Tänzerin die Tellerwäscherin. Als die Màlgari hereinkommt, lächelt Andreana, denn sie weiß, dass ihre Frage »Soll ich fahren?« nun zufriedenstellender beantwortet wird.

»Fahrn Se nur, fahrn Se, Parona. Tun Se aber nis unsre Heiligen vergessn, Felice und Fortunato, denken Se dran, gehn Se sum Dom und betn für mich. Die beiden ztehn im Dom gleich links, Parona.«

»Ah, endlich! Das kommt doch mal von Herzen!« Die *Parona* fällt ihren Entschluss, beruhigt die Alte, beteuert mehrmals, dass sie fahren werde: Ja, sie wird abreisen, sie wird die Balustrade, das *Refugium Peccatorum* am Peròtolo-Kanal dort hinter dem Bischofspalast wiedersehen; sie wird auch die Schutzheiligen von der Malgari grüßen, und noch vieles mehr wird sie unternehmen, ob heimlich oder weil sie »sufällig« darauf stößt, womöglich ist es auch an der Zeit, wieder vom gekochten Kürbis zu kosten, sie wird sehen. Und dann das:

»Mein Chioza, szön und königlich,
acht Wunder, derer rühm ich dich …«

Ihr ist, als wäre sie plötzlich wieder jung, wie damals, als sie nicht mit dem Zug, sondern tatsächlich mit dem Bragozzo nach Chioggia gereist war, an der Seite ihres ersten Mannes, und eine Matratze mit an Bord genommen hatte. Dort oben wartet wie neu die Welt ihrer Jugend, die Welt der Frischvermählten auf sie, dieselben Gewohnheiten und Gespräche wie damals, das unaufhörliche Gerede über Wind und Windschatten, *velma* und *palùo*[34], Unwetter und Dünung, eine beständige Ahnung von ruhiger oder rauer See durchzieht die Gassen und Arkaden von Chioggia, wo es fast nur Fischer, Fischersfrauen und Fischerswitwen gibt, Wind von achtern oder Nebel, und man immer Bescheid weiß, oja, immer weiß man um die Launen des Wetters: Gerade so, wie man hier in diesem anderen Fischerort über die zwei Sorten des Garbino genannten Windes spricht, über den männlichen Garbino, der drei Tage lang weht, und den weiblichen Garbino, der halsstarrig sieben Tage lang weht und nicht einmal abends abflaut.[35]

Eine große Jutetasche: Dort hinein legt Andreana gewisse Stücke der Unterwäsche aus ihrer ersten Aussteuer, nie getragen und ein wenig vergilbt, und ein paar nutzlose Kleinigkeiten, die ihr sonst fehlen würden. Sie besucht Anita in Evardos Zimmer, bringt ihr ein geheimnisvolles, gut versiegeltes Päckchen: ihren Notgroschen. Es geht offensichtlich um etwas sehr Intimes, sie überlässt diesen großen kleinen Schatz für zwei oder drei Wochen einem Menschen, dem sie vertraut, ein Zeichen der Wertschätzung und der Zuneigung. Sofort wegschließen, sofort, und kein Wort zum Stiefvater.

Als Andreana bemerkt, dass ihr Mann gar zu fröhlich ist,

runzelt sie sofort die Stirn. Sie wittert, dass ihre Abreise gelegen kommt und sich jemand hier, warum auch immer, daran stören würde, wenn sie bliebe.

»Ich bleibe hier«, sagt sie knapp.

»Bleiben Sie«, bekräftigt die Tänzerin ebenso knapp. »So krank wird die alte Tante schon nicht sein.«

Ruckartig hebt Andreana den Kopf.

»Meinen Sie?«

»Ach, naja, ihr Testament hat die alte Tante doch schon längst gemacht. Und was das schlechte Gewissen angeht …«

»Nein, nein, ich fahre doch!«

Es fühlt sich gut an, solch abstoßendem Zynismus nicht beizupflichten. Außerdem findet sie insgeheim Gefallen an der Gleichgültigkeit der Tänzerin, für die es ja weder von Vor- noch von Nachteil ist, wenn die brave Hausfrau abreist, um einer Todkranken beizustehen. Und sich vielleicht ein paar Kreuzer zu sichern. Nun schließt Andreana ihre Jutetasche, die ihr Mann, so denkt sie, zum Bahnhof tragen wird: Ihr kommt nicht in den Sinn, dass Mondo den Trubel ausnutzen und mit dem ihr verhassten Auto vor dem Törchen stehen könnte.

Am Bahnhof wartet die nächste Überraschung: Als die Reisende, hofiert von Mann und Tochter, aus dem Auto steigt, kommt ihr die Tänzerin entgegen, um sie gebührlich zu verabschieden.

»Ihre Entscheidung steht also fest, Signora? Meinen Sie wirklich, die Reise ist nötig? Und wenn die Sterbenskranke bei Ihrer Ankunft gesünder ist als Sie und ich?«

Im Wartesaal für die erste und zweite Klasse – ihr Ticket für die dritte Klasse trägt sie gut sichtbar bei sich – bringt die Reisende das Gespräch auf Chioggias Überlegenheit, ein Seitenhieb gegen Comacchio. Sie ist für Chioggia, die »loyalere« Stadt. Der Tochter möchte sie vorzeitig einen Abschiedskuss geben, doch die entzieht sich höflich, mit ernster Miene: »Nein, Mama, mein Lippenstift macht Flecken.« Nun tritt der Bahnhofsvorsteher hinzu und sie müssen ein paar Worte wechseln; ein großer Bewunderer unseres wichtigsten Fischhändlers ist der Bahnhofsvorsteher, jawohl der Herr, auch er.

Als der Zug einfährt, steht Andreana auf dem Bahnsteig bereit – resolut, geradezu gebieterisch, kerzengerade. Sofort hat Mondo einen Platz für sie ausgeguckt, und sie ist einverstanden, nickt, will schon einsteigen, als sie zwei oder drei Waggons weiter Matrosen an den Fenstern entdeckt. Sie macht ein Zeichen in Richtung der tüchtigen Jungen, ihr Abteil sucht sie sich selbst aus: dort entlang … Dann lehnt sie sich aus dem Zugfenster, fühlt sich wohl, ist zufrieden.

»Gute Reise«, hebt Anita an, die kaum erwarten kann, dass der Zug abfährt, aus ihrem Blickfeld verschwindet.

Da versucht Mondo, sich auf die Zehenspitzen zu stellen, er muss seiner abreisenden Frau noch eine letzte Sache zuflüstern.

»Hab ich dir schon gesagt, dass ich es geschafft habe, Bruto den Kapitän der *Ruhestörung* wegzuschnappen? Er bekommt gutes Geld von mir, der Kapitän der *Ruhestörung*, mehr als siebenhundert schöne Scudi, damit kann er sein Boot auf Vordermann bringen.«

Andreana segnet das strahlend ab, dankt ihm und fragt, warum es nicht losgehe.

»Es wird Fisch aufgeladen«, antwortet Anita. »Wie immer bei uns am Bahnhof …«

Andreana folgt dem Blick der Tochter und sieht, wie der Kollege aus Comacchio die Abreise einer Ladung hölzerner Konserven überwacht.

Da fällt ihr ein, dass der Kollege aus Comacchio sie aus der Fabrik verscheucht hat. Sie verzieht den Mund.

»Gebt keinen rosa Fisch in Euren Brodetto«, mahnt sie mit gesenkter Stimme. »Solchen Fisch isst man nicht, nicht mal den Katzen gibt man ihn, das solltet Ihr doch wissen …«

Als ein Zittern den Zug erfasst, zuckt die Reisende zusammen. Sie hat sich an das Bild vom Handel, vom aufzuladenden Fisch gewöhnt und wünschte beinah, es wären viele Kisten. Sofort wendet sie sich lächelnd an die Tänzerin: »Passen Sie bitte auf meine Anita auf.« Dann lächelt sie Anita zu: »Pass du bitte auf das Haus auf.« Ihrem Mann kann sie gerade noch zurufen: »Ihr kümmert Euch bitte um die Sache mit dem Kapitän der *Ruhestörung*!« Höchst zufrieden lässt Andreana sich nieder und bemerkt, dass ihr gegenüber ein bildhübscher Matrose sitzt, Augen, Haare, Zähne, Haut, alles derart mediterran, dass sie nicht anders kann, als ihm zustimmend zuzunicken.

Im vorwärtseilenden Zug wimmelt es nur so von Matrosen, einer der sonderbarsten und angenehmsten Eindrücke ihres Lebens. Da hat sie eine Eingebung und fragt, ob nicht einer von ihnen in der Hafenkommandantur stationiert sei. Die Jungen, deren Urlaub nun vorbei ist, zucken die Schultern, als fänden sie die große Kommandantur so lala und zögen ihr das riesige, bedeutende Arsenal dort unten im Castello-Viertel bei Weitem vor.

»Ich wohne praktisch in der Kommandantur«, sagt zuletzt ein winziger, etwas griesgrämig wirkender Matrose, der bisher geschwiegen hat.

Oh, endlich! Ob er einen Matrosen kenne, soundso groß, Augen soundso, Haare soundso, Nase und Mund soundso, der Wachdienst habe, dem es nicht an Geld fehle, womöglich ein Schützling des Vizekommandanten?

»Pagan?«

»Pagan, genau der. Das ist mein Sohn.«

Doch der Matrose kann leider nichts zum Sohn der Signora beitragen, sie sind nicht befreundet.

Andreana verstummt. Unzufrieden dreht sie den Kopf zum Fenster, als wolle sie sich zurückziehen. Von Chioggia aus könnte sie eine Stippvisite nach Venedig machen, sogar mit dem Vaporetto, und was für eine Freude, so denkt sie, in Venedig anzulegen, was für eine Aufregung bei ihrem Überraschungsbesuch in der Kommandantur …

In Rovigo heißt es Lebt wohl, schöne Matrosen.

Andreana muss nun aussteigen, die Reisetasche in der Hand, und mit jenem armseligen Zug vorliebnehmen, der nur wenig Lust zeigt, sich nach Chioggia vorzukämpfen – aber er steht im Fahrplan, schwarz auf weiß steht er da, und er erreicht sein Ziel.

Kapitel XI

Auf dem Weg vom Bahnhof zur *Calletta* Cipriotto stellt Andreana etwas verwundert fest, dass sie während der langen Reise, sechs Stunden waren es, zwar alles Mögliche getan, aber keinen Gedanken an die wichtigste Person verschwendet hat, die arme Tante, die im Sterben liegt.

Ihr Blick fällt, wie getrübt, auf eine Kritzelei an der Wand des Eckhauses, hinter dem die Gasse ihrer Träume vom Corso abzweigt: Dort hat jemand, vielleicht ein Schiffsjunge, mit Pech in groben Strichen ein Segelboot aufgemalt, und darunter steht in großen, ebenfalls pechschwarzen Buchstaben: Hoch lebe Pagan. Wer wohl dieser Pagan ist, den man auf Chioggias Mauern hochleben lässt? Sie weiß es nicht, und sie wird es nicht erfahren, auch nicht danach fragen, aber der Anblick ist sehr erfreulich. Ihr gefällt, dass es in Chioggia noch heißt: Hoch lebe Pagan.

Die *Calletta* Cipriotto.

Das alte Haus von Tante Felice, abgeblättert wie die andern, in der Farbe des Trubs im Wein: zwei riesige Schornsteine, einer sieht aus wie ein Zylinder, der andere wie ein Kegelstumpf. Ihr ist, als raunten die offene Tür und der trostlose Flur ihr teilnahmslos zu: »Warum so spät, Andreana, warum? Tante Felice ist heute Nacht gestorben.«

Als aber sonderbare Stimmen, sonderbare Töne aus dem ersten Stock zu ihr herunterdrangen, erkannte sie das Gegacker der Frauen von der Gasse, und kurz darauf hielt eine Art von eintönigem Klagegesang, der immer schleppender, immer langgezogener wurde, sie auf dem Treppenabsatz vor der angelehnten Tür zurück.

Durch den Spalt zwischen Tür und Pfosten sah sie, dass *Àmia* Felice, ihre Felice, in einem Sessel saß und sich lachend am Gesang erfreute. (Die Tänzerin hatte also Recht …) Sie wurde von drei Frauen unterhalten. Eine saß mit Spielkarten am Tisch, die andere lehnte wie beschwipst an der Wand, die dritte kauerte bei der Alten, als hätte sie ihr gerade die Füße gewaschen. Eine sagte: »Nu setzen wer uns alle hin – ans erste Feuer im Kamin«; es antwortete die Frau zu Füßen der Tante, entschlossen, sich mit Belanglosigkeiten zu vergnügen: »Hering gibs nu überall – die Körbe aufm Markt sin voll«; die Frau mit den Karten fiel in dies neue Spiel mit einer Verbeugung, vielmehr einem »szönen Bückling« ein, den die Kranke mit leichtem Nicken erwiderte: »Paron Bepo hinnerm Ztand, gibse dir gleich auf die Hand.« Dann setzte sich die offenbar Beschwipste ans Fenster und begann, zum bloßen Zeitvertreib Glasperlen aufzufädeln, wie eine Perlenfädlerin im Castello-Viertel in Venedig. In diesem Augenblick stieß die Reisende die Tür auf und sagte in perfektem Chiozotisch (womit ihre Kenntnisse so gut wie erschöpft waren):

»Wieso zolch Getuszel, Gehusze, Gewiszel?«

In der Mitte des Zimmers blieb sie stehen, ohne ein Lächeln, starr und stolz, und wartete auf den Wink, doch näher an den Sessel der Befehlshaberin heranzutreten. Mascha hatte also Recht gehabt: Die *Àmia*, ihre Felice, war gar nicht tot, im Gegenteil, sie fand Spaß daran, sich wie ein Kind zu vergnügen, mit jungen Frauen von der Gasse, die zur Unzeit Sankt Martin sangen und für jede Art von Dienst zu haben waren.

»Ich dachte, du kämst nicht«, hob die Alte in feinem Italienisch an, mit einem Hauch von Ironie gegenüber der Verwandten, die einen ihr fremden Dialekt gesprochen hatte. »Treten Sie näher, lassen Sie sich anschauen. Du bist es wirklich, Andreana …«

Küsse zur Begrüßung gab es keine, und Andreana lernte auch dies: Dass Menschen sich nach zwanzig oder nach vierzig Jahren wiedersehen können, ohne sich zu küssen oder auch nur die Hand zu geben.

»Einen von den großen Stühlen«, verlangte die Alte von einer der drei Frauen, sie wählte absichtlich jene, die schwanger war, und der Stuhl sollte zu ihrer Rechten stehen und ebenfalls auf die Frauen blicken (die nicht fortgehen, nicht einmal den Platz wechseln durften).

»Gut, setz dich hierher. Jetzt sag, war die Reise angenehm?«

»*Siora àmia*, offen geztandn …

Die Tante verzog das Gesicht. Ihr missfiel diese Hartnäckigkeit, sie erinnerte an Andreanas Sohn, der aus Venedig gekommen war, um sich hundert Lire zu erschleichen; diese Art, sich beliebt zu machen, bei der reichen Verwandten einzuschmeicheln, die ihr Geld schon nicht den Mönchen vermachen würde.

»Jetzt sehe ich dich gut«, die Nichte wurde den Frauen präsentiert, »du bist auch schon in die Jahre gekommen. Dabei solltest du doch frisch sein wie eine Rose, du schreibst, du hast zum zweiten Mal geheiratet. Erzähl mir alles ganz genau, auf Italienisch.«

Gerade wollte Andreana mit ihrer Geschichte beginnen, da fiel ihr die Alte ins Wort, als sei ihr alles gleich, und fragte sie, ob sie denn das Zimmer wiedererkenne, wo alles unverändert sei; aber auch diesmal wartete sie die Antwort nicht ab: Ihr war aufgefallen, dass die Bordüre, die um das kleine Geländer des Rauchfangs herumlief, an den Rändern nicht nur verknittert, sondern auch ausgebleicht war, weshalb sie sich der Schwangeren zuwandte und ihr mit übertriebener

Dringlichkeit mitteilte, »der Ztoff am Kamin« müsse ausgewechselt werden.

»Der Ztoff am Kamin«, wiederholte die Schwangere ohne ein Ja oder Nein. »Der Ztoff am Kamin …«

Nun ist der Moment gekommen, die Alte stellt ihren Hofstaat vor. Das da ist die Cioci, eine Art Krankenschwester-Dienstmädchen, nicht aus Chioggia, sondern aus Caorle, das ist die Pina, die Wäscherin, ihren Worten nach der »Aszenlauge« überdrüssig, und die Schwangere, die Glückliche, heißt Fortunata … Andreana lächelte und sah Fortunata dabei zu, wie sie zum Wasserkrug ging, ein Töpfchen hineintauchte und aus dessen Schnabel trank. Den Rest schüttete sie wieder zurück. Dieser sparsame, beinah anbetungsvolle Umgang mit dem Wasser erinnerte Andreana daran, dass sie tatsächlich in Chioggia war, wo die Brunnen um vier Uhr nachmittags verschlossen und erst am nächsten Morgen um sieben wieder geöffnet werden.

Die Alte berichtete indes, mit etwas gesenkter, aber vollkommen ungerührter Stimme, dass sie einige Messen am Lieblingsaltar der Sardinenfischer habe lesen lassen, und zwar vor allem, weil auch *er* mit Sardinen gehandelt habe. Und ihr zweiter Mann? Handelte auch ihr zweiter Mann mit Sardinen, war er also der großen Güte des heiligen Pius, des Schutzpatrons der Sardinenfischer würdig?

So kamen sie auf die Kinder zu sprechen. Fortunato sei noch in Venedig …

»Erzähl mir lieber von deiner Tochter«, unterbrach die Alte sie barsch – den Matrosen hatte sie des Geldes wegen in schlechter Erinnerung.

Seine Mutter begriff – und begriff doch nicht. Sie begriff, dass die Sympathien auch hier der Tochter galten, und versuchte, ihren Benjamin wieder an die erste Stelle zu rücken. »Mein Fortunato …«

»Was macht deine Tochter? Wie heißt sie?«

»Sie heißt Anita, Tante Felice, als Andenken an General Garibaldis erste Frau, ihr haben damals Fischer aus Chioggia geholfen, herzensgute Leute …«

»Ist sie zu Hause geblieben? Wer passt auf sie auf?«

»Wer auf sie aufpasst? Wisst Ihr, Tante Felice, Anita hat sich gerade mit einer Tänzerin angefreundet, die den Sommer über …«

»Eine Tänzerin passt auf sie auf?«

Mit viel Takt, viel Geduld erklärte Andreana, um wen es sich eigentlich handelte, nämlich um eine echte Einheimische bescheidener Abstammung, eine Fischerstochter, die bis zu ihrem elften Lebensjahr Dienstmädchen und Tellerwäscherin gewesen war, aber einen hellwachen Verstand besaß und daher sehr rasch zu einer äußerst kundigen Person herangewachsen war, gewissermaßen eine Autorität, ein »Kuriosum« ihrer Stadt … Die Alte erwiderte nichts, ließ aber nicht locker. Sie drehte den Kopf in Richtung der Schwangeren, die gerade einen weiteren Schluck getrunken hatte und den Rest wieder zurück in den Krug schüttete. Anscheinend bereitete es ihr Freude, eine vollkommen Unbeleckte zu Rate zu ziehen:

»Ne Tänserin, was meinsu dasu?«

»Ahhh!«, stöhnte die Frau am Krug und versuchte, ihr gequältes Gesicht hinter dem Töpfchen zu verbergen.

Andreana verließ Tante Felice und ging einen Schritt auf die qequält Dreinblickende zu.

»Nein, nein, Ihr müsst nicht denken, dass alle Tänzerinnen … Wo bringt Ihr denn das Kind zur Welt? Im Krankenhaus?«

»Im Krankenhaus«, wiederholte die andere voller Stolz, als unterstreiche sie ihr Recht auf eine kostenlose Geburt, kostenloses Leid, auch einen kostenlosen Tod.

Später brachen die Frauen auf und eine Kirchenglocke ertönte. Eine Glocke, von der man nicht wusste, ob sie einen Gottesdienst, ein einfaches Avemaria oder einen Feiertag ankündigte: Andreana erkannte ihren Klang und sah sich in jene seltsame, uralte und gänzlich neue Welt versetzt, wo sie mit einer Matratze ein Bragozzo bestiegen hatte, und sie war wieder jung, trug wieder ein Kind im Bauch.

»Die *Muneghette*«, sagte die Tante.[36]

»Die *Muneghette*«, wiederholte Andreana im Stillen.

In der Nacht erlitt die Tante einen Anfall, und Andreana begriff, warum sie hier war, wegen jener fürchterlichen »Leberkoliken mit wiederkehrender Entzündung der Gallenblase«, wie es ihr der Arzt persönlich erklärte. Schmerzen, so heftig wie Messerstiche, am unteren Rand der vergrößerten und verhärteten Leber, wo die dicke Gallenblase, einem Apfel gleich, deutlich ertastbar war.

»Oh«, sagte Tante Felice kurzatmig und schweißübergossen, als die unbeugsame Krankenschwester den Einsatz der Medizin (des Pantopon) begrenzte, weil die Vorräte in allen Apotheken der Stadt aufgebraucht seien: »Wir müssen die Cioci zur Piazzetta Vigo schicken, weißt du, wo immer der ›Überbringer‹ Chiereghin wartet, der zwischen Chioggia und Venedig hin und her pendelt, am Landungssteg nimmt er die Aufträge entgegen. Wir müssen sofort fünf oder sechs Schachteln beim Überbringer Chiereghin bestellen …«

»Der Überbringer Chiereghin?«

»Du kannst ihn nicht kennen. Der, den du meinst, ist an Schwindsucht gestorben: der Überbringer Voltolina.«

»Nein, nein. Ich dachte, ich könnte den Überbringer Chiereghin vielleicht mit etwas anderem beauftragen. Rüberschicken wollte ich ihn in die …«

»Wohin?«

»In die Hafenkommandantur …«

»In die Hafenkommandantur?«

»Ja, in die Kommandantur, zu meinem Fortunato.«

Da fiel ihr die Alte ins Wort, die sogar bereitwillig auf die Freuden des mysteriösen Pantopon verzichtete, solange Andreana nur sitzenblieb und sich auf ein anderes Gesprächsthema einließ: wie etwa die Reichtümer einer Pagan, ihre *Valli* in der Lagune von Caorle und nahe der Mündung der Etsch, Brackwasserbecken, die sie verpachtet hatte und die ihr viel Geld einbrachten. Das war ihr Gutsbesitz, Gutsbesitz aus Wasser, von dem die Pächter zehrten, wie auch sie von den Pächtern zehrte: Andreana musste nämlich wissen, dass die Jungfische auf der Suche nach guten Weiden in seichte, ruhige Gewässer wandern und so in die Abgrenzungen der *Valli* gelangen. Wenn sie dann größer sind und wieder fortschwimmen wollen, finden sie die Schleusen verschlossen. Wie? Wusste sie denn nicht mehr, dass die alteingesessenen Pagan alle möglichen Arten von *Valli* besaßen, unbefestigte Fischgründe, Becken, die mit Dämmen und Schleusen kontrolliert wurden, und auch die *a seragia* genannten, mit Sperrnetzen umhegten Fischgründe, deren Wasserpegel dem der Lagune entsprach? In ihre Gewässer strömte der Jungfisch, in ihre Schubladen strömte das Geld, und sie sprach bewusst nicht über die Nachteile der Fischerei in den *Valli*. Andreana lauschte schweigend. Die ganze Zeit über starrte sie auf das Laken, auf Initialen, zwischen denen ein roter Anker prangte. Nun wusste sie es wieder, in der Stadt der zweitausend Bragozzi waren Anker selbst im Monogramm der Wäsche heilige Pflicht. Vor lauter Warterei, so kam ihr vor, wurde sie ausfallend: »Ach ja? Sie haben also keine Lust zu gehen, *Siora* Felice Pagan? Dann gehe eben ich, ich mache eine Runde durch Chioggia, und danach nehme ich das Vaporetto …«

Die Kranke erhob sich und nahm erneut ihren Sessel in Beschlag. Sie beteuerte, dass es ihr inzwischen besser gehe als zuvor, noch zwanzig weitere Jahre wolle sie leben, und die besagten Brackwasserbecken in der Lagune von Caorle, die behalte sie alle für sich. In einem der Becken weideten vorzügliche Meeräschen, des Nachts mit leerem Magen gefangen seien sie exzellent: Denn leer sei der Magen das »beste Ztück« an der Meeräsche, das wisse schließlich jeder, nicht wahr?

Als der Sturm abgeflaut war, kamen wieder die Gassenweiber herauf. Da war die Wäscherin, wie eh und je der Aschenlauge überdrüssig, da war Fortunata, die sich sofort hinsetzte, um einen weiteren Flicken auf die Hosen ihres geliebten Bräutigams zu nähen, den sie »den Davide« nannte, wie Pina ihren Hünen »den Checco« rief. Die Hosen der Bragozzo-Fischer wogen schwer wie Blei, waren sie doch berühmt für ihre übereinander genähten Flicken. Die Frauen weigerten sich nämlich beharrlich, löchrige Stoffstücke wieder abzutrennen: je mehr Stoff, desto wärmer die Hosen, so ihre Meinung.

Andreana trat näher, sagte, dem stimme sie zu, aber sie lauschte ohne Lächeln auf den Lippen, enttäuscht und abweisend, da sie sich wie ein Spielball des »Juckns« und der Leber von Tante Felice fühlte und darüber nachgrübelte, wie sie diesem Gefängnis, dieser Falle am schnellsten entkommen konnte. Die wiederauferstandene Tante Felice hingegen war offenbar heiterster Stimmung und ermunterte die Frauen zum Plaudern, zum Singen, zu Darbietungen. Da fiel der Pina das Lied vom Seemann ein, der sagt, er habe dem Wind seine Segel geschenkt: Schenkt er sie dem Schirokko, ankert sein Boot in Malamocco, schenkt er sie der Brise vor der Marina, ankert sein Boot in Pellestrina.[37] Andreana hatte ihren Groll abgeschüttelt und beteiligte sich:

»Mein Chioza, szön und königlich,
acht Wunder, derer rühm ich dich …«

So sang die alte Màlgari dort im Süden, wenn sie von der Stadt ihres Herzens träumte, an der sie weiter hing, ohne sie je wiedergesehen zu haben: Aber welche waren nun die acht Glanzstücke, auf die im Hause Pagan ein Loblied zu singen wäre? Eine der Frauen stand auf, warf die Hosen vom Checco oder vom Davide auf ihren Stuhl und sagte, es gehe um Folgendes:

»Ein szönes Kastell mit Blick aufs Meer,
von Salinen da kommt's Salz für uns her,
eine szöne Loggia, Ztolz der Paraden,
ein szöner Platz, wo die Bürger flanieren,
ein szöner Palast mit allerlei Dienern,
eine szöne Uhr, die Ztunden zu szlagen,
eine szöne Madonna gar wundersam,
szon so mancher Galan in Chioza ward zahm.«

Kaitel XII

Um etwas ganz Extravagantes und Originelles zu machen, drehte Mondo, von einem Zimmer zum nächsten wandernd, überall, auch in der Küche und im Klosett, die Wasserhähne auf: Ihm war, als erwecke das Wasserrauschen, das nun im ganzen Haus erklang, den Eindruck von Vornehmheit und Frische, wie das unablässige Plätschern der Brunnen in großen Villen, in den Innenhöfen von Königspalästen und Harems.

Nachdem jene Musik zwei oder auch drei Stunden erklungen war, sagte Mascha: »Jetzt ist es genug«, im Ton einer Odaliske, die erfolgreich ihren Sultan bezwingt.

»Ja, genug«, sagte Anita zur Màlgari, der Mondo zweierlei Joch auferlegt hatte, sie trug nun eine weiße Schürze und war ins Haus gezogen: »Màlgari, los, dreht die Hähne zu.«

Mondo tat so, als gefalle ihm, dass die beiden so vernünftig waren und der Wasserverschwendung ein Ende setzten. Zwei Frauen und er, allein in einem schönen neuen Haus. Zwei junge Frauen, die ihm zulächelten, ihn umgarnten, ihn wie einen Sultan hofierten. Warm war es. Würde Mascha nicht jeden Augenblick näherkommen und ihm mit einem imposanten Fächer aus Straußenfedern Kühlung verschaffen – wenn es nicht gar ein päpstliches Flabellum war?

Mascha hingegen dachte daran, dass sie dieses Haus vor zehn Jahren noch als Dienstmädchen betreten hätte, kaum zu glauben, dass es beinah eine Luxusvilla war. So viel Sauberkeit machte sie rasend: Am liebsten hätte sie die Korbsessel zertrümmert, die Samtkissen aufgeschlitzt, die Nachbildung von Antonio Canovas *Amor und Psyche* im Esszimmer zerschmettert; eine nach der anderen würde sie die Majolikafliesen im Klosett – der Stolz des Fischhändlers – herunterreißen, denn auch ein Fischhändler hatte schmutzig zu sein. Andererseits wusste sie, dass Mondo, wie fast alle seine Kollegen, seine Notdurft weiterhin heimlich am Strand verrichtete, weil er sich weigerte, dies Glanzstück von reinlichem Örtchen zu entweihen.

Auf einmal kam Mascha der Gedanke, das makellose Weiß könnte ein erstes Anzeichen vom Niedergang ihres Fischhändlers sein: Und um ihn zu bezirzen, sich seiner Gunst zu versichern, beschloss sie, ihm ein Portrait von sich im Scheherazade-Kostüm zu schenken, metallene Gürtel, Platten auf der Brust, perlenbesetzte Netzstrümpfe, Schleier, Ketten – samt der Widmung:

»*Für Mondo, Fischhändler ›hors ligne‹,*
in Bewunderung
MASCHA«

»In Bewunderung! Herrje, Marialein, so viel verdiene … erwarte ich gar nicht … ich habe einfach nur getan, was ich konnte …«

»Hört mal, Mondo: Wie läuft es mit dem Brodetto aus der Dose?«

»Da fragt Ihr noch? Ein Triumph! Wir schicken Konserven in die ganze Welt.«

»Eure Frau ist fort, Anita ist es egal und mir könnt Ihr alles sagen. Wo liegt das Problem? Ist es der Inhalt oder die Konstruktion?«

»Der Bottich. In Comacchio haben sie mich betrogen.«

Da die kleinen Bottiche aus dickem, Feuchtigkeit absorbierendem Holz (kanadische Pappel) gefertigt waren, saugten sie in der Praxis einen beträchtlichen Teil der Sauce auf, was den Brodetto trocken machte. Außerdem: Jeder Kunde stand vor dem Problem, wie eine solche Konserve zu öffnen sei, und jeder löste es auf seine Weise, nicht ohne einige Spritzer der roten Sauce in die Augen zu bekommen. Handelsvertreter, Ladenbesitzer, Lageristen reklamierten erst, dann retournierten sie die Ware. Einige wollten ihr Geld zurück.

»Ich habe noch mit keinem Menschen darüber gesprochen. Wenn Andreana da wäre, hätte ich sie um Rat gefragt und wir hätten beschlossen ...«

»Was hättet Ihr mit Andreana beschlossen?«

»Ich habe aber auch ohne sie überlegt ...«

»Ob Ihr auf Euren schönen Traum vom Brodetto aus der Dose verzichtet?«

»Jetzt kann ich noch davonkommen. Ich muss abwickeln, den Kollegen aus Comacchio loswerden ... Wisst Ihr, falls wir die Gesellschaft auflösen, wird der Kollege ... Warum schaut Ihr mich so an?«

»Weil Ihr mich anwidert, wollt Ihr wissen, warum? Weil Ihr ein Feigling seid, ein Deserteur, einer, der einen Schuss in den Rücken verdient hätte. Sobald es schwierig wird, gebt Ihr auf, jawohl. Anita? Kommt einmal her – wo seid Ihr? Glaubt Ihr, dass Eure Mutter die Fischsuppe jetzt abwickeln würde?«

Anita beteiligte sich, das ja; da sie aber immer aufs Neue zu Rate gezogen wurde, stellte sie sich dumm und tat, als sei sie der Ohnmacht nahe.

»Ach, hört doch auf!«, sagte Mascha fuchsig. »Wo wären denn die großen Männer, die *Businessmen*, wenn sie sich so aufgeführt hätten, wenn sie gesagt hätten: Ich hatte mal einen Traum, den Traum vom Brodetto in der Dose, aber lassen wir's gut sein?«

»In Comacchio haben sie mich betrogen«, ächzte Mondo mit leerem Blick. »Das Holz … die Bottiche taugen nichts …«

»Und das ist alles? Meint Ihr nicht, dass Ihr jetzt etwas Neues erfinden solltet, eine Dose, genial und praktisch, ganz anders als die Konserven sonst? Aus Blech, zum Beispiel …«

Verdrossen und erfüllt von der Autorität seiner Verdrossenheit ließ Mondo sich in einen Sessel fallen, während die Tänzerin ihn im Auge behielt und, ihrer Sache gewiss, wie zerstreut nach einer Zeitung griff.

»Da haben wir's! Ein Fischereikongress«, sagte sie, die Zeitung in der Hand, und gratulierte sich zu ihrer beängstigenden Gewandtheit in der Kunst des Themenwechsels. »Habt Ihr das gesehen, Mondo? Oder fahrt Ihr etwa nicht hin?«

»In Genua, ich weiß«, der gute Mann, gleich wieder milde gestimmt, hatte angebissen. »Ein wichtiger Kongress, die größten Fachleute aus dem ganzen Land kommen dort hin, es geht um die motorisierte Fischerei, um die Interessen der Industrie und der Fischhändler. (Ehrlich gesagt bin ich gegen Diesel …) Aber … aber wenn ich nach Genua fahren würde und am Kongress teilnehme …«

»Eine großartige Idee. Würdet Ihr nicht gern einen Vortrag halten?«

»Und wer schreibt mir den?«

»Glaubt Ihr etwa, ich kann nichts schreiben zur motorisierten Fischerei? Anfangen könntet Ihr zum Beispiel so: ›Es ist lobenswert, dass die Problematik der Fischerei mit motorisierten Kuttern hierzulande erörtert wird … Und dass die Sorge um diese wichtige Branche Einzug ins allgemeine, also nationale Bewusstsein hält …‹«

Mit einem Ruck drehte Mondo sich zu ihr um: »Eine außergewöhnliche Frau!«, sagte er verzückt.

Gedankenverloren schien Mascha bereits Sätze für einen Vortrag in Genua zu formulieren, während sie in Wirklichkeit über etwas ganz anderes nachdachte: darüber nämlich, wie sie den Unglücklichen wieder ins Haus der Fischhändler-Sirene, der berühmten Filòdima locken könnte, die niemand mehr zu fürchten brauchte, war sie doch fett geworden, die Arme, und alt … Scharwenzelnd kam die Ballerina näher, schmeichelte dem in die Jahre gekommenen Hünen, umgarnte ihr Opfer, machte einen Tanzschritt, erzählte, dass sie gestern eine der Damen besucht habe, bei denen sie früher ein einfaches Küchenmädchen gewesen war; aber die Zeiten hatten sich geändert, die Filódima wohnte jetzt nicht mehr hinter dem Fischmarkt, sondern in einem einstöckigen kleinen Haus, Geschenk eines Fischhändlers, im neuen Viertel beim Parco della Rimembranza, dort, wo zum Gedenken an die Kriegsgefallenen ein paar symbolische Pinien standen, noch waren sie sehr klein, ja, aber in zwanzig oder fünfundzwanzig Jahren …

»Ja, das hat auch die Filòdima gesagt: sehr mickrig. Sie ist eine herzensgute Frau. Ja, Mondo, eine Frau, die Euch wirklich gernhatte. Wahrscheinlich war sie über die Jahre mit, sagen wir, einem halben Dutzend Fischhändler liiert, aber wirklich gerngehabt hat die Filòdima nur einen.«

»Mich.«

»Euch.«

»Ich habe meiner Andreana versprochen, nie mehr dorthin zu gehen. Und auch meiner ersten Frau, meiner seligen Eva, habe ich es versprochen.«

»Da habt Ihr recht. Als Chef einer großen Firma widert Ihr mich an, hinterrücks erschießen lassen würde ich Euch. Was Eure Gefühle angeht, da verstehe ich Euch, das respektiere ich. Natürlich dürft Ihr die Einladung nicht annehmen, wenn Ihr es Eurer Andreana und auch Eurer seligen Eva hoch und heilig versprochen habt. Falls Ihr aber einen Brodetto probieren wollt, der noch besser ist als Euer eigener, dann seid Ihr ganz offiziell eingeladen, das soll ich Euch sagen. Anita wird kommen, zum Parco della Rimembranza.«

»Sie wird kommen?«

»Es hat nicht lange gedauert, sie zu überzeugen. Ihr wisst ja, sie ist eine moderne Frau.«

»Und ich? Bin ich nicht modern? Verfluchtes Pfaffenpack, Hundsfötte verdammte, bin ich etwa nicht modern?« Kurze Stille. »Das stimmt, das glaube ich: Nur mich hat sie gerngehabt ...«

Die Tänzerin, ebenso mager wie ein ausgelutschter Heuschreckenkrebs, nahm es nicht übel zu hören, dass eine Frau nun einmal *dick* sein müsse, um schön zu sein, und eine dicke Frau sich im Bett gut mache. Der Ruhm der Filòdima, auch »Prachtweib« genannt, hatte ein gutes Vierteljahrhundert angedauert, es war der Ruhm einer schönen Frau, die sich immer mit großer Sorgfalt um ihr Bett gekümmert hatte – um das Tuch ihrer Laken, die Wolle ihrer Matratzen. Und dann sagte Mondo, dass »Ideale« doch nicht so einfach vergehen: Jene Augen, die so viel gelockt und gestrahlt hatten, strahlten und lockten wie eh und je, ihre Pfeile trafen auch jetzt noch ins Schwarze.

Auch die Filòdima war Witwe, und ihr Mann, ein Fischhändler, recht erfolgreich gewesen, was er ihren Künsten verdankte, dem Lächeln und den Verheißungen, mit denen sie seine Kollegen angelockt, sie bezirzt und verwirrt und in den Ruin getrieben hatte. Inzwischen war die Sirene der Fischhändler ein blasses, schlaffes Geschöpf von fast fünfzig Jahren, das mit ein paar teuren Kosmetikprodukten so gut es eben ging die Fassade erhielt. Sie war rundlich und üppig, wie es den Bewohnern des Fischerorts gefiel, auch mit dem ein oder anderen Leberfleck gesegnet, und sie wurde als ordentliche Hausfrau gelobt, obwohl manch einer anmerkte, dass sie das Haus nie verlasse, wie eine Dirne.

Als Mondo nun jenes ihm gut bekannte Esszimmer betreten sollte, wo er schon andere Male zwischen der Filòdima und ihrem verstorbenen Mann Platz genommen hatte, war ihm ein wenig schwummerig zumute, als lockten die Tänzerin und das »Prachtweib« ihn in eine Falle, als wolle das Prachtweib sich rächen und ihn abkanzeln.

Doch er irrte sich. Zum Mittagessen bei ihrer ehemaligen Herrschaft trug Mascha ein dekolletiertes Kleid aus silbernem Lamé und dazu silberne Schühchen – keiner fragte sich, ob Eitelkeit oder eine bizarre Laune, Sarkasmus oder vielleicht Berechnung sie dazu trieben, war es doch richtig und nur allzu verständlich, dass sie dort, wo sie einst als Küchenmädchen geschuftet hatte, nun in eleganter Robe erschien. Es handelte sich um ebendas silbrige Kleid mit Straußenfederschmuck, das sie auch auf der Terrasse des Grand Hôtel an der Seite des Fischhändlers Drudi getragen hatte: Das grüne Büschel auf ihrer Schulter wuchs, einer Pflanze ähnlich, nun noch üppiger empor und ließ eine Schnalle aus Strass hervorblitzen. Nur ihre schwere spanische Stola trug Mascha diesmal nicht. Stattdessen hatte sie ihr schmuckes Galakleid auf dem Weg unter einem schlichten Spaziermantel verborgen, ein etwas ordinärer Ersatz für den Hermelinumhang, den sie noch immer nicht besaß.

Die bloßen Arme und der Rücken, nackt bis zum Steißbein, zeitigten Wirkung: Die Filòdima tat schamhaft und hielt sich die Augen zu, während Mondo sich in der Rolle des modernen Mannes gefiel, der auch die maßlosen Launen der mondänen Welt hinnimmt.

Das »Prachtweib« lächelte jetzt wie ein junges Mädchen, bejahte oder verneinte, je nachdem, wie es ihrer Meinung nach erwartet wurde. Eine Zurückhaltung, Schlichtheit, Fügsamkeit, ein beständiges Staunen … Schämte sie sich etwa für ihr eigenes Aussehen, das bisschen Puder, das bisschen Farbe? Oh, Mondo, er hingegen halte sich gut! Unser größter Fischhändler: Und dann sei da das große Geschäft mit dem Brodetto aus der Dose, in ganz Italien habe es ihn berühmt gemacht. Und die kleine Maria, oder Mascha, auch sie eine Berühmtheit in ganz Italien. Und Anita, die schöne Stieftochter, überall für ihre Bildung bekannt, und heute warum auch immer so bescheiden gekleidet. Nur sie selbst, die arme Filòdima, sei eine große Banausin, sie gehe nicht aus dem Haus, nicht ins Kino, habe keinerlei Kontakt – und vor allem sei sie nicht berühmt. Der Mönch, der jeden Samstagvormittag hier vorbeikomme, sage … Sie wusste es nicht mehr. Sie hatte vergessen, was der Mönch sagte: Ihr Kopf war schon wirr.

»Bitte entschuldigt mich. Ich habe jetzt keine Hilfe mehr, nicht mal eine Fischerstochter zum Tellerwaschen.«

Als sie zurückkam, trug sie den Tontopf mit dem dampfenden, noch brodelnden Brodetto gleichsam unter Mühen in beiden Händen, und nachdem sie ihn in der Mitte des Tischs auf einer Art niedrigem Dreifuß abgesetzt hatte, zeigte sie ihre Finger: verbrannt wie die eines Dienstmädchens. Dann verteilte sie die Plätze, indem sie jedem eines der Meerestiere zuwies, die in grellen, wunderlichen Farben auf den Tellern prangten: Die Tänzerin erhielt also die Seezunge, Anita den prächtigen Steinbutt, der Fischhändler einen Krebs; sich selbst hatte die Hausherrin den Oktopus vorbehalten, als wolle sie damit sagen, dass solch bewegliche Tentakel einst auch von ihrem zupackenden Herzen in alle Richtungen gegangen waren.

»Ihr erlaubt«, sagte sie zu Mascha, der die Suppe eigentlich als Erste gebührte. »Mondo, Ihr erlaubt, dass ich etwas für Euch herausfische. Anita, ein Stück Rochen?«

Kaum hatte Mascha gekostet, ließ sie schon die Arme herabfallen und schien einer Ohnmacht nah, so außergewöhnlich und würzig schmeckte die Tunke.

»Mondo, da könnt Ihr einpacken, Ihr und der Kollege aus Comacchio: Das nenne ich einen Brodetto.«

»Wohl wahr, wohl wahr«, der große Kenner gab sich auf ritterliche Weise geschlagen. »Unsre Filòdima hat die Nase vorn. Wenn wir dieses Aroma nach London, nach Paris exportieren könnten ...«

»Nach New York«, sagte Anita.

»Nach Kalkutta«, echote die Ballerina.

In Wahrheit kostete und lobte keiner von ihnen den Brodetto mit Überzeugung. Die Filòdima wiederum ließ die Damen beim Rotwein außen vor. Dennoch war es nur passend, dass an dieser Tafel über die Zubereitung von Brodetto gesprochen wurde, über die unverzichtbare bunte Mischung von Fischen, über die Heuschreckenkrebse, die Petersilie, die dem Sud die Würze verleiht (keine scharfen Paprikaschoten; aber etwas Selleriegrün, warum nicht?), über den krönenden Schuss Essig: Und die drei Frauen wetterten gegen das Pülverchen, das in der Dosensuppe zum Einsatz kam und von ihnen »diese Schweinerei«, »diese Schweinerei von Bikarbonat« genannt wurde.

»Salicylsäure, meint ihr wohl. Ja, das war ein Fehler, aber in der letzten Zeit haben wir schon überlegt, gar keine chemischen Konservierungsstoffe mehr zu benutzen; wir haben gemerkt, dass durch das Vakuumieren von Behältern beziehungsweise Konserven ...«

Geschmeichelt vom Wohlwollen und der Anschmiegsamkeit dreier Frauen, die sonst gewiss nicht einfach waren, kam Mondo vom Hölzchen aufs Stöckchen und erklärte, wie das bereits erwähnte Vakuum erzeugt wird, wie die Konserve, indem ein Tropfen Zinn ihre kleine Öffnung verschließt, vollkommen dicht und luftleer zurückbleibt. Dann spülte er sich den Mund mit einem weiteren Schluck Rotwein, kam wieder aufs Kino zu sprechen, versuchte, zwei Brötchen auf Gabeln zu spießen und sie tanzen zu lassen, wie er es bei Charlie Chaplin in *Goldrausch* gesehen hatte. Die Filòdima sah ihn mit sonderbarem Ausdruck an: reuig, beinah verzückt, als erläutere er das Evangelium, worauf sie zur silbern gekleideten Tänzerin hinübersah, die sehr lässig eine Zigarette nach der anderen kostete und jeweils nach zwei oder drei Zügen fortwarf, als verleite das Tragen eines Abendkleids zwingend zur Verschwendung.

»Signora«, sagte Mascha mit großem Ernst, »haben Sie gehört? Es kommen also keine Konservierungsstoffe mehr hinein. Allerdings, das war ein kleiner Fehler, sogar ein großer Fehlgriff war das. Aber man darf nicht glauben, was die Neider so erzählen. Warum sollte ein Geschäftsmodell auslaufen, das schon in der ganzen Welt Erfolg hat? Im Gegenteil, das Geschäft expandiert, im Moment wird an einer neuen Art von Dose gearbeitet. Denn, wisst Ihr, Blech …«

Mit einem Mal war Mondo erwacht und schlug mit der Faust auf den Tisch, als wolle er protestieren oder die Frauen beeindrucken: Dann erhob er sich, grunzte, kehrte der etwas eingeschüchterten Gesellschaft den Rücken zu und stürmte erbost zum Ausgang, wie um einen Vertrag aufzukündigen.

»Wo will er hin? Signora, ich bitte Sie, halten Sie ihn auf.«

Dem kam die Signora großzügigerweise nach: Gleichzeitig Schrecken und Courage vortäuschend, rannte sie ihrem Gast hinterher, als gälte es, ein großes Unglück zu verhindern. Eine sonderbare Stille folgte. Doch im Dunkel des Flurs, das verstand sich, konnte die tüchtige Filòdima sicherlich eine günstige Wendung herbeiführen … Was sagte sie? Was raunte sie ihm dort zu, im Dunkel des Flurs? Wie auch immer, als Mondo wieder besänftigt zu seinem Platz zurückkehrte, applaudierte die Tänzerin und linste dabei zu ihrer Vertrauten hinüber: Anita hatte die Szenen mit unbewegter Miene verfolgt.

»Entschuldigung, Mondo«, sagte Mascha mit samtweicher Stimme. »Das war ein Geheimnis, ich weiß. Man muss auch wissen, wie man ein Produkt lanciert – richtig, oder? –, und darum wird es noch mehr Reklame geben. Ich weiß, dass Ihr über Radiowerbung nachdenkt. Geplant ist eine Leuchtschrift auf einem Dach am Domplatz in Mailand. Mondo, schaut mich nicht so böse an, ich bitte Euch. Ja, das ist geheim: Aber sind wir hier nicht unter uns? Wünschen wir einander nicht alle das Beste?«

»Ja«, schloss das »Prachtweib«, weiterhin zuckersüß, »wenn Ihr bloß wüsstet, was ich Euch alles wünsche …«

Die Tänzerin kramte nach einer Rolle maschinenbeschriebener Seiten, die sie schwenkte und zuletzt dem braven Mondo unter die Nase hielt, als lasse sie ihn daran schnuppern. Es war der Vortrag, den er beim Fischereikongress des Schifffahrtsverbandes halten sollte, das Ganze stand unter der Schirmherrschaft des Wirtschaftsministeriums.

»Wir sind hier doch unter uns? Können wir offen reden? Also gut, Mondo, wenn Ihr unseren Rat nicht annehmt, wenn Ihr Euch wirklich ruinieren wollt, dann bekommt Ihr dieses Meisterwerk eben nicht, oh nein, dann bekommt Ihr's nicht. ›Heute und hier, meine Herren, verfügen wir über rund hundert kleine und größere dampfbetriebene Fischkutter und über mehr als tausend dieselbetriebene Motorboote: eine Flotte mit absoluter Vorrangstellung im Mittelmeer …‹«

»Wo habt Ihr das her?«

Die Tänzerin lächelte. Sie konnte kaum zugeben, dass ihr Freund Drudi sie ins Bild gesetzt hatte, ja dass sie das ganze Werk zusammen mit Drudi in der Tiefe des Eiskellers ausgeheckt und dort auch korrigiert, ergänzt und zuletzt auf der Maschine getippt hatte. Es gefiel ihr, einen etwas geheimnisumwobenen, vagen Eindruck von ihrem Können und ihrem kühlen Kopf zu hinterlassen.

In diesem Moment erhob sich die Hausherrin. Die anderen folgten ihr wie Marionetten, worauf unser größter Fischhändler an Mascha heranrückte, um ihr insgeheim zuzuflüstern: »Dabei … dabei … bin ich immer noch für Segelboote und gegen Diesel …« Die Hausherrin, warum auch immer, würgte das Gespräch über Motorboote, Dampfkutter, fischarme Gewässer ab und führte die Gäste durchs ganze Haus, das ja winzig war, nur aus einem einzigen, ebenerdigen Stockwerk bestand, wie fast alle Häuser am Parco della Rimembranza. Zuletzt, im Schlafzimmer angekommen, wurden die Gäste aufgefordert, ein riesiges Straußenei mitsamt dem darin befindlichen Löchlein zu bewundern: Vierundzwanzig Menschen waren in Afrika davon satt geworden. Dann wandte sich die Filòdima ruckartig um und zeigte aufs Ehebett.

Hier, an diesem monumentalen Lager, verweilte sie noch lange, und die anderen mit ihr (die Filòdima, Mondo, Anita, die dekolletierte Tänzerin, alle vier standen befangen und nachdenklich am Bett, als wäre es ein Grab). Mondo dachte an Dieselmotoren, an den Vortrag in Genua, und starrte dabei auf die Seidendecke, pfirsichfarben war sie, und von winzigen grünen Blümchen übersät. Angesichts dieses üppigen Lagers erschien ihm gleich die Filòdima, nackt und hingegossen, dabei stand die Filòdima doch ächzend und seufzend neben ihnen. Und war nicht eine ganze Generation von Fischhändlern durch dieses Bett gegangen, auch der *Zio* – Andreanas erster Mann – und Ciceruacchio, Bruto, der Schweizer? Und Bombi Adamo, was war mit ihm? Ob Filòdimas Mund einst das Fischmaul geküsst hatte, war nach wie vor ungeklärt. Erregt sah Mondo das Prachtweib die Seidendecke herunterziehen, gerade so, wie es »eine von denen« tun würde.

Kapitel XIII

Tags darauf reiste Mondo in aller Stille ab (keiner wusste wohin) und war auch am Donnerstag und Freitag, elfter und zwölfter August, noch unterwegs. Der Kollege aus Comacchio kam und verkündete, dass der Chef eine regelrechte Rundreise in Geschäftsangelegenheiten unternehme, und seine Miene schien auszudrücken, dass es sich ein solcher Mann auch erlauben könne, um Geld zu bitten. Wo immer er auftauchte, wurden ihm alle Taschen, alle Schubladen, alle Schalter bereitwillig geöffnet.

Am Samstag, den dreizehnten, kehrte er zurück und die Tänzerin war angenehm überrascht, einen völlig ausgewechselten Mann vorzufinden. Mondo gehörte nicht mehr hinterrücks erschossen, Mondo hatte sein Selbstvertrauen wiedergewonnen, und auch sein Vertrauen in die Boote, die Fische, das Dosenblech und den Sprit, in die Radioreklame und die Leuchtschrift auf den Dächern am Mailänder Domplatz. Dabei verwunderte es ihn noch immer, allerorts Kredit bekommen zu haben.

»Ich war kurz davor, mein Geschäft kaputtzumachen, ein richtiges Verbrechen wollte ich begehen. Alle helfen sie mir, alle geben sie mir Geld. Habt Ihr schon von dem großen Blechwarenhersteller in Forlì gehört? Ja, mein Mädchen, Ihr hattet recht, Blech … aber ja, Blech! Dann habe ich diesen Adligen, das Schwergewicht aus Montiano um Rat gefragt, Ihr wisst schon, der Marchese auf dem Senatorenposten, dem ich immer Fisch für die Suppe besorgt habe, wenn er den Sommer über in seiner Villa war. Ob Ihr's glaubt oder nicht, er hat mir genau dasselbe gesagt wie Ihr. Und wisst Ihr was, er wollte mir sogar seine Villa verkaufen.«

»Die Villa Italia?«, fragte Mascha stirnrunzelnd. »Die mit den Türmchen?«

»Die Herrschaften kommen nicht mehr und vermieten auch nicht. Hier sind die Schlüssel. Der Marchese Junior wollte sie mir überlassen. Schon morgen könnte ich in die Villa Italia ziehen, keinen Centesimo würde es mich kosten.«

»Na dann, warum nicht umziehen?«

»Weil … entweder der Brodetto oder die Burg. Und ich will den Brodetto.«

Mascha lachte: »Wie von Coppedè, um genau zu sein«, sagte sie zufrieden, eine Anspielung auf den berühmten Architekten, dessen Spezialgebiet burgartige Villen waren.[38] Die beste Antwort, fuhr sie fort, die er seinen neidischen, missgünstigen Mitbürgern geben könne, diesen Feinden des Brodetto, die sich freuten, ihn wanken zu sehen, sei der Kauf der hochherrschaftlichen Villa, der Riesenvilla in Gestalt einer mittelalterlichen Burg, eine Kopie des Kastells von Sorrivoli[39]. So könne er der Stadt beweisen, dass wahre Sieger nicht »Ich will nur eins« sagen, sondern »Ich will das und auch noch das, alles auf einmal will ich«. Und außerdem, warum hat er die Schlüssel überhaupt mitgenommen? Etwa nur, um die Fenster zu öffnen, die Zimmer zu lüften wie ein Verwalter? Würde ihm die Filòdima nicht dasselbe raten?

»Die Filòdima? Warum jetzt die Filòdima?«

»Kommt schon, Mondo, diese Seidendecke … pfirsichfarben, grüne Blümchen, Ihr wollt doch nicht behaupten … Für wen lag sie denn da, für wen wohl? Aber das ist Eure Sache …«

»Wo geht Ihr hin?«

»Ciao, mein Hübscher! Ciao, mein Stern!«

Mascha eilte davon, sich über Rechtliches zu informieren,

bei jenem ihrer engsten Freunde, der als Mann von Welt und Importeur norwegischen und dänischen Fischs am besten Bescheid wusste. Eine halbe Stunde später, Drudi hatte ihr inzwischen souffliert, kehrte sie ganz erhitzt zu Mondo zurück. Streng dreinblickend rief sie nach Anita, sie wollte, dass Anita ihr dabei half, den lieben Stiefvater zu überzeugen, diesen Fischhändler, der sich zwar hervorwagte, aber nicht wagemutig genug war, während jener andere derart wagemutig und modern war, dass er sogar Geschäftsbeziehungen nach Bergen und Vejle unterhielt. Zunächst erklärte Mascha, wie man eine herrliche Villa »à la Coppedè« mitsamt dem Hausrat erwerben könne, ohne auch nur einen Centesimo in die Hand zu nehmen – schließlich habe der Käufer keine »Disponibilität«, der Fischsuppe wegen. Sie erklärte, wie solche Verkäufe für gewöhnlich ablaufen (aus dem Gedächtnis gab sie wieder, was ihr Freund Drudi gesagt hatte): »Mit Teilzahlung und gesichertem Restbetrag durch Bestellung einer entsprechenden Hypothek auf die Immobilie, welche als Sicherheit für die ausstehende Kaufsumme dient.« Man wollte für die Burg den lächerlichen Preis von hundertfünfzigtausend Lire? Gut. Bei Vertragsabschluss sollte Mondo dem Herrn Marchese oder dem Herrn Marchese Junior den Teilbetrag von fünfzigtausend Lire bezahlen, das heißt nein, er bezahlte an die adligen Herrschaften mittels eines Wechsels jene vernachlässigbare Summe. Habt Ihr verstanden, Mondo, Anita? Anita nickte, hörte aber in Wahrheit nicht richtig hin; eine solch kuriose Art des Verkaufs, die den Käufer keinen müden Groschen kostet, versuchte sie gar nicht erst nachzuvollziehen.

»Anita, hört Ihr mir zu? Euer Vater hier kauft die Villa Italia, schon morgen könnte sie Villa Andreana heißen, ohne einen einzigen Centesimo dafür springen zu lassen, also nur durch Übernahme der Vertragsgebühr und indem er die ›Nebenkosten‹ auf die Hypothek umlegt, mit der er das Gebäude belastet. Seht Ihr, ich spreche schon wie ein Jurist.«

Mondo blickte unverwandt zur Stieftochter hinüber, als läge die Entscheidung bei ihr. Anitas Fingerspitzen trommelten auf dem Tischchen, eine chromatische Tonleiter, wie sie es sich bei Mascha abgeschaut hatte. Mascha wandte sich irritiert ab.

»Das Haus hier sperrt ihr jetzt natürlich zu und im nächsten Sommer vermietet ihr es, so wie es ist. Signora Andreana wird mit dem Auto direkt vom Bahnhof zur anderen Villa gebracht.«

Nun galt es, rechtzeitig Fakten zu schaffen, das heißt, bevor Andreana zurückkehrte, bevor Mondos Unterschrift keinen Schuss Pulver mehr wert war. Mascha beherrschte jedoch die Kunst, ein heikles Thema im richtigen Augenblick fallenzulassen und plötzlich Gleichgültigkeit vorzutäuschen. So ging sie am nächsten Tag nicht zum neuerlichen Angriff über, sondern bemerkte leichthin, dass an die Knopfleiste des Fischhändlers gut ein … nein, kein Abzeichen oder ein Sträußchen, sondern der Miniaturkopf eines Hundes, ein Fiffi, irgend so etwas passen würde. Als Mondo dann mit dem Hundekopf im Knopfloch auftauchte, war es seine Idee gewesen und er sprach lang und breit darüber, erklärte es der Stieftochter und der Freundin: Da, das Hündchen bewegte sich, öffnete das Maul, bellte und knurrte und spie Mascha einen Spritzer Parfüm ins Gesicht, worauf sie nahezu lustvoll erschauerte.

»Seht Ihr?«, rief Mondo belustigt und klappte den Kragen seiner Jacke hoch. »Seht Ihr den kleinen Gummischlauch, hier hinten ist er versteckt, und den Gummiball mit dem Parfüm? Seht Ihr, wenn man auf den Ball drückt, öffnet das hübsche Hündchen das Maul.«

»Gut so«, unterstützte Mascha ihn. »Vor allem hilft das gegen den Fischgestank, der bei Euch in den Kleidern und in der Unterwäsche sitzt, wie bei allen ordentlichen Fischhändlern. Und eine weiße Weste? Und Gamaschen? Ohne Gamaschen, mein Lieber, bleibt Ihr weiterhin ein grober Klotz. Aber sagt, wie wäre es mit einem Monokel?«

»Was? Wollt Ihr mich mit Monokel zur Fischauktion schicken?«

»Und für den Garten müsst Ihr noch einen schönen Pfau und ein paar Statuen besorgen, und ein Radio müsst Ihr kaufen, eins, das Eindruck macht. Wie? Ihr macht Radiowerbung und wollt auf das Vergnügen verzichten ...? Sagen wir mal: acht Röhren, fünf Pentoden ... Es muss ein sehr leistungsfähiges Radio sein, Ihr wollt ja auch Botschaften von Schiffen empfangen.«

»Lasst gut sein, Maria, sprechen wir über ernstere Dinge ... ich habe nämlich beschlossen ...«

»Ohne uns zur Filòdima zu gehen?«

»Zur Filòdima, ach was! (Ja, na gut, heute Abend, zum Parco della Rimembranza ...) Ich meine den neuen Behälter, Ihr wisst schon, für den Brodetto: Diesmal ist es meine Erfindung, schaut her, Marialein ...«

Es handelte sich um eine Blechdose, ein Behältnis, das sich beim Öffnen in zwei Teller zum Verspeisen des Inhalts verwandelte – der größtmögliche Komfort (so der Erfinder) für Wanderer, Ausflügler, Bergsteiger und Konsorten: zwei umgestülpte und zusammengelötete Teller, genial, und ein kleiner Schlüssel, der zum Öffnen einmal rundherum gedreht wird, so, und die Form einer Gabel hat, und als solche wird er auch genutzt: ein großartiger Einfall, nicht wahr? Sehr praktisch.

Bedienungsanleitung
(*Nützliche Hinweise*)

Die Handflächen kräftig auf beide Seiten der Dose pressen, damit beim Öffnen keine Sauce über die Ränder tritt: *mit der anderen Hand* (du liebe Güte, man braucht eine dritte Hand …) langsam den Schlüssel drehen und so den Zinnstreifen aufwickeln.

Zusätzlicher Hinweis: Der Schlüssel, zu diesem Zwecke in passender Form gestanzt, ist als Gabel zu verwenden.

Mondo reichte Mascha ein weiteres Blatt (das Rundschreiben, das den Kunden die große Neuigkeit verkünden sollte) und forderte sie auf, laut vorzulesen: »Hochwerter Kunde, dem wir uns eng verbunden fühlen! Unsere Firma geht mit der Zeit …«

»Und auf den anderen Blättern, Mondo, was steht da?«

»Kommt Ihr nicht drauf? Das ist das Verzeichnis, Marialein, das Verzeichnis der Möbel, Teppiche, Kristallwaren, Kunstwerke, der ganzen Prachtstücke aus der Villa Italia. Die Liste hört gar nicht auf: eine Seite nach der anderen …«

»Zeigt her. Ui, wie viel Zeug! Alles für nur hundertfünfzigtausend?«

»Möbel, Teppiche, Kunstwerke, schmiedeeiserne Objekte, Sitztruhen, Bäume, Statuen … Lest hier: ›Baldachin mit Faltenwurf …‹«

»›Baldachin mit Faltenwurf, wie am Thron des Königspalasts von Turin.‹ Wie bitte?«, sagte die Tänzerin mit leicht vorwurfsvollem Blick: »Auch das noch? Als würdet Ihr eine Dynastie gründen? Müssen wir Euch bald Majestät nennen? Also wirklich, Mondo, nehmt doch ein bisschen Rücksicht auf die armen Fischer, die armen Seelumpen …«

Kapitel XIV

Auf die brütend heißen Tage, an denen die nackten Strandschönheiten nach dem Baden den Rest der Zeit verschliefen, folgte ein kurzer und heftiger Sturm, der die ersten Sommergäste vertrieb. Das weitläufige Villenviertel, vom alten Ortskern abgewandt, erschien mit einem Mal bleiern, trostlos, ja feindselig: vereinsamte Alleen, windschiefe Bäume, Plakatfetzen im Gras, Abfälle, aus den Häusern und Gärten geweht und zu Matsch geworden. Die kleineren Häuser zogen sich in fünf oder sechs Reihen etwa zwei Kilometer am Meer entlang, umhegt von billigen Jugendstilzäunen oder bescheidenen Metallgattern; provisorische Bleiben, die aus Pappe gefertigt und mit Reißzwecken verschlossen schienen wie Schachteln für Seife oder mittelmäßiges Gebäck. Außen baumelten das ganze Jahr über Schilder, »Zu verkaufen oder zu vermieten«. Die herrschaftlichen Villen mit ihren Marmorputten, dem dreigeteilten Wasserstrahl, vielleicht einem lateinischen Motto im Pompeji-Stil und einer »Warnung vor dem Hunde« am Eingang, waren hingegen in einem Pflanzendickicht verborgen, das anderswo dem vielköpfigen Nachwuchs der gewöhnlichen Urlauber zum Opfer fiel. Während die schöne Vegetation im Sommer also ein Privileg der Reichen war, erfreute sich später, im September, gar niemand mehr an ihr, weil die treulosen Gäste schon bei den ersten Anzeichen von Sturm in Richtung eines beständigeren Himmels und Meeres entflohen.

Zwei Gebäude thronten wie Glucken über der großen Häuserschar, und zwar das Grand Hôtel und die Burg: Villa Italia, von einem hiesigen Großgrundbesitzer aus einer Laune heraus erbaut, vor dreißig Jahren, als man gerade erst begonnen hatte, über Häuser am Meer und die neuartige Glückssträhne der kleinen Stadt zu sprechen, wo sich geplagte Fischer künftig in unbarmherzige Zimmerwirte verwandeln sollten. Damals herrschte das große, burgartige Anwesen des Adeligen allein über eine endlose Ebene: Niemand belauschte seine Unterredungen mit dem stürmischen Meer. Als Jahre später Unmengen von kleinen Häusern, Trattorien und Strandbädern aus dem Boden sprossen, schien der Riese gedemütigt, ja niedergedrückt, und zeigte seinen Gram, indem er Jalousien und Zwillingsfenster auch in den Sommermonaten verschlossen hielt und den Zugang über Tore und Freitreppen verweigerte. Weder war es ein Haus noch war es eine Villa: Es war ein *Castello,* eine »mittelalterliche« Burg; wie vorgetäuscht ihr Alter, wie eklektisch und zusammengestückelt ihre Architektur auch sein mochte, ihre Vorsprünge waren doch echte Vorsprünge, ihre Kragsteine echte Kragsteine – womöglich konnte man schon in wenigen Jahren behaupten, dass sie im Laufe der Jahrhunderte gedunkelt seien. Einen Burggraben samt Zugbrücke gab es jedoch nicht, und auf dem hintersten Türmchen hätte keine weitere Flagge neben der des vereinigten Italiens Platz gehabt (obgleich Proportionen in dieser Gegend wenig zählten und nach dem Bau der Villa Italia einige kleine Villen gesichtet wurden, die sehr schlicht, aber doch mit einem Wehrgang für den Wachposten bestückt waren).

Die Tänzerin hatte nun den Auftrag, als Erste die Veranda mit dem Charme eines aufgedeckten Grabes zu betreten und dem Riesen wieder die Augen zu öffnen. Ringsherum hätte sie gern Ödnis gesehen: Meer im Sturm, Meer, der halbnackten Menschheit feindlich gesinnt, Land und Meer verschmolzen zu schlickfarbenem Einerlei. Noch nie war ihr Wunsch, die eitlen Fatzken zu beherrschen, sich ihnen gegenüber zu behaupten, so stark wie während dieses Umzugs: Sie musste ausnutzen, dass neben der Hausherrin auch der Hausherr abwesend war, den sie, Mascha, dazu gebracht hatte, mit wehenden Fahnen zum Kongress nach Genua zu reisen. Schnell, schnell! Wenn erst die tüchtige Andreana aus Chioggia zurückkehrte ... wenn der gute Mondo aus Genua zurückkam ... Anita gehorchte. Offenkundig bereitete es ihr sogar Vergnügen, das Anwesen durch das große Tor zu betreten, ihre und Andreanas Habseligkeiten herbeizuschaffen, eine Autotour nach der anderen zu unternehmen für diese unvollständige, unsinnige Räumung. Und war es nicht unterhaltsam, sich auf solch übertriebene Weise vor der umsichtigen Frau zu fürchten, die das Schicksal im rechten Moment fortgelockt hatte, Andreana also ständig im Nacken zu spüren?

Die Schubladen der armen Andreana leert Mascha persönlich, um dann die Schränke und Schnitzkommoden in der Villa Italia zu befüllen, damit die gute Frau bei ihrer Rückkehr alles ordentlich und an seinem Platz vorfindet. Nichts wird vergessen. Andreana wird alles wiederfinden, was ihr lieb und teuer ist: auch eine Spule, ein Garnknäuel, eine Nadel. Das Behältnis ändert sich: Der Inhalt bleibt derselbe. Andreana wird sich kaum beklagen können, wenn jemand ihr eine königliche Wohnstatt samt Himmelbett einrichtet, und dabei auf die wenigen Dinge achtgibt, an denen ihr Herz hängt. Bei diesem Anblick wird sie sich doch fühlen wie im Märchen. Und falls sie nicht einverstanden ist, Pech gehabt: Ihr Mondo wird ihr ohne Umschweife klarmachen, dass der Kauf der Burg in trockenen Tüchern und auch gegenüber

Dritten juristisch vollzogen ist – die Vertragsunterzeichnung beim Notar und die Hypothekeneintragung beim Grundbuchamt, alles erledigt. Es ist wie im Traum. Da bekommt man eine fürstliche Villa, eine Burg, einfach so, durch einen Bluff auf Stempelpapier.

Die Tänzerin ist zufrieden. Doch warum? Sieht sie etwa eine ihrer größten Marotten befriedigt? Warum aber so viel Mühe für andere? Weil es ihr gefällt, dass der Blitzkauf des Gebäudes auch das Mobiliar beziehungsweise, wie es heißt, die Ausstattung samt Licht und Wasser umfasst, dass also die Burg mit verschlossenen Türen oder versperrten Toren oder, wenn man so will, mit warmer Herdstelle übergeben wurde?

Der Herr des Hauses kehrt aus Genua zurück und wird auf direktem Wege zur Villa Italia gefahren: Verblüfft sieht er, dass die Burg schon rundum bezugsfertig ist, als hätte ihr feudales Herz nie zu schlagen aufgehört. Genau drei Tage war er fort: Drei Tage hat der Kongress gedauert. Und Mascha und Anita haben in drei Tagen …? Und die Verantwortung? Wer übernimmt die Verantwortung? Unser größter Fischhändler wirkt verstimmt: Jetzt bedauert er, sein bescheidenes Haus zu verlassen, es ärgert ihn, vor vollendete Tatsachen gestellt zu werden – kaum zu glauben, dass eine Tänzerin einfach so für ihn entschieden hat. Verflucht, er war sich doch noch gar nicht sicher, ob er mit der Burg nur spekulieren oder dort wohnen wollte. Außerdem kommt er ziemlich enttäuscht aus Genua zurück, wo er in Wahrheit weder Unterstützer noch Freunde gefunden und auch keine Kollegen angetroffen hat, schon gar keine Fischhändler von der Adria.

»Wie? Und Euer Vortrag über die Motorkutter?«

Der Ärmste schüttelt den wuchtigen Kopf.

»Ihr durftet ihn nicht vorlesen? Ach du meine Güte, hattet Ihr etwa … gar keine offizielle Einladung?«

Da nimmt Mascha den armen Mann wie zum Trost bei der Hand und führt ihn in den Salon. Dort lässt sie ihn auf dem runden, schön gepolsterten und gesteppten Sofa in der Mitte des Raums Platz nehmen. Auf der Rückenlehne in Form eines umgestülpten Trichters thront ein chinesischer *cache-pot*, Blaumalerei, aus dem eine sterile Pflanze emporwächst und sich in alle Richtungen verzweigt: Hier können Mondo und Andreana sitzen wie im Schatten einer herrlichen Palme. Ringsherum alte Gemälde wie Paolo Veroneses *Raub der Europa* oder Albanis *Amorettentanz*, Kopien antiker Skulpturen wie der Dornauszieher oder das Kind, das eine Mücke von seiner Nase verscheucht.

Das Speisezimmer ist eindrucksvoll. Mascha weist Mondo auf die Türrahmen hin, Bardiglio-Marmor: Und sie zeigt auf die Balken der Kassettendecke, den großen schmiedeeisernen Radleuchter, der von dicken Ketten gehalten wird, zuletzt auf den monumentalen Kamin aus hellem Sandstein, dessen Rauchfang und Architrav jeweils ein gemaltes Wappen ziert. Ja, Mondo bewundert bereitwillig, ein wenig um des Bewunderns willen, ein wenig um sich zu betäuben, und seine Sorgen und geschäftlichen Scherereien versinken in dieser Bewunderung – so viele neue Dinge, Hausrat, Gemälde, Skulpturen – wie in einem lauen, matt daliegenden Meer.

Das Schreibzimmer des Herrn. Der Herr möge herüberkommen, sein Kabinett zu bewundern. Trifft es seinen Geschmack? Schränke aus dem fünfzehnten Jahrhundert, hochlehnige Stühle, schmiedeeiserne Dreifüße, darauf elektrische Kerzen in Lampenschirmen aus roter Seide, ein Lesepult, auf dem die *Göttliche Komödie* liegt … An diesem großen Tisch mit den Schnitzereien wird Mondo lesen, schreiben, die Buchhaltung führen. Auch der Herr Marchese hat hier Buch geführt, und der Herr Marchese hat es nicht versäumt, seinem Nachfolger, dem Fischhändler, eine Schreibunterlage aus feinstem, geprägtem Leder zu hinterlassen. Hier geht es zum kleinen japanischen Salon, mit Sitzgelegenheiten für Andreana. Ob seiner Frau die zerbrechlichen, rot lackierten Möbel gefallen werden, deren Goldrelief Geishas, kegelförmige Berge, blühende Pfirsichbäume zeigt? Und die kleinen Sofas, die Schemel, bezogen mit jadefarbener Seide, der Schrein an der Wand, der zwergenhafte Tisch mit bereitstehendem Teeservice, die Lamé-Kissen auf dem Boden? »Setzen wir uns«, liegt es Mascha auf der Zunge, da Andreana gewiss nicht auf dem Boden Platz nehmen wird. Und sie weist an die Decke, dorthin, wo sich hoch oben eine dicht belaubte Glyzinie mit herabhängenden Blütentrauben in verschiedenen Schattierungen von Violett um ein Bambusgitter rankt und Glühbirnen – das darf nicht fehlen – den Mondschein nachahmen werden.

So kam es, dass Mondo schließlich Gefallen an der Burg und auch einen Weg fand, die Genueser Enttäuschung zu verwinden. Mascha sagte allen, was sie zu tun hatten: dem betagten Verwalter, dem Gärtner, der ein wenig Ordnung in den verwilderten Garten brachte, den Männern, die die Betonstatuen enthüllten, der alten Màlgari, die nun doch beschlossen hatte, in der Burg zu wohnen, und auch bereit war, zum Mittagessen den Gong zu schlagen.

»Zowas aber auch, 'n Gong?«, fragte die Màlgari. »Hier kommt wohl keiner su Tisz ohne Kanonenszlag?«

In jenen Anfangstagen lastete alles auf Maschas Schultern. Der Pfau traf ein, und sie nahm ihn als Erste am Tor in Empfang. Das riesige Radio mit mindestens acht Röhren traf ein, und sie sicherte ihm einen Platz im Speisezimmer. Um keine Ermüdung zu zeigen, suchte sie schließlich nach Andreanas Nähkörbchen samt Zwirn, Fingerhut, Nadel, und sie nähte durchaus mit Leidenschaft, wenn auch nicht mehr dabei herauskam als ein schlichter Saum.

Anita sprach wenig. Es bereitete ihr Vergnügen, nichts beisteuern zu können und nichts von sich preiszugeben: Sie nahm die Dinge, wie man sie ihr darbot. Gestern war es ein bescheidenes Haus Richtung Ortskern, jenseits des Abwasserkanals, heute eine Burg über dem Meer, fast schon ein Zauberschloss.

Sie hatte nur deshalb ein Zimmer mit Blick aufs Gebirge gewählt, weil die Tänzerin eines mit Meerblick erhalten hatte. Durch das Zwillingsfenster sah sie ein kleines Stück vom Apennin, dessen Umrisse sich nach dem Regen klar und deutlich in der reingewaschenen Luft abzeichneten. Der Felsen von San Marino schwang sich in nahezu biblischer Anmutung zum Himmel empor, kühn und zugleich zart, verwaschen, elegant, wie der Gipfel des Ararat bei Gustave Doré.

Sie verließ ihr Zimmer, schritt die imposante Prunktreppe hinunter, streifte durch die ehrwürdigen Gemächer. Beinah musste sie auflachen, bei der Vorstellung, dass auch ihre Mutter die imposante Prunktreppe hinunterschreiten und durch die großen Säle der Burg streifen würde. Manchmal suchte sie in diesen Räumen, zwischen den Schnitzmöbeln, den harten, wappengeschmückten Lehnstühlen, die Nähe der früheren adligen Bewohner, etwas wie das Geheimnis ihres Prestiges, ihrer schlechten Laune, ihrer jüngst gefassten Abneigung gegen den Stil der alten Zeit, gegen das Gepränge von Damast und Leder, und es kam vor, dass sie in den Schubladen kramte, die Deckel der Sitztruhen öffnete, an alten Stoffen und Kissen, an Leder und Pergamentpapier schnupperte.

Mondos Schreibzimmer zog sie stärker an als der kleine japanische Salon, wo sie den Schemeln, den winzigen Möbeln am liebsten Fußtritte versetzt hätte. Es gefiel ihr, dass Mondo ein Schreibzimmer hatte wie ein großer Schriftsteller, D'Annunzio etwa. Unser größter Fischhändler saß auf einem harten Stuhl, der sehr unbequem war, aber auf der Rückenlehne das goldene Wappen der Medici trug – und die berühmten Kugeln, Symbol jener Familie, waren auch in seine Ledermappe eingeprägt. Darauf kritzelte er nun, tat so, als mache er sich Notizen. Von seinem Schreibtisch aus blickte Mondo zu Anita hinüber, während er linkerhand nach etwas tastete. Es war der Globus. Zu Mondos Linken stand ein kleiner Globus, auf dem er erfolglos nach der Insel St. Helena gesucht hatte.

»Weißt du noch«, sagte er zur Stieftochter, beide Hände auf die Armlehnen seines unbequemen Savonarola-Stuhls gestützt, »weißt du noch, als ich euch zu Hause besucht habe und du so blass warst? Ein schwarzes Kleid hattest du an und deine Mutter ein rotes. Da warst du freundlicher, du hast mich die ganze Zeit angelächelt und mir die Flasche mit Anislikör gezeigt, die ›Cloe‹. Und der Abend, an dem ich dir Milena gebracht habe, die Puppe in der Tracht von Montenegro. Meiner ersten Frau hat sie gehört, sie mochte die Königin Elena.[40] Wo hast du sie hingetan?«

»Seid Ihr verrückt geworden?«, schrie Anita. »Ausgerechnet ich sollte die Puppe Eurer ersten Frau aufheben?«

Am selben Tag beschloss sie, das Zimmer der Tänzerin ohne vorige Erlaubnis zu betreten, ja, die Tür mit Wucht aufzureißen. Stattdessen klopfte sie und ging bis zur Mitte des Raums, im Pyjama und kreidebleich. Unten auf der großen Freitreppe erklang der raue Schrei des Pfaus.

»Was ist passiert, Anita? Setzt Euch.«

Anita rührte sich nicht.

»Am Samstag fahre ich«, rief Mascha, wie aus der Ferne.

»Am Samstag fahrt Ihr? Das ist nicht Euer Ernst!«

»Ihr glaubt mir nicht? Glaubt Ihr nicht mal dem Koffer?«

Tatsächlich, da stand ein Schrankkoffer, eine seiner Schubladen lag auf dem Bett, und es herrschte ein heilloses Durcheinander, wie immer am Vorabend einer großen Reise. Anita bemerkte, dass Mascha all ihre leichten Kleider, die Parfüms, Pantoffeln aus Maroquinleder, sogar die Thermosflasche und den Revolver gut sichtbar ausgebreitet hatte. Nun waren die Schuhe an der Reihe: Schuhe aus Leder – Schlange, Chamäleon, Eidechse, Krokodil. Hastig bündelte die Tänzerin sie in Säckchen aus geblümtem Cretonne, die sie eins nach dem anderen in den Koffer warf. Es gefiel ihr, die bevorstehende Abreise spürbar zu machen, indem sie die Säckchen durch den Raum segeln ließ.

»Ihr fahrt nicht, da bin ich mir sicher«, sagte Anita ruhig. »Ihr seid ja auch mit jemandem liiert.«

»Ich? Mit wem? Warum sagt Ihr nichts mehr? Wen meint Ihr? Raus mit der Sprache. Meint Ihr … Drudi? Du liebe Zeit, was die Leute alles reden! Ich soll also eine Affäre haben, mit dem Importeur der *merlans brillants* und der *taupes de mer* … Weil jemand gesehen hat, wie ich ihn im Eiskeller besucht habe, stimmt's?«

»Bitte, fahrt nicht«, flehte Anita, wie ein Kind, das sich vor dem Dunkeln fürchtet, »lasst mich nicht mit meinem Stiefvater allein.«

»Warum?« Mascha kam sofort interessiert näher. »Vor was habt Ihr Angst? Habt Ihr Angst, dass Euer Stiefvater Euch Gewalt antut? Ihr seid weiterhin dumm, armes Ding, obwohl Euer großer Evardo Euch angeblich so viel beigebracht hat. Jungfrau seid Ihr! Wenn Evardo Euch wie geplant geheiratet hätte, dann hättet Ihr ihn jetzt schon dermaßen satt, dass …«

Anita packte Maschas Arm, sie sollte nicht auf diese Weise weitersprechen. Mit gesenkter Stimme sagte sie:

»Ich habe gelogen. Es war, als ob Ihr mir vorwerft, dass ich mich noch niemandem hingegeben habe, und das habe ich genossen.«

»Oh, das ist eine wichtige Neuigkeit. Und … nach ihm?«

»Dann seid Ihr gekommen …«

»Ihr hättet das anders machen sollen – als er fort war, hättet Ihr Euch aus lauter Ekel gleich einen Neuen suchen sollen, und der hätte in seinem Bett geschlafen, im Haus dort drüben, auf der anderen Seite des Abwasserkanals. Haha! Ihr hättet ihn nachts hereingelassen, heimlich, wie Euer Stiefvater, der sich ganz leise aus dem Haus schleicht …«

»Zur Filòdima?«

»Ein Schweinigel!«, sagte Mascha entzückt. »So geht's zu in der Welt. Die Welt ist eine einzige Schweinerei.«

»Eine Schweinerei …«, stammelte Anita, überrascht, dass Mascha nun so sehr ihrem Evardo ähnelte. »Aber wenn Ihr am Samstag abreist, wisst Ihr, was ich dann mache? Ich stürze mich in den Kanal.«

Mascha lächelte. Dann sagte sie – schließlich sollte es nicht aussehen, als nähme sie das Dummerchen ernst, das sich in den Kanal stürzen wollte:

»Mir fällt ein, Ihr habt ja ein Diplom, Ihr könnt doch als Lehrerin arbeiten. Dann wäre etwas nüchterne Eleganz nicht schlecht, Blüschen wie von der Heilsarmee …«

Anita antwortete nicht.

»Macht es denn keine Freude, den kleinen Rackern, den Fratzen etwas beizubringen, wenn man den Stempel nun schon hat? Ihr könntet auch einen Kindergarten aufmachen. Was wollt Ihr denn noch alles sein? Sekretärin bei der Schülervorsorge?[41] Meine Güte, macht doch nicht so ein leidendes Gesicht! Wo habe ich nur gelesen, dass es Menschen gibt, die zu schwach fürs Leben sind, die man einfach krepieren lassen sollte? Kommt her, regt Euch nicht auf, ich meine es ja gut mit Euch. Jetzt trocknet Euch die Augen. Geht in Euer Zimmer und wascht Euch das Gesicht. Adieu, meine Kleine.«

Kapitel XV

In der Beziehung der Tänzerin und der »Kleinen« folgte ein kurioses Hin und Her: Mal zankten sie sich, oft würdigten sie einander keines Blickes; es war, als hätten sie sich nach den wechselseitigen Geständnissen nichts mehr zu sagen, als gewönne jede ihre frühere Unabhängigkeit zurück, wobei sie beide vor der Neugier der alten Hexe flohen (die Alte, die zu Mittag den Gong schlug). Da die Abwesende nun nicht mehr erwähnt wurde, hatte die Màlgari nämlich ein wenig an Bedeutung gewonnen und auf gewisse Weise Andreanas Platz eingenommen.

Was unseren größten Fischhändler angeht, so hatte er eigene Probleme, in der Fabrik, im Eiskeller, im Haus des »Prachtweibs«, in Bologna, in Forlì – man kann nicht behaupten, dass er sich des Lebens in der Burg erfreut hätte. Er überließ alles der Tänzerin, denn was immer die Tänzerin machte, sie machte es gut. Mascha aber hatte keinerlei Interesse, die Kastellanin zu spielen, lieber war sie auf eigene Faust unterwegs und besprach die jüngsten Entwicklungen mit Drudi, für den sie als Sekretärin die französische Korrespondenz übernahm.

In der Burg, nun »Villa Andreana« getauft, blieb Anita wie eine Gefangene zurück, da sie sich mittlerweile weigerte, einen Fuß vors Tor zu setzen: Weder wollte sie in den Ort zurück noch ging sie zum Strand hinunter, und sie fühlte sich durch die neugierigen Nachbarn gestört. Sie befürchtete sogar, in dieser Gegend auf jenes Häuschen, den Schauplatz ihrer Entjungferung zu stoßen. Anita wusste, dass die Bewohner des Städtchens und jene Urlauber, die noch die letzten Septembertage hier verbrachten, Anteil genommen hatten an der schönen Geschichte über eine Burg, die von einem Herrn Marchese auf einen Fischhändler übergeht, und irgendjemand gesagt hatte, die Zunft der Fischhändler solle doch zur Feier die Glocken läuten lassen. Der ein oder andere kam zur Besichtigung vorbei, und Anita übernahm die Honneurs, ohne ein Wort, ohne ein Lächeln zu verlieren. Wie die Verwalterin eines vom Touring Club empfohlenen Privatmuseums. Mit als Erste waren die wichtigsten Fischhändler herbeigeeilt, dann waren der schmierige Kollege aus Comacchio, der Kapitän der *Andreana*, ein paar Gehilfen vom Fischmarkt und aus den Eiskellern gefolgt. Die siamesischen Zwillinge, der Pechvogel und der Unglücksrabe, hatten mit tausend Grimassen und Fragen aufgewartet.

»Oh, schön! Und das ganze Zeugs habt Ihr für die paar Groschen bekommen? Immer ein Glückspilz, unser Mondo! Und Andreana ist noch unterwegs, sie weiß von nichts?«

Anita hielt sich wie abseits, um zu vermitteln, dass sie nichts zu sagen hatte: Sollten sich der Pechvogel und der Unglücksrabe doch an die Tänzerin oder den Hausherrn oder sogar an die Màlgari wenden. Um den Importeur ausländischen Fischs hätte sie sich vielleicht ein wenig gekümmert, wäre er ebenso neugierig gewesen wie die Kollegen und der Pöbel: Aber er, Primo Drudi, hatte gute Gründe, der Burg keinen Besuch abzustatten; womöglich war er auch zu beschäftigt oder womöglich hätte es ihm seine Freundin, die Tänzerin, gar nicht erlaubt. Nicht unwahrscheinlich, dass auch er unter ihrer Fuchtel stand.

Anita hatte inzwischen bemerkt, dass Mascha sich bemühte, dem Hausherrn gegenüber energischer, zuweilen auch hart und ein wenig verächtlich aufzutreten. Dann machte er sich ganz klein und sprach mit ihr wie mit einer launischen Prinzessin. »Abreisen«: Dies hässliche Wort führte sie im Munde, und sie bedauerte, ihr Publikum beinah zu gut unterhalten zu haben, wo doch drei oder vier große Städte nach ihr riefen und sogar das Ausland nach ihr verlangte, ihr überaus großzügige Angebote machte. Wenn sie noch eine Woche wartete, würde eine Flut von Blitztelegrammen hereinströmen, neben der sich die gewöhnlichen Telegramme unseres größten Fischhändlers, diese kleinen Spritzer, kümmerlich ausnähmen. Es war jedoch spürbar, dass nicht viel Wahres daran war und Mondo die Tänzerin vermutlich auch ein wenig mit seiner wohlbekannten Prahlerei angesteckt hatte: Im Gegenteil, wer genau hinsah, konnte an Mascha eine gewisse Besorgnis wahrnehmen, ihre jetzige und künftige Lage betreffend, was dazu führte, dass aus ihren so zivilisierten Manieren in immer kürzeren Abständen wieder die Derbheit der mageren Jahre hervorbrach. Und Mondo jammerte:

»Wartet doch wenigstens, bis die ersten Dosen mit Brodetto da sind, das neue Modell …«

»Der Brodetto soll mich also hier festhalten?«

»Wie? Ihr wartet nicht einmal, bis meine Frau aus Chioggia zurück ist?«

»Und die Fischhändlerfrau soll mich auch noch festhalten?«

»Anita, Anita, halt du sie zurück.«

»Ich? Ich halte niemanden zurück. Wenn sie wegwill, dann öffnet ruhig die Tür, lasst sie raus. Soll sie doch gehen.«

Sollte sie gehen, sollte sie verschwinden, früher oder später musste sowieso wieder der übliche Alltag einkehren. Dann galt es, gute Miene zum neuen Modell der Brodetto-Konserve zu machen und auch zur Mutter, die erschöpft zurückkommen würde, und zum arbeitsscheuen Strolch, dessen Wehrdienst von achtundzwanzig Monaten zur Neige ging. Die Stieftochter tauchte also aus ihrer unsympathischen Gleichgültigkeit auf und machte sogar eine Geste des Einverständnisses in Richtung Stiefvater, lächelte ihm auf spezielle Weise zu, als wolle sie gern allein mit ihm zurückzubleiben, mit ihm, der – womöglich – versuchen würde, ihr Gewalt anzutun.

»Mascha, Marialein«, jammerte Mondo, der nichts begriffen hatte, »was haben wir denn getan, dass Ihr uns auf so eine Weise verlassen wollt?«

»Jetzt reicht es!«, schrie Anita wie von einem Krampf gepackt.

»Es reicht?«, fragte die Tänzerin. »Was reicht?«

»Ich sag's Euch, Mondo, lasst sie doch machen. Muss sie sich nicht um ihre eigenen Angelegenheiten kümmern?«

»Welche … Angelegenheiten?«

»Jeder hat seine eigenen. Mondo, sagt Ihr es ihr, dass jeder seine eigenen Angelegenheiten hat.«

»Ich glaube, ich habe verstanden. ›Ein Gast ist wie ein Fisch, er bleibt nicht lange frisch.‹ So steht es ja auch auf den Aschenbechern.«

»Friede, Friede«, erbat sich Mondo, die Arme ausbreitend. »So geht es nicht, so geht es nicht. Anita, Marialein …«

»Von was für einem Frieden redet Ihr da? Was geht hier nicht? Wisst Ihr, dass ich Euch genauso satthabe?«

»Seht Ihr, Mondo? Euch hat sie genauso satt. So ist Euer Marialein. So redet sie mit Euch.«

Da wandte sich der arme Mondo ab, um nicht das Schauspiel zweier Geschöpfe mitansehen zu müssen, bei denen auf Liebe nun Hass folgte, und er ließ sich beim Radio nieder, wie ein Musiker sich ans Harmonium setzt: Eine Flut von Klängen brach über den prächtigen Salon herein, ein ohrenbetäubender Sturm, in den sich immer wieder dröhnende elektrische Störgeräusche mischten. Anita entkam in den Flur, wo sie auf leisen Sohlen an den Gast heranschlich.

»Kann ich um Mitternacht zu Euch kommen?«

»Um Punkt Mitternacht?«

»Je später, desto besser.«

»Aber sicher«, pflichtete ihr Mascha sarkastisch bei und trällerte, wie um sie zu ärgern: »Darf ich bitten, zum Tanz um Mitternacht ...«[42]

Aus dem Salon drang die unangenehme Stimme des Radiosprechers: »Sie hörten ...«

Um Punkt zwölf klopfte es und Anita erschien in der Tür, in weiße Schleier gehüllt wie eine Kommunikantin, eine Novizin auf der Schwelle des Klosters: Ihr Rock reichte bis zum Boden, darunter spitzelten wie zwei Turteltauben die Füße in schneeweißem Satin hervor. An ihrer Hüfte allerdings baumelte, wie bei einer Verwalterin, ein dunkler, ziemlich gewöhnlicher Beutel.

Maschas Füße hingegen steckten in auffälligen Pantoffeln aus himmelblauem Satin, mit Puscheln aus Straußenfedern.

»Warum habt Ihr Euch so ausstaffiert?«

»Duzen wir uns doch.«

»Wir sollen uns duzen, weil ich gehe?«

Anitas Antwort war von unendlicher Sanftheit: Von allen anderen fühle sie sich alleingelassen, nicht aber von Mascha.

»Mascha, ich weiß schon jetzt, dass du mich nicht alleinlassen wirst.«

»Spuckt schon aus, was Ihr sagen wollt«, Mascha sprang erbost auf. »Stellt Euch nicht so dämlich an.«

Anita lächelte sanft; wie sie wusste, war sie keinesfalls dämlich, sondern gutmütig und ruhig.

»Auch du bist gutmütig, stimmt's, Mascha?«

Mascha, noch immer fuchsteufelswild, hätte sich gern den Schlafrock heruntergerissen, um als einzige Antwort in Unterwäsche dazustehen.

»Sagt schon, was Ihr wollt. Glaubt Ihr, ich lasse mich von einem Dummchen einwickeln, das sich um Mitternacht anzieht wie für die Erstkommunion? Seid Ihr wirklich so dumm? Oder wollt Ihr mich hereinlegen?«

»Ach Mascha, willst du dich wirklich über mich beklagen? Weißt du noch, wie du Mondo zur Filòdima gelockt hast, mit dem Vorwand, dort gäbe es einen richtigen Brodetto? Mondo wollte nicht, und ich habe gemacht, was du sagtest, um ihn zu überzeugen. Glaubst du, ich hätte nicht verstanden, dass du den armen Kerl zu seiner alten Flamme zurückgelockt hast, weil du ihm schaden wolltest? Und das nur der Anfang war? Du hast mich gerufen und mich gefragt, ob meine Mutter, Andreana, wohl die Brodetto-Fabrik weiterführen würde, mit einer neuen Dose. Ich saß zwischen euch, wie ohnmächtig. Ich hätte sagen können: ›Mondo, schickt ein Telegramm, holt sie zurück.‹ Und wäre sie gekommen, hättest du das Spiel verloren. Gegen eine Andreana zu kämpfen, wäre schwierig geworden, meinst du nicht?«

»Bin ich hier etwa vor Gericht? Jetzt reicht's: Kommt zum Schluss.«

»Dann wolltest du Mondo dazu bringen, diese schöne Burg hier zu kaufen. Die Burg kostete hundertfünfzigtausend Lire und wir mussten keinen einzigen Centesimo dafür zahlen. Allerdings war das Gebäude schon mit einer Hypothek von *hundertfünfundachtzigtausend* Lire belastet. Mondo war unentschlossen. Du hast es sogar geschafft, ihn nach Genua zum Kongress zu schicken, damit er während des Umzugs nicht im Weg war. Habe ich dir etwa widersprochen? Habe ich etwa gesagt, dass kein Mensch mehr eine solche

Riesenvilla im Stil von Coppedè will, weil jetzt der Stil der Moderne den Ton angibt?«

»Der Stil der Moderne? Anita, was wisst Ihr schon vom Stil der Moderne?«

»Ach Mascha, hältst du mich wirklich für dumm? Ich habe doch sofort kapiert, dass der Marchese die mittelalterliche Burg und alles Zeug darin loswerden wollte: Ein nüchternes Haus will er bauen, wie sie jetzt Mode sind, aus Beton, Stahl, Eisen, Aluminium, Duraluminium. Sein Sohn hat bei der Kommune schon den Bauplan eingereicht. Ich habe sofort kapiert, dass der junge Marchese nichts anfangen kann mit dem ganzen geprägten Leder, den Sitztruhen, Fackelhaltern, Prozessionslaternen ... moderne Möbel aus Glas und Stahl möchte er haben, zurecht, kubistische Sessel, rationalistische Lampen, auch bei den Möbeln mag er eher geometrische Formen, er passt sich da gerne an. Von wegen Mittelalter! Also, Mascha, habe ich dir widersprochen? Habe ich Mondo an Andreana erinnert? Ich hätte sagen können: ›Schickt sofort ein Telegramm nach Chioggia.‹ Und du weißt, Mascha, Andreana hätte dich ...«

»Andreana, Mondo, die Villa, der Brodetto, die Hypothek, was geht mich das alles an? Schluss: Hören wir auf damit. Sagt, was Ihr wollt.«

»Mascha«, flehte Anita und streckte die Arme aus. »Hast du es noch nicht verstanden? Mitkommen will ich.«

»Mitkommen? Wohin? Nun sag schon.«

»Hilf mir, von hier wegzukommen. Deswegen habe ich mitgemacht, deswegen habe ich geholfen, meinen Stiefvater, unseren größten Fischhändler, in den Ruin zu treiben. Was tue ich hier? Wo bin ich? Andreana versteht mich nicht, Mondo ist größenwahnsinnig wie alle Fischhändler, mein Bruder ist ein skrupelloser Egoist. Wenn er zurückkommt, wird er uns auspressen wollen, mich, Andreana, Mondo und alle anderen. Im Ort hassen sie mich, sie wissen nämlich genau, dass ich sie hasse, seitdem mein Name auf dem Leuchtturm steht, weil ich keine Jungfrau mehr bin. Soll ich mir mein ganzes Leben lang das Gerede über Fischladungen anhören, über den Neid unter Fischhändlern, über Bragozzi mit Dieselmotor, Brodetto aus der Dose, fischarmes Meer und Sprit? Unschuldigen Kindern kann ich nichts beibringen, dafür bin ich nicht gemacht. Und Evardo? Warum sollte ich auf ihn warten? Vielleicht treffe ich ihn, wenn ich mich mit dir zusammen in die Welt stürze, und wenn nicht, finde ich meinen eigenen Weg. Meinst du nicht, Mascha, dass ich genauso meinen Weg finden kann?«

Mascha antwortete nicht. Regungslos saß sie in der Nische des großen mittelalterlichen Fensters und blickte ins nächtliche Dunkel, wo jedoch nichts zu sehen war, nicht einmal der Mond, lediglich das Blinkfeuer des Leuchtturms in der Ferne. Die Burg lag stumm da. Das nahe Meer atmete nicht mehr.

»Evardo hat mich zum ersten Mal auf diesen großartigen Gedanken gebracht: weglaufen, keine Fischhändlerkinder mehr sein. Und am nächsten Tag war er weg, aber mich hat er nicht mitnehmen wollen. Ja, Mascha, weglaufen, nichts mehr von mir hören lassen, als hätte ich mich umgebracht. Fahr du mit dem frühen Zug und warte in Ravenna oder Bologna auf mich – ich fahre mit dem letzten Zug und treffe dich im Bahnhofscafé oder in einer Pension dort in der Nähe oder wo immer du willst. Wir werden uns über alles einig.«

»Darf ich Euch etwas fragen?«, erwiderte Mascha mit dem Ernst und der Ruhe einer durch und durch wohlerzogenen jungen Dame. »Verbindet Euch wirklich gar nichts mit Eurer Familie? Seid Ihr Eurem Stiefvater nicht dankbar?«

»Nein.«

»Liebt Ihr Euren Bruder etwa nicht?«

»Nein.«

»Liebt Ihr Eure Mutter nicht?«

»Nein.«

»Was? Ihr empfindet nichts für Eure Mutter? Also gut«, rief Mascha, als wäre damit die Befragung abgeschlossen, »dann machen wir es, wie Ihr wollt.«

Anita ließ sich auf Maschas Bett plumpsen und beugte sich hinunter, um ihr Kopfkissen zu küssen. Doch die Tänzerin setzte sich ebenfalls, packte Anita bei der Hand und blickte ihr streng in die Augen.

»Habt Ihr Geld? Ohne Geld läuft man nicht weg.«

»Ja«, antwortete Anita mit sanfter Stimme, »ich habe Geld. Meine Mutter hat mir vor ihrer Abreise ihren Notgroschen anvertraut.«

»Wie viel?«

»Zwanzigtausenddreihundertfünfzig.«

»Zeigt her.«

Die Tänzerin hatte den schnöden Beutel an Anitas Gürtel schon ins Auge gefasst, hatte verstanden, dass darin das Geld war und Anita es gern vorzeigen wollte. Mascha zählte nach und gab den Beutel zurück. Dabei erhellte sich ihr Gesicht auf wundersame Weise, wie und warum, war nicht klar: Es musste das Blinkfeuer des Leuchtturms sein, der nachts den Seeleuten und untertags den boshaften Stadtbewohnern diente. Von diesem Licht angezogen, fiel Anita der Beschützerin der Seeleute um den Hals und schluchzte.

Kapitel XVI

Die ganze Stadt vertrieb sich die Zeit, während die Männer auf See waren: Sie blieben draußen und kehrten nicht einmal zurück, um den Fang einzubringen, denn dafür gab es spezielle Boote, *portolate* genannt, die in Richtung Horizont hinausfuhren, dorthin, wo etliche Bragozzi lagen.

Wie eine Gefangene lauschte Andreana auf die Stimmen im Innern des Hauses und die Stimmen, die von draußen kamen. Vom Gesumm auf der Straße angezogen, eilte sie zum Fenster: »Wieso zolch Getuszel, Gehusze, Gewiszel?«, und sie lächelte in sich hinein, handelte es sich doch um eine alte Frage, die sie seit jener Zeit des größten Getuschels und Gehusches aus dem Mund aller Frauen gehört hatte (was »Gewiszel« bedeutete, hatte sie nie herausgefunden).

Da, zuweilen hatte ein ehrenwerter Bürger etwas verloren und einen Ausrufer seines Vertrauens losgeschickt, von einer Gasse zur andern, von einem Haus zum andern zu ziehen und dem Finder der Goldkette, der Geldbörse, des Rings dreißig oder fünfzig Lire Finderlohn zu versprechen. Es folgte reges, anhaltendes Bedauern: »Zo nu, ich hab nix gefundn, nirgends«, und der Ausrufer verließ die ihn umringenden Grüppchen, begleitet vom Segen der Frauen, die ihn »Goldjunge« nannten.

Tante Felice, die sich für die verlorenen Gegenstände interessierte, erklärte ihrem Gast, wie wichtig diese Ausrufer an Orten seien, wo nur wenige Menschen lesen konnten. Mit Wohlwollen empfing sie auch das Männlein vom Kino, das ins Haus herein- und die Treppen heraufkam, um Neuheiten anzukündigen. »Ne Nacht in Verzailles«, rief der Mann ihnen zu. »'N Abenteuer der Pompadour!« Dann kehrte er auf die Gasse zurück und schrie weiter: »'N Abenteuer der Pompadour! Der Pompadour!«, ohne die Frauen zu beachten, die im Pulk um ihn herum wissen wollten, wer denn diese Pompadour sei und was sie so Besonderes getan habe, des Nachts in Versailles.

»Seid ihr denn so zurückgeblieben?«, fragte Andreana halb amüsiert, halb irritiert. »Lebt ihr etwa noch in der Zeit der Nachttöpfe und esst gekochten Kürbis?«

In dieser trägen, so gut wie unveränderten Welt lobte sie ihre Heimatstadt auf einmal für Dinge, die ihr nicht besonders oder auch gar nicht gefielen: »Bei uns gibt es dies und gibt es jenes, moderne Häuser, Sommergäste, Grammophone, nackte Arme, das Radio ...«, und sie wandte sich der Schwangeren zu, um ihr begreiflich zu machen, wie die Welt von heute beschaffen war, wie es sich mit Radio und Grammophon lebte, außerhalb des berühmten »Fischgrätenmusters«, den Kanälen und Gassen von Chioggia, die das Gesicht der Stadt prägen, ihr Wahrzeichen sind.

Die Schwangere würde ins Krankenhaus kommen, es war, als stünde das Krankenhaus den Armen dieser Stadt nur zur Niederkunft offen, und sollte das Kind sterben ... »nu, denn weiz unser Herrgott, warum er's mir genommen hat«. Dann würden sie jemand zu den Canossianerinnen schicken, ein Engelsgewand zu holen.

»Wie bitte?«, schimpfte die Zugereiste, die ihr Kind im selben Krankenhaus geboren hatte und daher an dem Elend Anteil nahm. »Liebt Ihr Eure Kinder denn nicht? Habt Ihr kein Mutterherz?«

Doch, eins ihrer Kinder liebte die Fortunata sehr, wie sie zugab, einen Fünfjährigen, dem sie den Spitznamen »Bäcker«

verpasst hatte: Ein Kind mit solch einem Plattkopf schien wie dafür gemacht, Brotschaufeln zu transportieren, »er zoll meim Mann mals Brot bringn«. Offensichtlich hatte Fortunata die Dattelpampe satt, von der sie und eben auch der »Bäcker« sich vorwiegend ernährten.

»Nein, das finde ich nicht in Ordnung. Hier muss die Kirche *nicht* helfen. Was? Ihr wisst doch, dass Söhne irgendwann Geld heimbringen, weil sie ›Teil der Bootsmannschaft‹ werden?«

Ja, Söhne werden »Teil der Bootsmannschaft« und eine Witwe mit Söhnen findet leichter einen neuen Mann; aber unsere Fortunata hatte anderes im Kopf, lieber rief sie sich ins Gedächtnis, dass sie nach der Entbindung keine Christin, sondern gottlos sein würde, und sie zusammen mit einer Vertrauten die Kirche aufsuchen musste, um sich zu reinigen – vielleicht zusammen mit der Wäscherin Pina, die der Aschenlauge für immer überdrüssig war. Die Wäscherin würde den Priester aus der Sakristei holen, während die »Sünderin« draußen, diesseits des Weihwasserbeckens, auf die Aussegnung wartete. Dann würde der Priester mit der Stola kommen. Die eine Hälfte der Stola bliebe auf der Schulter des guten Mannes, die andere würde er der Frau umlegen, um sie vom Makel der Geburt reinzuwaschen. Und so zögen Priester und Wöchnerin gemeinsam zum Altar.

»Ja, Fortunata, so ist es Brauch. Schon über zwanzig Jahre ist's her, aber ich weiß noch, Tante Felice, wie der Pfarrer von San Giacomo mir die eine Hälfte der Stola über die Schulter gelegt hat. Soll ich mit Euch ins Krankenhaus kommen, Fortunata?«

So sieht Nächstenliebe aus: Aber Fortunata bat die Zugereiste, ihr lieber eine Kardätsche zu schenken, also eine harte Maisbürste, wie die Fischer sie zum Striegeln der Fußsohlen benutzen; denn sollte ihr Fischer in ihrer Abwesenheit zurückkommen, würde ihn auf diese Weise zumindest die Bürste erwarten, eine schöne und wertvolle Überraschung. Da fuhr Tante Felice aus der Haut, als wäre sie sogar auf die Armen eifersüchtig.

»Was ist denn das für ein Geschwätz? Du (an Fortunata gewandt) geh in dein Krankenhaus. Und du (zu Andreana) denk gefälligst daran, dass du *meinetwegen* in Chioggia bist.«

Eine Woche verstrich. Fortunata hatte schon entbunden. Und eines schönen Tages, nachmittags um vier, zog die Besucherin eine leicht verächtliche Grimasse und suchte ihren Schleier, hisste gewissermaßen die Segel, da sie mittlerweile davon überzeugt war, dass Tante Felices Gesundheit robuster war als die Kardätschen zum Säubern der Fußsohlen.

»Wo gehst du hin? Findest du dich denn zurecht?«

Andreana war schon unterwegs und verspürte sogar ein freudiges Kribbeln, wie eine frisch Verlobte, aus Stolz auf ihre Entscheidung, auf diese Art von spontaner Rebellion gegen die reiche Tante, die zwar viele *Valli* – unbefestigte Gewässer ebenso wie eingehegte Becken – besaß, sie aber womöglich nicht der Familie, sondern der Stadt Chioggia oder Caorle vermachen würde. Es war also besser, wenn Andreana achselzuckend ihres Weges ging. Wohin sie ging? Wusste sie etwa über die Angelegenheiten der Tante Bescheid?

Obgleich die Stadt eigentlich verwaist, die Männer ausgefahren waren, sah Andreana vor den Cafés auf dem Corso Grüppchen von Schaulustigen stehen. Vermutlich handelte es sich um lauter Anwälte, denn wer in dieser händelsüchtigen Stadt kein Fischer war, der war Anwalt. Es zog sie weiter zur Piazzetta Vigo, zur kleinen Mole, dem Landungssteg und den Zaungästen, die neugierig auf die Abfahrt und vor allem auf die Ankunft des Vaporetto warteten, und auch sie hoffte, noch rechtzeitig einzutreffen, um ein Fährboot ablegen oder ankommen zu sehen: Sie würde die Abfahrtszeiten studieren, den Besuch bei ihrem Matrosen in der Hafenkommandantur planen.

Der »Überbringer«? Da stand er, mit Beschützermiene, zwischen der Säule und der Anlegestelle. Andreana umschwänzelte ihn, ging schließlich auf ihn zu, dachte daran, dass sie ihn bald mit einem Brief oder einem Päckchen in die Hafenkommandantur schicken würde.

»Voltolina?«

»Nein: Chiereghin.«

Ach ja, Voltolina war der Überbringer aus lang vergangener Zeit. Leicht verärgert, weil sie nichts zu sagen hatte, wandte sie sich nach rechts und stieg die von regelmäßigen Absätzen gegliederten Stufen des steilen weißen Ponte di Vigo hinauf. Und ging dann leichtfüßig auf der anderen Seite wieder hinunter, nicht ohne vorher den Müßiggängern zuzulächeln, die hier und dort auf den Treppenstufen saßen wie die Anwälte im Café.

Hier, am anderen Ufer, lag das Krankenhaus. Sofort erkannte sie es wieder: dort! Ein großer Palazzo mit angenagter, gedunkelter Marmorfassade, dessen breiter, aber düsterer Arkadengang direkt am Kanal entlanglief und den Blick auf ein Stück der Vorhalle freigab. Hinter der Glastür sah sie ein Gewimmel von Rekonvaleszenten, Wartende mit Gipsarm, in schmutzige Binden gehülltes Elend, Stöcke, Krücken, umwickelte Gliedmaßen; sie wusste noch, wie sie selbst dort hindurchgegangen war, durch all die Teilnahmslosigkeit und all den Schmerz. Und wenn sie jetzt hineinginge? Könnte sie womöglich das weiße, nach Lysoform riechende Zimmerchen wiedersehen, wo ihr Fortunato geboren war?

Da fiel ihr plötzlich auf: Hieß die Tante nicht Felice – und die frischgebackene Mutter Fortunata? Mit welchem Recht? Waren das nicht Männernamen, hatten nicht nur Männer das Recht, zwischen Glück und Fortüne zu wählen? Und doch gab es hier nun einmal eine Fortunata, und es war Donnerstag, Punkt drei, der richtige Tag und die richtige Uhrzeit für Besuche im Städtischen Krankenhaus; sie konnte also hinein- und hinaufgehen, wenn sie jenen Allerweltsnamen nannte: Piovella … Piovella, Fortunata … Es erschien ihr passend, dass der Pförtner, bei dem sie nachfragte, ein Kriegsinvalide war und eine Hand, besser gesagt seinen Ärmelsaum, in der Hosentasche hielt. Dann stieß sie einen Freudenschrei aus, der eher an die Nonne im Schwesternkittel gewandt war, die hinter ihr herkam, als misstraute sie ihr; und die Nonne antwortete, so schien es, mit einem Klimpern des Schlüsselbunds, den sie wie eine Hausfrau und Mutter am Gürtel trug. Die arme Piovella wiederum hatte sich jäh im Bett aufgesetzt.

»'N Junge … Wiedern Junge … Meine Güte, so viele Jungs! Immer nur Jungs!«

So empfing die arme Frau die Besucherin, die vermutlich im Auftrag von *Siora* Felice Pagan hier war, und wies auf ihre ebenso bemitleidenswerten Zimmergenossinnen: Alle hatten sie sich jäh aufgesetzt.

»Jungs«, wiederholte die Besucherin ohne Überzeugung, »bringen Geld, sie sind ›eine Bootsmannschaft‹, wisst Ihr das nicht?«

Dann rupfte sie das Krankenblatt vom Kopfende und las laut die Nummer, die am Bett selbst nicht vermerkt war:

»Nummer 32 … Darf ich das anschauen? Darf ich das lesen, Schwester? Ich war die 25, die Ballarin die 24 … Wird heute anders nummeriert?«

Die Schwester blieb bei ihnen. Ruhig gab sie Auskunft: Alles war in bester Ordnung, die Säuglinge munter, die Mütter glücklich und zufrieden. Die aufrecht im Bett sitzende Wöchnerin sah verständnislos zu, doch ihr Gesicht zeigte Ärger und Missvergnügen über einen Besuch, der nicht so ablief, wie er sollte: Im Gespräch mit der Schwester wirkte Andreana wie eine der Damen, Besucherinnen des Klosters, wo Fortunata Schülerin gewesen war.

»Ist Doktor Peloso noch hier, Fräulein Schwester?«

»Er ist vor drei, nein fast vier Jahren gestorben. Vor seinem Tod hat er noch mit dem Fluchen aufgehört.«

»Und die Hebamme Dandolo?«

»Im April gestorben. Kannten Sie sie?«

Beide waren sie verstorben, Doktor Peloso, die Hebamme Dandolo, beide tot. Doktor Peloso hatte mit dem Fluchen aufgehört: eine gute Nachricht. Noch ein Junge, ja, so viele Jungs! Die Besucherin gab der Schwester recht, die Geburtshelferin Dandolo war wirklich eine tüchtige Frau gewesen, mehr Autorität als der Chefarzt hatte sie, und Doktor Peloso, ein herzensguter Mann. Dann verabschiedete sie sich: von der Schwester, von der Wöchnerin, der sie ein Geschenk machen wollte, von all den verstörten, aufrecht dasitzenden Bettlägerigen. Am Fuße der Treppe verabschiedete sie sich zuletzt vom Pförtner, sein Ärmelsaum steckte in der Hosentasche, und stand plötzlich auf der Straße, irgendwie bitter und enttäuscht, voller Ungeduld, diese Seite des Kanals zu verlassen, eine Brücke zu erreichen: die Brücke dort vorn …

Zurück zum anderen Kanal, an einen Ort, der keinerlei Erinnerung bei ihr weckt, vielleicht eine Kirche, ein Arkadengang, der Fischmarkt, oder den Gesprächen darüber lauschen, welcher Wind gerade weht oder im Anzug ist, ob Ostro oder Borìn, ob Straina[43] oder der verfluchte ewige Schirokko, oder die Frauen beobachten, wie sie, das Schultertuch leicht schräg gewickelt, die Treppen hinaufhumpeln.

Dort ist der Fischmarkt.

Andreana hat weder Scheu, zwischen den Ständen umherzugehen, an die Platten zu geraten oder ins Nasse zu treten, noch rümpft sie die Nase ob des Gestanks: Sie bedauert lediglich, dass sie für eine Fremde gehalten wird, dass man sich traut, ihr eine Grasgrundel, eine Goldmeeräsche, eine Springmeeräsche, eine Großkopfmeeräsche anzubieten, nichts als Fisch aus den *Valli*. Oh nein, noch nie in ihrem Leben hat sie Fisch gekauft. »Fischhändler mein erster, Fischhändler mein zweiter Mann«, sagen ihre Augen den »Aal! Aal!«-Schreiern mit wohlwollendem Stolz.

Und nun? Was gibt es noch zu sehen? Ein Haus am Ende einer Gasse … Eines dieser armseligen, ungepflasterten Gässchen, alle münden sie auf ein Ufer, weißflirrend von Wäsche, die in der Sonne trocknet; aber dorthin führt der Ponte della Scarpa … oder vielleicht der Ponte della Cuccagna?

Ponte … dei Filippini! Das ist die Gasse, dort ist das Haus. Am Fenster, aus dem sie – fast noch ein Mädchen – geblickt hatte, steht nun eine Geranie, eine schöne Geranie, auch sie allerdings in einem Nachttopf erblüht. Und das Haus der Ballarin? Wohnt die Ballarin nicht auch in dieser Gegend? Vielleicht könnte sie irgendwann gemeinsam mit der Ballarin um Doktor Peloso und die Hebamme Dandolo trauern, beides gute Menschen, aber ja, und tüchtig …

Da ist es, da ist es, die Fenstersimse leer, weder Nachttöpfe noch Hosen noch Holzpantinen zu sehen: Sie erkennt es, erkennt die Schornsteine, hier ein Würfel, dort ein Dreizack. Womöglich ist bei der Ballarin nach so langer Zeit immer noch alles unverändert, womöglich ist sie nicht umgezogen, ist der dreckigen, ungepflasterten Gasse mit dem Kanaldeckel in der Mitte nicht überdrüssig geworden, ebenso wenig wie die Tante? Womöglich denkt die Ballarin dort hinter dem Fenster an ihren Jungen, der ebenfalls Matrose ist, in Venedig oder in einer fernen Stadt am Meer wie La Spezia, Taranto, Brindisi?

Den Kopf in den Nacken gelegt, betrachtet Andreana

weiter die Fenster, sie erkennt die Schornsteine, Würfel und Dreizack, und bemerkt nicht, dass ein paar Klatschbasen sie misstrauisch mustern, wie eine Verrückte, bis an einem der Fenster ein Mädchen aus dem Volk auftaucht, die Arme hebt und ein Lied anstimmt:

»Traurig is das Leben der Matro-o-sen …«

Andreana geht fort, warum weiß sie nicht. Es ist, als habe das Mädchen die Träumerei über ihr früheres Leben unterbrochen, als habe die Erscheinung sie verscheucht, der Gasse verwiesen. Wieder überquert sie die Brücke, sieht an den freiliegenden Stellen des Kanals eine Reihe abgerissener Jungen, wie sie im Schlamm, in einem Strom aus Algen und Abfall herumstochern; und dann erkennt sie, dass die Jungen Knochen, kleine Flaschen, Blechdosen beiseitelegen, alles, was sich verkaufen lässt, der Kanal gibt ihnen die besten Stücke wieder zurück und all der Unrat erfüllte einen Zweck, wäre nicht hier und dort Aas darunter. Hätte auch ihr Sohn im Schlamm der Kanäle gewühlt, wenn er in Chioggia aufgewachsen wäre? Wären dies seine Spielkameraden gewesen, all die Jungen, die Passanten um die bescheidenste Münze anbetteln, von der es hieß, sie sei nicht mehr wert als ein Floh?

Sie wendet den Blick ab, möchte jetzt zum Dom und damit ihre Wanderung quer durch die Stadt, von der Piazzetta Vigo bis zum Dom, zu Ende bringen, nachdem sie sich im Zickzack vorwärtsbewegt hat, wie es solch eine zerstückelte, von Brücken zusammengehaltene Stadt mit sich bringt. Sie betritt die Kirche. Weil die Màlgari es ihr ans Herz gelegt hat, weil sich die Heiligen, die Schutzpatrone hier befinden, weil »im Dom gleich links« die berühmte Kapelle zum Gebet ruft, sie weiß Bescheid. Erstaunt blickt sie sich um: Sie ist allein, weder brennende Kerzen noch knieende Weiblein sind zu sehen, und die Kapelle der Schutzpatrone ist dunkel, finster, bar jedes Patrons, sodass sie sprachlos vor Abwesenden steht. Dann kommt ein Jüngelchen aus der Sakristei, gibt ihr Bescheid, dass die Heiligen »weggeszlosn« sind; offenbar meint er Statuen aus Holz oder Pappmaschee, die einmal im Jahr in einem Prozessionszug durch die Stadt getragen werden, der einzige Anlass, zu dem ein Fischer sein Mädchen ausführt.

»Elfter Juno«, sagt Andreana, an den Jungen gewandt, aber wie um sich selbst an das wichtige Datum zu erinnern.

Hinter dem Dom die berühmte Freifläche, die Balustrade am Kanal, die Statuen auf der Balustrade, und in einer Reihe mit den anderen steht, wenn auch größer und schöner, die Madonna der Seefahrer, über ihr der Blechbaldachin, vor ihr die schiefe Laterne, wie auf den Gemälden, die Chioggia bekannt gemacht haben. Dies und kein anderes ist das wahre Antlitz der Stadt, nicht einmal der Ponte di Vigo, das begreift Andreana nun, und sie weiß, was das *Refugium Peccatorum* in einer Stadt wie dieser bedeutet, sie spürt, dass eine Frau, die Mann und Sohn auf See hat, nur vor dieser Madonna niederknien wird – selbst die Königin sei hier niedergekniet, heißt es – und dass Pappblumen nicht genügen und auch kein »elektrisz Licht«; tatsächlich sieht sie, wie ein Alter in der Laterne eine Kerzlein anzündet und ganz in der Nähe ein anderer unter den Augen der aufmerksamen Jungfrau ein Netz knüpft. Mit dem bloßen Fuß hält er es gespannt, während sein Daumen ein Seilende fixiert.

War die Ballarin also umgezogen? In eine schönere, eine prächtigere Wohnung? Nur ein Mädchen aus dem Volk war an einem der Fenster des armseligen Hauses in der ungepflasterten Gasse erschienen, und die Art, wie sie die Arme gehoben und gesungen hatte, erinnerte an ein Matrosenliebchen, ein trauriges womöglich.

»Die Ballarin?«

»Die Ballarin«, fiel ihr die Alte in leicht verächtlichem Ton ins Wort, »ist jetzt reich, weißt du das nicht? Reich ist sie geworden, mit getrocknetem Tintenfisch.«

»Getrocknetem Tintenfisch? Tatsächlich?«

»Sie wohnt an der Piazza, neben dem Kornspeicher.«

Die Alte lachte und spottete über die Familie Ballarin, die dem getrockneten Tintenfisch sei Dank von einer stinkenden Gasse in ein schönes Haus am Platz gezogen war, und Andreana gab zu, dass eine Produktion in Masse alles erkläre und man so auch mit Schulpen oder sogar mit Tinte groß und mächtig werden könne. Umso besser! Sie freute sich, sie freute sich für ihre Gefährtin aus dem Krankenhaus. Und am Nachmittag würde sie ihr an der Piazza einen Besuch abstatten.

»Wo gehst du hin?«, fragte die Alte, aufs Neue und ewig empört. »Findest du dich denn zurecht?«

»Nun hört schon auf! Ihr habt doch gesagt, Tante Felice, sie wohnt an der Piazza neben dem Kornspeicher?«

Andreanas Gedanken kreisten nur noch um die Ballarin, sie sagte sich, dass sie ebenfalls auftrumpfen und die Reichtümer ihres zweiten Ehemannes loben könnte, und obendrein die Klugheit ihrer Tochter, das moderne Haus, das Automobil, den Handel mit dem Dosen-Brodetto – also die Ambitionen, die Fehler, den zweifelhaften Geschmack ihres prunkverliebten, unvorsichtigen Mondo. Einen Augenblick lang befürchtete sie, die Ballarin könnte sich durch die Geschichte von Felice und Fortunato, gewissermaßen eine Zwillingsgeburt, belästigt fühlen und so tun, als erkenne sie die Besucherin nicht wieder, oder aber sie könnte, sich der Tatsachen voll bewusst, den Mund verziehen und die Freundschaft einer Fischhändlerfrau zurückweisen, eben weil sie dank dem niederen Tintenfisch nun zu strahlendem Reichtum gekommen war.

»Wo gehst du hin?«, fragte die Alte schließlich noch einmal. »Denkst du wirklich noch an die mit dem getrockneten Tintenfisch?«

»Aber natürlich, Tante Felice! Wir haben gemeinsam unsere Kinder bekommen, das habe ich doch erzählt. Es ist nur richtig, dass ich sie besuche, nach so langer Zeit.«

»Mach, was du willst. Ich an deiner Stelle würde nicht hingehen. Sie ist unangenehm, wie alle Aufsteiger hier bei uns.«

»Daran ist nichts Schlechtes. Ich bin nicht neidisch. Mit der zweiten Heirat bin ich genauso aufgestiegen, das wisst Ihr doch.«

»Nein, nein, das meine ich nicht. Ich habe das Gefühl, ich weiß nicht warum, dass du Ärmste in die Höhle des Löwen gehst.«

»Oh – warum das?«

»Ich weiß nicht genau, habe ich doch gesagt. Also gut, Andreana, seit einer Weile sucht die Ballarin nach deinem Sohn. Sie will wissen, wo er ist. Vielleicht kommt sie nicht darauf, dass er ganz in der Nähe ist, in Venedig, in der Hafenkommandantur. Ich denke doch, sie hätte längst bei dir persönlich nachfragen, dir einen kurzen Brief schreiben sollen. Aber nein, sie will Fortunato *allein*, verstehst du? Also habe ich mir gesagt: Da ist etwas faul, und ich habe ihr die Adresse nicht geschickt. Gut so?«

»Ich weiß nicht.«

»Und jetzt geh ruhig. Viel Glück in der Höhle des Löwen.«

Um Punkt vier wurde Andreana in ein Empfangszimmer geführt, das so gar nicht nach Chioggia passte: Tapeten aus falschem Damast (in Gelb) bedeckten die Wände, von der Deckenmitte hing, etwas zu hoch oben, ein sechsarmiger venezianischer Lüster, auf einer gewundenen kleinen Säule stand ein hölzernes Figürchen, ein Lausbub in Lumpen. In der gegenüberliegenden Ecke stand auf einer weiteren kleinen Säule eine Fayence-Vase und darin statt Blumen ein Strauß von kleinen Trikoloren aus Seidenpapier, die den Stempelaufdruck »Es lebe das italienische Fiume«[44], manche auch »Es lebe der König« trugen. Andreana wandte sich um und betrachtete die Dienstbotin (eine echte Dienstbotin, anders als die Frau aus Caorle oder die Màlgari), die auf einen Stuhl deutete, sie aufforderte, »Platsu nehmen«, bis die Hausherrin benachrichtigt sei und sich einen Hausrock übergezogen habe. Was? Einen Hausrock? Die bescheidene Besucherin wollte lieber formlos empfangen werden, in der Küche vielleicht, und dieser Lüster, die Stühle mit ihrem nachgeahmten Wiener Lochgeflecht ließen sie innerlich frösteln.

Die Ballarin aber wollte im japanischen Hausrock vor ihrer Krankenhausgefährtin erscheinen. Im ersten Augenblick nahm Andreana sie gar nicht wahr, sah weder ihren schroffen Gesichtsausdruck noch die etwas verhärteten Züge, sondern nur den Stoff des Hausrocks – leicht war er, sicherlich kostspielig und von undefinierbarer Farbe, möglicherweise »haselnuszbraun«. Darin eingehüllt war eine magere und nervöse kleine Frau, die sich, die Hand auf den Tisch gestützt, eine Weile bewundern ließ, während sie mit finsterem Blick wie unzufrieden schwieg. Sie runzelte die Stirn, rümpfte die Nase in einer beinah krampfartigen Grimasse, bewegte kaum merklich die Lippen:

»Pagan?«

»Ja, ich Pagan und Sie Ballarin. Ich bin nach langer Zeit wieder einmal hier, nach mehr als zwanzig Jahren, weil ich meine alte Tante besuche, *Siora* Felice Pagan. Sie ist krank, sehr krank … Die Leber … das Juckn …«

»Verztehe«, sagte die andere, immer noch in jener abweisend und heimtückisch wirkenden Haltung. »Sie Pagan … und ich Ballarin …«

Plötzlich sackte sie zusammen, fiel in die Arme der Besucherin, die ihr gerade noch rechtzeitig zur Hilfe eilen konnte. Andreana legte sie aufs Sofa, öffnete den Kragen des Hausrocks, trocknete ihr mit dem Taschentuch die Stirn. Sie rief nicht um Hilfe, hatte verstanden, dass es nicht nötig war, sondern wartete, bis die von sonderbarem Unwohlsein erfasste Ballarin wieder die Augen öffnete.

»Pagan«, murmelte die Ballarin mit leichenblassen Lippen, und ihr Gesicht auf dem weichen Kissen (ein Pierrot-Kopf) war hingesunken wie das einer Toten. »Pagan … Pagan … verztehe …«

»Was verstehen Sie?«

»Im Zpital, herrje, im Zpital …«

»Ihr Felice, mein Fortunato … Es ist … wie lange? Zweiundzwanzig Jahre her. Geht es Ihnen besser?«

»Ja … ja, gut, sehr gut … zu gut sogar …«

Die Ballarin fasste sich wieder, band sich den Kragen zu und hielt einen Moment nachdenklich inne: Sie durchforstete ihr Gedächtnis, das nicht weit zurückreichte und lose geknüpft war, weshalb sich die Schemen der Vergangenheit nur schwer darin fassen ließen – und vor dieser Frau erschien es noch mühsamer. Wie sie in ihrem schlotternden Hausrock neben Andreana saß, ging von der Nervenkranken (denn um eine solche handelte es sich) ein Schauder aus, als sei ihr Leiden, ihre geheimnisvolle Unruhe ansteckend. Andreana lächelte unbedarft:

»Warum sehen Sie mich so an?«

»Und Sie, warum schauen Sie weg?«

Andreana rückte ab, sie wollte ihrer Krankenhausgefährtin nicht in die Augen sehen; die Ballarin, diese Ballarin hier, machte ihr geradezu Angst, zu mager war diese Ballarin, anders als die frühere, ihr Blick so böse. Da, warum packte sie ihren Arm so fest? Warum rüttelte sie an ihr wie aus Wut?

»Wisst Ihr eigentlich«, (plötzlich war die Ballarin zum »Ihr« gewechselt), »dass mein Felice Euch wie aus dem Gesicht geschnitten ist? Eine ... eine Ähnlichkeit ... Ja, einmal muss es doch raus: Unsere Söhne wurden im Krankenhaus vertauscht. Ich hatte schon immer den Verdacht, aber mein Mann hat gesagt: ›Was fällt dir ein? Bist du verrückt?‹ Doch kaum sehe ich Euch nach all den Jahren ... Schaut mich genau an: Sehe ich nicht aus wie Euer Fortunato und Ihr wie ...?«

Andreana mochte nicht hinsehen. Sie legte die Hände vors Gesicht, löste sich von dieser Frau, die sie anscheinend in die Schlingen ihres Hausrocks wickeln wollte, verkroch sich in die Ecke des Sofas, wo ein weiterer schwarz-weißer Pierrot-Kopf lag, aber die Ballarin rückte ihr nach, zwang sie dazu, ihr Gesicht zu verdecken, bohrte ihr beinah die Finger in die Augen.

Dann entfaltete die Ballarin ein Papier, das sie anscheinend am Busen verborgen trug, und hielt es der Besucherin hin: Sie sollte nicht auf die Idee kommen, sich weiter aufs Leugnen zu versteifen.

»Hier«, sagte sie mit einem Anflug von Härte, »macht die Augen gut auf, lest.«

»Was ist das?«

»Eine Aussage *unserer* Hebamme, der Hebamme Giuseppina Dandolo, vielleicht erinnert Ihr Euch. Darin steht, wie die Söhne verwechselt wurden. Eine vollgültige Aussage.«

»Aber die Hebamme Dandolo ist doch tot?«

»Letzten Monat ist sie gestorben, und sie hat diesen Zettel hinterlassen.«

»Warum hat sie das nicht schon früher gesagt?«

»Aus Angst, ihre Arbeit zu verlieren. Auch das gibt sie zu. Vor ihrem Tod hat sie das Geheimnis gelüftet.«

Andreana hatte die »Aussage« abgewiesen, sie war ihr auf

die Knie gefallen. Plötzlich bekam die Ballarin Angst, die andere könnte den kostbaren Zettel der seligen Dandolo womöglich zerreißen, und steckte ihn zur sicheren Verwahrung wieder an ihren Busen, dort, unters Leibchen.

»Also«, sagte sie dann mit frischem Schwung, »Fortunato ist meiner und Felice gehört Euch, habt Ihr verstanden? Was macht *mein* Fortunato, wo ist er?«

»Er ist Matrose in Venedig, in der Hafenkommandantur.«

»Nicht im Arsenal? Nicht in der Kaserne am Campo San Daniele?«

»In der Hafenkommandantur, in der Kommandantur ...«

»Gott sei Dank! Mein Fleisz un Blut! Seht Ihr, Felice wurde ausgemustert, weil er ein bisschen schwach auf der Brust ist. Jetzt ist er gerade in den Bergen.«

»Wo ist er?«

»Im Sanatorium, in den Bergen.«

»In den Bergen? Schwach auf der Brust? Ihr wollt also einen gesunden Sohn und gebt mir einen kranken dafür?«

»Es ist nicht Eure Schuld«, antwortete die Ballarin, dem mütterlichen Aufschrei mit großer Gelassenheit begegnend. »Ihr seid gesund. Euer Mann war gesund. Diese *Sache* ist nicht erblich; Vater und Mutter haben sich nichts vorzuwerfen. Eine Erkältung, wisst Ihr, dann Bronchitis, Rippenfellentzündung ...«

»Rippenfellentzündung? Wie alt war er da?«

»Sechzehn ... nein, sieb...«

»Los, steht auf. Kommt mit.«

»Wohin?«

»Ins Krankenhaus. Los, los, ins Krankenhaus. Ich war schon dort. Wir werden sehen, mit jemandem sprechen.«

»Mit wem?«

»Ihr sagt also, die Hebamme ist schuld? Und jetzt ›isse geztorben un Doktor Peloso auch ...‹«

»Aber, um Gottes Willen, meine Werteste, was wollt Ihr im Spital? Wen habt Ihr getroffen? Warum sagt Ihr nichts mehr?«

Fast zärtlich wiederholte sie: »Warum sagt Ihr nichts mehr?« und begann, ihrerseits den Tatsachen ins Auge sehend, die unglückliche Andreana zu tätscheln. Nur – ein Sohn war gesund und der andere krank, und aus diesem Grund fühlte sich die Ballarin weniger betrogen, deshalb rückte sie heran, gab Ratschläge, linderte den Schmerz. Ihr Lächeln war jetzt ganz starr, wie mit zwei kleinen Nägeln in den Mundwinkeln befestigt.

»Fortunato und Felice … Aber ich bitte Euch, ist das nicht einerlei? Eine schusslige Hebamme, ein vertauschtes Kärtchen … meine Güte, so etwas passiert nun einmal, oder etwa nicht? Vor ein paar Tagen stand im *Gazetin*: ›Deutschland: zwei Neugeborene vertauscht …‹ Mein Gott, ja, je länger ich diesen Sohn angeschaut habe, umso klarer habe ich gespürt, dass er kein Tiozzo und auch kein Ballarin ist …«

Da sprang Andreana auf, als sei mit einem Mal ihr Stolz wiedererwacht, der Stolz einer Frau, die bisweilen zögerlich, aber doch mutig ist. Die Ballarin stellte sich ihr in den Weg.

»Wo geht Ihr hin?«

»Wohin ich will.«

»Ins Spital?«

»Wohin ich will, wohin auch immer.«

»Wollt Ihr das Blut untersuchen lassen?«

Auf die Idee einer Blutuntersuchung ist die Pagan nicht vorbereitet: Eingeschüchtert starrt sie vor sich hin.

»Ja«, bekräftigt die Ballarin nach wie vor gelassen, »so stand es in der Zeitung, in Deutschland haben sie das so gemacht.«

Die Pagan steht in der Tür, noch wie gelähmt beim Gedanken an das Blut, dann schüttelt sie den Kopf, als glaube sie nicht daran.

»Morgen fahrt Ihr nach Venedig?«

»Wohin ich will, ich hab's Euch gesagt, wohin auch immer.«

»In die Hafenkommandantur?«

»Wer hat Euch gesagt, dass Fortunato in der Hafenkommandantur ist, wer?«

»Ihr wart das, meine Werteste, vor ein paar Minuten, wisst Ihr nicht mehr?«

Nun zuckt die Pagan mit der Schulter, denn die Frau hat ihr eine Hand auf die linke Schulter gelegt und sie »meine Werteste« genannt. Sie flieht, stürzt die Treppe hinunter, verängstigt von der Klarsicht dieser Frau, und sie schwört sich, dass sie nicht ins Krankenhaus gehen, sondern am nächsten Tag nach Venedig fahren wird, um behutsam den Verdacht der Ballarin anzuführen, der verfluchten Ballarin vorzukommen ... Ach, ob vermeintlicher Sohn oder echter Sohn, alles einerlei? Felice, das Glückskind, ein vom Schicksal geküsster Fortunato? Der Schicksalsliebling Fortunato ein glücklicher Felice?

Zum Empfang schwenkt Tante Felice zornig einen gelben Zettel, ohne sich aus dem Sessel fortzubewegen.

»Telegramm«, faucht die Alte. Sie ist nicht erfreut: »Jetzt auch noch Telegramme!«

Tatsächlich, ein Telegramm für Andreana. Sie kennt die gelben Zettel, die berühmten »Fisch-Telegramme«, schon seit langem und hat keinen Grund, sich davor zu fürchten, doch dieses Mal ruft Mondo nach ihr: »Anwesenheit dringend erforderlich« und »Komm sofort«.

Sie bewahrt die Fassung.

»Oh«, sagt sie leise bei sich, »jetzt ist es das Mädchen, es ist Anita.«

Kapitel XVII

»Mascha ist mit dem frühen Zug gefahren, wir haben sie mit dem Auto zum Bahnhof gebracht und Anita hat sie geduzt. Anita hat gesagt: ›Ich bin froh, dass sie wegfährt, ich brauche meine Ruhe.‹ Aber am Abend, mit dem letzten Zug … dem um halb zwölf … sie hat ausgenutzt, dass ich nicht zu Hause war … niemand war zu Hause …«

»Ihr wart nicht zu Hause? Wo wart Ihr denn?«

Dass Mondo zu besagter Zeit im Bett der Filòdima gelegen hatte, konnte er kaum zugeben. Fest stand, dass Anita am Abend zuvor allein in der Burg gewesen war und in Ruhe ihre Vorbereitungen treffen, ein paar Kleider einpacken und eine Nachricht hatte schreiben können: »Für Mama«.

In der Aufregung hatte die Mama nicht bemerkt, dass ihr Mann ziemlich elegant war: In seinem Knopfloch steckte ein kleiner Hundekopf. Um seine verstörte Frau aufzumuntern, drückte der gute Mondo ohne Vorwarnung auf den parfümprallen Gummiball unter seinem Kragen, worauf das Hündchen sofort kläffend einen kleinen Strahl zu Andreana hinüberspie, die kurz davor war, ihrem Schwachkopf von Gatten mit den Fäusten zu drohen.

»Hast du dich erschreckt? Ich zeig dir, wie das funktioniert.«

»Schämt Euch!«, sagte sie, ihm den Rücken zukehrend.

Bedröppelt und kleinlaut, wie er war, fand er nicht den Mut, sich ans Radio, das einer Kathedrale nachempfundene Möbelstück zu setzen, und ebenso wenig folgte er seiner

Frau in den Flur: Seine schlimmsten Streiche konnte er ihr nicht beichten, das wusste er genau.

Die Màlgari hatte nichts beizusteuern. Die Ballerina habe den Umzug vorbildlich geleitet, das war alles. Außerdem hatte die Alte die sonderbare Meinung aufgeschnappt, dass »die jungen Dinger halt fortlaufen«, noch nie seien es so viele gewesen wie nach dem Krieg '15-'18, nur so könne man »sein Glück machen«. Die junge Frau wiederum hatte ihrer Mutter ein paar Ratschläge hinterlassen: Sie solle nicht nach ihr suchen und nichts unternehmen, ganz ihrem Fortunato widmen solle sie sich, weder der Ausreißerin noch der Tänzerin gram sein und in Frieden mit ihrem zweiten Gatten leben – er sei nicht schlechter als der erste. Nach ihr suchen, nein, das solle sie nicht, und genauso wenig das bisschen Geld von ihr zurückverlangen; und dass sie den Mitmenschen, die Anita in Rom oder Mailand gesehen haben wollen, ja keinen Glauben schenke, denn schon morgen könnte sie im Ausland sein wie der Weltenbummler Evardo, und »mach dir keine Vorwürfe, weil du mich nicht zurückhalten konntest«, »lass die Carabinieri aus dem Spiel«.

Die Carabinieri? Sollten sie benachrichtigt werden? Sollte sie sich an Maschas schmuddelige Verwandte wenden, um wenigstens die Adresse der Tänzerin zu erfahren? Wieder mit Luison Balla Balla sprechen? Vermutlich kannten weder Luison Balla Balla noch die anderen analphabetischen Verwandten Maschas Adresse. Eine Tänzerin hat keine Adresse, ebenso wenig wie ein Kontrabassist oder nun Anita, dieses Unglückskind. Andreana schloss die Augen, um wieder die alte Anita vor sich zu sehen, die sanfte Schülerin aus einer Zeit, als der Horizont noch frei war von Kontrabass spielenden Fischhändlersöhnen und tanzenden Fischerstöchtern: wie sie friedlich damit beschäftigt war, rosa Bänder in ihre Unterwäsche einzuziehen, mit einer Nadel aus ihrem noch langen Haar, und nichts als Keuschheit und blanke Ahnungslosigkeit ausstrahlte.

Da seine Frau schwieg und geradezu entspannt wirkte, hielt Mondo es für angebracht, sich nach ihrem schönen Aufenthalt in der bedeutenden Fischerstadt zu erkundigen. Wie kam es, dass die reiche Verwandte noch immer am Leben war, nach so langer Quälerei?

»Nur damit Ihr Bescheid wisst, Tante Felice geht es besser als uns beiden.«

»Und Fortunato? Bist du gar nicht in Venedig gewesen, um deinen Fortunato wiederzusehen?«

Zu Mondos Verwunderung ließ Andreana stumm den Kopf hängen. Sie saß da, die Hände im Schoß verschränkt, ihre Brust hob und senkte sich, leise ging ihr Atem. Im Übrigen war Andreana seit ihrem Wiedersehen am Bahnhof dermaßen vernünftig, dass Mondo hilflos vor dieser sonderbaren, fast schon unmenschlichen Nachsicht stand. Er war mit dem Auto gekommen, wer weiß welche Zornesausbrüche erwartend, und hatte ihr am Bahnhof sofort eröffnet, dass er sie »zur Burg« bringen werde. Was für eine Burg?

»Habe ich Burg gesagt? Nein, Villa Andreana hätte ich sagen sollen. Sie hieß Villa Italia, jetzt heißt sie nach dir. Wie das Boot im Kanal, das *Andreana* getauft worden ist. Meine liebe Frau, nie zufrieden mit der Ehre, die man ihr erweist.«

In einem anderen Moment wäre Andreana vielleicht aus dem Auto gesprungen, nur um nicht zur … Villa Andreana gefahren zu werden. Nach dem Aussteigen fragte sie ein wenig ruppig, ob das etwa ein Scherz sei. Im Vorzimmer blieb sie stehen und betrachtete eine Schnitztruhe, es lag ein mittelalterlicher Helm darauf. Als sie sich weiter umsah, entdeckte sie in einer Ecke auch noch eine Prozessionslaterne an einem Stab, der wiederum in einem wuchtigen Steinblock steckte.

In Wahrheit war Andreana, die sich in einer Welt von Ehrgeizlern und Verrückten immer ihrer Durchsetzungskraft und Umsicht gerühmt hatte, wie von einer fremden Macht geschwächt, in Zögerlichkeit oder Ohnmacht zurückgefallen. Sie sah gar nicht, was sie vor sich hatte, in den langen Pausen kreisten ihre Gedanken nur darum, ob sie sich Mondo anvertrauen sollte, auch wenn er es nicht verdiente.

Sollte sie Mondo also die lange, bis in die Chiozoter Zeit zurückreichende Geschichte anvertrauen? Ihm erzählen, wie sie damals ins Krankenhaus gekommen war, dort oben, als junge Ehefrau? Die Geschichte der vertauschten Kinder? Sie schämte sich, spürte, dass es eine Art Schandfleck war. Großartig hatte sie das gemacht, den Jungen vorzuziehen! Und jetzt? Hatte sie womöglich beide Kinder verloren, den Jungen und das Mädchen? Was tun? Unter dem Vorwand, der Ausreißerin nachzureisen, nach Venedig flüchten, die Hafenkommandantur besuchen, darauf bestehen, den Matrosen Fortunato Pagan zu sehen? Zu spät. Unterdessen war die Ballarin doch schon unangekündigt in der Hafenkommandantur aufgetaucht, hatte vielleicht »Ich bin reich, ich bin deine Mutter« gerufen.

Mondo verließ die Villa, kam wieder zurück. Andreana saß im kleinen japanischen Salon, auf einem der Schemel, deren jadegrüne Seidenbespannung mit eindrucksvollen Lotusblumen gemustert war. Sie schien Gefallen am japanischen Salon zu finden. Mondo ging vorsichtig auf sie zu, sondierte ein wenig das Terrain, nahm Witterung auf, wie ein Spürhund. Er hatte seine Frau ablenken wollen. Bisher war ihm noch kein anderes Thema eingefallen als die Wechsel:

»Einer ist am siebten fällig, einer am vierzehnten.«

»Wie viel?«

»Sag ich dir nicht.«

Andreana begriff und begriff nicht, zuckte die Achseln, war mittlerweile davon überzeugt, dass das Geschäft mit getrocknetem Tintenfisch rentabler war, und gestand sich seelenruhig ein, dass der Mann der Ballarin mehr Ahnung von Mollusken, von Wechseln, von allem hatte.

Schließlich kam ein Brief: Mondo persönlich überreichte ihn ihr stumm, beinah unterwürfig. Andreana zog eine Nadel aus dem Haar und öffnete den Umschlag. Da bemerkte sie, dass es gar kein Brief war, sondern ein Portrait: eine bemalte Karte.

Neugierig reckte Mondo den Kopf.

»Wer ist das?«

Andreana, bereits aufgewühlt, versteckte die Karte.

»Lasst mich. Ich mag keine naseweisen Leute.«

Sie war in ihr Zimmer geflohen, um sich einzuschließen, sogar die Fenster hatte sie geschlossen. Aber war das ihr Zimmer? Diese kobaltblauen, mit goldenen Lilien übersäten Wände, ihr Haus? Sie ging zum Bett – ein niedriges Bett auf einem Nussbaumpodest – und legte die Hand an eine der vier gewundenen Ecksäulen. Erstaunt blickte sie auf den lachhaften Baldachin aus blauem Samt, der in weichen Falten von der goldenen Trophäe am Bettende herabfiel und, von zwei goldenen Stangen gestützt, rechts und links zusammengeführt wurde, den Sockel einzurahmen. Hier, unter diesem prächtigen Himmel, hatte sie bereits neben ihrem Mondo genächtigt wie eine Königin.

Die Ballarin hatte ihr also ein Portrait geschickt.

Ein Betstuhl und darüber ein kleines, altes Triptychon, vor dem eine Messinglampe mit violetter Quaste hing, wie man sie aus der Kirche kennt. Sollte Andreana hier niederknien? War die strenge alte Madonna, der zwei Posaunenengel, einer rosa und einer blau, auf den kleinen Flügeltafeln zur Seite standen, vielleicht ihre Beschützerin? Konnte sie

sie während ihres Aufenthalts in der Burg um Hilfe bitten? Sie hielt den Atem an, zog das Portrait aus dem Umschlag – da, eine Karte – und schloss die Augen. Dann öffnete sie die Augen. Ihr Sohn? Warum? Warum, o Herr, gibst du ihn ihr so dünn zurück, derart ausgezehrt und gezeichnet, dass er, o Gekreuzigter, aussieht wie dein Ebenbild?

Am Kopfende des Betts, unter dem blauen Baldachin, hing kein Kruzifix. Es gab nur die grüngesichtige alte Madonna über dem Betstuhl, auf ihren Knien ein grüngesichtiges Kind, und die beiden Posaunenengel. Nein, genug. Genug, Andreana. Sie versteckte das Portrait an ihrem Busen, befüllte den Krug am Waschbecken und tauchte einen Handtuchzipfel hinein, kühlte sich die Augen mit eisigem Wasser – denn niemand sollte ahnen, dass Andreana geweint hatte.

Das Bild des schönen Matrosen, des gesunden Sohns, verbannte sie aus ihren Gedanken, um jenes andere, schwächere Bild in den Vordergrund treten zu lassen, die weite Stirn, die eingefallenen Augen, den Kummer, wie eine Todesahnung. (Er ähnelte … Er ähnelte ihr, ähnelte Anita …)

Doch es war, als würden die beiden im Aufruhr des mütterlichen Herzens miteinander ringen; und der gesunde, der schöne Sohn gewann und vernichtete den kranken, zum Sanatorium verurteilten Sohn, worauf Andreana jenen Mutterstolz verfluchte, der mit kräftigen Söhnen prahlt, sie groß und imposant sehen möchte, eitel und dumm war das. Was, wenn ein schwächerer, nicht ganz so robuster Sohn mehr an seiner Mutter hing?

Plötzlich fiel ihr der Sohn eines Fischhändlers ein, der dort oben zur Kur gewesen und dort gestorben war, allein zwischen all den Bergen, in einem großen Haus fast ganz aus Glas. Sie sah die Berge, den Tannenwald: den Schnee. Und was das kostete, herrje, was das kostete! Koste es, was es wolle … die Krankenschwestern … die Spucknäpfe … eine Veranda … die Liegestühle … »Herr Direktor«.

Mondo hingegen glaubte, sie denke an ihre Tochter, und blickte betroffen drein, da die Tochter nicht schrieb; als hätte sie von Evardo gelernt, ohne ein Lebenszeichen durch die Welt zu tingeln. Evardo war sein Sohn – auch der verloren – und die Verantwortung für das Schweigen trug er, der gedankenlose Vater, der sich an die neue Grausamkeit der Kinder gewöhnt hatte. Ihn wunderte jedoch, dass Andreana ihn nicht zorniger empfangen hatte. Die Ärmste hatte ihm gar nichts mehr vorzuwerfen, warum auch immer, was ihn seltsam verlegen machte.

Nun ging Mondo zum geheimnisvollen Mahagonimöbel, studierte eine Karte, drückte wahllos einen Knopf, weil er vorhatte, sich im Gitter der Längen- und Breitengrade zurechtzufinden, und voilà, hin und wieder erklangen Bruchstücke von einem Tango oder Geigenstück, das Geschmetter einer Kapelle, zerrissenes Geheul aus der Atmosphäre.

Andreana schreckte auf. Ein solches Möbelstück war ihr zum ersten Mal im Empfangszimmer der Ballarin begegnet: Sie zuckte hinter Mondo zusammen, und ihre Hand fuhr einmal heftig gegen ihn aus.

Andere Male war der große Salon erfüllt von fürchterlichen Männer- oder Frauenstimmen (die Stimmen wechselten einander ab), die eine bestimmte Sorte Tuch, Pastillen, Likör, vielleicht eine Konserve ähnlich dem glücklosen Brodetto anpriesen.

»*Kosten Sie die berühmte Fischsuppe … Leibspeise der alten Spartaner … den Brodetto aus der Dose, unser Qualitätsprodukt. Schmackhaft … würzig … nahrhaft … kräftigend …*«

»Wer ist das? Spricht da der Teufel?«

»Der Teufel? Du nennst die Radiowerbung Teufelswerk, Andreana, im zwanzigsten Jahrhundert? Schäm dich!«

»Macht das aus, versucht doch, mich zu verstehen, erzählt mir lieber etwas, das mir weiterhilft. Also: Wisst Ihr, ob es viele, na ja … Schwindsüchtige gibt?«

»Bei uns? Wie kommst du jetzt auf Schwindsüchtige? Auf dem Land gibt es viele, ja. Alle schwindsüchtig in Ruffio, sogar die Hühner und die Kühe, und es geht ihnen nach wie vor prächtig. Der Sohn von der Ciancia …«

»Ciancia? Die Drescherin?«

»Die Gemeinde zahlt für ihn, dort oben.«

»Wo dort oben?«

Mondo überlegte und sagte: »Im Sanatorium«, dann fand er ein noch längeres Wort und schickte es, ohne sich zu verhaspeln, in einem Atemzug hinterher: »Lungensanatorium«. Es wunderte ihn nicht, dass Andreana wie verschreckt mit den Lidern klapperte.

Noch nie hatte Mondo sich so sehr als Ehemann, als Herr im eigenen Haus – vor allem als Ehemann – empfunden, wie nun, da sie allein waren, ohne Tochter, ohne Tänzerin, und er verlangte von Andreana ein klein wenig Interesse für seine Händlerangelegenheiten, wie er ihr zu anderer Zeit verboten hätte, sich einzumischen: Oft schien es, als erbitte er sich moralische Unterstützung in einem für alle schwierigen Moment. Verwundert bemerkte er, dass Andreana nicht reagierte. Da verriet er ihr zum ersten Mal, dass es »nicht gut läuft«, und seine Frau fuhr nicht einmal aus dem alten Lehnstuhl hoch und schimpfte auch nicht über Fischhändler, die zugrunde gehen, nachdem sie erst geleuchtet haben wie Fixsterne. Erstaunt und etwas beleidigt, weil ihm die Ehre des Ach und Weh nicht zuteilwurde – er wusste genau, dass Andreana in einem anderen Moment in der Burg auf und ab gegangen wäre wie eine Löwin im Käfig –, zeigte Mondo ihr die Kreditpapiere (Wechsel und Schuldscheine) seiner Kunden: Es war, als zeige er ihr selbstzufrieden Geld, viel

Geld, um abschließend zu sagen, dass ein Unternehmer, der seine Schuldner nicht bedränge, ihnen Zeit lassen könne, damit beweise, wie erfolgreich er sei. Er hatte lediglich, um seinen Geschäften mit mehr Ruhe, fern von den Schnüffeleien neidischer Mitbürger nachzugehen, die Verwaltung der Firma nach Bologna verlegt, in Bologna hatte er eine Bank gefunden und ein Konto eröffnet: Und er zeigte das Scheckheft, blätterte vor ihren Augen durch die kleinen Seiten, aber ach, gegenwärtig könne er nichts damit anfangen … obwohl die Verlockung … Geld habe er seines Wissens keins mehr bei dieser Bank, und wehe dem, der einen ungedeckten Scheck ausstellt, also »über eine Summe, welche höher ist als die ihm von der Bank überlassene oder dort hinterlegte«: Strafgesetzbuch.

Andreana verzog keine Miene. Ließ selbst das Strafgesetzbuch sie kalt? Aufgepasst, Signora! Andreana, ein wenig Aufmerksamkeit. Wenn sie doch wenigstens ihre Meinung sagen würde: Ob es eine gute, eine schlechte Entscheidung war … War es also ein Fehler von ihm, Mondo, seine finanziellen Aktivitäten und deren Verwaltung bei dieser fernen Bank zu bündeln und dem dortigen Buchhalter Generalprokura zu erteilen? War es ein Fehler, Sachverstand und Kenntnis vom Zustand seiner Firma in die Ferne zu verlagern, weg von Mitbürgern und Feinden und auch ein wenig von sich selbst? Jetzt gab es den Buchhalter, der Buchhalter (aufgepasst, Andreana!) war sein zweites Ich, ein zweiter Raimondo Zavatti, der mit Fisch und Brodetto handelte, aber weit weg war, nie wusste man genau, was er tat: Das hieß, also … der echte Raimondo Zavatti wusste nicht genau, was sein zweites Ich dort in Bologna tat.

»Was habt Ihr gesagt, Mondo? Sagt es doch noch einmal, seid so gut.«

»Der Buchhalter mit Generalprokura …«

»Aber nein: Ihr habt gesagt, dass sie auf dem Land, in Ruffio, alle schwindsüchtig sind.«

»Und immer noch bei bester Gesundheit.«

»Kann das stimmen? Glaubt Ihr das?«

Sie war es, sie wollte daran glauben, dass in Ruffio alle bei bester Gesundheit waren, und es gelang ihr nicht, Mondos Gedankengängen zu folgen, wenn er, ein schrecklicher Egoist, von sich und seinem Brodetto sprach. Dann fragte sie sich, ob sie nicht schuldig wurde durch ihre Untätigkeit. Eine Mutter, die sich auf den großen Schritt eines Kindertauschs vorbereiten muss (ein Sohn für den anderen, ein Kranker für den Gesunden), lässt von sich hören, handelt, argumentiert, drängt, macht ihren Willen gelten. Sie erkannte nun, wie demütigend es war, weder allein reisen noch schreiben zu können. Mit der Federspitze lässt sich alles sagen, alles lösen, und sie hätte mindestens drei lange, unendlich lange Briefe aufsetzen müssen, je vier, nein acht dichtbeschriebene Seiten: einen an Felice, einen an Fortunato, den dritten an die Ballarin ... In ihrem geheimen Schmerz ahnte sie, dass ein Brief unterwegs war, näherkam, an die Tür klopfte. Der Briefträger überreichte ihn ihr mit einem Lächeln, wie unter der Hand, als wüsste er, wer da schrieb.

Es war weder der Kranke noch die Ballarin: Fortunato war es, der schöne Matrose, der Sohn, den sie für immer verloren hatte.

Er schrieb aus Chioggia. Nannte sie nicht mehr »Liebe Mama«, sondern zog sich mit einem gewöhnlichen »Meine Liebe«, gefolgt von einem eleganten Schnörkel, aus der Affäre. In wenigen Zeilen teilte er ihr mit, dass er die achtundzwanzig Monate Militärdienst nun abgeleistet habe, keinen Matrosenanzug, keine Bluse, keine Trauer um Lissa oder Cavour mehr trage und sehr zufrieden sei. Irgendwann werde er bei ihr vorbeischauen – er vermied zu erwähnen, dass er von jenem Haus aus schrieb – und seine »Empfehlungen« an Mondo, an Anita. Zum Abschluss gab es kein: »Dein Sohn«. Andreana ließ das Papier erst fallen, dann bückte sie sich, es aufzuheben.

»Mondo!«, rief sie mit schwacher Stimme. »Kommt her: Schaut mich an.«

Mondo sah ihr prüfend ins Gesicht.

Sie lächelte und stellte einen Stuhl bereit:

»Es gibt da ein Geheimnis in meinem Leben …«

Kapitel XVIII

Obwohl Andreana bewusst war, dass ihr Fortunato nun keinen Matrosenanzug mehr trug, erschrak sie, als plötzlich ein »junger Mann« das Haus betrat; und angesichts des Sohns, der kein Sohn mehr war, schämte sie sich, keine Mutter zu sein. Ihr war, als läge die Schuld bei ihr, eines körperlichen Makels wegen, als hätte eine andere den Kleinen in ihrem Auftrag geboren, als wäre er am Glücksrad gezogen worden: Und statt Dankbarkeit, kaum zu glauben, wartete nun Verachtung, wartete Ablehnung auf sie. Mondo, herzensgut wie er war, verstand vermutlich besser als alle anderen Fischhändler, welchen Schmerz eine Mutter fühlt, was in ihrem Kopf vorgeht. Aber, nun ja, konnte es nicht sein, bei eher nüchterner Betrachtung, dass der Tausch für Andreana sein Gutes hatte? Dass sie dies feine Früchtchen hier den Leuten mit dem getrockneten Tintenfisch überließ und dafür einen guten Jungen bekam, der noch dazu intelligenter, gebildeter war?

Fortunato hatte ihr ein Bündel von Zeitungen und Zeitschriften hingeworfen und Andreana, die ihm eine Freude machen wollte, sah sie sich eine nach der anderen an, wodurch der Gestank aus dem Zug an ihr haftenblieb. Da war auch der Kriminalroman, den er zwischen Adria und Ravenna in einem Rutsch gelesen hatte und nun ungnädig loswerden wollte – ein zu Ende gelesenes Buch ist nämlich wie eine ausgepresste Zitrone, wenn die Limonade getrunken ist.

»Ich hab dir die Zeitungen mitgebracht«, sagte er zu Andreana, die ganz andere Worte erwartet hatte. »Willst du sie zum Feuermachen? Und das Buch, willst du das?«

»Ja, mein Lieber, danke.«

»Der nächste Schritt. Jetzt habt ihr den Kanal überschritten«, sagte Fortunato, auf den Abwasserkanal anspielend, der zwei Villenviertel unterschiedlichen Niveaus voneinander trennte; auch die sommerliche Kurtaxe war nun höher.

»Da habt ihr euch also in der Villa Italia, pardon, Andreana eingerichtet, in der größten Villa am Strand. Villa? Was heißt da Villa! Eine Burg! Das Kastell von Sorrivoli, an den Strand versetzt, wie die Engel das Heilige Haus nach Loreto getragen haben.[45] Olala, das Speisezimmer! Wunderbar der Kamin, und sogar mit Wappen!«

Der junge Mann war redegewandt und ein wenig manieriert. Er kleidete sich mit einer gewissen Eleganz, achtete darauf, dass seine Jacke, vor allem an den Ärmeln, keine hässlichen Falten warf, und er hob die Hand, um den Siegelring ins rechte Licht zu rücken. Er war genauso gekleidet, wie Andreana es in ihrem stillen Schmerz vorausgesehen hatte: grauer Anzug, gelbe Schuhe, großflächig gemusterte Krawatte in Rot und Gelb, Zigarettenetui, drei Füllfederhalter (für schwarze, grüne und rote Tinte), in den Knopflöchern drei Abzeichen, darunter das von Juventus Turin, seiner Lieblingsmannschaft. Er prahlte mit einem Feuerzeug in Gestalt eines Schweinchens, dessen Bein sich ruckartig hob und so eine Flamme erzeugte. Die Lockenflut des jungen Mannes wiederum war durch ein unauffälliges Netz in der Farbe seines Haars geschützt. Andreana bemerkte es nicht: Sie bewunderte seinen Schopf, so schön und geordnet, fast wie bei einer Frau.

»Und jetzt«, sagte Mondo mit Genugtuung, »der obere Stock. Als Erstes unser Schlafzimmer …«

»Nein«, schrie Andreana, die sich wie eine Statue an den Fuß der Prunktreppe gepflanzt hatte.

Sie schämte sich für den Baldachin. Fortunato sollte nicht wissen, dass ihr Bett dem einer Königin glich. Nur widerwillig kehrte der junge Mann in den Salon zurück, als habe Andreanas Nein ihn beleidigt.

»Seid ihr etwa reicher als wir? Verkauft sich euer Brodetto etwa besser als unser Tintenfisch?«

Gleich danach sprang er auf, die feierliche Atmosphäre der Burg machte ihn nervös.

»Was? Mondo, Ihr geht? Dann komme ich mit. Ihr könnt mir zeigen, wo dieser berühmte Brodetto gemacht wird, sogar im Zug hab ich davon gehört, von einem aus Lavezzola.«

»Bleib«, sagte Mondo mit übertriebener Strenge und zeigte auf Andreana.

Andreana blieb regungslos neben dem großen Fenster stehen. Offenbar wartete sie ab, bis ihr Mann durchs Tor geschritten und ein Stück die Allee hinuntergegangen war. Dann hob sie den Kopf, betrachtete den schönen Jungen und lächelte, unsicher wie ein altes Mütterchen. Es stimmte also, dass die Ballarin den schönsten Jungen von ganz Chioggia aus ihm gemacht hatte, um Mama genannt zu werden, ihn an sich zu binden, und dass sie ihm den Geldbeutel gefüllt hatte – ob wohl auch der Geldbeutel aus Krokodilleder ein Geschenk von ihr war?

»Fortunato ...«

»Ehrlich gesagt möchte ich lieber anders genannt werden.«

»Felice? Felice und Fortunato waren Freunde, die ...«

In einer Ecke des Salons stand ein prächtiger neuer Koffer, zum ersten Mal auf Reisen: ein Geruch nach Leder, der schwindeln machte. Andreanas Blick folgte dem Geruch, und sie ging hinüber, nahm den Koffer, merkte, dass er leer war, und verstand ohne Nachfrage. Der Junge war gekommen, um sich zu verabschieden, und auch, um den schönen Koffer zu füllen.

»Gehen wir in dein Zimmer«, sagte die Mutter, schon vom Fuße der Prunktreppe aus. Sie machte sich bereit, den leeren Koffer hinter ihm hinaufzutragen, ganz unterwürfig, was ihr eigentlich nicht ähnlichsah.

»Dein Zimmer ist schon vorbereitet. Ich wollte, dass du im Zimmer deiner Schwester schläfst. Gefällt dir das?«

»Meine Schwester? Ich habe keine Schwester. Ich bin Einzelkind.«

Dagegen ließ sich schwerlich etwas sagen. Der Junge hatte schon erfahren, dass Anita eine Stippvisite »in die Großstadt« machte – da sie aber nicht seine Schwester war, schimpfte er sie nicht einmal mit dem Ausdruck, den sie eigentlich verdient hätte. Dann forderte Andreana ihn auf, sich ans Zwillingsfenster zu setzen, während sie stehenblieb und darauf wartete, dass er etwas aus seinem Leben erzählte, nun da er kein Matrose mehr war. Als sie sah, dass er abgelenkt die wogenden Baumkronen und den Tagmond betrachtete, fasste sie sich ein Herz und nannte schüchtern einen Namen: »Die Ballarin …« Da wurde Fortunato von einem wahnsinnigen Lachanfall geschüttelt, was Andreana trotz ihres Anflugs von Schüchternheit, der ihr ohnehin nicht entsprach, doch sehr unpassend und unfreundlich erschien.

»Warum lachst du?«

»Weil ich … meiner Mutter ähnlich sehe. In Chioggia sagen sie alle, dass ich ›meiner Mama wie aus dem Gesicht geschnitten‹ bin. Verrückt, oder? Kaum sind die achtundzwanzig Monate bei der Marine vorbei, da passiert mir so etwas … Ich will mich nicht beklagen: eine gute Familie, großartige Leute, ein wohlhabendes Haus, die Geschäfte laufen blendend …«

»Der Mann …«, flüsterte Andreana nach kurzem Schweigen, eine Hand aufs Herz gepresst, als müsse sie es wieder hineinzwingen. »Der Mann von der Ballarin …«

»Mein Vater? Tüchtig ist er. Er hatte den genialen Einfall mit dem getrockneten Tintenfisch, und jetzt ist er ein Herr und bietet auch seinem Sohn ein herrliches Leben. Er hat zu mir gesagt: ›Is doch klar, einer wie du lebt halt gern auf grozem Fuz.‹«

»Eine schöne Blamage!«, entschlüpfte es der beschämten Andreana, die nicht anders konnte, als Einspruch zu erheben.

»Er versteht so manches. Dass die Kinder heutzutage …«

»Ach so? Was machen sie … heutzutage?«

»Was wohl! Sie gehen dahin, wo's mehr Schotter gibt. Machen wir uns doch nichts vor: Schotter …«

»Schämst du dich nicht? Merkst du eigentlich, wie du redest?«

Um zu zeigen, wie egal ihm das war, hob der Junge zu trällern an, als wäre er im Konzertcafé oder im Freudenhaus:

»Marilù, Marilù,
willst mit Geld mich kaufen du …«

Da verlor Andreana die Fassung: Mit erhobener Hand warf sie sich auf den Sohn und ihre Kraft genügte, um ihm eine erste und sofort noch eine zweite Ohrfeige zu verpassen; seine Wange färbte sich sogleich leuchtend rot, wie die eines kleinen Jungen. Fluchend hob er die Hand, allem Anschein nach, um zurückzuschlagen, berührte sie aber nicht einmal an der Schulter. Danach sprach er sie allerdings mit »Ihr« an, als habe er sich endgültig von ihr abgewandt. Anita war nach der Ohrfeige weniger grausam gewesen: Sie hatte gelächelt.

»Seid Ihr verrückt geworden? Ihr wisst doch, dass ich in

der Lage bin, Euch …? Verdammt noch mal! Wer verbietet mir, ein Liedchen zu singen? Glaubt Ihr etwa, weil Ihr eine Burg besitzt …«

»Ja, eine Burg«, schrie Andreana, »mit allem, was darin ist! Die Burg heißt jetzt Villa Andreana. Und so steht's auch am Tor. Du glaubst wohl, dass wir arme Schlucker sind, dass wir kein Geld haben, man uns keinen Respekt schuldet? Wenn sie keinen Respekt vor uns hätten, meinst du, sie hätten dann den Sohn eines tüchtigen Kapitäns nach Mondo benannt und ein Boot … nach mir? Wenn du's genau wissen willst: Die größte Villa am Strand und das schönste Boot im ganzen Kanal sind jetzt …«

»Gratulation«, er verbeugte sich spöttisch, die Wange noch immer gerötet.

»Und das Geschäft mit dem Brodetto aus der Dose, der in die ganze Welt geht?«

»Unser Tintenfisch geht nur nach Griechenland: Er ist bescheidener. Aber es gibt ihn schon seit achtzehn Jahren, *meine Werteste*!«

»Was? Haben die Ballarins etwas gegen den Brodetto aus der Dose gesagt?«

»Lasst die Ballarins aus dem Spiel. Seht besser ein, dass jeder seine Vorlieben hat. Ein Geschäft, das schon seit achtzehn Jahren läuft …«

Andreana war es, als verfinstere sich alles um sie herum, wie von Sepia-Tinte befleckt: Vermutlich hatte Fortunato im Städtchen erfahren, dass die Geschäfte mit dem Brodetto kriselten – daher seine Vorliebe für den Tintenfisch und die Familienbande der Ballarins.

Durchs Fenster sah sie ein paar bedrohliche Wolken, auch sie schwer von Sepia-Tinte. Da gab Andreana sich geschlagen, erstaunt und zugleich erbittert über das, was gerade geschehen war. Hatte sie wirklich zwei Ohrfeigen verteilt?

Schweigend ging sie hinaus, bedeutete Fortunato, dass sie gleich zurückkommen würde, mit dem, was ihr am Herzen lag.

Sie kam mit einigen Wäschestücken zurück, säuberlich gebügelte und gefaltete Unterhosen und -hemden, die sie ohne ein Wort aufs Bett legte. Dann waren da noch eine Mütze, eine Rolle Zeichnungen, eine Schachtel mit Zirkeln, der kleine Porzellanteller mit der Aufschrift »Ein Mann soll gut sein und gesund, sein Bauch sei immer kugelrund«, alles Sachen, die Anita und die Tänzerin freundlicherweise schon in die Burg gebracht hatten.

Er erhob sich, einen Zigarettenstummel an der Oberlippe, und kam zum Bett herüber. Unter ihren Blicken machte er sich ans Aussortieren: Auf die eine Seite legte er die Sachen, die für den Koffer bestimmt waren, auf die andere den unnützen Kram, der Mühe nicht wert. Obwohl Andreana wusste, dass sie dazulernen musste, war sie nun nicht unterwürfig, nicht bescheiden; sie blickte wie aus der Ferne auf ihn, als wäre da ein Fremder, nichts als ein Ballarin, und mit einem Mal ballte sie die Fäuste.

Am Abend hoffte sie trotzdem, dass er hungrig wäre, weil es ihr Genugtuung bereitete, ihm das Essen aufzugeben, wie es nur eine Mutter tut, es sie froh machte, ihn mit Leckereien vollzustopfen. Der Hausherr sollte sich der Gläser annehmen.

Der schmucke junge Mann, nun satt und zufrieden, ergriff gern wieder das Wort. Die Burg sei wunderbar, lediglich an der Biegung der Prunktreppe fehle noch eine schmückende Bronzestatue mit Fackel in der Hand. Außerdem erklärte er die Massenproduktion von getrocknetem Tintenfisch: Fünfzig oder sechzig Arbeiter gebe es, die den Tintenfisch ausnähmen und in drei Behälter aufteilten; in den ersten komme die Tinte für die Maler, in den zweiten die Schulpe für die Kanarienvögel und die Goldschmiede, und in den dritten und letzten das bereits im Kanal abgespülte und gesäuberte Fleisch. Das werde dann, ein Fisch nach dem anderen, an Gittern aufgehängt, um in der Sonne zu trocknen, und später zu großen Bündeln gepresst, die nach Griechenland reisten.

»Man muss gut achtgeben, dass der Tintenbeutel heil bleibt, er ist so wertvoll wie Juwelenszmuck.«

Danach hatte er nichts mehr zu sagen. Er suchte nach etwas, einem Streichholz. Sein Feuerzeug, das Schweinchen, war in keiner seiner Taschen zu finden. Schon hatte Andreana, dort auf der Radiotruhe, eine Schachtel Streichhölzer entdeckt, zog eins hervor und zündete es an. Während er sich vorbeugte und sie das Streichholz an seine Zigarette führte, sah sie die Flamme im Edelstein des Rings aufleuchten, den er seit einigen Tagen am Finger trug.

»Danke.«

»Danke für was?«

Mit dem Kinn deutete er auf die brennende Zigarette, und Ärger durchzuckte sie: Eine Mutter zündet ihrem Sohn doch nicht die Zigarette an. Ihr kam sogar jener lang zurückliegende Tag in den Sinn, als sie Anita geohrfeigt hatte, die Bildchen auf der Streichholzschachtel: Monreale auf der einen, der neue Mailänder Bahnhof auf der anderen Seite. Diese Schachtel hingegen zeigte ein Kinderidyll an einem Seeufer (ein Junge mit Angelschnur in der Hand), und auf der anderen Seite ein schaukelndes Mütterchen, angeschubst von einem alten Stutzer mit Zylinder.

Wieder durchfuhr es sie, weil der Junge trällerte, die Augen zusammenkniff und sich – eingehüllt in den Rauch, der aus seinen Nüstern quoll – in eine schemenhafte, nicht zu greifende Gestalt verwandelte:

»Unterm Sonnenschirm
Du und ich …«

»Was sagst du da?«

»Darf man denn kein Liedchen singen?«

Mondo, verärgert ob dieses Benehmens des arbeitsscheuen Strolchs, der einen Schlager des Jahres nach dem anderen trällerte, stimmte in fast schon wütendem Ton ein altes Lied an:

»Ein kleiner Schluck, Schlick, Schlack,
und noch ein Schluck, Schlick …«

Zitternd ballte Andreana die Fäuste: »Hört auf damit, alle beide!« Worauf Mondo sich vor ihr verneigte und das Speisezimmer verließ: Um diese Zeit ging er gern, den kleinen japanischen Salon mit seiner Zigarre zu verpesten. Ihre Stimme wurde wieder sanft.

»Du wirst sehen, wie gut es sich in dem Zimmer schläft … Es ist deins … Du kannst bleiben, solange du willst … einen Monat … zwei Monate …«

»Solange ich will? In der Villa Andreana? Ja, seid Ihr verrückt geworden? Morgen früh …«

»Du fährst schon morgen früh?«

Er bequemte sich nicht, ihr zu antworten.

»Morgen früh«, bohrte sie weiter, »um wie viel Uhr?«

»Bei Tagesanbruch«, antwortete der ehemalige Matrose mit geradezu literarischem Ausdruck, als zitiere er aus einem Roman.

Bei Tagesanbruch war er schon auf und kam die Prunktreppe herunter. Am Fuße der Treppe, im aschgrauen Licht, verzieh ihm die Mutter auf ihre Weise: Sie würde ihn nicht mehr wiedersehen. Ein Kuss, noch einer, zwei Küsse, einer hier, einer dort, und als sie ihm den letzten Kuss gab, dachte sie daran, dass es auch die letzte Ohrfeige gewesen war.

»Weißt du noch damals, als … als …«

»Als?«

Womöglich wollte die Mutter sagen: »Damals, als dein Urlaub irgendwann am Nachmittag vorbei war«, aber nicht einmal sie erinnerte sich an damals. Alle Erinnerungen flackerten, trübten sich, ihr Kopf wurde leer, alles entzog sich, löste sich in Nichts auf, und wie mit einem Wisch war ihr Sohn verschwunden. Als wäre er ihr bei der Geburt fortgenommen worden.

Die Allee war um diese Zeit menschenleer. Das Gras unter den Füßen tropfnass, als hätte es nachts geregnet, und erst jetzt erwachte, verschwommen und beiläufig, die Erinnerung an Blitz und Donner. Hatte es geregnet?

Neben Fortunato stapfte Mondo, schlechtlaunig, wie der Junge bemerkte; vermutlich widerstrebte es unserem größten Fischhändler, einen hübschen jungen Mann zum Bahnhof zu begleiten, den das Schicksal auf so unverschämte Weise begünstigt hatte.

»Wisst Ihr, Mondo, was mir heute Nacht eingefallen ist?«

»Was ist dir heute Nacht eingefallen?«

»Mir ist eingefallen, dass Anita vielleicht in Mailand als … als …«

Er verstummte, wie überrumpelt von seiner plötzlichen Eingebung. Mondo begriff, was er dachte: »Soll sie doch machen, was sie will. Soll sie doch in einem dieser Etablissements landen. Falls ich sie treffe … wir sind ja nicht verwandt.«

Kapitel XIX

Die Monate verstrichen, der Herbst ging zur Neige; in den Alleen häuften sich die Blätter, der Garten der Burg war kahl, der Strand schmutzig, das Meer toste: Winterzeit.

Andreana sah den Wellen zu und zählte, wie viele Unwetter auf jenes denkwürdige an Allerseelen folgten. Sie war hier geboren und hatte immer am Meer gelebt, ohne es je zu beachten. Nun lebte sie Auge in Auge mit dem Meer. Nun fiel ihr auf, dass sie schon seit etlichen Jahren nicht mehr bis zur Strandlinie hinausgelaufen war und keinerlei Interesse verspürt hatte, die Neuheiten der sommerlichen Badezone zu erkunden.

Dort drüben in dem anderen Haus, im bescheideneren Viertel jenseits des Abwasserkanals, war das Meer nur zu hören, nicht zu sehen gewesen. Dennoch war es, als sickere es zwischen den Silhouetten der Bäume, zwischen den neuen Häusern und Gärten, Terrassen, Hotels und Hütten, dieser ausgedehnten, alles verdeckenden Anhäufung, bis zu ihnen hindurch. Was hätte sie damals mit dem Meer anfangen sollen? Und jetzt, da sie es von jedem Fenster aus sehen konnte, was fing sie jetzt damit an?

Sie lebte an einem verwaisten Ort, wo alle Fenster verschlossen, alle Türen versperrt waren. Keiner wagte sich in diese Gegend. Falls es in der nächsten Zeit schneite, würde die Tour der Stadtreinigung nicht durch diese Straßen führen – sie gehörten zum Sommer, nicht zum Winter. Und trotzdem war es ein Zeichen großer Kultiviertheit, eine prächtige Burg zu bewohnen. Mondo fand, es lasse sich hier zu allen Jahreszeiten wunderbar aushalten, er könnte sich nun nicht mehr an eine alltägliche Bleibe, an die billigen, fast schon mitleiderregenden modernen Häuser gewöhnen.

Andreana aber wusste, dass der Fischhändler in Wahrheit dazu gezwungen war, in der Burg zu bleiben: Es war eine Frage der Ehre, und natürlich der Verbindlichkeiten. Der Fischmarkt, die Auktionshalle, die ganze Fischereigemeinde, keiner durfte erfahren, dass der Burgherr Mondo wankte. Keiner ahnte, dass die großen Salons der Villa Andreana verschlossen waren und Mondo und seine Frau sich in die Küche zurückgezogen hatten, wo das Herdfeuer brannte und Andreana den Marmortisch nicht mit einem Tuch, sondern nur mit einer billigen Wachsunterlage deckte, die nach dem Abendessen mit einem Schwamm saubergewischt wurde. Auch das Radio stand nun in der Küche, und welch Genugtuung, wenn ihre Produkte von einem Männlein angepriesen wurden, das im Apparat zu stecken schien wie in alten Zeiten, als die Märchen noch ganz anders lauteten, der Däumling in seiner Nuss: »Kostet die berühmte Fischsuppe, die Leibspeise der alten Spartaner!« Und hier in der Küche beichtete Mondo, nachdem diese und andere trügerischen Worte erklungen waren, dass seine Erfindung – die Dose aus zwei zusammengelöteten Tellern samt Schlüssel, der als Gabel diente – ein Misserfolg war; in der Küche raufte er sich die Haare, weil der Inhalt (der Brodetto) mit seinen Saucen und Gasen die Zinnwände angriff und dadurch einen üblen, bitteren Geschmack annahm, Benzoe- und Salicylsäure waren nichts dagegen.

In der Küche drehte Mondo das Radio aus und offenbarte sich. Rein gar nichts wollte ihm gelingen. Auch der Behälter aus Blech funktionierte nicht, Experiment gescheitert, Beschwerden von allen Seiten. Nun hieß es, seine Dose sei eine hirnverbrannte Erfindung, »es hat doch niemand drei Händen, um sie zu öffnen«. Andreana hörte zu und schwieg, während sie mit dem Schwamm über das triste Wachstuch wischte.

Zu anderer Zeit hätte sie als seine Frau sogar äußerst großes Interesse an Mondos erfolglosen Erfindungen gezeigt, und daran, was »der Teufel von einem Buchhalter« in Bologna trieb, oder die fern gelegene Bank, wo Mondo all seine finanziellen Aktivitäten und deren Verwaltung gebündelt hatte; und nun war ihr gar nach einem Trennungsstrich zumute, in der Art: Sie kümmerte sich um ihre Angelegenheiten, er solle sich auf seine konzentrieren.

Doch mochten Mondos Neuigkeiten auch unerfreulich sein – für Andreana gab es überhaupt keine Neuigkeiten. Keiner schrieb, weder Anita, die spurlos verschwunden war, noch Fortunato noch der andere aus dem Sanatorium, und auch nicht die Ballarin aus ihrem schönen Haus an der Piazza. Einsame Mutter, von den Kindern verlassen … Würden sie vorbeikommen? Würde jemand vorbeikommen, im Frühling?

Nun gilt es, auf die schöne Jahreszeit zu warten. Endlich März! Sie beschließt, die Fenster der luxuriösen Gemächer wieder zu öffnen, aber sie tut es wie eine Verwalterin, aus Pflicht, ohne allzu lang im Salon zu verweilen. Hat sie jemals so über alles gestaunt wie in diesem Jahr? Sie kann sich nicht entsinnen. Nun sieht sie wieder, was für ein Wunder ein kleiner Veilchenstrauß ist, sie schwelgt im Duft einfacher und gefüllter Levkojenblüten, lauscht benommen dem Gebrumm einer pelzigen gelben Hornisse; als sie nach den Schwalben Ausschau hält, sieht sie in einer Dachrinne ein frisches Grasbüschel sprießen, und ihr kommen die Tränen.

Mondo bemerkt nichts von alldem. Er bemerkt nicht, dass Andreana Frühlingsgefühle hat wie vor zwanzig Jahren, ja es ist, als entferne er sich gern von seiner rechtmäßig Angetrauten, da er jetzt gewohnt ist, sich »der anderen« anzuvertrauen.

»Die andere«, also die Filòdima, hatte keinerlei Grund, gute Miene zum Gejammer eines Mannes zu machen, der sich bereits aufgegeben hatte; umso weniger, als sie, nun da ihr Stern am Verglühen war, ein letztes Feuerwerk zu entzünden gedachte, bevor dann auch sie sich aufgäbe, weil ihr Fleisch erschlaffte und keine groben Kerle von Fischhändlern mehr kommen würden, in ihrem Bett zu schnarchen.

In all ihrer Niedergeschlagenheit erreichten sie noch Körbe voller Fisch – schöne Goldbrassen, herrliche Meeräschen. Der Hilfsbursche, der das Abendessen zum Parco della Rimembranza brachte, zwinkerte gratulierend und spielte auf seinen Chef, den »Frauenheld« an. Die Filòdima konnte die nette Unverschämtheit des Grobians also wie folgt interpretieren: »Nun, Ihr Frauen, so ist es, wenn's nicht an Frischfleisch mangelt.« Doch die hin und wieder eintreffenden Gaben, von den Fischhändlern als Bezahlung für die Liebe gedacht, schmeckten auch in diesem Fall irgendwann schal, und so hatte die Filòdima eines Tages beschlossen, beleidigt zu sein: »Heute Abend schicke ich ihm seinen Hechtdorsch und seine Meeräschen zurück, so geht man nicht mit mir um.« Unglücklicherweise handelte es sich um einen Petersfisch, und einen Petersfisch schickt man nicht zurück, schließlich trägt er den Handabdruck des Menschenfischers Simon Petrus auf dem Rücken, ist also gewissermaßen heilig.

Und irgendwann stellte das »Prachtweib«, ein wenig aus Vorwurf, ein wenig aus Mitleid, dem Fischhändler eine sonderbare Frage, nämlich warum er, wenn er schon eine Witwe habe heiraten müssen, nicht sie geheiratet habe. Den Hintersinn dieser Mischung aus Vorwurf und Frage begriff Mondo erst mit Verzögerung: Schöne Gespielinnen waren meist unfruchtbar, und die Filòdima war stolz darauf, keine Kinder zu haben, anders als die mittelmäßige Andreana.

»Filòdima, du hast ja keine Ahnung, warum ich ein zweites Mal geheiratet habe. So viele Umstände sind zusammengekommen ...«

Da nahm sie ihn bei der Hand wie ein Kind und führte ihn ins andere Zimmer, wo das berühmte Bett stand.

»Wisst Ihr was? Ich habe tatsächlich nicht mehr hier geschlafen, seit ...«

»Oh, du Arme! Hast du dort drüben geschlafen, im kleinen Bett? Filòdima, komm her, hör mir gut zu. Morgen muss ich nach Bologna fahren, um zu sehen, was der Buchhalter treibt. Andreana sage ich, dass ich in Bologna übernachte, aber ich komme mit dem letzten Zug zurück. Die Krise ...«

Mit diesem hässlichen Wort verließ er sie. Als er am nächsten Tag gegen Mitternacht in das einsame Haus am Parco della Rimembranza zurückkam, führte er dasselbe Wort im Mund:

»Die Krise ...«

»Ja, was nun?«

»Die Welt hat den Bogen überspannt.«

»Und sonst?«

»Das Pfund schwankt«, sagte er, die Nachrichten aus der Zeitung in seiner Tasche nachplappernd. »Der Dollar fällt.«

Da begriff die Circe, dass seine ganze Größe schon in sich zusammengesackt war wie eine luftleere Blase, und es nicht einmal die Mühe lohnte, ihn Trottel zu schimpfen. Sie begriff, dass er sich nicht traute, in diesem Zustand bei seiner Frau aufzutauchen, und er lieber diejenige um Mitleid anging, die eigentlich mit niemandem Mitleid hatte, schon gar nicht mit den groben Kerlen von Fischhändlern, die nicht mehr in ihrem Bett schlafen wollten. Aber dies eine Mal würde die Filòdima noch nett sein, sich zurücknehmen, und so ließ sie den Ärmsten Platz nehmen, als wolle sie ihm unterdessen einen Stärkungstrunk bereiten.

Sie brachte ihn ins Bett wie ein Kind.

Da sie nicht vergessen hatte, dass er eins ihrer feinsten Laken, eins von denen, die großen Liebesnächten vorbehalten waren, zerrissen hatte, musste er diesmal in gewöhnlichen und nicht ganz frischen Laken schlafen, was sie ihm im Jammerton eröffnete, als Entschuldigung, aber auch als Strafe und Erinnerung an seine Fußtritte. Sie erschauerte, als sie sich auszog und in das kurze und leichte rosa Nachthemd schlüpfte. Mondo setzte sich im Bett auf, um sie anzusehen: schöne Frau! Dankbar lüpfte sie den rosafarbenen Saum, entblößte einen riesigen, nach hinten geneigten Schenkel, worauf sein Kopf aufs Kissen fiel wie der eines Sterbenden: Dies wurde keine Liebesnacht.

Der Ärmste redete wirr daher, beschwerte sich über die »Scheinchen«, also die Wechsel, die Kapitäne, den Buchhalter, den Kollegen aus Comacchio, und dann über die Krümel, als wolle er der Gespielin vorwerfen, dass die Laken nicht fein, nicht frisch, ja sogar voller Krümel seien. Mit einem Ruck machte die Filòdima das Licht an, als habe er ihr weiß Gott welche Vorhaltung gemacht. Krümel oder Flöhe? Beide stiegen sie aus dem Bett, jeder auf seiner Seite, einer hier, die andere dort, um gebeugt und in übelster Laune, er im überlangen Nachthemd, sie im kurzgeratenen rosa Negligé, mit den Händen übers Laken zu fegen.

Am Morgen war die üble Laune verschwunden, die Erinnerung an die Krümel, oder was immer es gewesen war, fiel kaum ins Gewicht. Die Filòdima ging in Pantoffeln durchs Zimmer, zog Schubladen auf, schob sie wieder zu: Als sie am Spiegel vorbeikam, betrachtete sie ihre Zunge und schnitt gleich darauf eine Grimasse – oder lächelte sie Mondo in der Spiegelung zu, entblößte ihr rosiges Zahnfleisch? Schließlich brachte sie ihm den Milchkaffee ans Bett, zuckerte ihn vor seinen Augen auf übertriebene Weise, wie für ein Kind, und krümelte dann einen Kringel hinein, bis sich ein köstlicher Brei bildete. Mondo genoss all diese Aufmerksamkeiten mit halb geschlossenen Augen, wie ein Kranker.

»Filòdima, du hast ja keine Ahnung, warum ich ein zweites Mal geheiratet habe. So viele Umstände …«

»Ihr kleckert alles voll, gebt her.«

Derart gutherzig war sie, dass sie ihm sogar beim Anziehen half, was seine Frau sicherlich nicht übernahm, und als sie ihm auf Knien die Hausschuhe überstreifte, kam ihr etwas wie ein Geistesblitz. Augenscheinlich mit sich und ihrer Selbstlosigkeit zufrieden, zog sie ihm die Hausschuhe wieder aus und stand auf.

»Wollt Ihr Euch die Füße waschen?«

»Nein danke«, sagte Mondo träge, »das eilt nicht …«

Doch die Filòdima schleppte schon mühsam ein Becken herbei, es dampfte wie ein Kochtopf. Offenbar empfahl, ja befahl sie ihm die Fußwäsche, weil sie sich nicht nehmen lassen wollte, seine armen Füße abzutrocknen, die in Bologna – vielleicht unter Schmerzen – von Bank zu Bank, von Schalter zu Schalter gepilgert waren. Ihre Geste, der reumütigen Maria Magdalena nachempfunden, erfüllte sie nun mit seltsamer Mattigkeit, mit nahezu evangelischer Milde. Nur als sie ihm die Schnürsenkel zuband, entschlüpfte ihr in aller Ergebenheit ein nörglerisches »Aber dass Ihr mich nicht tretet«.

Zuletzt wollte sie sichergehen, dass der mit dem Hündchen im Knopfloch verbundene Gummiball noch genügend Parfüm für zwei oder drei Spritzer bereithielt, denn … wehe dem Fischhändler, der kein Parfüm zur Hand hat. Mondo stand in der Tür, fein angezogen, geschniegelt, parfümiert, ein echter Herr. »Sogar zu herausgeputzt«, befand die Filòdima und rief ihn gereizt zurück:

»Ist das eine Art, mit mir umzugehen, du alter Rüpel?«

Der arme Mondo dachte, sie erwarte ein Küsschen.

Doch sie sagte resolut: »Ein Ausflug.«

»Zu Fuß?«

»Im Auto.«

»Niemals«, sagte Mondo kategorisch, schon von ihr abgewandt.

»Die Tänzerin habt Ihr herumgefahren, soviel sie wollte: Ich will auch mit Euch herumfahren.«

»Ich denke nicht daran«, sperrte sich der gute Mann, der schon auf der kleinen Allee stand, kein Wort mehr wollte er hören. Während er langsam in Richtung Burg spazierte, wiederholte er weiter sein »Niemals, niemals«.

»Schön, dass Ihr pünktlich seid«, sagte die Frau zufrieden, während sie sich in einen weiten grauen Schleier hüllte, den sie schon am Morgen bei der Kurzwarenhändlerin hatte abholen lassen.

Behände stieg sie ein und bedachte den Chauffeur mit einem gutmütigen Lächeln – ihr kam vor, als zwinkere er ihr zu (es war der Eiskellerbursche namens Ciriàc, der zum Chauffeur aufgestiegen war, stolzgeschwellt hielt er das Steuer in Form eines Rades umklammert). Dann ließ sie sich schwer neben ihren Mondo plumpsen, der sich schweigend im Sitz fläzte wie ein Herr.

Da schien der große Mann zu erwachen.

»Das ist mein Fahrer, Signora, das ist mein Fahrer«, sagte Mondo, dem es wohl Vergnügen bereitete, ein erst seit Kurzem existierendes Wort zu verwenden. Dann sanken seine Lider auf halbmast: Er tat, als döse er vor lauter Glückseligkeit wieder ein.

Die Filòdima genoss bereits jetzt ihren Triumph, den Geruch nach Benzin, nach Lack und Luxus, die heiseren Schreie der Hupe; das Auto erschien ihr lebendig, ein neuartiges, prachtvolles Tier, das immer noch Züge eines Pferdes trug. Sobald das Gaspedal gedrückt wurde, war ein blitzartiges Losschnellen, jähes Beschleunigen zu spüren, wie bei einem Vollblüter, dem man die Zügel gelockert oder den Sporn in die Flanke gestochen hat.

Die Stadt lag schon hinter ihnen, der Eiskellerbursche wusste nicht, wohin die Reise ging. Mondo »schlief«. Es gefiel ihm, im Auto den Herrn zu spielen und mit vorgetäuschter Schläfrigkeit Siesta zu halten. Der Bursche fragte die Frau, wohin er sie bringen solle: Das sei ihr gleich, solang er nur schnell fahre, weiter Tempo zulege.

»Zehn, fünfzehn Jahre jünger … Ein Liedchen, Mondo, ein Liedchen?«

Auf einmal war sie wieder jung und schön, und auch ein klein wenig ängstlich, oder waren es diese Angst und der für sie neue Geschwindigkeitsrausch, die sie von Fleisch, Knochen, Schwerkraft befreiten, sie so leicht machten, als flöge sie; und sie begrüßte die armlosen Puppen, gelb und rot, rot und blau, die lieben automatischen Zapfsäulen, mit denen sich Weiler und Vororte ankündigten, moderne Zivilisation, Lebensfreude. Gern wäre sie über alle Hühner, die ihren Weg querten, hinweggebraust, und die Tiere wären auf der anderen Seite des Wagens wieder hervorgekommen, gackernd, albern: unversehrt. Vor ihnen schnellte die Straße in die Ferne, eine lange, sich verjüngende Gerade; sie drehte sich um und sah eine Wolke aus feinstem Staub, rosig und golden im Licht der untergehenden Sonne. Sie erschrak, als sie die zarte Kontur des Pinienwäldchen erkannte, die bereits mit dem Horizont verschmolz. Und sie rief: »Es lebe Jesus! Es lebe Maria!«, als sie auf den Bauernhäusern einige solcher

Losungen entdeckte – vielleicht war tags zuvor eine Prozession vorbeigezogen. Oder sie hieß den Burschen, langsamer zu fahren, weil sie eine große Aufschrift studieren wollte, dort, hinter dem Strohhaufen: »Der Pflug furcht den Acker, das Schwert wacht über ihn.« Mit lauter, berauschter Stimme las sie auch die Sprüche auf den Schildern, die entlang der Straße, den Sonnenuntergang überragend, an riesenhaften Gerüsten hingen. Bei Ersatzteilen – immer das Original! Erde, Himmel, Meer! Manche Fremdwörter, wie Standard, Mobiloil, Italoil, buchstabierte sie mit Mühe ... Noch einmal jung sein!

»Jugend, Jugend,
Frühling meines ...«

Ein Ruck, ein Schleifen, ein Schlingern zum gegenüberliegenden Rand der Straße, die in diesem Moment einen großen Bogen beschreibt und so die Fliehkraft verstärkt: ein einziger Schrei, wie aus einer Kehle; dann überraschtes Schweigen, sogleich unterbrochen von fernem Stimmengewirr; man hat alles beobachtet, kommt herbeigeeilt. Ein anderes Fahrzeug taucht auf, spuckt zwei junge Fremde aus, die wild in Richtung des Autos gestikulieren – wie von einer heftigen Windbö erfasst, liegt es umgekippt auf halber Höhe der Böschung, aufgefangen von einem Robiniengeflecht, in dem die Unglücklichen nun gänzlich begraben sind.

Mit einem Mal krabbelt die Frau hervor, unversehrt, ohne einen Kratzer, wie auch immer das möglich ist, es fehlte nur, dass sie sich vor den Umstehenden verbeugt, sie mit einem spöttischen Grinsen bedenkt. Dann folgt der Eiskellerbursche Ciriàc, voller Blut, die Splitter der zerborstenen Scheibe haben ihm eine große Wunde in die Stirn geschnitten, und voller Rechtfertigungswut: Dieser Motorradfahrer, urplötzlich sei er aufgetaucht … der einzige Weg, ihn nicht über den Haufen zu fahren … ruckartig bremsen, oder etwa nicht? Das Auto auf die andere Seite ziehen … aber die Straße dort … der glitschige, rutschige Grund im Schatten der Robinien, der Pinien … Und wo ist eigentlich der Chef? Wieso zeigt er sich nicht?

Ein hektisches Gewusel, das Auto musste angehoben werden, damit unser größter Fischhändler es verlassen konnte, ob tot oder lebendig. Sein Pech war offenbar, dass er sich im Augenblick des Sturzes an die Fahrzeugwand geklammert hatte. Den Fahrer hingegen, so hieß es unter den Umstehenden, habe wohl das Lenkrad gerettet, ein Puffer zwischen Karosserie und Erdboden.

Aber die Signora? Wie hatte die Signora das nur überstanden, ohne einen Kratzer?

»Sie fallen immer weich, die Frauen.«

Nach ihrem beinah triumphierenden Lächeln war auch die Filòdima einen Moment lang verwirrt und benommen, als ob die rasante Fahrt, der brachiale Halt, das Gefühl von Rädern, die »frei in der Luft drehen«, das Ausbrechen, der Sturz über die Böschung hinunter auf den ersten Pinienfleck, der Anblick der Katastrophe, die Flucht des Motorradfahrers, als ob all das und noch anderes in ihrem Kopf durcheinanderwimmele und sie wie abwesend, gefühllos zurücklasse; in jenem Zustand leeren Erstaunens, der für gewöhnlich in einen Weinkrampf mündet, wenigstens das. Die Filòdima aber war auf der Hut, noch keine einzige Träne hatte sie vergossen. Sie drehte sich um und sah, dass der Motor nun der Straße zugewandt war, als suche das Auto wieder dort Halt. Zumachen … was? Ah, das Benzin! Vom Heck stieg ein heller, rötlicher Fleck auf, erfasste das gesamte Auto, ließ die Umstehenden zurückweichen. Rufe nach Sand, Decken, auch nach schwerer Kleidung. Verschwommen sah die Filòdima, wie einer der Rührigsten das Heck anhob, um den Benzinschlauch zu schließen, aus dem es, durch die Lage des Autos begünstigt, in einem fort tropfte. Dann griffen die Flammen auf eine Pinie über, und auf eine zweite, eine dritte, wie verrückt geworden sprangen sie von Wipfel zu Wipfel gen Horizont, begleitet vom lauten Geschrei der Leute, die einem großen Schauspiel beiwohnten und darüber das Schauspiel um einen kleinen Menschen, halb zermalmt und zusammengestaucht, bereits vergessen hatten.

Schweigend lauscht die Filòdima dem Knistern der Bäume, die sich in den Flammen krümmen, ein Sonnenuntergang ganz aus Flammen. Es scheint fast, als wolle sie abwarten, unversehrt, ohne einen Kratzer, ohne einen Funken Reue, bis das erste Automobil der Fischhändlerzunft sich vor ihren Augen in einen Haufen glühenden Schrotts verwandelt hat.

Kapitel XX

Dass Mondo infolge des schlimmen Unglücks in der Obhut liebenswürdiger Nonnen gelandet war, mochte Andreana im ersten Augenblick das Herz erleichtern, ihr wie ein Ausgleich erscheinen. Doch tags darauf dämmerte es der Ärmsten, dass nur eine Ahnungslose solchen Optimismus an den Tag legen, sich so schnell an dies neue, vielleicht noch größere Unglück gewöhnen und daran glauben konnte, dass Mondo dem Brand wundersamerweise mit nichts als »einer kleinen Kopfverletzung« entkommen sei. Sie für ihren Teil fühlte sich vollkommen ahnungslos. Dann öffnete Mondo schließlich die Augen, blickte sich um, sah die Anwesenden: Doch er erkannte niemanden und wusste auch nicht, was vorgefallen war.

»Krümel«, kam es aus seinem Mund. »Da sind Krümel, da sind Krümel im Bett …«

»Unmöglich«, erklärte die Schwester. »Die Laken sind ganz frisch, wir haben das Bett gemacht, erst zehn Minuten, bevor er eingeliefert wurde, nicht wahr, Schwester Chiara?«

»Zwei umgestülpte Teller, zusammengelötet … Der Schlüssel wird als Gabel benutzt …«

»Das ist einfacher zu verstehen«, sagte Andreana. »Er meint ein Patent, eine neue Art von Konserve, aus Blech. Seht Ihr, was er für wirres Zeug redet? Ein schlechtes Zeichen?«

»Bei uns läuft Euch das Wasser im Mund zusammen … Zum Schinderknecht noch mal, sagt Bescheid, wenn die

Wechsel zu Protest gehen ... Wenn Ihr wollt, dass die ganze Welt Euch kennt ... Leuchtreklame auf einem Dach am Domplatz in Mailand ... Seid Ihr es, Mascha? Ja, Anita, das Leben ist eine Tramway ... Das Pfund schwankt, der Dollar fällt ...«

Wieder eine Spritze in den Rücken; und er verzog wild das Gesicht, als sei ihm übel, bleckte die Zähne, wie von ständigen Muskelkrämpfen geplagt. Plötzlich wandte er sich an die Schwester, schien sie wiederzuerkennen. Filò ...! Noch zwei- oder dreimal sagte er beinah zärtlich: »Filò ... Filò ... Fi ...« Schwester Chiara war Gestammel gewohnt, konnte sich hierauf aber keinen Reim machen.

»Filòdima«, sagte Andreana. »Das ist so eine ... Versteht Ihr? Eine ... eine ...«

Dass ein Mann in diesem Zustand sich noch an den Namen von »so einer« erinnerte, war für die Schwestern freilich unvorstellbar. Andreanas Herz aber machte einen Satz, sie ahnte, dass die Sirene der Fischhändler nach Mondo gerufen und er nicht Nein gesagt hatte – weil er einfach nicht imstande war, Nein zu sagen. Nun befürchtete sie, dass dieses Weibsbild im Krankenhaus auftauchen und darum betteln, darauf bestehen könnte, »ihn zu sehen«, schließlich hatte sie, wenn der Patient tatsächlich ihre Liebschaft war, und dem war so, in gewisser Weise ein Anrecht auf ihn. Die brave Ehefrau wollte Schwester Chiara zur Seite nehmen und ihr alles erzählen, ihr erzählen, dass es in der Stadt diese Männerverderberin gebe und man sie hier nicht hereinlassen dürfe, sie mit einem verächtlichen Lächeln abweisen müsse, und es in dieser üblen Welt auch für die Nonnen, die tüchtigen Schwestern im Krankenhaus, nicht von Schaden sei, verächtlich lächeln zu lernen.

Im Flur traf sie auf den Eiskellerburschen, der einen Mullverband um den Kopf trug. Auch eine aufgeschlagene Lippe hatte er, und er zeigte seine wundgeschürften Hände. Da er aufs Steuer geprallt sei, schmerze ihm die Brust: Und der Schmerz werde stärker, vielleicht sei etwas gebrochen.

»Auf einmal kommt von da drüben ein Motorrad … der Fahrer, statt in der Kurve zu bleiben … nein, ich konnte nichts machen, nur rüberziehen, so, seht Ihr … aber wisst Ihr noch, die Straße dort? An der Stelle … wir war so schnell … ja, weil sie wollten, dass ich Gas gebe … Wisst Ihr, die Frauen …«

»Welche Frauen?«

»Na, *die*. Also, wenn es dem Chef jetzt wieder besser geht, soll er ihr ruhig weiter Fisch zum Abendessen schicken, Petersfisch, die größten Hechtdorsche.«

»Wir sind in einem Krankenhaus. Musst du hier solche Sachen sagen?«

Andreana drehte dem redebedürftigen Eiskellerburschen den Rücken zu, sie drehte allen den Rücken zu, die es wagten, ihr gegenüber die Sirene der Fischhändler oder das brennende Auto zu erwähnen, oder die Pinien, die in Flammen aufgehen. Sie wollte nichts, als in Gesellschaft der Schwestern zu sein, dachte an nichts als an die Genesung des Fischhändlers, der trotz allem wieder an die Arbeit gehen musste.

Ja, der Arme, sein Bett ist schneeweiß, fast wie das eines Kleinkindes, hier halten sie ihn fest, eine Krone aus Eis auf dem Kopf, nicht bewegen darf er sich und nichts als Flüssigkeiten zu sich nehmen; aber da, es geht ihm besser, er erholt sich; schade nur, dass sein Gedächtnis noch ein wenig getrübt ist und er von Wechselprotesten spricht. Inzwischen isst und schläft er sehr gut. Ab morgen wird er wieder lernen, ohne Gängelband zu laufen, wie ein Kind.

Nach der traurigen Begebenheit hatte Andreana ihren Mondo ganz für sich allein und konnte ihn bemuttern, war er doch um Jahre zurückgefallen, im Kopf gewissermaßen infantil, und sie seufzte erleichtert, weil das gefährliche Auto nun kein Grund zur Sorge mehr war: So viel Ruhe verschaffte ihr die Krise, dass sie selbst Unglücksfälle, Schäden, Feuersbrünste in einem rosigen Licht sah. In der Villa Andreana machte sie Ordnung in zwei oder drei Zimmern, die ihr bewohnbar erschienen, bereitete einige schlichte, etwas lauschigere Ecken für Mondos Rückkehr vor; ja, sie polsterte sogar die Korbsessel mit vielen Kissen aus, in denen er die Zeit seiner Genesung verbringen sollte, in ruhiger Muße und angenehmer Wärme, ein wenig hier und ein wenig dort, auf den Terrassen oder im Garten der Villa.

Als die herrschaftliche Eingangsglocke ertönte, zuckte sie zusammen und warf, sich eilig die Hände abtrocknend, einen Blick durchs Küchenfenster zum Tor hinüber. Das Tor stand offen. Ein Fremder mit Motorrad und in entsprechender Kluft hatte es dennoch für nötig befunden, die Glocke der Villa Andreana zu läuten. Wer war das? Vermutlich, so dachte sie, handelte sich um ebenjenen Motorradfahrer, der zunächst den heftigen, für Schlagzeilen sorgenden Autounfall verursacht und dann mit seinem verdammten Knattergefährt erfolgreich das Weite gesucht hatte. Was zum Teufel machte er hier? Was für eine Dreistigkeit, wahrscheinlich wollte er Geld? In der Motorradkluft sah er besonders unangenehm und abweisend aus, sie konnte sich kaum etwas Garstigeres denken als diese Lederjacke und die ebenfalls lederne Haube, von der noch dazu zwei Ohrenklappen herabhingen, oder aber diese riesige Zelluloidbrille mit ihren flaschengrünen Gläsern, die er mit nahezu ironischer Ehrerbietung abnahm, nachdem er sein Ungetüm von Maschine an einen der Pfeiler des großen Tors gelehnt hatte.

»Wie bitte?«, entfuhr es Andreana. »Ihr habt die Frechheit, nach allem, was passiert ist …«

»Signora, ich tue meine Pflicht, nichts als meine Pflicht.«

»Eure Pflicht nennt Ihr das?«

»Glaubt Ihr, ich würde freiwillig herkommen, wenn …«

»Aber eben darum, wegen dem, was passiert ist …«

»Genug geplaudert!«, der Motorradfahrer wurde ungeduldig. »Wohnt hier Signor Zavatti Raimondo, Sohn des Edipo? Ist er im Hause befindlich?«

»Und Ihr fragt mich, ob er ›im Hause befindlich‹ ist? Wisst Ihr denn nicht, wo er ›befindlich ist‹, nach dem, was Ihr angerichtet habt?«

»Ich? Jetzt aber Schluss damit! Ich habe gefragt, ob hier Signor …«

»Zavatti Raimondo, Sohn des Edipo«, stammelte Andreana, die nun einen leichten Druck am Hinterkopf verspürte. »Er ist nicht zu Hause. Im Krankenhaus ist er, nach dem, was passiert ist …«

»Sind Sie die Ehefrau? Gut, die Ehefrau«, sagte der merkwürdige Kerl, ein Stück Papier entfaltend. Dann zückte er einen Füllfederhalter und musterte das große Anwesen, von oben nach unten, von links nach rechts, als bewerte er es. »Und jetzt«, sagte er zu Andreana, »wenn Ihr so freundlich wärt, Eure Personalien anzugeben. Vorname Nachname. Und Name des Vaters.«

»Vorname und Nachname … und Name des Vaters?«

»Vorname und Nachname (Mädchenname)«, wiederholte der finstere Geselle.

»Ach herrje … Moretti Andreana … Tochter des Teodorico …«

Mit dem Füllfederhalter schrieb der Mann auf den unteren Rand des Papiers und sprach dabei laut, als müsse er sich die Worte diktieren:

»Ausgehändigt an die Ehefrau Signora Moretti Andreana (oder Adriana), Tochter des Teodorico, welche erklärt, dass der zu Benachrichtigende außer Hauses sei. Heute, den … welches Datum haben wir? Den achtzehnten?«

Er steckte den Füller in die Tasche seiner grauenhaften Jacke zurück, rückte die Zelluloidbrille zurecht, lüpfte ein wenig den Hut, will heißen führte einen Finger an die Haube, und verschwand ohne ein weiteres Wort.

Andreana verbot sich, vom Tor zu ihm hinüberzuschauen, spitzte aber die Ohren und hörte kurz darauf, wie das Höllengefährt, Ursache allen Übels, wieder davonknatterte. Erst als das Geknatter sich entfernt hatte, bemerkte sie das Papier in ihren Händen.

Sie ging wieder ins Haus, setzte sich und begann zu lesen, diesmal wollte sie die Worte verstehen:

Bescheid
Über Versteigerung von Immobilien
im Wege der Zwangsvollstreckung
zur Befriedigung der Gläubiger

»Erhoben … Gegen … Fordert auf … Stellt zu …«

Das Papier sank auf ihre Knie. Sie war wie taub und vergoss keine einzige Träne, was sie nicht einmal verwunderte, obwohl sie doch mittlerweile begriffen hatte, sehr genau verstand, dass dies nicht der Motorradfahrer war, der »in der Mitte der Straße weitergefahren ist, statt der Kurve zu folgen, was – wie berichtet – unvermeidlich zum Zusammenprall geführt hat«.

Moretti Andreana, Tochter des Teodorico (so nannte sie sich im Geiste nun selbst, da sie Moretti Andreana – Pagan Andreana – Zavatti Andreana gewesen war und vor dem Gesetz nun wieder zu Moretti Andreana wurde), diese Andreana wusste genau, dass ihr Mann nach der Entlassung aus dem Krankenhaus nicht in die Burg zurückkehren würde. Wohin also? Wo sollten sie bleiben? Mondo bekam von alldem nichts mit, und sie war darauf vorbereitet, hinausgeworfen, auf die Straße gesetzt zu werden.

Eines Tages war ein anderer jener Kerle gekommen, die nur ihre Pflicht tun, auch er auf Geheiß derer, die das Sagen haben. Auch in seiner Tasche steckte ein Schreiben. Moretti Andreana, Tochter des Teodorico, streckte die Hand aus, um es entgegenzunehmen, wie sie – ohne richtig zu begreifen – jenes andere entgegengenommen hatte. Der Mann aber machte eine abwehrende Geste, holte einen Nagel aus der Tasche und bat um einen Hammer.

»Wie bitte?«

»Ja, gute Frau, einen Hammer.«

Allmählich sickerte auch das zu Andreana durch. Diese Bekanntmachung musste nicht übergeben, sondern an der Tür oder vielmehr am Tor angeschlagen werden, das im vorliegenden Fall de jure den Ausgang darstellte; und wehe dem, der den Zettel entfernte, sich darüber empörte. Der Mann schlug den Nagel in das Dokument, trieb ihn zwischen zwei Ziegelsteine des Torpfeilers.

Die Màlgari kam herbeigeeilt. Von ihr erfuhr Andreana, dass die Bekanntmachung auch an einem Pfeiler des anderen Hauses und ebenso an der Pforte von Mondos Eiskeller und an der Brodetto-Fabrik angeschlagen worden war; tags darauf eilte die Alte erneut herbei, um erbost zu verkünden, dass der gleiche Zettel gerade in der Eingangshalle des Rathauses angebracht werde, »direkt gegenüber vom Brett mit den Hochzeitsanzeigen«, und Andreana war auch darüber im Bilde. Zwangsversteigerungen wurden nun einmal an der Rathauspforte angekündigt, im Rathaus waren die betreffenden Immobilien, also der Eiskeller, die Brodetto-Fabrik, das kleinere Haus, die Burg verzeichnet, und was die Bootsanteile betraf: Deren rechtswirksame Verpfändung war bereits bei der Hafenkommandantur von Ravenna veranlasst.

Andreanas Sorge drehte sich mittlerweile nicht mehr darum, dass man ihr alles wegnahm und der Kollege aus Comacchio verschwunden war und der Buchhalter aus Bologna seine Hände in Unschuld wusch, indem er auf die Theorie der »Nichterfüllung« und deren unvermeidliche Folgen verwies: Vielmehr war sie … nun ja, um sich selbst besorgt, um ihre Gesundheit, gewisse sonderbare Symptome an ihrem Körper, die sich auf geheimnisvolle Weise weiterentwickelten, als sollte sie verwandelt werden, um dergestalt, ob nun gestärkt oder geschwächt, auf ein neues Leben vorbereitet zu sein, ein Leben, in dem vielleicht das Elend oder aber die Klugheit regierten. Da kam ihr einer von Mondos Wünschen aus den ersten Tagen ihrer Ehe in den Sinn, den sie damals nicht wirklich ernst genommen hatte: »Wie fändest du's, Andreana, wenn wir beide noch ein Kind hätten?« Er alt … sie alt … ein *cinin* …

Da ist wieder die Màlgari. Die Màlgari berichtet ihr lang und breit, was man sich draußen, in der Welt der Kapitäne und der Fischhändler, erzählt: Sie schildert die Verwunderung der klugen Mitmenschen, das ungläubige Staunen über den armen Mann, der in seinem Bett begraben ist und rein gar nichts mitbekommen hat, weshalb ohne sein Wissen ein schwerwiegendes Ereignis auf das andere folgen konnte: Zahlungsaufforderung, Mahnbescheid, Klage bei Gericht, Bestimmung eines Sachverständigen, Vollstreckungstitel und Zwangsversteigerung, und immer so weiter und so fort. Die Màlgari hat von einer Besonderheit des Urteils zur Zwangsversteigerung gehört, nämlich von drei Kerzlein, deren Brenndauer jeweils eine Minute betragen soll, also ein schlechter Scherz, ein Übergriff, eine Schandtat seitens des Gesetzes, denn so sei das Gesetz nun einmal: Es schlägt Zettel an Türen, setzt die Leute auf die Straße, aber für seinen Teil möchte es sich mit Kerzlein amüsieren, die binnen einer Minute herunterbrennen.[46]

»Màlgari«, sagt Andreana schließlich, »jetzt schau mich einmal genau an.«

»Warum?«

Der düstere Ton lässt die treue alte Chiozotin aufhorchen.

»Ist es in Chioggia jemals passiert, dass eine arme Alte, mit fünfundvierzig …? Die heilige Elisabeth …«

»Die heilige Elizabeth?«

»Die heilige Anna.«

»Die heilige Anna?«

»Was soll's, ich bin froh. Ja, Màlgari, jetzt bin ich froh, dass Anita ihren eigenen Weg geht. Wenn sie hier wäre, müsste ich mich ja furchtbar schämen, oder was meinst du?«

»Die heilige Elizabeth? Die heilige Anna?«, fragte die Màlgari, noch immer darüber nachgrübelnd, was diese Heiligen, die beide spät geboren hatten, wohl zur Sache taten. »Ne arme Alte, mit fünfunviersig?«

»Ist egal, ist egal«, sagte Andreana achselzuckend, ohne sich aus der Ruhe bringen zu lassen. Unvermittelt blickte sie in eine der Zimmerecken, als sei ihr dort jemand erschienen.

Ihr war, als sei sie in Chioggia, im Haus der *Siora* Felice Pagan, im Zimmer mit dem Wasserkrug. Sie sah, wie die Schwangere einen Schluck aus dem Töpfchen nahm und den Rest wieder in den Wasserkrug zurückgoss, denn so tun es Schwangere nun einmal.

Kapitel XXI

Vicenzo Zennaro, der Mann mit dem Bootspaar, der als einer der Ersten mit Motor gefischt hatte und die Boote weder Coccie noch Bragozzi, sondern vielmehr – ohne zu stocken – Motorfischkutter nannte, war darum bemüht, den gefallenen König oder besiegten Riesen oder was immer er nun war, für sein Geschäft zu interessieren – ein miserables Geschäft, denn egal wie viel du fängst, Sprit brauchst du immer. Unser ehemaliger größter Fischhändler saß in einem knarrenden Korbsesselchen, im Rücken sein Kopfkissen, und antwortete, da sein Wissen um Diesel und Motorfischkutter entschwunden war, so gut er eben konnte, mit einem Zittern in den ausgestreckten Händen. Er wusste nicht einmal mehr, dass der arme Kapitän Vicenzo kein eigenes Bootsgespann besaß, sondern sich stellvertretend um die Zwillingsboote *Trient* und *Triest* kümmerte, im Auftrag eines sonderbaren Großgrundbesitzers aus Rimini, der sein Kapital in viele kleine Motorkutter investiert hatte, keine glückliche Spekulation, weil … weil: »Ein Boot soll lenken, wem es gehört«, wie das Sprichwort sagt. Als der ehemalige Fischhändler, dieser Pechvogel, den anderen von unglücklichen Spekulationen reden hörte, brach er sogar in Schluchzen aus: ein regelmäßig auftretender Weinkrampf, mit dem er jedoch keinen Eindruck machte.

»Nu is aber gut, szämt Ihr Euch gar nis, Ihr seid doch noch jung? Grade mal achtunfünfsig? Was is das fürn Gejammer, hm? Zolang die Fürsorge Euch su futtern gibt, kommt Ihr doch hin?«

Andreana wunderte sich weder darüber, wie »geheilt« Mondo war, noch darüber, dass man ihn in diesem Zustand entlassen hatte: Es war, als füge sie sich in das Los derer, die unter die Räder gekommen sind. Doch dann war ihr die Màlgari zu Hilfe gekommen und hatte ihr die Gastfreundschaft der Fischer aus Chioggia angeboten, die eines der sogenannten oberen Zimmer ihrer klapprigen Behausung an sie abtraten. Andreana ließ also ihr Bett dorthin bringen, und außerdem zwei Stühle, eine Truhe, den Nachtstuhl, den Spucknapf und das kleine Gemälde mit der Madonna: Denn mochte sonst auch alles verloren sein, das Bild vom *Refugium Peccatorum* hatte sie mühelos retten können, wofür sie ihren Richtern dankbar war.

Die Hütte der Familie Zennaro lag im Ortskern, in derselben, zu einem besonders lärmigen Kanalabschnitt führenden Gasse wie das ehemalige Heim der Familie Pagan, das sie seinerzeit mehrfach renoviert hatten (nach wie vor war es das einzig bewohnbare Haus inmitten von niedrigen, dumpfen Löchern). Andreana kehrte also in die Gasse jener Anfangszeit zurück, in der sie noch stolz und ihre eigenen Herren gewesen waren, damals, als es noch nicht üblich war, dass bescheidene, bis unter die Haarwurzeln verschuldete Leute in Neubauten leben. Nun war das Haus der Pagan verwaist und verschlossen, vielleicht fanden sich keine Mieter, da die Gasse doch recht elendig war. Die Hütte der Chiozoten hingegen war in einem Zustand, der gar keinen Gedanken an Miete aufkommen ließ. Vom Eingang trat man geradewegs in die große Küche, während die Stube als Rumpelkammer diente, wo Kapitän Vicenzo nach dem Abtakeln, in der Zeit der großen Stürme, auch allerhand Gerät von den Booten lagerte. Im kleinen Innenhof wurde gewaschen und Holz gehackt, und ringsherum hingen große Girlanden aus Netzen – Blumen oder Feigen gab es freilich nicht zu pflücken. Im dunklen und steilen Treppenschacht, der zu den oberen Kammern, zwei großen und einer kleinen führte, befand sich eine Art Fensterchen, von wo aus man, die Nase auf halber Höhe zwischen Backtrog und Zimmerdecke hinaussteckend, beobachten konnte, was in der Küche geschah.

Gegessen wurde gemeinsam, in der Küche, wie es Sitte war, und auch die Feuerstelle gehörte allen, wie es eben kam: Nach der Màlgari kochte die Zennaro, nach der Zennaro kochte Andreana und auf Andreana folgte – hin und wieder – Kapitän Vicenzo selbst: Er briet die Fische ohne Rost, spießte sie auf Stöcke, formte eine Krone rund ums Feuer.

Andreana wurde rot vor Scham, wenn sie an ihre Kinder dachte. Sie sah Anita vor sich, eine junge Dame, die nicht einmal mit den Besten unter den Fischhändlern etwas anzufangen wusste und sich nun herablassen müsste, im Stall der Seelumpen zu leben, mit dem Stiefvater, der weint wie ein Kind, mit der Màlgari, nicht mehr Dienstmädchen, sondern Herrin, die einzige Abwechslung ein Balg, das herumkullert und das Haus vollschmiert. Anita sollte bleiben, wo sie war ... jetzt wollte Andreana sie nicht mehr zurück, wollte nicht einmal einen Brief von ihr. Und was Fortunato anging, musste sie der Vorsehung trotz allem dankbar sein: »Dank sei dir, Herr, dass du unsere Kinder im Krankenhaus vertauscht hast. Ja, ja, so ist es gut, es ist gut so, die beiden haben Geld wie Heu ...«

Sie schloss sich in ihrer Kammer ein und kramte das Portrait hervor. Es lag auf ihren Knien, aber sie sah nicht hin. Leise Angst stieg in ihr hoch. Eine bettelarme Mutter war sie, während die andere sie übertrumpfte, sich großzügig um *ihn*, um seine Gesundheit kümmerte. Wer zahlte? Nicht die echte Mutter: Sie wusste genau, dass sie nie würde zahlen können. Andreana horchte, ging zur Tür und öffnete sie einen Spalt: Unten war Dialekt zu hören.

»Mein Chioza, szön und königlich …«

Es war hier tatsächlich wie in Chioggia.

Nur dass es keinen Kanal San Domenico gab, und weder *Patacheo*[47] noch »heisze Polenta mit gekochten Bohnen«, ja, wenn der Kapitän erst einmal auf See und der Kamin aus wäre, gäbe es gar nichts mehr zu essen. Da überkam sie ein quälendes Gelüst nach diesen grauenhaften Speisen, von denen sie nur zwei oder drei Mal unter vielen Grimassen gekostet hatte, noch immer erinnerte sie sich an den Geschmack. Was war das für eine Unruhe, ein sonderbares Unwohlsein, bald Schwindel, bald Übelkeit, ein Bissen stieß ihr widerlich auf, sie würgte ihn herunter. Und wenn das Kleine erst einmal da war, was würde sie dann tun? Würde sie sich beim Stillen nicht vollkommen lächerlich fühlen – alt, müde, ausgebrannt, wie sie war?

Über all das musste sie schweigen, auch über den unbekannten fernen Sohn, über das Geheimnis, seine Krankheit. Als aber eines Morgens ein Brief eintraf, war ihr anzusehen, wie aufgewühlt sie war, und nicht wenig, ja sehr sogar: Die Ballarin verkündete, dass der kranke Sohn seine Mutter kennenlernen wolle, er sei soeben aus dem Sanatorium entlassen worden und werde sie demnächst besuchen, um ihr einen Kuss zu geben. Sie riet jedoch, ihm nicht zu widersprechen, ihn nicht zu verstimmen, nicht »an seine Gefühle zu appellieren«, er dürfe sich nicht aufregen … Nein, Andreana würde selbstverständlich nicht »an seine Gefühle appellieren«, sie verstand den Ausdruck nicht recht, und unterdessen war sie schon vom Putzteufel gepackt, das Haus der Fischer sollte strahlen, der Fußboden blitzen. Verwundert sah die Chiozoter Sippschaft dabei zu, wie die stolze Fischhändlerfrau über den Boden kroch.

Von der Gasse kam ein Rufen, in jenem besonderen Ton, mit dem ein Fremder angekündigt wird, der zögerlich – ob aus Widerwillen oder aus Schüchternheit – vor der Tür stehengeblieben ist. Seinetwegen waren in der Arme-Leute-Gasse schon alle auf den Beinen: Und Andreana wusste nicht, ob sie die Treppe hinuntereilen oder lieber aus dem Fenster schauen, einen Blick auf ihn werfen sollte, ohne selbst gesehen zu werden. Ein hochgewachsener junger Mann … graugrüner Hut … dunkler, recht langer Wintermantel … irgendein Gassenjunge hatte ihm den Koffer geschleppt. Es war schon viel, dass er seinen Schal über dem Arm trug.

Am liebsten hätte sich Andreana ihm zu Füßen geworfen, ganz ohne sein Gesicht zu sehen. Stattdessen verlief die erste Begegnung sehr würdevoll, da es ja Zuschauer, Zeugen der schmerzlichen Situation gab. Leicht misstrauisch behielt er die beiden Nadeln im Blick, die an einer ihrer Brüste steckten, eine rechts und eine links, einmal ein weißer und einmal ein schwarzer Faden – ein Sinnbild ihrer Besonnenheit, ihrer Treue gegenüber Haus, Herd, Familie.

»Ich habe einen Brief aus Chioggia bekommen«, sagte sie sofort auf Italienisch. »Mir scheint, es ist alles geklärt. Treten Sie doch näher.«

»Alles ist geklärt?«, fragte er mit einer lebhaften, leicht raschelnden Armbewegung, die das seidene Futter seines Ärmels hervorblitzen ließ. »Dann ist ja alles gut, und wir können zufrieden sein.«

»Kommen Sie doch«, sagte die Mutter, am *Sie* festhaltend. »Das hier ist ein einfaches Haus. Hier wohnen Fischer, keine Fischhändler.«

Sie hatte es eilig, ihn irgendwo einzuschließen, nicht einmal anschauen wollte sie ihn. Groß war er, das merkte sie, sogar zu hochgeschossen. Augenringe entdeckte sie nicht, aber sie sah das Portrait vor sich, und es erschien ihr wie sein wahres Ich. Was sie störte, war sein blaugelb karierter Schal, der Schal eines Kranken, den er die ganze Zeit über dem Arm trug oder an die Brust drückte, als sei er ihm lieb und teuer.

Sobald sie die Tür hinter sich zugezogen hatte, wandte sie sich um: »Felice!«, rief sie und verzog schmerzlich das Gesicht, als läge ein Misston darin (sollte sie ihn nun Fortunato oder Felice nennen?), dann breitete sie die Arme aus und wartete, dass der über den Koffer gebeugte Unbekannte zu ihr käme, ihr damit gestattete, ihn zu küssen und liebzuhaben. Er verstand und zeigte ein seltsames Lächeln, es war, als dauerte sie ihn, während er sich gleichzeitig ein wenig zum Besten gehalten fühlte.

»Einen schönen Namen habt Ihr da für mich ausgesucht! Ach ja, Felice, ein echtes Glückskind! Oder Fortunato … Seht Ihr denn nicht?« Nach dem Kuss war er, warum auch immer, vom Sie zum Ihr übergangen. »Seht Ihr nicht, wie gut es das Schicksal mit mir meint?«

»Ja, die Gesundheit: Aber du weißt doch« (sie wechselte vom Sie zum Du), »du weißt doch, die Schutzpatrone von Chioggia, zwei Freunde …«

Sie musterte ihn ohne falsche Scham und befand, dass er sehr groß war, ein stattlicher Sohn, und auch schön. Nun ja, staksige Beine, Hühnerbrust, der Rücken leicht krumm, ein schmaler, vogelartiger Hals, ein knochiges Gesicht mit rosigen, etwas mädchenhaften Wangenbeinen, und auch die spitze Nase könnte die einer Frau sein, genauso wie die weinroten Lippen. Von seinem bläulichen Handgelenk baumelte ein unsympathisches Goldkettchen.

»Bück dich«, befahl sie ihm unvermittelt. Und als er sich hustend herunterbeugte, untersuchte die Mutter sein linkes Ohr, entdeckte die leichte, ihr so liebe Deformation, ganz ähnlich der an Anitas Ohr. »Und jetzt los, pack deinen Koffer aus, tu einfach alles, was du möchtest …«

Er öffnete den Koffer, hob wieder den Kopf und sah sich unzufrieden um. Sein Blick fiel auf den Spucknapf, und es war nicht klar, ob er höhnisch grinste oder ihr zuzwinkerte. Missfiel ihm das ärmliche Zimmer? Fragte er etwa mit glänzenden Augen: »Wo bin ich hier nur gelandet?« Er nahm Bücher, Schachteln, Beutel und Fläschchen aus dem Koffer und trug seine derzeitige Lektüre zum Nachttisch – ein Buch mit dem Titel (Andreana reckte den Hals) *Lebende Tote?*, Fragezeichen inbegriffen. Unangenehme Gerüche entströmten dem Koffer, als befände sich eine ganze Medikamentensammlung darin.

»Im Sanatorium stehe ich um halb sieben auf«, sagte Felice – wenn er über Behandlungen sprach, blühte er auf, fühlte sich stark und kerngesund, »ich wasche mich mit kaltem Wasser, rubbele mir den Rücken, und ich schlafe bei offenem Fenster, auch im Winter …«

»Auch im Winter? Oh, wusste ich's doch, du bist also wieder gesund und kannst hingehen, wo du willst, kannst auch bei uns armen Leuten leben.«

»Da seid Ihr schlecht informiert. Am siebenundzwanzigsten, noch diesen Monat …«, er machte eine fast vulgär wirkende Handbewegung.

»Was sagst du da? Gehst du etwa … *zurück?*«

Felice ging in den Treppenschacht und ein paar Stufen hinunter, dann steckte er die Nase durch das Fensterchen und sah sich in der Küche um, ein wenig amüsiert über diese Scharte im Hausinnern, deretwegen die Treppe im Dämmerlicht lag wie eine Krypta. Hier oben überkam ihn sogar die Lust, dem blöde starrenden Kind hinten bei der Feuerstelle die Zunge herauszustrecken. Als der Fremde dann unten in der Küche war, unterhielt er sich – im Dialekt von Chioggia – mit den Frauen, stupste das Kind mit dem Fuß, betrachtete die Portraits von inzwischen ertrunkenen Seeleuten an den Wänden, schnaubte unleidig, als er Andreana im Nacken spürte, und deutete zuletzt auf Mondo, den Invaliden:

»Ist der Ärmste da mein Vater?«

»Um Gottes willen! Dein Vater ist vor anderthalb Jahren gestorben … am fünfzehnten Oktober, dein Vater …«

»Ihr habt noch einmal geheiratet, das weiß ich.«

Irgendwann, gegen vier Uhr, zog er ein fast schon grimmiges Gesicht, hustete und führte sich das Taschentuch zur Nase, dann zum Mund (flüchtig blickte er hinein). Und mit ebenso grimmigem Lachen verkündete er lapidar: »Hunger.«

Um Punkt vier verlangte er nach einem Eigelb und es sah aus, als wolle er den Löffel gleich mit herunterschlucken, so ernst nahm er die »Mastkur«, wie er sie nannte. Etwas anderes wollte er nicht. Er zog einen Schein aus seinem gut gefüllten Geldbeutel, fünfhundert oder tausend Lire (es zahlte die Ballarin), und warf ihn rüpelhaft auf den Tisch:

»Hier, kauft mir Zucker, Tee, Kakao, Marmelade, Joghurt, Butter, Sahne, Honig. Kauft mir ein schönes Kotelett, schön groß soll es sein.«

Kapitän Vicenzo hatte unterdessen die Rumpelkammer aufgeräumt, da der Gast seine Mahlzeiten in einem richtigen Speisezimmer einnehmen sollte. Gut behandeln wollten sie ihn, wie einen Herrn, und so tafelte er am großen Tisch im Speisezimmer, allein, als säße er im Wirtshaus. Auch einen Schaukelstuhl hatten sie ihm besorgt: Darin schaukelte er nun unweit des armen Mondo, der seinerseits im Korbsessel festsaß, und es war, als betrachteten die beiden Invaliden einander mit einer gewissen Abscheu, ja, als empfände derjenige, der noch ärmer dran war, sogar Hass auf seinen jüngeren und reicheren Rivalen.

Allmählich taute der Neuankömmling auf, wobei er nicht mit unverlangten Erläuterungen zurückhielt und seinen Spaß daran hatte, die Zuhörer zu provozieren und aus der Fassung zu bringen – sie blickten ihn an, als wäre er nicht etwa ein Kranker, sondern ein Naturereignis oder ein Tunichtgut. Er erklärte, wie ein Pneumothorax angelegt, wie der sündhaft teure Stickstoff injiziert wird, und er lächelte, weil es nun einmal zwingend notwendig war, dass regelmäßig Gas in ihn gepustet wurde, obwohl er eigentlich nicht zur ehrenwerten »Gesellschaft der Halben Lunge« gehörte.

»Kennt Ihr die Gesellschaft? Ihr habt noch nie davon gehört?«

Felice beklagte sich häufig über den Schaukelstuhl, in dem sein Leben nicht ganz so in der Horizontalen verlief wie »dort oben«. Bisweilen wünschte er sich sogar das Glockengeläut der Herden herbei, und nach dem Abendessen vermisste er ein wenig internationale Gesellschaft, war erbost, weil er nicht am Bridge-Tisch saß, für die abendliche Konversation nicht ins Kabinett mit den optischen Geräten hinüberwechselte. Dann beugte er sich unzufrieden über das Schachbrettmuster des Kreuzworträtsels, tat so, als ignoriere er die Fischerhütte, deren Türrahmen aus den Planken alter, dem Schiffbruch entronnener Bragozzi gezimmert waren; und er stellte in herrischem Ton seltsame Fragen: »Wer herrschte nach Attila über die Ostgoten? Wer folgte auf Belisar und besiegte die Goten bei Nuceria?« Andreana blieb stumm.

Eines Tages spürte sie dort im Speisezimmer, dass sie dem Jungen etwas sagen musste. Aber … was? Vielleicht, wie man als Händler falsche Entscheidungen trifft, ein Auto in Brand setzt oder wie es sich mit der Schande, einem Vollstreckungstitel an der Haustür lebt … Nein: Sie wollte ihrem Sohn sagen, dass sie, seine Mutter, mit fünfundvierzig Jahren, wie die heilige Anna, die Mutter der Jungfrau Maria … Ach, ja, besten Dank. Er ging nicht darauf ein. Zuhören, sich konzentrieren, die fixe Idee der Mastkur vernachlässigen, oder den Schmerz, das Brennen am Brustbein, das war doch zu viel.

»Wie bitte? Ja, was glaubt Ihr denn? Dass ein Sanatorium das Krankenhaus von Chioggia ist? Ein Sanatorium ist ein Grand Hôtel, merkt Euch das.«

»Hör zu, Felice. Nach dem Autounfall … Mondo ging es schon so wie jetzt … er konnte nicht verstehen, wie es mir geht …«

Doch er drehte ihr den Rücken zu, als weigere er sich, ihr zuzuhören. Sie hätte ihn auch zwingen können, dachte Andreana, und sei es nur, um ihm zu zeigen, dass sie keineswegs dumm war, dass sie den Rat der Ballarin (der Geldgeberin) nicht befolgte.

»Hör mir doch zu«, sagte sie zuerst, fast langmütig. »Du weißt nicht, wie weh es einer Mutter tut, wenn sie ihren Sohn so ankommen sieht, so … Hör mir doch zu: eine Mutter …«

»Bitte, seid so gut«, unterbrach er sie irritiert, gab ihr mit einer scharfen, abweisenden Handbewegung klar und deutlich zu verstehen, dass er keinerlei Lust hatte, etwas über seinen eigenen Zustand zu hören.

»Wie redest du denn? Ich bin deine Mutter, verstehst du? Und ich will Respekt, weil … Ich lasse die Kinder nicht länger auf mir herumtrampeln! Fortunato, Evardo, Anita …«

»Ich bitte Euch, seid so gut und haltet den Mund …«

»Du hast keine Ahnung, was für einen Respekt sie vor mir haben, hier im Ort. Weißt du nicht, dass sie sogar das schönste Boot nach mir benannt haben?«

»Und was kümmert mich das? Was soll es mich kümmern, dass etwas nach Euch benannt wurde … ein Boot?«

An diesem Punkt hatte sie Anita eine Ohrfeige verpasst. Und sie hatte dafür gesorgt, dass auch die Wange des anderen rot aufleuchtete. Nun erhob Andreana die Hand gegen diesen Sohn, mit flammender Wange sollte er lernen, seine Mutter zu achten und zu fürchten; doch ihr Arm fiel wieder herab, als wäre es nur der leere Jackenärmel eines Versehrten. Während Anita zynisch gelacht und Fortunato sie mit einem »Ihr« gestraft hatte, ließ der andere Sohn, die faule Frucht, ihre mütterliche Autorität an seiner traurigen Kraftlosigkeit abprallen, was noch grausamer, noch bitterer war. Doch da:

»Euer Bragozzo?«, rief er, von einer Laune gepackt. »Na gut, ja, das interessiert mich, das gefällt mir. Ich will diese *Andreana* sehen. Jemand soll mir die *Andreana* zeigen …«

Kapitel XXII

Als Felice nach zwei Wochen darüber nachdachte, wieder abzureisen, hatte niemand ihn ins Herz geschlossen, niemand verspürte auch nur einen Funken Mitleid mit einem Kranken, dem es nicht um Sympathie, Verbundenheit, unbeschwerte gegenseitige Zuneigung zu tun war, sondern vielmehr um Butter, Honig, Joghurt, Sahne, Obst, Marmelade und Koteletts.

Von der ganzen Sippschaft war ihm Vicenzo am liebsten, zumindest tat er so, weil der Kapitän der »Lustigste hier«, ein »Naturmensch« war, und er unterhielt sich mit ihm, ließ ihn über seine *Coccie* plaudern und darüber, dass Boote im Grunde ein schlechtes Geschäft sind, wenn man sie, wie es mit Autos, Aktien, Häusern, Goldbarren, Land, schönen Frauen geschieht, als Kapitalanlage nutzt. Nein, Gott bewahre, ein gutes Geschäft sei das nicht: Ein Segel koste ungefähr tausend Lire, ein Netz sechshundert, ein Tau zweihundertfünfzig, alles Gerätschaften, die ein bis zwei Jahre halten, und es summiert sich derart, dass für zwei Boote Kosten von fünfzig Lire pro Tag anfallen.

Manchmal prahlte Kapitän Vicenzo damit, dass er und seine Männer einen kleinen Delfin von rund vierzig Kilo gefangen hätten, eines der Tiere, die als gutmütig gelten, und der habe geweint wie ein Kind. Da neckte der Gast den Seebären, fast liebevoll: »Warum bringt Ihr uns nicht einen kleinen Delfin mit, einen, der weint wie ein Kind? Habt Ihr nicht daran gedacht, so einen Delfin als Sohn anzunehmen, Ihr könntet ihn ja adoptieren?«

Stattdessen hatte Kapitän Vicenzo gar nicht selten die Trompete dabei, die seine Männer in nebligen Nächten auf hoher See ertönen ließen, um das Bootsgespann anzukündigen und gefährliche Zusammenstöße zu vermeiden. Der »Naturmensch« wusste darauf zu musizieren, durch hartnäckiges Üben entlockte er der Trompete ganze Romanzen, einige der bekanntesten, was den Gast, der Donizetti und Verdi hasste, zur Weißglut brachte.

»Schluss damit, jetzt aber wirklich Schluss!«, schrie der Kranke und fuchtelte zornig herum, ziellos wie ein Blinder. »Bringt Kapitän Vicenzo zum Schweigen! Nehmt ihm die Trompete weg! Die Nebeltrompete gehört beschlagnahmt!«

Dann wiederum gab er vor, sich für das Städtchen zu interessieren, und für das Boot, das zu Ehren einer gewöhnlichen Hausfrau *Andreana* getauft worden war, jenes berühmte Boot, dessen Messingbeschläge und schmückende eiserne Spitze auf dem vorderen Mast seine Mutter vor sich sah, wenn sie zu Hause die Augen schloss – und wenn sie ganz genau hinhörte, vernahm sie die Posaunenstöße der Engel, die auf den Bug gemalt waren, Engel mit aufgespannten Flügeln. Felice erschien, wenn der Fang eingebracht wurde: Zu dieser Gelegenheit trug er Baskenmütze, kurze Hosen, bunt gemusterte Strümpfe und ein sportliches Trikot zur Schau, fast wie die Jungspunde unter den Fischhändlern.

Vor dem Heimgehen war er oft lange ins Spiel eines Baggers vertieft, sah zu, wie die Löffel leer hinuntersanken, voller Schlamm wieder heraufkamen, geleert wurden und erneut in herrlich stinkenden Morast eintauchten; und er sprach von der Fischerei, vom Meer, und war im Grunde doch kein echter Chiozote, sondern ein Intellektueller, für den Tartanen und Trabakel, die Frauen aus Chioggia und die hiesigen

Frauen ein und dasselbe waren – ja, es fehlte nicht viel und er hätte auch Bug und Heck, Makrelen und Meeräschen, Mistral und Ostro, *saltarello* und *cogollo* durcheinandergebracht.[48] Kapitän Vicenzo Zennaro feixte in einer Ecke über die Unwissenheit des jungen Mannes aus Chioggia, der die Eleganz und die Spielereien des Sanatoriums gewohnt war, und klopfte dabei geradezu empört mit seiner Pfeife auf das Fensterbrett.

»Na ja«, sagte der Kranke eines Tages zu seiner Mutter, »wäre es nicht besser, das Bragozzo würde nach Euch heißen, weil es eben Euch gehört?«

Durchaus ein berechtigter Einwand, doch Andreana war keine Frau, die sich von einem ihrer Kinder demütigen und sich vorwerfen ließ, weder Haus noch Boot zu besitzen. Ab und an hob sie den Kopf, drückte die Brust heraus, versuchte, sich aufrecht zu halten. Sie hatte sich angewöhnt, abends in Felices Zimmer zu kommen, mit vorgetäuschter Forschheit, ohne anzuklopfen. Er lag dann schon im Bett, blasser und bläulicher als eine Wöchnerin, und fuhr hoch, starrte sie wütend an: Es fehlt nicht fiel, und er hätte ein Kissen nach ihr geworfen. Andreana verzog böse das Gesicht, obwohl es ihr in der Seele weh tat, dann ging sie zum Fenster und machte sich daran, es zu schließen.

»Bitte? Was fällt Euch ein?«

»Deine Ärzte, die großen Lichter … Die vergeuden dein Geld, jawohl … Das Geld von der Ballarin vergeuden sie, jawohl …«

Eines Abends, sie wollte eben die Kammer verlassen, konnte sie gerade noch rechtzeitig mit der Waschschüssel bei ihm sein: Die Schüssel füllte sich mit schaumigem Blut, ähnlich dem eines abgestochenen Lamms. Er ließ den Kopf aufs Kissen sinken, lag da mit halbgeschlossenen Augen, zerrissenem Hemd und entblößter Brust, deren gekräuselte Behaarung unregelmäßig, wie Unkraut gewachsen war. Ein wenig Blut, vermutlich vom Kinn herabgetropft, rann ihm über die Brust und versickerte in der Krause, links wirkte sie dichter.

In dieser Nacht war Andreana wach, und es erschien ihr sonderbar, dass neben ihr so etwas wie ein Ehemann lag, ein großer, lebloser Körper, schwer und prall von Schlaf.

Sie stand auf, ging mit nackten Füßen, die Hand auf eine ihrer Brüste gepresst, zur kleinen Tür des Krankenzimmers und lauschte Felices schleppendem Atem, eine Folge der frischen Blutung.

Sie wartete nicht, bis es hell wurde, sondern schlüpfte schon vorher in die Kleider, eilig und so gut es eben ging, einige Knöpfe blieben offen und genauso die kleinen, im Stoff versteckten Haken. Das erste, fürchterlich grelle Licht enthüllte, wie mit einem Schlag, ein unfassbares Bild: Im Widerschein, der ihm störend aufs Gesicht fiel, erschienen Felices Augen verdorben, verschoben, als gehörten sie einem anderen Kranken.

Nun schielte ihr Sohn auch noch. Und sie musste ihm den Schweiß abtupfen. Kein Grund zur Sorge, wenn der Kranke nach der Blutung noch mindestens drei oder vier Tage in diesem Zustand, derart geschwächt und fiebrig, zurückbleibt. Drei oder vier Tage sind eben nötig, damit er sich nach einem Zwischenfall wie dem »Blutspucken« wieder richtig erholen kann.

Vor der Màlgari und der anderen Frau aus Chioggia, neugierig war sie, leicht bösartig, wollte Andreana heiter und gelassen auftreten, umso mehr, als sie auf dem harten Mund der Zennaro ein ironisches oder triumphierendes Lächeln zu erkennen meinte, nun da sich die schreckliche Krankheit, die Schwindsucht, offen gezeigt hatte. Derart gelassen war

Andreana, dass sie mit unerschüttertem Blick daran festhielt, keinen Arzt zu rufen: Schließlich kannte sich ihr Sohn, der ja nach und nach zu Kräften kommen würde, besser aus als der Arzt, war er doch geübt darin, sich selbst zu helfen, und auch denjenigen, die ihm in solchen Momenten beistanden. Keine der beiden Frauen durfte das Krankenzimmer betreten. Womöglich wollte Andreana erst dann Unbeteiligte hereinlassen, wenn Felices Augen wieder normal aussahen.

»Komm rein«, sagte sie nach drei Tagen schließlich zur Màlgari.

Es erschütterte sie, als Felice am dritten Tag darüber klagte, alles doppelt zu sehen (die Umrisse verschwommen, zwei Nachttische, zwei Schränke), und sie zum ersten Mal mit »Du« ansprach.

Er sagte:

»Hast du mich auf die Welt gebracht? Hast du mich in diese Hölle geschickt?«

Felices unvermittelter Wechsel vom Ihr zum Du, genauso aufwühlend wie Fortunatos Wechsel vom Du zum Ihr, führte bei ihr zu einem jähen Entschluss: So konnte es nicht weitergehen, sie brauchten einen Arzt.

Tags darauf traf auch die Ballarin ein.

Bitter, mager, in Reisekleidung, ein Hütchen auf dem Kopf, das Gesicht halb vom Schleier verdeckt, zu den Füßen ein glänzender neuer Koffer. Sie beklagte sich, weil sie am Bahnhof niemanden angetroffen und umsonst nach einer Droschke verlangt hatte, noch dazu auf dem Weg durch den Ort angestarrt worden war wie ein seltenes Tier. Und nun erkannte der Kranke mit dem Eisbeutel auf dem Kopf sie nicht.

Andreana lauschte ihren Worten; sie bemerkte den Geruch des Koffers. Hatte nicht auch Fortunato diesen Koffer dabeigehabt? In ihrer Reisekleidung ähnelte die Ballarin weiterhin der Frau im Hausrock, jener Ballarin, die wie von einem Krampf gepackt die Stirn gerunzelt, die Nase gerümpft und dann gefragt hatte: »Pagan?«

Die Ballarin von damals war jedoch beinah umgefallen, plötzlich in die Arme der Besucherin gesackt, weil … weil »mein Felice Euch wie aus dem Gesicht geschnitten ist«, weil sie im Krankenhaus »unsere Söhne vertauscht haben« und »die Hebamme ihre Aussage aufgeschrieben hat«. Dann hatte sie sich erfolgreich gefasst und den Kragen ihres Hausrocks wieder zugebunden. Sogar zu einem Lachen hatte sie sich durchgerungen, wenn es auch trocken und bitter gewesen war, das Lachen einer Verrückten.

Diese Ballarin hingegen war aggressiv und herrschsüchtig, sie ging weiter ins Nebenzimmer, redete laut, wollte den Arzt rufen.

Sie war wie verwandelt. Ja, sie wirkte wie eine Fremde, die – von irgendwoher kommend, ohne Namen und klare Befugnis, von Unbekannten beauftragt – Zwietracht unter einem beliebigen Dach sät, auf das sie willkürlich oder aus purer, eitler Boshaftigkeit verfallen ist.

Schon nach wenigen Stunden war die Ballarin vollkommen eingeschrumpft und zermürbt. Ihre Augen glänzten von unbefriedigtem Groll und ihr Gesicht zeigte die typische Blässe der Frauen von Chioggia, eine Farbe, die befürchten lässt, der Tod lauere am Ende der Gasse: Allein ihre Gegenwart besagte, dass diesem Hause Unglück drohte – das zu erkennen, bedurfte es keiner weiteren Kassandra. Dennoch war offensichtlich, dass die unglückliche Liebe, die sie als vermeintliche Mutter für den ewig Hinsiechenden empfand, nicht allzu verschieden, nicht weniger stark war als die Gefühle der echten Mutter, wenn es ihr auch bis zum Schluss nicht gelang, Andreana aus dem Zimmer zu drängen.

»Einen Arzt«, schrie die Ballarin. »Ich will einen Arzt, aber einen guten … damit das klar ist, einen guten!«

Andreana gab nach und wandte sich unwirsch an die Màlgari: Sie solle nicht blöd herumstehen und Maulaffen feilhalten, beeilen solle sie sich und einen Arzt holen, einen guten. Los, Màlgari, mach schon! Im Haus der armen Fischer, die immerhin aus Chioggia stammten, fühlte sich die Ballarin so mächtig und gebieterisch wie daheim, unter anderem, weil ihr die Aufmerksamkeit sicher war und das Wissen um ihren Reichtum bei allen Mitgliedern der Sippschaft unterwürfiges Staunen und scheue Ehrfurcht hervorrief; ja, ihre Erscheinung, die selbst Andreana wie erstarrt zurückließ, verängstigte die Chiozoten geradezu, erinnerten sie sich doch an die Bedeutung jener Familie: eine Ballarin aus Chioggia, Donnerwetter!

Der Arzt war wortkarg und antwortete unwillig. Warum die Meningitis, der plötzliche Zusammenbruch? Folgen des Bluthustens ... *pardon*, der Hämorrhagie? Vielleicht ein Zufall, bei jungen Leuten komme das ja häufiger vor? Der Mann sprach, als wisse er nicht um die Wirkungsmacht eines Namens wie »Ballarin«, der auch »getrockneter Tintenfisch« bedeutete. Er sprach, als merke er nichts vom anmaßenden Eindringen des Reichtums in ein Haus armer Fischer. Und wenn er mit Andreana sprach, wandte er sich an die Fremde, und wenn er mit der Fremden sprach, wandte er sich an Andreana – ganz so, als erahne er die geheimnisvolle Rivalität zwischen den beiden Müttern und weise innerlich jegliche Anwandlung von Mitleid zurück.

Wie bösartig und anmaßend die Ballarin sich auch benahm, zu guter Letzt beharrte sie auf dem unumstößlichen Recht derjenigen, die Felice zu einem schönen und gesunden Jungen gemacht hatte, bis dann die Lungenentzündung und die Rippenfellentzündung gekommen waren; die ihn gepflegt, die Kliniken und die Sanatorien für ihn bezahlt hatte. Wenn es zwei Mütter gebe, gehöre der Sohn eben beiden. Felices

Mutter habe jedoch keinerlei Anrecht auf Fortunato, denn Fortunato … dieser Satansbraten … Andreana drehte sich zu ihr um, mit einer brüsken Bewegung, wie ein ausbrechendes Pferd.

»Damit wir uns richtig verstehen, das hier ist mein Haus, und es ist mein Sohn. Jawohl, Felice gehört jetzt mir.«

»Was erlaubt Ihr Euch?«

»Ist es mein Sohn oder nicht? Ihr wart es doch, Ihr habt das gesagt, oder nicht? Ihr habt mir doch den Zettel der Hebamme Dandolo gezeigt? Ihr habt Felice zu mir geschickt? Also … warum wundert Ihr Euch jetzt, wenn ich tue, was nötig ist?«

»Wisst Ihr denn, was nötig ist?«

»Eisbeutel … Spritzen … Das heißt, Ihr werdet mir helfen … Aber, damit das klar ist, erst ich, und dann Ihr …«

Zitternd vor Wut und Eifersucht gab die Ballarin nach, senkte den Kopf, fügte sich, nickte noch einmal, bevor sie ohne Handschuhe und Hütchen zurück ins Krankenzimmer ging. Auf Zehenspitzen huschte sie hinter der echten Mutter her. Es war, als hätten sich die beiden Mütter geeinigt, um dann mitanzusehen, wie ihr Kind noch in derselben Nacht starb.

Im Morgengrauen machte sich die zählebige Màlgari um den Toten herum zu schaffen, während die Mütter noch immer wimmerten. Doch es war, als hörte die Alte sie nicht, als hätte sie keine Zeit, sich um die beiden Wehklagenden zu kümmern.

Eine Glocke erklang, das Läuten schien nicht von den beiden üblichen Kirchen zu kommen, sondern von weiter her, und der Màlgari fiel ein, dass die erste Messe an diesem Tag, am ersten Montag des Monats, auf dem Friedhof gelesen wurde, eine Messe im Monat gab es dort, an einem festgelegten Tag. Der Wind trug das Geläut zu ihnen, viel weiter entfernt, viel leiser als sonst war es, und nicht mehr als fünf oder sechs Frauen, Freundinnen der Toten, folgten ihm.

Die Gasse erwachte. Hier und da wurden Türen geöffnet und Bänke herausgetragen. Beim Haus gegenüber fiel wie immer zuerst der Riegel herab, dann ging die Tür auf und einige Besen wurden herausgestellt. Ein angenehmer Duft nach frischgebackenem Brot drang in die Hütten der Armen, ein Duft nach Leben, der aus dem kleinen Eingang einer Bäckerei am Ende der Gasse strömte, warm wie ein Mutterleib.

Die Màlgari hörte deutlich, dass die Milchfrau vorüberging, der große Blechkanister schlug gegen den Lenker des Fahrrads. Zwei oder drei Häuser weiter klopfte es ungestüm an die Tür, es klang wie ein Betrunkener, der nach stundenlangem Umherirren sein Haus wiedergefunden hat und jetzt das Türschloss sucht. Doch es war ein Fischer, der direkt vom eben vertäuten Bragozzo kam und »Amneris! Cesira!« rief.

Der Màlgari fiel ein, dass die Cesira ihnen ein schwarzes Kätzchen versprochen hatte, ohne ihre Bitte hätte sie es nur zu gern mit seinen Geschwistern ertränkt. Als die Alte schließlich ein paar Dinge eingesammelt hatte, bemühte sie sich, unbemerkt an den beiden Müttern vorbei und aus dem Zimmer zu schleichen. In ihrer Schürze lagen einige Medizinfläschchen, die Schachtel mit der Spritze, das Thermometer, die »Bonbonniere«. Auf halber Treppe blickte sie durch die Wandscharte in die Küche und bemerkte, dass noch kein Feuer brannte. Nun, da ein Toter im Haus war und der Mann auf See, war es der trägen, faulen Zennaro noch nicht eingefallen, den Kaffee aufzusetzen. Es stand auch kein Frühstück bereit.

In der Küche, vor den Augen der Zennaro, entledigte sich die Alte der schaurigen Dinge, die sie in der Schürze trug wie Zwiebeln oder Kartoffeln; alles auf den Tisch schüttend, gab sie zu verstehen, dass sie die Beute sofort unter sich aufteilen konnten.

Hin und wieder ging eine, die Zennaro oder die Màlgari, zum Fuße der Treppe und horchte. Die beiden Mütter klagten noch immer, brachten wimmernd hervor: »Ich.«

»Ich hab ihn großgezogen.«

»Ich hab ihn auf die Welt gebracht.«

»Ich hab ihn gestillt.«

»Ich hab ihn verloren.«

»Sum Szildkrötenpanser noch mal! Recht habense, alle beide.«

Kapitel XXIII

Und so ging alles zu Ende. Die Kinder blieben, wo sie waren, oder zogen auf eigene Faust von einem Zuhause zum nächsten, von Hotel zu Hotel, und wer nicht weiterzog, war tot.

Ab und an unternahm Andreana eine Art Gewissensprüfung. Und es war, als wolle sie sich für schuldig befinden: Vielleicht war sie nicht klug genug gewesen, vielleicht hatte sie ihre Kinder nicht richtig verstanden, wie sie auch nichts von der Lage ihres ersten und später ihres zweiten Mannes begriffen hatte, als die Dinge immer vertrackter und komplizierter wurden. Was hatte ihr vielgepriesener gesunder Menschenverstand genutzt? Was hatte es genutzt, dass sie anerkanntermaßen allen Fischhändlerfrauen der Vergangenheit, Gegenwart und Zukunft überlegen war? Sie war wie alle anderen. Sie hatte das gleiche unrühmliche Ende genommen, obwohl sie sich weder Flausen noch Verschwendungssucht vorzuwerfen hatte, ihr Geld nicht für Vergnügungen, Kleider, schmarotzende Liebhaber hinausgeworfen hatte. Andreana, das sei festgehalten, hatte nie einen Hausfreund gehabt.

Bei aller Entschlossenheit, streng mit sich ins Gericht zu gehen, musste sie doch zugeben, dass eine Fischhändlergattin ihrem Mann weder helfen noch raten noch sich in seine Angelegenheiten einmischen konnte. Das war einfach nicht Brauch. Die Frau eines Fischhändlers konnte womöglich selbst zur Fischhändlerin werden, die Arbeit ihres Mannes aber durfte sie nicht kommentieren. Eine Fischhändlerfrau, die ihren Mann rettete, so etwas hatte es noch nie gegeben! Und sie konnte nicht den Anfang machen, konnte also nicht in der Fabrik, im Eiskeller oder gar am Fischmarkt antreten, und damit ihre beiden Männer, den toten und den siechen, herabwürdigen und der Lächerlichkeit preisgeben.

Unvermittelt packte sie der Gedanke an die Religion, und es war, als zöge es ihr, die doch nie frömmlerisch gewesen war, den Boden unter den Füßen weg. Zum letzten Mal gebeichtet und die Kommunion empfangen hatte sie in der turbulenten Zeit zwischen der Taufe des Patenkindes und ihrer zweiten Hochzeit. Also vor einem Jahr und acht Monaten.

Verschreckt eilte sie, die Beichte abzulegen.

»Im Namen des Vaters«, begann der Kapuzinermönch, dann folgte im Flüsterton: »des Sohnes und des Heiligen Geistes. Jetzt erzählt mir alles. Ohne etwas zu verschweigen. Wie es sich für eine anständige Frau gehört.«

Der Kapuziner gab ihr einen wundertätigen Rosenkranz, Kerne von Oliven aus dem Garten Gethsemane, und erteilte ihr die Absolution für eine große Sünde, schließlich hatte sie früher einen Betstuhl besessen, im Schlafzimmer noch dazu, und nie daran niedergekniet. Mit einem Mal wusste sie auch den Grund für die Misere der Chiozoten zu nennen, in einem verdrießlichen, bußfertigen Ton, der an ihr äußerst sonderbar wirkte: Und zwar hätten sie vergessen, »Wir sind in Gottes Hand« ans Heck ihrer Boote zu schreiben.

Als man sich ein wenig neugierig danach erkundigte, woher eigentlich dieser unerwartete religiöse Eifer kam, sagte sie rundheraus, es sei doch selbstverständlich, dass sie den Herrgott liebe, immerhin habe er ihr ein Geschenk gemacht, und was für eines! Die Kapitänsfrau sah sich leicht verwirrt um, sie konnte nichts Schönes entdecken. Auch die Màlgari musste zugeben, dass sie bei aller Liebe nichts Neues im

Leben ihrer ehemaligen *Parona* entdecken könne, abgesehen von der übertriebenen Dankbarkeit dem dornengekrönten Heiland gegenüber.

»Hier«, flüsterte Andreana bei sich und berührte mit dem Finger sanft die Stelle, wo sich das Kleine bewegte.

Zum dritten Mal in diesen Tagen ... und da, noch einmal! Sie dachte daran, dass sie im November fünfundvierzig geworden war und zusehends ergraute. Schwanger und auch das noch, eine Schande; so hatte sich vermutlich einst die alte Elisabeth gefühlt, als sie, bereits unfruchtbar, vom Besuch ihrer jungen Cousine Maria überrascht wurde. Doch obwohl Andreanas Haar ergraut war und vielleicht bald schlohweiß leuchten würde, obwohl ihre Hüften kräftig und ausladend waren, wie dafür gemacht, die Mühen einer späten Geburt zu ertragen – unfassbar in ihrem Alter –, schien sie zugleich ganz und gar verjüngt, aus demselben Grund, aus dem ihre Augen angesichts dieser letzten großen Jugendtorheit verstört glänzten und ihr Busen stetig anschwoll. Hier wurde die Nahrung für das Kleine bereitet, vielleicht würde sie die Brust beim Stillen mit einem frisch gebügelten Tuch bedecken.

Gott hatte ihr also ein Geschenk gemacht, damit sie sich nach dem ersten Überschwang von Liebe und Kummer als mutig und tatkräftig erweisen würde, als Frau, die in der Lage war, sich und ihren ruinierten Ehemann und das bereits anklopfende Kleine zu retten.

Arbeiten musste sie, die Familie und ihr Zuhause wieder aufbauen, wenn sie tatsächlich – und ja, dem war so – zum Ausgangpunkt zurückkehrte, um ganz von vorn anzufangen.

Missmutig zuckte sie die Achseln. Frauenarbeit mochte sie nicht. Sie mochte nicht emsig mit den Nadeln klappern. Auf der Türschwelle sitzend Netze knüpfen, wie es die Fischersfrauen von Chioggia tun, während die Bragozzi auf See sind, kam ihr unsinnig vor. Derart schlaff und träge werden die Zurückbleibenden, dass sie nicht einmal in der Lage sind, das Feuer anzuzünden. Da fiel ihr plötzlich noch ein Notgroschen ein, den sie sicher durch die jüngsten Wechselfälle gebracht hatte, und mit einem Mal hatte sie die Gewissheit, etwas viel Ernsthafteres leisten zu können.

Das Geld würde ihr dabei helfen.

Von wem hatte sie nur gehört, dass am Großmarkt auch Frauen neben den Männern Schlange stehen, um Posten von Fisch zu ergattern? Vielleicht hatte ihr erster, vielleicht ihr zweiter Mann abfällig über dies weitere Zeichen der Zeit gesprochen, über den tagtäglichen Angriff der Frau auf den Fischmarkt, die Auktionshalle; was die Gentlemen dort selbstverständlich beklagten, Frauen machten einfach zu viel Lärm, genauso wie anderswo auf Ärztinnen und Anwältinnen geschimpft wurde. Sie hatte gute Lust, das unsinnige, lächerliche Gejammer einfach zu ignorieren, hatte sie doch mit eigenen Augen gesehen, wie sich die Frauen in diesem Lande abmühten, im gleichen Maße wie die fluchenden Männer – aber ohne den göttlichen Vermehrer der Fische zu verhöhnen. Früher hätte Andreana diese Frauen womöglich verachtet. Jetzt war das anders, jetzt sah sie ihren Mut, ihre Widerstandskraft, ihren zähen Kampf, der jede Woche, alle vierzehn Tage von Neuem begann; wie sie den Stand auf dem Fischmarkt verteidigten, wie sie um neue Kunden kämpften … Nun rief sie die Màlgari und fragte unvermittelt, was sie vom »guten Willen« solcher Frauen halte. Die Alte rümpfte die Nase und sah aus wie ein Mops.

»Sie tun alle viel tratszen, die Leute«, sagte sie nachdrücklich.

»Ah, du hast also die Barabina lästern gehört, sie und ihr Sohn sind ja zerstritten. Der ist ein großer Fischhändler, am Markt will er alle herumkommandieren. Sie redet recht viel, die Alte, das wissen alle.«

»Recht hatse, die Alte.«

»Das habe ich gemeint. Niemand lästert ohne Grund.«

»Ja isses denn ihre Szuld? Dem Sohn seine isses, ein Gauner isser, ein Szwein, sur Hölle mit ihm.«

»Aber wenn dein Sohn dich nicht kleinmacht … wenn du deine Arbeit magst … ja, wenn ich erst mal eine Waage habe … wenn ich einen Stand habe …«

»Ihr, am Ztand? Ihr, anner Waage?«

»Ich! Ich!«, neckte Andreana sie. »Ich am Ztand, ich anner Waage, am Fiszmarkt.«

»Ihr, am Ztand, anner Waage, am Fiszmarkt?«

Andreana machte sich auf, hocherhobenen Hauptes: Der ein oder andere würde sie sicher bemerken und neugierig herüberschauen, war sie doch reich und glücklich gewesen, hatte sie doch ein Automobil besessen, Liegestühle, ein englisches Klosett … eine Burg und einen Pfau! Sie aber sah ihrem Städtchen ins Gesicht und gab jedermann lächelnd zu verstehen, dass es ihr nun besser ging, ein einfaches Leben besser war, schließlich hatte sie Luxus und Verschwendung kennengelernt und wusste, dass Müßiggänger keinesfalls zu beneiden waren.

Nun war sie auf dem kleinen Marktplatz, zwischen den Ständen mit Obst und Gemüse angekommen, und begriff, dass sie deswegen losspaziert war: um sich hier zu zeigen und dann zu sehen, wie es ist auf dem Markt, wie es ist … hier mit Fisch zu stehen.

Es war noch zu früh. Die Bragozzi, Paranzelle[49] und Coccie kamen erst um diese Zeit zurück, wie sie von der Frau am dritten Stand erfuhr. Und dann schnappte sie auf, dass die Fischhändler tags darauf nicht an ihren Ständen erscheinen würden, weil die Gemeinde die Gebühr erhöht hatte, während die Boote wiederum Gefahr liefen, als bewegliches Vermögen eingestuft und wie Häuser besteuert zu werden.

Auf dem frisch gereinigten, noch tropfenden Marmor lag nur wenig Fisch, und er war in schlechtem Zustand, fahl, wie vom Vortag, was das zwischen den Ständen umherschlendernde Völkchen misstrauisch werden ließ. Die Leute taten desinteressiert und kauften nichts, schimpften auf die Mangelwirtschaft, die Flaute. Ein dreister Hilfsbursche arrangierte auf seiner Platte eine Reihe weißlicher Stücke vom Adlerrochen, dann schnitt er einem Aal den Kopf ab und betupfte die stumpfen Brocken mit dem blutigen Pinsel, damit sie etwas farbiger, etwas frischer aussahen.

Ein abgerissenes Weib kam heran, verkündete nah an Andreanas Ohr, dass sie nicht einmal »eine Gräte« kaufen werde, das Auge des Fischs sei ja weiß. Und von allen Ständen rief es nach Andreana, als gäbe es in diesem Augenblick keine andere Kundin auf dem Fischmarkt, nur sie.

Hatten die Leute nicht begriffen, dass sie keine Käuferin, sondern *Ver*käuferin war?

Bevor sie den Fischmarkt verließ, entdeckte sie hinten links noch drei oder vier leere Stände, und sie konnte nicht widerstehen, ging zurück und sah es sich genauer an.

»Diese hier«, sagte sie bei sich und zeigte im Geiste auf eine große Marmorplatte.

Nun ging es eilends zu den Bragozzi, die mit Körben und Kisten voll Fisch zurückkehrten, so dachte sie. Aber auch hier, am Kai vor dem Großmarkt, herrschte träge Stimmung, Flaute, wie es nun einmal ist, wenn der Fisch sich ankündigt, ruft, lockt und doch nicht kommt. Auf allen Bragozzi wurde zwischen den beiden Mastbäumen, zwischen den zwei Segeln, wie eine Girlande das Netz gespannt: Ein paar Boote weiter schaukelte ein Kind darin, nutzte es als Hängematte. Wie ärgerlich! Gestern Abend um diese Zeit hatten sich die Leute wenigstens um ein unbekanntes Monstrum von

Fisch gedrängt, das nicht auf dem Markt landen, sondern ausgestopft und irgendeinem Naturkundemuseum überlassen werden sollte. Sie hatte Abstand gehalten, den Fisch nicht gesehen, der so dumm gewesen war, im Kielwasser eines Dampfers aus fernen Meeren hierherzuschwimmen. Nun tat es ihr ein wenig leid, denn vielleicht war »das Exemplar« ja der *Clorinda* ins Netz gegangen, oder der *Kruzifix* oder dem Boot, das ihren Namen trug.

Es durchzuckte sie, als sie das schönste unter den Booten wiedererkannte, fast so schön wie ein Trabakel war es, sein Besitzer war Trauzeuge bei ihrer zweiten Hochzeit gewesen; sie hoffte ein wenig, ihn auf der schweren Ruderpinne sitzen zu sehen, mit leicht verdüsterter Miene, wie es die Kapitäne aus Chioggia tun. Vorne am Bug entdeckte sie auch den Namen, in großen roten Buchstaben zog er sich in Richtung Bootsmitte, ANDREANA, und ihr kam etwas anderes in den Sinn: wie sie in ihrer Verzweiflung vor den Kindern damit geprahlt hatte, dass ein Boot ihren Namen trug, eine Ehre, die von allen Bewohnern des Städtchens nur ihr zuteilgeworden war.

»Die *Andreana*, ja, die *Andreana*.«

An diesem Abend gab es hier lange Gesichter und leere Kisten, und herrenlose Tragen, Handkarren, Fahrräder, wohin man auch blickte. Lastenträger und Fischmarktgehilfen schienen kurz davor, aufeinander loszugehen, wussten nichts mit sich anzufangen in solcher Tristesse; Fischhändler aller Rangstufen kehrten mit hängenden Köpfen von der Mole zurück; ernste, gewichtige Mittelsmänner steckten ihr Fernrohr in die Tasche und schoben es aufs Wetter; an der nahgelegenen Wache hackten Zollbeamte den Gemüsegarten, während der Feldwebel jenseits der Hecke stand und zusah: »Ach du liebe Güte! Wie blöd kann man sein!«: Aus allen sprach, so schien es, in irgendeiner Weise die miserable Stimmung dieses sinnlosen Tagesausklangs, der ihnen Freude und Überfluss verwehrte.

Unnötig, dachte Andreana, sich wegen solch einer Kleinigkeit, vorübergehenden Widrigkeit Sorgen zu machen. Bei der Tankstelle angekommen, betrachtete sie die ersten Zapfsäulen in Form von verschiedenfarbigen Puppen, aus denen die neuartige Flüssigkeit direkt vom Strand in kleine und große Bragozzi strömte – mittlerweile gab es einfach zu viele der verdammten Motorkutter –, sodass Spuren, Reste von Diesel übers trübe Wasser liefen, sich in langen Bändern, regenbogenfarbenen Schlieren dahinzogen; eine Höllenflüssigkeit, so schien es, die mit großer Wahrscheinlichkeit der Teufel selbst über die moderne Welt gekippt hatte.

Nanu, da stand ja der Pechvogel, nachdenklich an die Shell-Säule gelehnt. Weiter vorn an der Motol-Säule lehnte in ganz ähnlicher Haltung der Unglücksrabe. Und ein weitaus angesehener Mann saß bescheiden auf einem Pfahl, in Richtung der Brücke, die als Weiterführung der Straße dient und bei herabgelassenen Rollgittern den Zufluss zum Abwasserkanal versperrt, weshalb an dessen Eingang nichts als glitschige Pflanzen und Schlamm zurückbleiben. War das Bombi Adamo? War das tatsächlich Signor Bombi Adamo, seines Zeichens Trauzeuge und Gast der Tischgesellschaft bei Andreanas zweiter Hochzeit, zusammen mit den Herren Drudi Primo, Pechvogel und Unglücksrabe (ihnen entkam man nicht), zusammen mit dem Kollegen aus Comacchio und dem Kapitän der *Andreana*?

Ohne Scheu ging sie zu ihm, wohlwissend, dass er ein wahrer Despot war und nur vorübergehend auf einer Leitplanke saß.

Als sie ihn ansprach, stand er nicht auf. Er ließ sich von ihr betrachten, nahezu höflich blickte sie ihn an, sein Fischmaul, den übergroßen Mund, der beim Öffnen aussah wie ein Reißverschluss; den Riesenschädel, der wie bei einem Fisch aus nichts als einem Maul zu bestehen schien; und sie musterte seine massive Kette – ein Fischhändler auf dem Gipfel seines Erfolgs –, das Münzmedaillon, die Anhänger aus Gold und aus Horn, die goldenen Ringe an fast allen zehn Fingern. Tatsächlich konnte die Frau des gefallenen Fischhändlers nicht mehr viel Respekt erwarten.

»Was macht Ihr hier? Geht Ihr etwa spazieren?«

»Ich wollte fragen, ob Ihr am Markt von einem neuen Käufer immer ein Pfand wollt, wenn Ihr vorne sitzt?«

»Von einem neuen Käufer, aber natürlich.«

»Ohne Pfand geht es also nicht?«

»Hundert Scudi«, verkündete er und sah die Frau prüfend an, worauf sie wohl hinauswollte? Und er wiederholte die Pfandsumme, hundert Scudi, hundert prächtige Taler, denn wie zum Schinderknecht, zum elendigen Gauner noch mal sollte er sicher sein, dass der neue Käufer auch ehrlich war und am folgenden Sonntag bezahlte?

Doch der Fischhändler-Kommissionär war jetzt auf dem Quivive, er zwinkerte, hatte verstanden:

»Wenn's um Euch geht, weil Ihr es seid, vergessen wir das Geld.«

Ihr Wort genügte? Es wurde ja auch Zeit! Und sie gaben sich die Hand, zum Schinderknecht, zum elendigen Gauner noch mal, schlugen fest ein, wie zwei Männer.

Kapitel XXIV

Andreana hatte sich ein Fischhändlerinnen-Kleid nach ihrem Gusto schneidern lassen, eine Art weite Kittelschürze aus schwarzem Satin, die hinten zugeknöpft und außerdem zugebunden wurde, mit einem Gürtel aus demselben Stoff, ähnlich dem Rückengurt eines Soldaten.

Nun dachte sie daran, dass sie als Frau keine überzogenen Erwartungen hatte. Weder führte sie Buch noch gewährte sie Kredit und auch die beliebten Kerbhölzer, auf denen die Übergabe einer bestimmten Menge Fisch festgehalten wurde, konnte sie als kleine Händlerin nicht akzeptieren.

Es galt also lediglich, die Kisten mit Fisch vom Großmarkt zum öffentlichen Markt zu transportieren, wo sie den Stand ihren bescheidenen Möglichkeiten entsprechend immer aufs Neue für vierzehn Tage mietete. Dort würde sie alles noch am selben Tag verkaufen. Nicht eine Gräte durfte übrigbleiben.

Vor dem Großmarkt, dem überdachten, aber mit Schranken versehenen neuen Gebäude, erschien ihr die Stimmung unter den Wartenden wieder zuversichtlicher. Sie kämpfte sich nach vorn. Steckte den Kopf zwischen den Stangen hindurch, um zu sehen, was drinnen vor sich ging. Unter anderem verfolgte sie interessiert, wie zwei Handlanger die schwere Waage vor den Sitz des Herrschers oder Befehlshabers schleppten, während ein dritter eine kleine Leiter mit wenigen Sprossen an die Rückseite einer Art von Gerüst oder Tribüne aus Holz lehnte, auf der die Käufer Platz nehmen würden: So gelangte man einfacher zu den obersten Sitzen.

Auf der anderen Seite, am Ausgangstor, wo über den abschüssigen Steg all der Reichtum, das fantastische Gewimmel wundersamer Ausbeute abgeladen wurde, sah sie eine Schar von Frauen, die ihr ähnelten, ebenfalls ihrer Zunft, wenn man so will »ihrem Schlag« angehörten. Sie stolperten über Fahrräder, wohin nur damit, kletterten über Tragen, schoben oder zogen Handkarren, in die manche auch hineinplumpsten, traten nach leeren Kisten, die im Weg herumlagen, schimpften die Lastenträger, die sie »schmierige Schlampen« geschimpft hatten, nun ihrerseits »bezahlte Stiefellecker«. Die Frauen kamen nicht umhin, sich schon im Voraus am Tor zu versammeln. Die Männer, so solidarisch und ausdauernd sie auch sein mochten, ließen sich am Großmarkt meist Zeit.

Die grüne Karre mit der Rohrladefläche kam Andreana bekannt vor, sie gehörte der Barabina, die Barabina war zu alt für ein Zwei- oder Dreirad. Sofort hielt sie in der kleinen Menschenmenge Ausschau nach der Mutter jenes Mannes, der sich inzwischen mit gutem Recht »unser größter Fischhändler« nennen durfte, allerdings mit ebenso gutem Recht seine alte Mutter vernachlässigte, da sie mit galliger Liebe am Fischhändlerberuf festhielt, ja tüchtiger darin war als er, Bruto, selbst.

Jetzt verzog die Alte das Gesicht:

»Ach! Ihr auch hier. Ja was glaubt Ihr denn? Meint Ihr, die Arbeit hier ist schön?«

Sie schien verstanden zu haben, dass die Anfängerin vertrauensvoll ihre Gesellschaft suchte, und richtete sich die Kopftuchzipfel unterm Kinn, wobei sie einen sogar mit den Zähnen packte.

»Jeden Tag taucht noch eine auf. Sind schon mehr Weiber als Männer jetzt. Ihr meint wohl, die behandeln uns gut, oder was?«

»Bei Eurem Sohn kaufe ich nicht«, sagte Andreana, wie um sich einzuschmeicheln, allerdings in resolutem Ton.

»Wenn ich will, kauf ich auch bei meinem Sohn, dem verdammten Aas.«

Von da an ließ Andreana die Barabina nicht mehr aus den Augen: Sie durfte ihr in der kleinen Schar nicht entwischen, sollte ihr, der Anfängerin, im passenden Moment beibringen, »wie's geht«. Auf einmal schien Andreana nämlich, als benötige sie ein Vorbild, um sich gegenüber den Männern zu behaupten, von denen die Fischhändlerinnen verhöhnt und mit Dreck beworfen wurden. Ihr kam ein Spruch in den Sinn, den sie schon öfter gehört oder auch gelesen hatte: »ordinär wie ein Fischweib«. Und als die Glocke erklang und einer der Kommissionäre wie ein Lehrer durch den Halbkreis zu dem rustikalen Sitz hinüberging, um sich mit Notizheften und Stapeln von Papier bei der Waage niederzulassen, folgte die Anfängerin der Barabina, dieser alten Füchsin, »ordinär wie ein Fischweib«, stieg hinter ihr die Leiter hoch, die an der Rückseite der Tribüne lehnte, und stand mit einem Mal in der letzten Reihe, im allerhöchsten Rang. Vor ihr lagen fünf abfallende Reihen voll von grau- oder weißhaarigen Köpfen, knorrigen Schädeln, Stiernacken, zu denen sich kurz darauf die Baskenmützen, kunststoffbeschirmten Kappen, kühnen Haartollen, gepflegten ondulierten Schwarzschöpfe des Fischhändlernachwuchses gesellten, der nun ebenfalls die Tribüne erklomm: Hier oben neben der Barabina, die nicht hinunterschaute, sich im Gegenteil mit hochgezogener Schulter zur Seite wandte, konnte nichts Andreana aus der Ruhe bringen.

Bevor sich Bruto, gewichtiger Sohn der bitteren, zerlumpten Alten und nun »unser größter Fischhändler« (der König ist tot, es lebe der König), als Auktionator im Befehlsstand niederließ, blickte er wie herausfordernd in die Runde: Da entdeckte er, verdammtes Aas, zuerst seine Mutter – er zog eine Grimasse – und dann die Anfängerin, Witwe des größten Fischhändlers und in zweiter Ehe Gattin des Mannes, der auf den Thron nachgerückt war, ihn jedoch recht bald wieder verloren hatte. In der ersten Reihe, auf einer Höhe mit der Waage, lehnten die angesehensten Fischhändler am Geländer, als wäre dies ein Theater oder Anatomiesaal. Sie schielten auf die Gewichtsanzeige, ohne sich um die Rivalen zu kümmern, die ihnen bis in die höchsten Ränge hinauf im Nacken saßen: Keiner von ihnen hätte sich jemals in die letzte Reihe, diesen veritablen Olymp gekauert, das war offensichtlich.

Seltsamer war jedoch, dass an der Seite des Auktionators, also neben der Waage, jetzt würdevoll und regungslos ein Mönch aufragte. Es handelte sich um einen Guardian, der sich gern als Freund der Fischhändler bezeichnete, der vor den Cafés und Osterien von den spendableren Vertretern der Zunft sogar ein Glas Wein annahm und nicht einmal davor zurückschreckte, sich mit seiner Kutte und dem großen weißen Kapuzinerbart an die Waage des Auktionators zu stellen, um das Gewicht zu kontrollieren, allem Anschein nach unter Zustimmung und im großzügigen Geist des heiligen Franziskus.

Nun wurde eine erste Kiste mit Meeräschen auf die Waage gehoben: Ringsum waren alle wie gelangweilt verstummt.

»Vierzig Scudi«, verkündete der Vorsteher.

Dann fuhr er fort:

»Neununddreißig, achtunddreißig, siebenunddreißig, sechsunddreißig, fünfunddreißig, vierunddreißig, dreiunddreißig.«

Es war, als hätte man Andreana auf der Spitze eines Berges abgesetzt, wo sie nun infolge einer Schwäche der Augen, einer Art Schwindelgefühl begleitet von Übelkeit, mit den

Lidern klapperte. Von diesem Augenblick an veränderte sich ihr Leben. Sie war zum Ausgangspunkt zurückgekehrt, all die Jahre und Erlebnisse im Gepäck, um wie aus einer absonderlichen Laune heraus auf einem Gipfel von vorn zu beginnen. Doch es war schön für sie, hier oben in einem untätigen Moment eine ferne Stimme aus ihrem früheren Leben zu erhaschen, schmerzliche, aus der Tiefe kommende Echos, offenbar ein Versuch, Rufe und Wörter wiederzusammenzusetzen, den steinigen Weg gleichsam in Stationen, Etappen zu gliedern, wie es Leitplanken, Telegrafenmasten tun.

Der Auktionator wandte sich indes zornig nach links zu den Frauen, Weibsstücken, die sich lärmend in Richtung des Ausgangstors drängten: Zerlumpt wie Bettlerinnen warteten sie auf die Ausschussware, um sie auf ihre Teufelsgefährte zu laden und, Wolken von Dreck aufwirbelnd, nach allen Seiten in staubige Gassen auszuströmen.

Die Versteigerung kam zum Halt, weil erneut Geschrei ausgebrochen war, es ging um eine armselige Kiste Schwarzgrundeln, kaum mehr als Ausschussware, die Bruto eilig einer Frau namens Ciancia zugeschlagen hatte, wo doch die Hand der Barabina, so schien es, schon vorher in die Höhe geschnellt war.

»Verdammtes Aas!«, schrie die Barabina, ihrem Sohn mit der Faust drohend. »Pass doch auf, wenn ich hier oben steh, schau gefälligst richtig her: Miststück!«

Der Vorsteher lachte, in Erwartung, dass die Umstehenden, auch der Pater, ihm zur Seite springen und einstimmen würden. »Habt Ihr schlechte Laune? Seid Ihr heute mit links aufgestanden?«, sagte er zu seiner eigenen Mutter. »Geht doch lieber Klos putzen, los!«

»Du falscher Fuffziger, Gauner, Miststück, du! Verfluchtes Miststück! Seine Mutter hat nichts zum Anziehen, aber er hat ein Radio. Hört deine Frau etwa Opern im Bett? Und deine Mama, du Miststück, deine Mama …«

»Frieden, Frieden«, sagte der Pater, eine Art heiliger Christophorus, Freund allen Meeresvolks.

»Ein Radio?«, schallte es aus dem Markt zurück. »Was für ein Radio?«

»Ja«, antwortete die grimmige Alte, »sechs Röhren …«

Der Großmarkt murrte, das war ein heikler Punkt. Alle anwesenden Händler erinnerten sich an die aufsehenerregende Nachricht in der europäischen Presse: Mit Radiomusik ließen sich wohl große wie kleine Fische anlocken und auf sehr elegante Weise in die ausgeklügelten Konstruktionen der Reusen lotsen. Auf dem Großmarkt hatten sie daher einhellig beschlossen, dass Fischer und Fischhändler die modernen Errungenschaften gutheißen sollten, vollbrachten sie doch die gleichen Wunder wie einst Jesus Christus, wenn er sich einmal den Fischen widmete.

Die Barabina ging erneut zum Angriff über.

»Pater Filippo«, schrie sie dem prachtvollen Mönch zu, der neben dem sitzenden Kommissionär emporragte, die Barabina wollte eine höhere Autorität anrufen, »entscheidet Ihr, Pater Filippo, wer hat da Recht, Mutter oder Sohn? Wer kommt in die Hölle, der Sohn oder die Mutter?«

»Frieden, Frieden«, sagte der Kapuziner mit matter Stimme, als könne oder müsse er am Fischmarkt nicht mehr sagen als das.

»Schluss jetzt«, sagte der Vorsteher mit nachsichtigem Blick auf den Pater, wonach er unvermittelt zu den Ziffern der Waage hinuntersah:

»Sechzig Scudi. Neunundfünfzig, achtundfünfzig, siebenundfünfzig, sechsundfünfzig, fünfundfünfzig.«

Andreana war hochgeschreckt. Was? Ein Sohn? Eine Mutter? Mutter und Sohn sprachen in solchem Ton miteinander? Sie seufzte erleichtert, als Bruto sich erhob und das Zepter übergab; und ihr schien, als sei nun der Fang des nach ihr benannten Bootes an der Reihe, war sich mittlerweile sicher, dass ihr opferbereiter Einsatz noch rechtzeitig kam und dazu beitrug, dass dieses Boot den Namen nicht verlor, den großen Namen beibehielt. Mit stockendem Atem und klopfendem Herzen sah sie, wie Bombi Adamo, das Fischmaul, nach vorne ging, wie er an der Waage saß, als Marktvorsteher, Gebieter über die halbe Stadt, schließlich lebte die halbe Stadt von ihm, während die andere Hälfte kurz davorstand. Wie sollte sie den Gedanken daran verscheuchen, dass ihr erster und auch ihr zweiter Gatte dort gesessen hätten, war doch ihr erster Ehemann, genannt *lo Zio*, Kommissionär jener großen Boote gewesen, und ebenso Zavatti Raimondo, genannt Mondo, ein Name für einen Mann von Welt? Die *Maria II.*, die *Kruzifix*, die *Waffenbruder*, die *Mustafa*, die *Andreana* … Andreana zuckte die Achseln. Was machte das schon? Das Glücksrad drehte sich: Nun war Bombi an der Reihe. Mit ihm gab es schon ein gewisses Einvernehmen, und sie würde kaufen, Gott sei Dank, sie würde kaufen.

»Fünfzig Scudi«, verkündet Bombi.

»Fünfzig Scudi«, wiederholt Andreana bei sich.

»Neunundvierzig, achtundvierzig, siebenundvierzig, sechsundvierzig, fünfundvierzig, vierundvierzig, dreiundvierzig.«

Makrelen! Sie hat eine Kiste voller Makrelen erspäht – schön schillernd, wie es sich gehört, zwischen Grün und Blau, Meer und Himmel – und ist höchst zufrieden, ihre Karriere mit einem *robusten* Fisch wie der Makrele zu beginnen. Doch da erhebt sich die unausstehliche Barabina, zänkisch und missgünstig, wie sie ist, beleidigt sie den neuen Vorsteher genauso wie zuvor ihren Sohn, denn alle Mächtigen, alle »Aufsteiger« sind für sie nichts als Gauner, Miststücke alle miteinander. Andreana ist im Recht und lässt nicht locker: Sie schreit, streckt die Arme vor, schüttelt Kopf und Oberkörper – im Überschwang wippt die Spitze ihres Zopfs, die sich von ihr unbemerkt aus der Frisur gelöst hat, bei jeder Bewegung, jeder Geste hin und her: Und so brüllt Andreana, müht sich ab, zieht die Blicke auf sich, damit ja keiner am Großmarkt sie für blöd hält, für eine »Signora«, die Frau unseres größten Fischhändlers, die noch nicht weiß, wie der Hase läuft.

»Still, du Schlampe«, zischt der Kommissionär, in der Nähe lacht jemand, weil die »Signora« bekommt, was sie verdient, aber die Makrelen gehören nun ihr, sie hat sich die Kiste zusammen mit dem vielversprechenden Schimpfwort erkämpft.

Als Chilazz den Fisch später auf den glänzenden neuen Handkarren lud, bemerkte Andreana, wie drei prächtige Makrelen unter dem offenen Hemd an seiner Brust verschwanden. Sie zwang den schmuddeligen Gehilfen, die prächtigen Fische auf der Stelle wieder herauszurücken, mit einem bösen Blick, der besagte: »Ach ja? Meinen ersten Mann habt Ihr also beklaut? Und meinen zweiten Mann genauso? Nicht mit mir!« Und sie lächelte den Händlerinnen zu, die auf ihre mit Ausschussware beladenen Räder stiegen – selbst eine, die sie mit dem Lenker anstieß, erhielt ausnahmsweise ein Lächeln. Dann trieb, dann spornte Andreana Chilazz an, wie um zu sagen, dass sie ihm, dem Dieb-Gauner-Feigling-Schwein, schon verziehen hatte:

»Verdammtes Miststück! Verfluchtes Aas! Verbrecher! Zum Fischmarkt, los!«

Danksagung

Der Dank der Übersetzerin gilt Manuela Ricci von der Casa Moretti in Cesenatico, dem Autor Danilo Reato (Lido di Venezia; empfehlenswert sein Buch *100 Wörter Venezianisch. Ein kulturgeschichtliches Lexikon,* Bonner Verlags-Comptoir) und Raffaele Rossi, gebürtig aus Cesenatico.

Anmerkungen

1 Felice Cavallotti (1842–1898), Journalist, Schriftsteller und linker Politiker, starb bei einem Duell; Andrea Costa (1851–1910), Begründer des *Partito Socialista Rivoluzionario Italiano* (ihren Ausgang hatte die Parteigründung in der Romagna).

2 Im Original im Dialekt *Zoca e manêra*, hochitalienisch *Ceppo e mannaia*; Emilia und Romagna sind traditionelle Zentren der italienischen Arbeiterbewegung; 1872 beschloss die italienische Sektion der Internationalen auf einem Kongress in Rimini ihre anarchistische Ausrichtung.

3 Traditionell hatten die Fischer das Recht, einen kleinen, abgabenfreien Teil vom Fang als »Bezahlung in Naturalien« für sich zu behalten, der zum Verzehr in der Familie gedacht war, von den Fischersfrauen aber auch weiterverkauft wurde. Diese Portion bestand üblicherweise aus weniger wertvollem Fisch oder aus Ausschussware. Der Dialektterminus *rumgaia* kommt von *rumegar*, »durchstöbern«, »anfassen«.

4 Anspielung auf einen Ausschnitt aus der Wochenschau des Istituto LUCE, der einen zahmen Fisch namens »Zimmy« in Waikiki zeigt.

5 Die *coccia* ist ein Schleppnetz, das von einem Bootspaar gezogen wird. Der Name des Netzes ist auf die Boote übergangen.

6 *Bela burdèla fresca campagnola*, Lied im Dialekt der Romagna des Komponisten-Duos Aldo Spallicci / Cesare Martuzzi (1928), auch bekannt unter dem Titel *A gramadora*, Bezeichnung für eine Frau, die (in diesem Fall) Hanf bricht (*la gramola* = Hanf-/Flachsbreche).

7 Hinter Ivo Biondi verbirgt sich vermutlich der Radrennfahrer Pio Caimmi (1905–1968, geboren und gestorben in Cesenatico). Da Moretti bei einem früheren Werk rechtliche Konsequenzen wegen einer Namensnennung angedroht worden waren, verwandte er seitdem immer wieder einmal erfundene Namen für lebende Personen.

8 Hafenstadt am südlichen Ende der Lagune von Venedig, die auch noch heute über eine der wichtigsten und größten Fischereiflotten Italiens verfügt.

9 Der Titel *Paron*, Mehrzahl *Paroni* gilt bei Moretti in erster Linie den Kapitänen (meist Bootsbesitzer in Personalunion) aus Chioggia und soll stellenweise beibehalten werden (der Begriff wird gleichlautend sowohl im Dialekt von Chioggia als auch im Romagnol verwendet). Der Vollständigkeit halber sei erwähnt, dass in den Kompanien aus Fischern, die zusammen auf Fangreise gingen, auch besonders erfahrene Seeleute – die nicht zwangsweise die Eigentümer der Boote waren – als *paroni* bezeichnet wurden, und von diesen jeweils einer zum Leiter der Kompanie und der Fangreise gewählt wurde. Der Begriff hat also Bedeutungsnuancen. *Paron* Fortunato ist außerdem eine Figur aus Goldonis Komödie *Viel Lärm in Chiozza*.

10 Kapuzenbestückter Umhang aus einem widerstandsfähigen, nässeabweisenden Wollstoff, der bereits im 18. Jahrhundert von griechischen Schneidern nach Venedig importiert und weiterverarbeitet wurde. Die Umhänge wurden im Laufe der Jahrhunderte sowohl von den Galeerensklaven der Republik Venedig als auch von der venezianischen Infanterie und von den Fischern aus Chioggia getragen.

11 Bis zum Zweiten Weltkrieg spannte sich das Fischereigebiet der Flotte aus Chioggia von der südlichen Küste der Romagna bis nach Istrien und zur Kvarner Bucht.

12 Fischsuppe von der Adriaküste, ursprünglich ein Arme-Leute-Essen der Fischer, die darin eher kleine und schlechter verkäufliche Fische verwerteten. Je nach Saison kommen eine Mischung verschiedener Fischarten und Meeresfrüchte zum Einsatz. Jeder Küstenort an der Adria verfügt über eine eigene Brodetto-Variante.

13 Im Original *Illustre pescivendola*, aus *La figlia di Madama Angot*, eigentlich *La fille de Madame Angot*, Operette von Charles Lecoqc (Premiere 1873) um die schöne Fischhändlerin Madame Angot.

14 Hier nahmen auf dem Rückweg wichtige Persönlichkeiten, etwa der Priester, Platz.

15 Stadt in der Romagna südlich des Po-Deltas, verfügt über den wichtigen Fischereihafen Porto Garibaldi. Auch in den Lagunen von Comacchio wird von alters her Fischerei betrieben; schon im Mittelalter wurden hier Aale gezüchtet und dann in der Stadt verarbeitet: Der marinierte Aal aus Comacchio ist eine im ganzen Land vertriebene Spezialität.

16 Die Romanhandlung setzt Ende der 1920er-Jahre ein und spielt mithin zur Zeit des Faschismus, daher der »römische Gruß«. Moretti selbst gehörte zu den Unterzeichnern des von Benedetto Croce verfassten »Manifests der antifaschistischen Intellektuellen« (abgedruckt am 1. Mai 1925 in den Tageszeitungen *Il Mondo* und *Il Popolo*); in den Jahren des Faschismus führte er ein zurückgezogenes Leben. In den vorliegenden Roman flicht er viele Hinweise auf die anarchische, sozialistische und republikanische Tradition der Romagna ein.

17 Ungedecktes, meist einmastiges Fischerboot, das in Mittelmeer und Adria bis zum Aufkommen der motorisierten Schifffahrt gebräuchlich war.

18 Gemälde von Luigi Nono von 1882. Mit *Refugium peccatorum* wird die Jungfrau Maria bezeichnet.

19 Edmondo De Amicis: *Herz. Ein Buch für die Jugend*. Übersetzt von Raimund Wülfer. A. Geering, Basel 1896, S. 235 f.

20 Das Bragozzo ist ein traditionelles Zweimasterboot der Adriafischer mit charakteristischen farbigen Luggersegeln, ein Symbol der Stadt Chioggia, da es vor allem dort gebaut wurde. Es hat nur geringen Tiefgang (und kann so auch in der Lagune zum Einsatz kommen). Das Trabakel ist ein traditioneller Frachtsegler der Adriagewässer mit zwei fast gleichhohen Masten.

21 1866 stießen während des dritten Italienischen Unabhängigkeitskrieges eine italienische und eine österreichische Flotte in der Seeschlacht von Lissa (heute das kroatische Vis) zusammen. Ziel des Königreich Italiens war es, die österreichische Hegemonie in der Adria zu brechen, das Gefecht endete jedoch mit der Niederlage der italienischen Marine. Camillo Benso Conte di Cavour (1810–1861) spielte eine herausragende Rolle bei der Einigung Italiens und war erster Ministerpräsident des neuen Königreichs Italien.

22 Die Fischer waren die meiste Zeit auf See, unter anderem, da die Fangreisen weit

weg, etwa bis nach Istrien führten. Für bestimmte Feiertage wie Weihnachten oder eben den 11. Juni kamen sie zurück.

23 Die Romagna ist Stammregion des *Partito Repubblicano Italiano*. Mondo war offenbar früher dort aktiv.

24 *Rime di Argia Sbolenfi* [Gedichte von Argia Sbolenfi] (1897); Argia Sbolenfi war das weibliche Pseudonym des aus der Romagna stammenden Dichters Olindo Guerrini (1845–1916), unter dem er satirische, auch erotisch angehauchte Gedichte schrieb; die im Dialekt gehaltenen Liebesgedichte *Sonetti della Sgnera Cattareina* [Sonette über Signora Cattareina] stammen aus der Feder des Bologneser Komödienautors und Dichters Alfredo Testoni (1856–1931).

25 Niccolò Ugo Foscolo: *Die Gräber*, übersetzt von Benno Geiger, in: *Schweizer Monatshefte: Zeitschrift für Politik, Wirtschaft, Kultur* 42 (1962–63), https://doi.org/10.5169/seals-161387.

26 Der Titel im Original lautet *Colei che non si deve amare*, Roman von Guido da Verona, erschienen 1911.

27 Beatrice Cenci (1577–1599), wurde wegen des von ihr und anderen Familienmitgliedern beauftragten Mords an ihrem Vater Francesco angeklagt, gefoltert und dann hingerichtet.

28 *Reale Accademia d'Italia* (Königliche Akademie Italiens), 1926 – als Mittel der schrittweisen Gleichschaltung – von den Faschisten begründete und seit 1929 aktive Akademie der Wissenschaften und der Künste, zunächst mit Sitz in Rom, später in Florenz. In der faschistischen *Repubblica di Salò* existierte sie noch bis zum 25. April 1945.

29 Porto Corsini ist der Hafen von Ravenna, Porto Garibaldi der Hafen von Comacchio.

30 Giuseppe Guarneri (1698–1744), italienischer Geigenbauer aus Cremona. Er unterzeichnete als »Joseph Guarnerius«.

31 Der heilige Andreas ist (unter anderem) der Schutzpatron der Fischer und Fischhändler.

32 Im Original »*pennello*«, ursprünglich eine Windfahne der Fischerboote an der adriatischen Küste, die sich bei den Bragozzi und Tartanen der Fischer aus Chioggia zu einem aus Holz, Stoff und Metall gefertigten Schmuckelement mit symbolischem und religiösem Charakter und Darstellungen weiterentwickelte. Diese besondere Windfahne sollte den Fischern Glück bringen bzw. Unglück abwehren. In der Romagna waren die *pennelli* einfacher gehalten und bestanden vor allem aus geometrischen Elementen.

33 Bis ins frühe 20. Jahrhundert hinein wurde die Fünf-Lire-Münze »Scudo« (auch Name eines Münztypus und einer älteren Währung) genannt (5 Lire waren also 1 Scudo).

34 Mit *velma*, Plural *velme*, werden Bänke aus Schlick und Ton in den Randgebieten der Lagune von Venedig bezeichnet, die jeweils an die *barene* genannten Salzwiesen anschließen, anders als diese aber nur bei Ebbe zum Vorschein kommen. *Palùo* bezeichnet sumpfige Teile der Lagune, die zumindest früher je nach Gezeitenstand freilagen oder von wenig Wasser bedeckt waren; heute ist die Lagune an vielen Stellen tiefer geworden, was auch die Landschaft verändert.

35 Garbino, auch Libeccio genannt, Wind aus West oder Südwest.

36 S. Francesco delle Muneghette, eine von Chioggias Kirchen, liegt am Corso del Popolo.

37 Malamocco, Ortschaft auf dem südlichen Teil des Lidos; Pellestrina, Insel in der Lagune von Venedig, südlich des Lidos.

38 Gino Coppedè (1866–1927), italienischer Architekt und Möbeldesigner. In Rom stammt etwa ein ganzes Stadtviertel, das sogenannte *Quartiere Coppedè*, von ihm.

39 Burg in der Provinz Forlì-Cesena.

40 Elena von Montenegro (1878–1952), aus der Dynastie der Petrović-Njegoš, heiratete 1896 den italienischen Kronprinz Vittorio Emanuele, der 1900 als Vittorio Emanuele III. den Thron bestieg.

41 Zur Zeit des faschistischen Regimes eine freiwillige Krankenversicherung für Grundschulkinder, die gegen einen wöchentlich zu zahlenden Betrag Zugang zu verschiedenen Leistungen erhielten.

42 Im Original handelt es sich um eine Zeile aus dem *Tango delle Capinere* (1928), komponiert von Cesare Andrea Bixio, bekannt geworden in der Interpretation durch den Tenor Gabrè (Pseudonym von Aurelio Cimato).

43 Ostro: warmer Wind aus dem Süden; Borìn: eisiger Wind aus Nordost, weht im Winter und Frühjahr; Straina: heftiger, stürmischer Wind.

44 Zur Zeit der Romanhandlung gehörte Fiume, das heutige Rijeka in Kroatien, zu Italien. Um seine Zugehörigkeit hatte es nach dem Ersten Weltkrieg Auseinandersetzungen gegeben: Am 12. September 1919 besetzten italienische Freischärler unter dem Dichter Gabriele D'Annunzio die Stadt; 1920 wurde sie samt ihrem nördlichen Umland im Grenzvertrag von Rapallo zum unabhängigen Freistaat Fiume erklärt. 1924 wurde dieser Freistaat im Vertrag von Rom wieder aufgelöst, die Stadt Fiume selbst ging an Italien.

45 Mit dem Heiligen Haus ist das Geburtshaus der Gottesmutter Maria in Nazareth gemeint, das der Legende nach im 13. Jahrhundert von Engeln zunächst ins heutige Rijeka und dann nach Loreto getragen wurde. Heute beherbergt die Basilika von Loreto (einer der wichtigsten Wallfahrtsorte Italiens) das »Heilige Haus«, dessen Marmorverkleidung von Renaissancekünstlern gestaltet wurde.

46 Der Brauch der »Auktion bei brennender Kerze« existierte nicht nur in Italien. Sinn und Zweck dahinter war, Willkür des Auktionators zu verhindern.

47 Krokant aus Melasse, Zucker, Erdnüssen und Kürbiskernen.

48 Das *cogolo* ist ein konisch geformtes, sackartiges Fischernetz für seichteres Wasser, das mit Pfählen am Boden fixiert wird und etwa dem Aalfang dient; auch das *saltarello* genannte Netz fungiert wie eine Falle, vor allem für Meeräschen: Es besteht aus einzelnen Netzen, die spiralförmig angeordnet und ebenfalls mit Pfählen am Boden befestigt werden.

49 Kleines, wendiges Fischerboot ähnlich der größeren *paranza*, mit Lateinersegel und schlankem Bug. Auch die *paranza* ist ein Schleppnetz, das von zwei Booten gezogen wird; sein Name ist in der Folge auf die Boote selbst übergegangen.

Nachwort

Doch ein Mensch, der schreibt, ist nicht allein. / Rings um ihn spazieren, außerhalb der Kunst, Figuren, die abseits stehen / wie er, kein weltfernes Gekritzel mehr / (…) / Heute morgen fühl ich mich / ruhigen Herzens und mit strahlendweißer Weste / wie ein klitzekleiner Schreiber der Provinz.

Marino Moretti, *L'ultima estate*

Mit *L' Andreana* (1935, nun in Übersetzung *Die vorlaute Fischhändlerin*) erreicht Marino Moretti, ein überaus wandelbarer Schriftsteller bei gleichzeitiger Verwurzelung in seiner Heimatstadt Cesenatico, einen Höhepunkt seines Schaffens, der Roman gilt, auch für ihn selbst, neben *La vedova Fioravanti* (1941, Premio Viareggio) als sein gelungenster. Nachdem er sich zunächst in Florentiner Literatenkreisen bewegt und als Dichter des sogenannten *crepuscolarismo* hervortritt (eine Lyrik gedämpfter Töne, Gegenbewegung zur Rhetorik des Fin de siècle – das Etikett wird ihm später lästig), veröffentlicht er neben Erzählungen eine ganze Reihe von meist in der Romagna angesiedelten Romanen. Ins Zentrum rückt er oft Frauenfiguren, zunächst sanfte, duldsame Charaktere. Mit Andreana tritt ein anderer Typus auf, der ebenfalls vom Schicksal gebeutelt, dabei aber vital und zupackend ist. Zugleich hält ein neuer Ton Einzug; Moretti selbst spricht davon, dass hier die »Alten im Takt eines Allegretto tanzen«. Die Hauptfigur ist Teil einer lebensprallen, wimmelnden

Gemeinschaft, deren Alltag und Traditionen untrennbar mit dem Meer verknüpft sind. Einer Gemeinschaft, die von Antagonismen geprägt und im Wandel begriffen ist. Morettis Wurzeln liegen im Verismus und Naturalismus des 19. Jahrhunderts, doch er entwickelt eine eigene Ausformung, deren Fokus ganz auf den kleinen Leuten liegt. Die Ironie der Erzählerstimme spielt darin eine tragende Rolle, in ihr drückt sich eine spezifische Haltung zur Realität aus. Der Erzähler beobachtet und ist zugleich Teil der Gemeinschaft (wie Moretti selbst, dessen Großvater *Paron*, der Vater Besitzer von Trabakeln war): Von dieser besonderen Position aus durchschaut er die Figuren gnadenlos, wobei hinter den pointierten Spitzen eine *pietas* durchschimmert, die verhindert, dass sie der Lächerlichkeit preisgegeben werden. Die Erzählerstimme ist wiederum Teil eines Gewebes, eines Chores, immer wieder macht sie Platz für andere Stimmen. In der Übersetzung galt es, dieser oszillierenden Fülle und Morettis breiter sprachlicher Palette gerecht zu werden. Seine Sprache zieht Kraft aus der Färbung des Romagnol (die Übersetzung behält einzelne Wörter bei, die auch im Original herausstechen), spielt vom Lyrisch-Poetischen ins Komische und ins Derbe, arbeitet immer wieder mit seltenem, literarischem Vokabular, andererseits mit realitätsgesättigten Alltagsbegriffen, mit Dialekt und Soziolekten. Der Roman ist reich an – auch humoristisch verwendeten – Details eines in Teilen untergegangenen (Arbeits)Kosmos, womit Alltag und Weltsicht der Milieus charakterisiert und Assoziationsräume eröffnet werden, die zuweilen Erläuterungen nötig machten. Eine besondere Rolle spielt der Dialekt aus Chioggia, der für den Autor auch persönlich bedeutsam war, da seine Großeltern von dort stammten. Für die Figuren des Romans ist das Romagnol Alltagssprache, das Chiozotische hingegen der »andere«, auffällige Dialekt. In seinen autobiographischen Schriften beschreibt Moretti dessen Wirkung: »Wir waren einen härteren Dialekt gewohnt, und diese weichen, anmutigen Klänge ließen uns von glücklichen Landstrichen träumen« *(Il tempo felice)*. Da es hier um eine spezifische Lautlichkeit geht, wurde in der Übersetzung ein Kunstdialekt kreiert, der durch Zischeltöne und Signalbuchstaben auf den Originaldialekt verweist. Hinzu kommt, dass Morettis Figuren auch eine Hommage an Carlo Goldoni und dessen Theater sind (man denke an *Viel Lärm in Chiozza,* im Original ebenfalls im Dialekt), eindeutige Komödienelemente finden wir bei Màlgari und in den Szenen im Haus der Felice Pagan. Moretti erweitert sein Panorama also um einen zusätzlichen Abschnitt der Adriaküste und rekurriert auf einen kulturellen Austausch, der auch in den Lektürevorschlägen des Kontrabassisten Evardo aufscheint, etwa mit Argia Sbolenfi alias Olindo Guerrini, ebenfalls ein vielseitiger Autor aus der Romagna, der unter anderem satirische Gedichte in gekonntem Venezianisch verfasst hat. *Die vorlaute Fischhändlerin* eröffnet uns Zugang zur Kunst eines Schriftstellers, der exemplarisch für die je spezifische Kultur der italienischen Regionen steht, und dessen Zeichnungen der Provinz und ihrer Typen gleichzeitig die ganze Welt, eine *comédie humaine,* enthalten.

Judith Krieg

L'Andreana erscheint in den 1930er Jahren zunächst in Fortsetzung in der Zeitschrift *Pegaso,* dann 1935 als vollständiger Band bei Mondadori. Im Zuge von Neuauflagen hat der Autor mehrfach Änderungen vorgenommen; die vorliegende Übersetzung basiert auf der letzten Version von 1961 (neu 2021).

Die Arbeit der Übersetzerin am vorliegenden Werk
wurde vom Deutschen Übersetzerfonds im Rahmen des Programms
»NEUSTART KULTUR« der Beauftragten der Bundesregierung
für Kultur und Medien gefördert.

NEU
START
KULTUR

Questo libro è stato tradotto grazie a un contributo assegnato dal Ministero
degli Affari Esteri e della Cooperazione Internazionale Italiano.

Dieses Buch wurde dank des großzügigen Beitrags des italienischen Ministeriums
für Außenpolitik und internationale Zusammenarbeit übersetzt.

FSC
www.fsc.org
MIX
Papier aus verantwortungsvollen Quellen
FSC® C107574

Deutsche Erstausgabe, 1. Auflage Juni 2024

Originaltitel: *L'Andreana*

Übersetzung: Judith Krieg
Lektorat: Monika Lustig

Umschlag, Layout, Satz: Fagott Ffm
Gesetzt aus der Adobe Jenson Pro und der Arima Koshi
Gedruckt auf säurefreiem und chlorfrei gebleichtem Papier,
Munken Pure, 80 g/qm
Druck und Bindung: UAB print, Vilnius
Printed in Lithuania

ISBN 978-3-949558-33-7

www.edition-converso.com